国家出版基金项目
"十二五"国家重点图书出版规划项目

中國京劇流派劇目集成

启功题签

《中国京剧流派剧目集成》编委会　编

第　叁拾叁　集

學苑出版社

图书在版编目（CIP）数据

中国京剧流派剧目集成．第33集 /《中国京剧流派剧目集成》编委会编．— 北京 ：学苑出版社，2015.1
ISBN 978-7-5077-4721-8

Ⅰ．①中… Ⅱ．①中… Ⅲ．①京剧－剧本－作品集－中国 Ⅳ．①I232

中国版本图书馆 CIP 数据核字 (2015) 第 030940 号

出 版 人：孟　白
责任编辑：潘占伟
装帧设计：徐道会
出版发行：学苑出版社
社　　址：北京市丰台区南方庄 2 号院 1 号楼
邮政编码：100079
网　　址：www.book001.com
电子信箱：xueyuanpress@163.com
销售电话：010-67601101（销售部） 67603091（总编室）
经　　销：新华书店
印 刷 厂：北京信彩瑞禾印刷有限公司
开本尺寸：889×1194　1/16
印　　张：14.375
字　　数：368 千字
版　　次：2015 年 1 月第 1 版
印　　次：2015 年 1 月第 1 次印刷
定　　价：220.00 元（精装）

《中国京剧流派剧目集成》学术顾问

《中国京剧流派剧目集成》编委会

序言

◎黄克

京剧向称国粹艺术，内容博大精深，剧目十分丰富，人们常以“汉唐三千宋明八百”形容其浩瀚。其中流派剧目又以演员表演的鲜明个性使剧目显得更为多彩多姿，充满魅力，既被专业人员钻研承继，也为广大戏迷喜闻乐见，遂成为京剧舞台上一大亮点。

流派

举凡表演艺术，原本就无不带有表演者的个人色彩。京剧表演艺术因其唱念做打诸多方面功夫的综合性和繁难性，表演的个性化尤为突出；加以行当的粗分、剧目的雷同，于大致相同的条件下尽显各自的千姿百态、千变万化；一招一式、一腔一韵之中可以体现不同的特色，同样一出戏，甚至同样一个戏中人物也完全可以演出不同的风采，这种充满个性化的表演，遂成为京剧竞技场上最是为人乐道而又情趣无穷的审美内涵。倘若这种富于个性化的表演为受众所认可，且代有传人，形为规范，即可自成一家，成为迥异于他人的艺术流派。以“四大名旦”（梅兰芳、程砚秋、荀慧生、尚小云）为例，虽皆工旦行，却又各有千秋。京剧大师王瑶卿就曾这样分析这四位后起之秀的独到之处：“梅兰芳的样儿，程砚秋的唱儿，尚小云的棒儿，荀慧生的浪儿。”所谓“样儿”，指梅的艺术造诣全面，要什么有什么；所谓“唱儿”，指程以行腔之新颖动听为能；所谓“棒儿”，指尚的刀马功底深厚；所谓“浪儿”，指荀的柔媚多姿、风情万种。寸长尺短，一语道破各有专擅的各家流派特点。如此成就固然来自自己的勤学苦练、苦心孤诣，更少不了观众的知音捧场、鼓励有加。因此，一个艺术流派的形成，对于创始人来说，无疑是开拓了审美追求的新境界；对于受众戏迷来讲，则更是得到了多样化审美需求的新满足。梨园行有云：唱戏的是疯子——指其追求的执着，听戏的是傻子——指其享受的痴迷。二者相得益彰、相映成趣，或许正道出京剧流派形成之三昧。

流派剧目

在京剧传承的一二百年间，随着历史的变迁、社会的发展，以及新人辈出、师承转换，荡涤旧物、崇尚新声，传统剧目中的绝大部分早已绝迹于舞台，然而，其精华部分（包括剧目中表现出来的唱念做打等程式体系）还是被完好地保存了下来，并得到长足的发展。其间，流派创始人于剧目的推陈出新做出了不可磨灭的贡献。基于对剧目乃至剧中人物的理解和认识，以及更便于发挥自己技艺特长的需要，流派创始人对浩如烟海的传统剧目进行了严格的筛选，经过了整理加工再创作，使之又焕发出崭新的韵味和光彩；随着这样剧目的增多，最终形成了自己流派所特有的剧目系列。而另外的流派又在另外的剧目系列中发挥着自己的优势，即或剧目相同，不同流派依然可以于演出中表现出自己的独特风格。总之，在其演出的剧目中，无不打上自己表演风格的鲜明烙印。京剧舞台上一度出现的这种百花齐放、争芳斗艳的盛况，实由自丰富多彩的流派剧目，这在京剧发展史上已是不争的事实。

但也应看到，如今京剧流派剧目相对于京剧的鼎盛时期，已是光景不再。个中原因很复杂，就客观因素而言，新兴的艺术形式的多种多样，人们的欣赏习惯和娱乐方式已经有了更广泛的选择余地，因而完全可以去旁骛；此外，就京剧本身而言，演出剧目之贫乏不能不说是观众锐减的重要原因之一。本来演出场所和演出场次就不多，翻来覆去又只是那几出骨子老戏，怎么能吸引观众，特别是年轻观众呢？——连那些老戏迷们也都听腻歪了。

回过头来看，今日演出剧目的贫乏和流派创始人晚年艺术景况也不无关系。他们在艺术的巅峰期——集中在上个世纪二三十年代，创作或改编了一出出新戏，直令观众赏心悦目，目不暇接。当其时，除了富连成科班或游动的散班演出些大路戏外，北京的京剧舞台几乎就是流派剧目的天下。据 1932 年商务印书馆出版的《五十年来北平戏剧史材》的记载，自民国十二年（1923）至十八年（1929）这六七年间，以梅派剧目为例，只“初演”的剧目——也就是自家独创的新戏或整理改编的传统戏，就有前后本《西施》、《洛神》、《廉锦风》、头二三四本《太真外传》、《俊袭人》、全本《宇宙锋》、《凤还巢》、《春灯谜》等 12 出戏（其中前后四本《太真外传》这四出戏是在一年多时间里陆续完成的）；同一时间段，马派“初演”的剧目也有《化外奇缘》、全本《玉镯记》、《秋灯泪》、《战宛城》、全本《火牛阵》、《鸿门宴》、全部《临江馆（“馆”应作“关”）》、全部《浣纱溪》、《范仲禹》、全本《清风亭》、头二三四本《大红袍》、全本《天启传》、《许田射鹿》、全本《十道本》等15出戏（其中《大红袍》分头二和三四本两次演出），当然，其中还不包括“初演”以外的经常性的大量的传统戏演出。试问，这些曾经轰动一时的流派创始人编创的新剧目于今又有多少出传承下来了呢？个中主要原因就在于流派创始人到了晚年一些唱做吃重的剧目已难胜任，只有将其已臻于炉火纯青的技艺凝炼到少数剧目之中，或演出或教习也只拘囿于这少数几个剧目了。而其传人也就将这几出戏奉为圭臬，全不知其鼎盛时期的所谓“文武双全”、所谓“昆乱不挡”为何事，致使一些当年的热门戏几近失传，这不能不说是梨园一件憾事。记得梅兰芳先生曾撰文论述学艺过程中的“少、多、少”，大意是初学时会的戏（包括技艺）自然是少的。随着所学剧目的增多，技艺的增长，激发起拓宽其艺术驰骋领域的热情，兼收并蓄，从而极大地丰富了自己。进而又随着审美取向的定型，艺术见识的提高，势必要对自己所学所用下一番去芜存精的工夫，扬长避短，使自己的独特技艺集中在少数几个代表剧目之中。表面看来演出的剧目是少了，但炉火纯青，在艺术创新上却达到了新境界。从少到多，从多而少，贯穿着的是继承与发展的艺术成熟的过程，也闯出了一条攀升艺术高峰的必由之路。后学者以为，学会了几出流派代表剧目便可以薪尽火传，得到了真经，孰不料缺少广博的根基，既影响个人的发展，也造成了剧目越传越少的现实。这难道不是应该汲取的教训吗？

有道是“礼失求诸野”。由于流派剧目的独特韵味及其所富有的艺术魅力，由于京剧作为自娱自乐的审美取向已深入人心，更由于迷恋传统演唱艺术者的大有人在，京剧传统剧目——包括一些已经消失于舞台的流派剧目，至今仍在京剧爱好者中间传唱不息。我们不妨到公园里看一看那一圈圈围着的戏迷，他们来自四面八方，或许彼此并不相识，只凭一把胡琴就将大家凝聚在一起，有滋有味地互相欣赏着一段段流派唱腔。更不用说那遍布全国各地乃至国外华人聚居区的票房，他们还时不时地粉墨登场，过一把戏瘾呢！这种自拉自唱、自娱自乐的红火场面，充分显示了京剧流派剧目的深厚群众基础和顽强的生命力，对于相对落寞的京剧舞台不啻一种发人深省的挑战。然而，这又何尝不是对京剧振兴的潜在的呼唤和有力的支持呢！

流派剧目集成

正鉴于其强大的生命力和深厚的群众基础，“振兴京剧”作为文化建设的国策的提出可谓正得其时。而振兴之务，首要的是挖掘和继承优秀传统剧目，以之作为发展和创新的基础和借鉴。我们编纂《中国京剧流派剧目集成》的初衷正在于此：将流派剧目演出的精彩瞬间记录于永恒，将构成流派剧目的诸多元素一一记录在案。诸如每剧的剧情本事、创始人表演特点的提要，剧中人物行当归属、服装扮相，剧本曲文、唱腔谱、伴奏谱、锣鼓经，以及身段谱等得以再现流派表演风格的内容，都力图完整地记录整理出来，为流派艺术的教学和研究提供文字的基础资料。持此，内行自可作为表演的参考，京剧爱好者也可以作为演习的蓝本。

这一工作，对于京剧剧目的基本建设虽然可谓之善举，但具体做起来却困难多多。首当其冲的就是剧目的选定。京剧剧目虽称汗牛充栋，但保存下来的资料却十分有限。京剧形成初期，以“老生三杰”又称“前三鼎甲”的程长庚、余三胜、张二奎为代表的一代固然没有留下什么音像文字资料；即或以“老生新三杰”又称“后三鼎甲”的谭鑫培、孙菊仙、汪桂芬为代表的一代除了少量的唱片外也没有完整的剧目传下来，所以我们的剧目整理工作只能从民国初年以降的“四大须生”、“四大名旦”开始。他们受熏陶于前辈艺术家，可谓传统的集大成而又能创新的一代，整理剧目以他们为重点自然最合适不过。遗憾的是这些艺术大师大都已经作古，得到他们指点和首肯已不可能，为此，我们只能通过其亲传或再传弟子来进行流派剧目的整理工作。从中我们更深地体会到抢救要及时，当初未能抢救下来现在也不要嫌晚而不为，抢救一点是一点，否则能够保存下来的精华越来越少，越加难向历史向后人交代了。

更难的则是遴选整理者。剧目的全面整理需要全面的人才。我们在组织稿件的过程中却发现这样的人手颇不易得。如果流派创始人或其传人曾在戏校任教，且有较为完整的教案保存下来，今日稍加整理即可选用，自然不是难事。不过这样的情况并不多，大量的剧目尚需要对当年的演出本进行追忆记录，加工整理。曾经受业于流派创始人或其传人的京剧工作者虽然是整理演出本的合适人选，但是他们大都是单位的骨干，忙于演出，忙于剧务，或居于领导职位，很难分出身来。即或肯于应承下一两出戏，也常有如下的情况：能演不能说，能说不能写，能写又不能打谱。因此，完成一个剧目经常需由记录者、整理者和打谱人联袂而行，倘再加上剧目的传授者和提要的撰写人，则非四五人鼎力不可。《中国京剧流派剧目集成》收入二百多出戏，每出戏即使平均两三人参加，也要组织四五百人次。其繁难可以想见，其壮观亦可以想见。当然，这还仅就整理者的数量而言，更为难能可贵的还在于参与者的无私奉献。试想，跟演一出戏或教一出戏相比，以文字整理出一出戏，不仅费时而且费力，无疑是一桩一般人不肯为也不屑为的苦差事，而我们的整理者却能甘之如饴，乐此不疲，没有为京剧事业的传承而不计个人得失的宝贵情操，是难有这种积极性的。不仅如此，随着岁月流逝，整理流派剧日益困难，更需要求助一些老专家，他们或是资深艺员、教师，或是资深票友、戏迷，而今已是硕果仅存的京剧艺术的专家、流派历史的见证人。在他们身上洋溢着一种传承京剧流派的使命感，和对振兴京剧的期待。他们热情地参加到这项工作中来，或亲自动手，为我们整理剧目；或答惑解疑，给我们工作以指导。使我们在受教于他们的同时，油然而生一种深深的敬意。

克服了上述困难，《中国京剧流派剧目集成》终于呈现在读者面前。书中，除了囊括主要流派的主要代表剧目，试图反映京剧鼎盛时期的大致面貌而外，尚有可说道者。首先是挖掘整理出一批流派剧目，其中不乏已近失传的流派艺术精品。其中共收流派五十余家、剧目二百多出，不仅是从装扮到曲谱俱全，而且半数以上不曾整理出版过，可算是京剧剧目建设的一个不小的工程。下列剧目可为佐证。如王（瑶卿）派名剧《南天门》（今能见到的只剩下王和老谭合拍的剧照）、余（叔岩）派名剧《太平桥》（据说是老谭给余说的开蒙戏）、马派名剧《白蟒台》（写王莽被俘后向旧臣一一乞命事，老生扮演反面人物堪称奇特）、麒派名剧《斩经堂》（其中吴汉的悲剧性格曾引起过热烈争论）、荀派名剧《鱼藻宫》（写吕后残害戚姬事，乃荀派悲剧剧目之一），以及汪（笑侬）派名剧《哭祖庙》、龚（云甫）派名剧《徐母骂曹》、徐（碧云）派名剧《绿珠坠楼》、裘（盛戎）派名剧《打銮驾》等，都是难得一见的流派剧目之珍品。而以"关外唐"名世的唐（韵笙）派名剧经其家人和传人的努力竟整理出其代表作《驱车战将》、《闹朝击犬》、《好鹤失政》、《绝龙岭》、《未央宫斩韩信》、《刀劈三关》等七出之多，堪称流派剧目建设的新收获。除此之外，《中国京剧流派剧目集成》还特别着力于武戏的挖掘整理。较之文戏，武戏更难整理，需要将演员在台上的动作招式一一准确地反映出来，没有深入的钻研领会、亲身体验，很难下笔。众所周知，杨小楼作为一代武生宗师，其"武戏文唱"乃武生的不二法门，也是令人神往的一种表演境界，在武戏剧目整理中理应得到体现。资深票友朱家溍先生得其真传，整理了杨派名剧《麒麟阁》，并详细记述了前后六次观剧的心得，惜乎不及将其用工尺谱记下的昆曲吹腔翻为简谱便溘然而逝了。另一出杨派名剧《镇潭州》则是根据京剧耆儒刘曾复先生的讲授整理出来的，其中杨再兴上场的"蝴蝶霸"、和岳飞对打的"枪架子"，皆独得杨派之秘，给人以再闻《广陵散》般的惊喜。此外，高盛麟的《长坂坡》、《走麦城》，王金璐的《落马湖》、《蚆蜡庙》也都走的杨派的路子，有的就是直接跟杨宗师学的。南派大武生盖叫天武功盖世，他的剧目身后却乏人整理，多亏移居上海的原中国戏校武功教师赵雅枫先生以耄耋之年勉力整出《一箭仇》，也算保存了盖派一脉。还值得一提的是收获了一批武丑戏。叶盛章当年是以武丑戏挂头牌演大轴的第一人，勇于创新，能戏甚伙，现将其创作的名剧《酒丐》、《祥梅寺》、《打瓜园》、《徐良出世》、《三盗九龙杯》、《铜网阵》等七出代表作一并推出，既再现了叶氏当年神勇，也为乏人承继的武丑行当提供一些演习之本。尤为可喜的是我们也挖掘整理出富连成科班总教习、文丑"萧派"创始人萧长华老先生的《选元戎》、《荡湖船》、《变羊记》等已近绝迹舞台的拿手剧目。凡此，整理者挖掘流派剧目的辛勤劳作成果，均为我们编纂"集成"增添了光彩。

为了方便读者翻检使用，本书采取四五出戏合编一册的形式，这样全书约有五十册之多，并拟分三批推出。第一批为老生行的余派，以及号称"南麒、北马、关外唐”的三派，和武丑行的叶（盛章）派，计五家八册。第二批则以旦行“梅、尚、程、荀”为代表，包括老旦、刀马旦等流派。第三批是老生、小生、武生、净、丑等其他流派。预期一两年内出齐。倘若其中有重要疏漏，又得人整理，亦可考虑编辑出版“集外集”，以满足读者的需求，也使这部“集成”更为名副其实。

当然，《中国京剧流派剧目集成》的编纂，其目的只在提供流派剧目作为研究家和后学者的参考借鉴。而流派、流派，意重在“流”。所谓流，指流行和流变。流派艺术正是在流行、流变中最终形成的，即或在最终形成之后，也还是靠流行、流变而发展的，倘若泥古不化，抱残守缺，就会失掉其鲜活的生命力，艺苑奇葩也会枯萎，这已为京剧发展史所证明。不过，流派艺术发展也需要有个前提，那就是首先要掌握渗透在表演程式唱念做打、手眼身发步中的艺术个性，而流派剧目就是其艺术个性展现的载体。继承流派艺术，不能只满足于模拟外在的“体”，更要在剧目演练中去体味其艺术个性的“魂”，这样才能促使京剧流派艺术从剧目建设到表演个性都得到发扬光大。此乃传承流派剧目的题内之义，自毋庸赘言。

目录

程砚秋

钟　荣　整理　　李玉茹　审阅

梅　妃

李玉茹演出本

京剧《梅妃》取材于唐人小说《江采苹传》，金仲荪编剧。程砚秋于1928年9月20日在北京华乐戏院首演。程砚秋饰梅妃，郭仲衡饰唐明皇，芙蓉草饰杨贵妃。该剧与《红拂传》、《文姬归汉》为程砚秋早期的三大名剧。

该剧的内容梗概如下：唐明皇征歌选色，太监高力士在福建莆田选来江仲逊之女江采苹。因其通晓诗词歌赋才貌双全，唐明皇一见钟情，赐号梅妃，还特地为她建造了一座“梅亭”。杨钊为了达到篡位的目的，将其堂妹杨玉环送入宫中。唐明皇为杨玉环的美貌和才华所倾倒，弃梅喜杨。梅妃独居后宫，无限幽怨，赋诗寄意，但唐明皇终不再理睬。安禄山造反，唐明皇携杨妃仓皇入川，梅妃死在乱军之中。后郭子仪戡平“安史之乱”，唐明皇返回宫中，一天偶到“梅亭”闲步，忽想起梅妃，于伤感中睡去，依稀梦见梅妃向他倾诉，醒来时却是一梦，郁郁回宫。

程砚秋演出本主题鲜明，文笔秀丽，情节动人，唱腔设计优美。该剧至今仍广为传唱，是难得的一出好戏。李玉茹为使这出好戏重现光彩，在1960年便着手先后与庞曾涵、王济生合作整理，在充分尊重程砚秋原本的基础上，忠实地保留了程本中梅妃的主要场次和重点唱段，如同保护珍品似地保全了“戏核儿”，使该剧得以更广泛地传播。

程本原是16场，经过删去拖沓过场戏，紧缩成为8场，并为每场戏加了标题，分别是“梅亭赐号”、“选杨定情”、“楼东赋怨”、“絮阁争宠”、“傲骨天生”、“小宴惊变”、“焚宫梅殒”、“回銮惊梦”，分场清晰，精炼规整。

全剧仍以梅妃进宫为主线展开。在塑造人物方面，重点着墨渲染。比如第二场“选杨定情”之前的幕外戏，杨钊买通高力士只有100余字的独白，却深刻地揭示了宫廷腐败的内幕。又如在第三场“楼东赋怨”中，李玉茹别具匠心地设计了“三挡”的情节，恰到好处地描绘出梅、杨之间的争宠冲突。再比如唐明皇在第一场向梅妃“对天盟誓”，紧接着在第二场见杨妃时，又向其表态“地久天长”，寥寥几笔便把唐明皇的喜新厌旧勾画得淋漓尽致。特别是在最后一场“回銮惊梦”中，为抒发唐明皇又悔又怨的复杂心情，由庞曾涵作词，马锦良、汪正华作曲，精心设计了大段〔二黄慢板〕和〔快三眼〕的杨派老生经典唱段，从而使唐明皇这一人物形象更加丰满。

经过多年的演出实践、精益求精，如今《梅妃》已成为上海京剧院的保留剧目和李玉茹的代表作之一了。2010年春夏之交，上海京剧院又组织新一代演员上演了此剧。这正是《梅妃》的艺术魅力所在吧！

早在1962年，我曾不止一次看过李玉茹和汪正华演出的《梅妃》，印象极深。1963年，我又向上海同济大学教授、程派名票郑大同学了《梅妃》全剧。1982年，李玉茹再度恢复上演此戏时，我正在青岛、潍坊跑小组演出，得知消息，不顾一切赶到上海又连看了四场，受益匪浅。回南京后，立即用了一个月的时间，将该剧剧本整理出来。之后一搁就是25年。2007年春，《中国京剧流派剧目集成》编委会副主编吴春礼先生来南京，看到此整理本很是惊讶：“怎么，竟是整理于1982年？”

我1941年出生在北京的一个梨园世家，父亲钟德扬是著名琴师。1951年，我考入了华东戏校后，便步入了京剧艺术殿堂。“文革”中我被迫离开舞台，调到南京艺术学院京剧科任教4年。之后又在江苏省京剧院创作研究室从事新剧目唱腔编创工作多年。今天，我尚能参加流派剧目的整理工作，或许是得益于我的出身、我的专业和我的经历吧！

最后，我想说一下：李玉茹老师年事已高，又在住院治疗，本人实在不忍烦扰她。但是，李老师出于对剧目整理工作的关心，不顾病体，以坚强的毅力逐字逐句仔细阅读，并提出宝贵意见，使剧本更准确、更完善。对于李玉茹老师给予的热情帮助和支持，我由衷地向她表示感谢！最后，对整理此本曾给予过帮助的薛元亮、张正贵和陈朝红等朋友们，一并致以衷心的谢意！

钟　荣

人物行当

江采苹	青衣	南　王	武生
唐明皇	老生	驿使官	架子花
高力士	文丑	驿　官	文丑
杨玉环	花衫	驿使甲	武生
永　新	花旦	驿使乙	武生
嫣　红	花旦	驿　卒	文丑
念　奴	花旦	宫　女	杂
杨　钊	架子花	太　监	杂
汉　王	子花	胡　兵	杂
岐　王	小生	御林军	杂
宁　王	老生		

服装扮相

江采苹　俊扮。梳古装头，黄色古装衣裙、拖地白纱长披肩，彩裤，彩鞋。（第五场穿淡银灰色或紫罗兰色古装衣裙，下场时披湖色斗篷，头上少戴钗环；第七场穿白色素花古装衣裙，左耳后甩发；第八场恢复第一场扮相）

唐明皇　俊扮。唐帽、黑三髯口（最后一场改黪三），黄蟒、玉带，彩裤，黑厚底靴。（第二场脱去黄蟒，改穿黄帔）

高力士　丑扮。大太监盔，绿蟒、绦子，彩裤，黑朝方靴。（最后一场面部化妆加白皱纹）

杨玉环　俊扮。梳古装头，粉色古装衣裙、玫瑰红长绸披肩，彩裤，彩鞋。

永　新　嫣　红　念　奴　俊扮。梳古装头，古装衣裙，彩裤，彩鞋。

杨　钊　勾黑脸。尖纱，黑蟒、玉带，彩裤，黑厚底靴。

汉　王　揉淡黑色脸。九龙冠，紫蟒、玉带，彩裤，厚底靴。

岐　王　俊扮。紫金冠（无翎子），粉红色蟒、玉带，彩裤，粉红色厚底靴。

宁　王　俊扮。黑三、金大镫，绿蟒、玉带，彩裤，黑厚底靴。

南　王　俊扮。草王盔，大红蟒、玉带，彩裤，黑厚底靴。

驿使官　揉红脸。改良头盔，改良鱼麟黑甲，彩裤，厚底靴。

驿　官　勾小花脸。圆纱，黑素服、软带，彩裤，黑朝方靴。

驿使甲　驿使乙　揉脸。虎头壳，改良靠甲，彩裤，黑薄底靴。

驿　卒　勾小花脸。大尾巴巾，箭衣坎肩、大带，彩裤，黑薄底靴。

宫　女　俊扮。古装衣裙，彩裤，彩鞋。

太　监　俊扮。太监帽，黄色太监服，彩裤，黑薄底靴。

胡　兵　揉脸。胡人帽，改良胡服，彩裤，黑薄底靴。

御林军　俊扮。御林军盔，大铠服，彩裤，黑薄底靴。

道具

白云帚	三把	**梅花枝**	多束
酒　盘	三个	**荔　枝**	数株
酒　壶	三把	**竹编篓**	两个
酒　杯	六盏	**文房四宝**	一份
长翠笛	一根	**桌　灯**	一个
双面金折扇	一把	**画　卷**	数幅
马　鞭	五根	**宫　灯**	四杆
红　帖	两份	**宫　扇**	两个
笙、箫、笛、琵琶	各一份	**黄缎车辇旗**	两副
驴　鞭	一根	**全套銮驾**	一份
钗　盒	一个	**白长绸**	一根
白色大珍珠	一个	**短　刀**	数把
翠　巾	一个		

第　一　场

梅亭赐号

〔开幕曲（见附录）。在 $\|: \underline{6\ 7}\ \underline{6\ 7}\ \underline{6\ 7}\ \underline{6\ 7} :\|$（才冬 才冬 才冬 才冬）反复音乐中，大幕启，亮彩色灯，橘黄色暗花底幕，在二道幕侧幕位置垂挂黄色蝴蝶纱幕（可在幕边四周点缀粉红色梅花）。底幕正中的上端，垂吊一亭顶，上书“梅亭”二字。亭顶两端竖立两根红柱子。地下铺设一二层石亭阶。亭阶上摆一长条形龙桌。桌案后面并排放两把椅子，为“大座”。全部是明黄色龙图案桌围椅披。

〔四宫女双手持梅花，在音乐反复中，由“上场门”走碎步，“斜一字”出场，至正中台口，同时，在“下场门”也有四宫女双手持梅花，快步“斜一字”出场至正中台口，两队“叉花”外“双翻”分下。二小太监持云帚由“上场门”上至台口。音乐止。（**大……大0台**）

二小太监　（脸朝“上场门”）高公爷来了！

〔二小太监归里“大边”，“斜一字”。【**小锣五击**】高力士持云帚由“上场门”上直至台口。三人站成斜“丁”字形。

高力士　一身独擅椒房宠，万里梅香到京城。（**扎**）咱家高力士。只因江娘娘喜爱梅花，万岁传旨，要咱家将各地进贡的名种梅花，移栽宫中。还造了一座亭子，万岁亲自题名，叫做“梅亭”。今日万岁又传旨下来，要与江娘娘在“梅亭”饮酒赏梅。（向左右）我说孩子们！

二小太监　高公爷。

高力士　各地进梅的都到齐了吗？

二小太监　早已到齐。高公爷，岭南驿使官也进梅来了。

高力士　传他进见。

〔（**大……大大 乙 台**）岭南驿使官手托红帖“下场门”上，站左台口。同时，二小太监“扯正”，站在高力士后面左右，成正“丁”字形。

驿使官　参见高公爷！

高力士　我说你怎么才来呀？这万岁要是怪下罪来，你担待得起吗？

驿使官　高公爷，俗话说只赶好，不赶早哇！

高力士　嗯！梅花都送齐啦？

驿使官　俱已送到。请高公爷查点。（呈递红帖，交给高力士）

高力士　（看帖）（**大……0大 台**）就是这些个啦？（看红帖内写的花名录）

驿使官　这都是稀世名种啊！

高力士　没有别的啦？

驿使官　（领悟）我们太守还有些金银绸缎、精致的土产送与公公。这叫做份外赏心梅。

高力士　（会心地）哈……（**大……0 台**）猴崽子，你们太守到会巴结差事。好吧，少时万岁面前，咱家我替你担待就是。下去吧！

驿使官　多谢高公爷！（拱手。**【一小锣】**驿使官“下场门”下）

高力士　哎，命你们准备酒宴都齐备了没有？

二小太监　早就齐备了。

高力士　咱们小心伺候着！

二小太监　喳！（“上、下场门”分下）

〔渐起音乐（见附录唐明皇出场曲）。

高力士　看，香烟缭绕，万岁爷来也！

〔高力士左转身“归里”掸尘。四小太监“上场门”上，至台口“站门”。唐明皇“上场门”出场。音乐加强。在“九龙口”停步，抖袖，整冠，捋髯，缓步走至正中台口。乐队音乐减弱。

唐明皇　慢说云游多乐境，一生难得是倾城。

〔右转身“往里归”。音乐加强。坐“大座”。四小太监“往里归”站“八字”形。高力士由左台口至正中，脸朝里。

高力士　奴婢高力士见驾，吾皇万岁！（跪）

唐明皇　平身。

高力士　万万岁。（站起，站大边）

〔音乐减弱。

唐明皇　高力士！

高力士　奴婢在。

唐明皇　各地进贡可曾送到？

高力士　启奏万岁，各地进贡梅花都已到齐了。

唐明皇　可是稀世名种？

高力士　哎呀都是稀世名种啊！有赤金梅、绿合梅、藏楼梅、青霞梅，还有仙沙绿洞梅。

唐明皇　好，少时孤陪同江娘娘尽情观赏，要小心伺候！

高力士　遵旨！

〔幕内白:“江娘娘驾到！”乐曲音量加强（加大堂鼓声）。四宫女持宫灯“上场门”上，“九龙口”小“站门”。江采苹上（**大……衣大大** ᵛ**台**）“九龙口”亮相。二掌扇宫女随江采苹身后上。江采苹缓步正台中，二掌扇宫女扯至正中，站江后面左右，四持宫灯宫女，“上场门”窝下。高力士在左台口。

高力士　（单腿跪拜）奴婢高力士见驾，江娘娘千岁！

江采苹　平身。

高力士　谢娘娘。（站起，脸朝外）孩子们哪！（加大堂鼓声）将各地名种梅花搭上亭来，江娘娘观赏啊！（左转身“归里”站“大边”）

〔“上、下场门”同时上四宫女，双手持梅花走碎步至台口，“挖门”进，站成“八字”。江采苹先看左排梅花，回身再看右排梅花。（**大大 大大 衣大 大 台**）微笑点头满意。此时，唐明皇离位，下亭，走至台中。双手翻袖，托扶江采苹双臂。二人对视“推磨”。唐明皇站“小边”，江采苹站在“大边”。此时，音乐转〔西皮原板〕。

（3 6 564 3. 2 3217 ‖: 2/4 656 0 7 | 656 0 7 | 6. 5 3 5 | 6 56 i 7 | 6765 3235 |

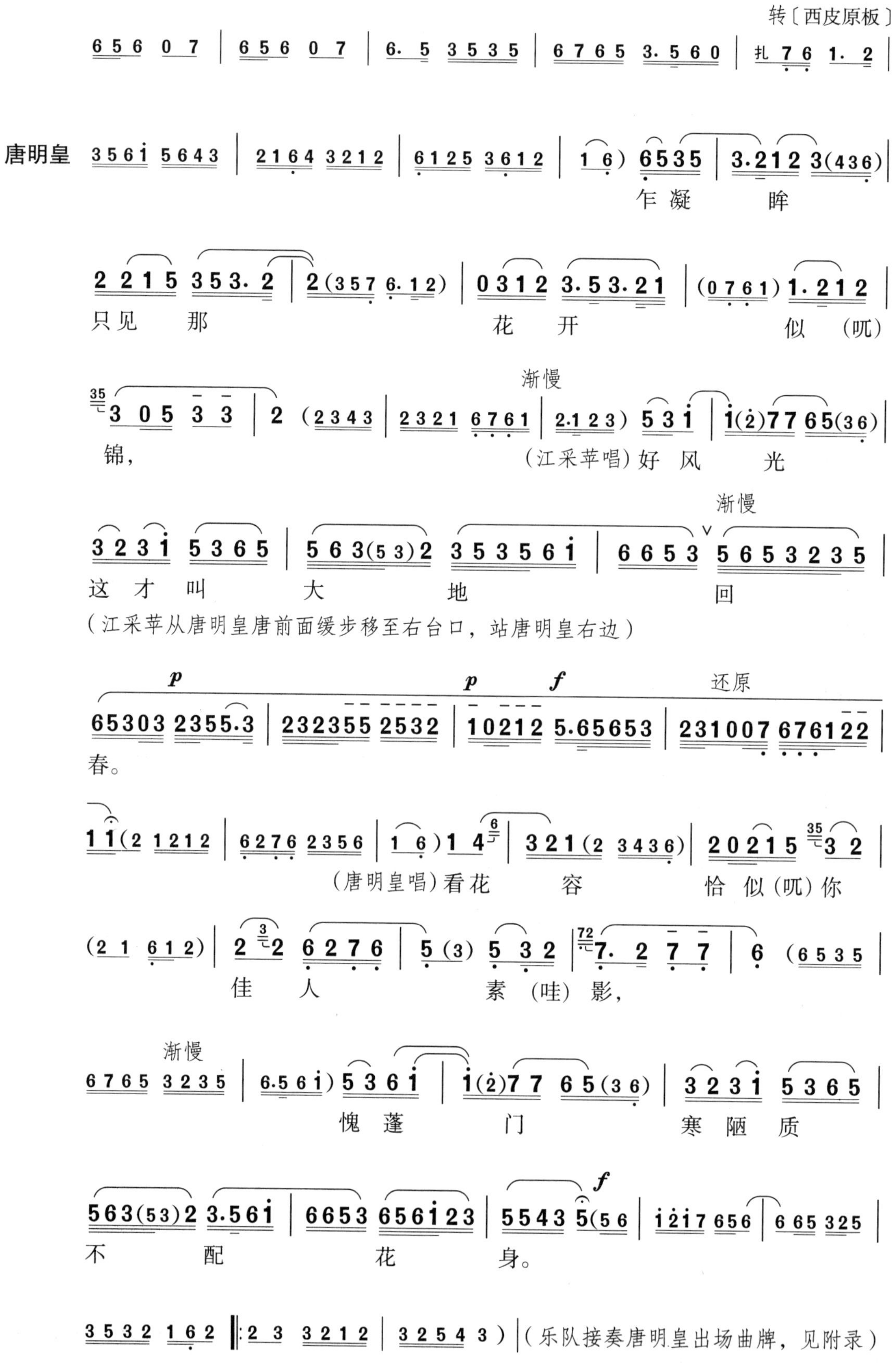
转〔西皮原板〕
扎
唐明皇
乍凝眸
只见那花开似(吭)锦，
渐慢
(江采苹唱)好风光
这才叫大地回
渐慢
(江采苹从唐明皇唐前面缓步移至右台口，站唐明皇右边)
p
p
f
还原
春。
(唐明皇唱)看花容恰似(吭)你
佳人素(哇)影，
渐慢
愧蓬门寒陋质
f
不配花身。
(乐队接奏唐明皇出场曲牌，见附录)

唐明皇　妃子玉骨冰肌，淡妆素服，与这梅花一般无二。真乃是梅花似妃子，妃子胜梅花。从今以后，孤便唤你“梅妃！”

高力士　（巴结地）如此，奴婢们见驾，梅娘娘千岁！（至正中，脸朝里，率先向梅娘娘跪拜。两边站立的宫女“合龙口”台前一排，脸朝里）

众宫女　梅娘娘千岁！（蹲拜）

江采苹　平身！

唐明皇　哈哈……！

〔音乐加强。（击大堂鼓声）二掌扇宫女两边分开，进亭站立唐、江身后；众宫女起立左右两边分，“往里归”，脸朝外站成“八字”；二小太监两边分站在桌案旁；唐明皇左手拉梅妃右手，合式转身，二人“归里”，相视缓步，两边分进梅亭入座。唐明皇坐“大边”，江采苹坐“小边”。音乐止。

江采苹　蒙圣恩赐号梅妃，臣妾荣幸万分矣！

唐明皇　愿此景长驻，妃子玉色永存，孤与你地久天长。

江采苹　只恐他日，梅花凋落，备受凄凉！

唐明皇　孤王对天盟誓，日后寡人若负妃子，花神鉴之！（**大……乙台**）

江采苹　若得如此，臣妾感恩不尽矣！

唐明皇　啊梅妃，寡人自即位以来，且喜年岁丰穰，四海升平。今日梅亭设宴，意欲宣诸弟进宫同乐，不知妃子意下如何？

江采苹　但凭圣上。

唐明皇　内侍！

左小太监　奴婢在！

唐明皇　摆宴！

左小太监　遵旨。（站原位）摆宴哪！

〔二小太监两边窝下。八宫女随小太监两边分下，在幕内放下手中梅花。

〔四宫女“上、下场门”同时分两边搬桌子上，把两张桌子摆成八字形后下。二小太监由两边上，搬四把椅子分开放在桌后，每桌后面各两把。四宫女端酒盘“上、下场门”复上，将酒盘放在三张桌上。每个酒盘内放一壶二杯。摆设完毕仍回原位。

唐明皇　高力士！

高力士　奴婢在。

唐明皇　宣众王进见。

高力士　遵旨。（至台口）万岁有旨，众王进见哪！（归“大边”）

〔起音乐（诸王进见曲）。宁王、南王“上场门”上。汉王、岐王“下场门“上。至台口相互拱手，“合龙口”，脸朝里站一排。

四　王　臣等见驾，吾皇万岁！娘娘千岁！（行拜礼）

高力士　众位王爷，要称梅娘娘啦！

四　王　哦！梅娘娘千岁！

江采苹　（起身）诸王少礼。

四　王　谢梅娘娘，哈……！（两边分站“八字”形）

唐明皇　今日只行家常之礼，设宴梅亭与诸弟畅饮。御弟请！

四　王　皇兄请！（四王互拱手，南王、宁王入右桌席位，岐王、汉王入左桌席位。音乐止）

唐明皇 寡人今日十分欢乐。啊梅妃，你何不就在这亭外花前，作惊鸿舞一回，以助雅兴。

江采苹 臣妾领旨。（“上场门”窝下）

唐明皇 高力士！

高力士 奴婢在。

唐明皇 取孤的翠笛伺候！

高力士 遵旨。（站原地，举云帚向外一指）看翠笛呀！

〔左边小太监“下场门”暗下。

唐明皇 众乐工进亭！

高力士 （至台口）众乐工进亭啊！（同上动作，仍回“大边”）

〔“上、下场门”两边同时上二宫女，各持笛、笙、箫、琵琶至台口，“双挖门”“往里归”“八字”，站唐身后。

〔小太监托笛“下场门”复上，站左台口，音乐止。

小太监 翠笛到！

〔高力士接过翠笛，小太监回原位。

高力士 万岁，翠笛到。（交到唐明皇手中，回原位）

〔唐明皇接过翠笛，做吹奏状，四乐工宫女做弹奏状。

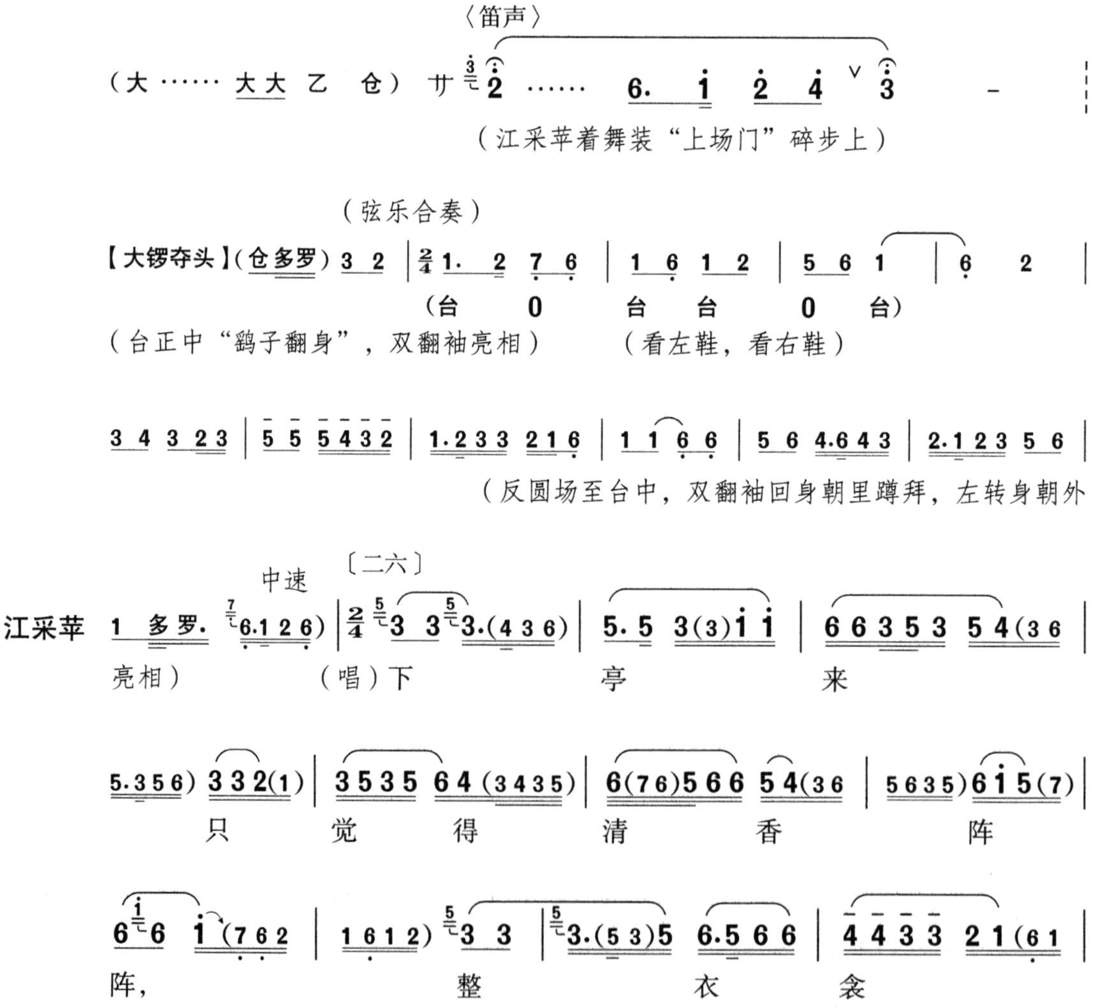

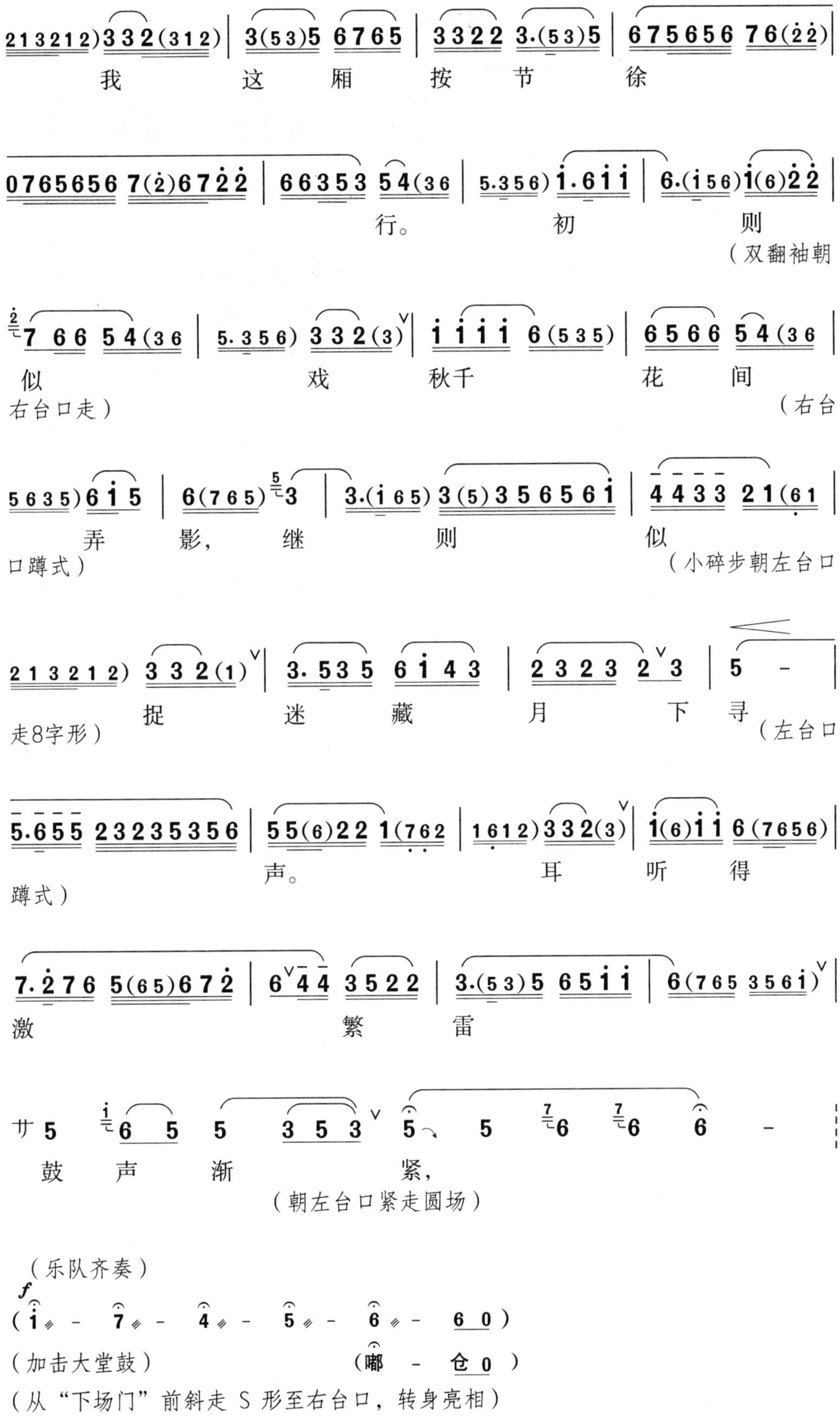
我 这 厢 按 节 徐
行。初 则
（双翻袖朝右台口走）
似 戏 秋千 花 间
（右台口蹲式）
弄 影，继 则 似
（小碎步朝左台口走8字形）
捉 迷 藏 月 下 寻
（左台口蹲式）
声。耳 听 得
激 繁 雷
鼓 声 渐 紧，
（朝左台口紧走圆场）
（乐队齐奏）
（加击大堂鼓）
嘟 仓
（从“下场门”前斜走 S 形至右台口，转身亮相）

〔【紧锤】紧步至台中，原地立身亮相。

〔朝左台口方向，跑一大圈正圆场至台口中停，脸朝里向后下腰。

〔**【撕边】**（八大仓）脸朝外亭蹲式。起身。

唐明皇　哈哈哈……！

〔亮弦〕

（4　3　5　7　6）

〔**【纽丝】**唐明皇离位下亭，又后翻袖，扶梅妃起，二人归里，坐原位。

〔西皮散板〕

唐明皇　サ（6 5　4　3　2.1　6　2　1　－）5　6. 2　1　∨3　6 1　3　23 2

只　余　那　惊　鸿　（呃）　舞

（7　6 1　2　－）2 5　35 3.　2 1 ∨1.　6 5 3　3 2　3 2 3 2　1　1　－ ‖

梅　影　照　人　（呐）。

〔**【撕边一锣】**奏“诸王进见曲”（见附录曲谱）。

唐明皇　梅妃，这场妙舞真是美哉！寡人有累妃子，来来来，待寡人亲自把盏。（为梅妃斟酒）

江采苹　多谢万岁。（起身拱手半蹲拜谢）

四　王　娘娘轻歌妙舞，果然一座生辉。

汉　王　娘娘妙舞，宛如飞燕游龙。兄王真是福份不浅哪哈……！

四　王　待我等敬娘娘一樽！

江采苹　多谢诸王。（举杯与诸王同饮，饮罢音乐止）

唐明皇　啊梅妃，你何不代孤回敬诸王一樽？

江采苹　臣妾领旨。①

〔**【反长锤】**江采苹离座，下亭，至台中。同时，右边小太监“上场门”暗下，速复上。端酒盘（盘内一把玉壶），站右台口。

〔西皮摇板〕

江采苹　サ（6　6　5　5 5　3 6　5 5　3 2　1 1　6 2　1 1）1　1 3　3.　5 5　－

（从小太监托盘上取酒壶）

诸　王　请　饮

5　7 6.　1　3　5　6 5（6 5　3 5　6 5　3 2　1 1　6 2　1 1）3 5　5

同　心　酒，　协　力

略慢

5　3　1　5　6　7 6　（6 5　3 5　6）　4　4　3　3 5 3　5　－ ‖

保　国　社　稷　无　忧。

（为右桌宁王、南王斟酒）

---

① 程砚秋演出本此处有一段〔二六板〕，见附录。

〔西皮摇板〕

四　王【大锣凤点头】（过门同前）2　2　1　2　1　3　^{23}2 |（3　21　6̣1　21）
多谢娘娘赐佳酒，

岐　王　3　3^{5}　5　5　5　3　i　^{67}6　（6　6）i　5　65　6^{i}　5 |
愿皇兄与皇（吼）嫂　欢娱千秋。
（江采苹至左桌前，为岐王、汉王斟酒）

汉　王（65　36　55　32　11　6̣2　11）2　2　15　3　2
（离位、击桌）　佯装酒醉

（3　21　6̣1　2）3　32　2̇　－　渐慢（大……乙大　大　仓）|
（站江左边）　托玉手，

〔汉王右袖挡脸，左手从右袖下摸江采苹左手。江大吃一惊，酒壶速放盘中。小太监急迎上接壶“上场门”下，复上站原位。汉王得意地归座。

〔【紧锤】江采苹无比气愤，怒视汉王。

〔西皮快板〕

江采苹（仓.才　仓　仓）| $\frac{1}{4}$ 35 | 3 | 0i | 65 | ii | 56 | 5(6) | ii | 353 |
王何举止太轻浮？本当向前

0i | i5 | 66 | 62 | 23 | 43 | 43 | 23 | 56 | 5(6) | 03 | 5 |
君王奏，又怕同根起冤仇。回身

52̇ | 76 | 5 | 6 |（65 | 35 | 60）サ $^{2̇}$7　^{7}6　353　5　5　^{7}6　－ ||
直向（大　大）丹墀走，

〔【扫头】从台中朝右台口走，回身看唐明皇一眼，无奈强忍怒气，双水袖花，右手水袖搭左肩，脸朝“上场门”方向亮相，【冲头】“上场门”第一道侧幕急下。

唐明皇　【撕边一锣】（惊疑站起）啊？妃子径自回宫，这是什么缘故啊？高力士！

高力士　奴婢在。

唐明皇　速唤梅娘娘，梅亭伴孤。

高力士　遵旨。【小锣五锤】（“上场门”第一道侧幕下）

四　王　皇兄请来饮酒。

唐明皇　寡人饮酒，座无梅妃不乐，少时梅妃到来，再与诸弟畅饮。

〔【冲头】高力士“上场门”速上，站右边桌前。

高力士　启奏万岁，梅娘娘因珠履脱缀，不能前来侍酒。

唐明皇　今日盛宴，哪有不来之理？待寡人亲自去请。御弟且慢出宫，孤去去就来。内侍摆驾！

高力士　遵旨。

〔西皮摇板〕

唐明皇　【**大锣凤点头**】（过门同前）2　1　2　2　1 2　3. 2 2，3　2 1

莫　不　是　行　酒　多　精　神

（离位下亭，至台中）

1　2　（3　2 1　6 1　2 1　6 5　5 5）1.　3　2 1　1，

劳　顿，待　寡　人

3　1.　3 2，1　2. 3　2 1　1　6 1　6　1　-‖

亲　去　请　携　手　来　临。

〔【**大锣原场**】唐明皇“上场门”第一道侧幕下。四王离位，在长桌案前正中站成一排。高力士站右边台口。

宁　王　万岁亲自去请，可算得宠幸无比。

高力士　依我瞧哇，连万岁爷，恐怕也不会来啦！

〔小太监“上场门”第一道侧幕速暗上，站右台口。

小太监　万岁有旨，因梅娘娘身体劳乏，不能前来。万岁爷可也就不来了。请众王回府去吧！（“上场门”第一道侧幕下）

高力士　你们瞧怎么样？如今梅娘娘宠冠六宫，万岁是无话不听。娘娘不来，万岁自然可也就不来了。诸王且请回府，咱家还要伺候梅娘娘哪！

四　王　正是：（一同站起）【**住头**】皇兄艳福真不浅，

汉　王　快想妙计避祸端。

〔【**大锣五击**】诸王离席转身，“一字形”“下场门”下。

高力士　（站右台口）万岁多情娘娘娇，忙坏了太监我老高！

〔【**大锣原场**】“上场门”下。

第　二　场

选杨定情

〔二幕外。【**大锣五击**】杨钊“上场门”上，站正中。

杨　钊　吾妹若得万岁宠，一朝平步上青云。【**住头**】

下官杨钊。（**仓大**）在朝多年，不得重用。我朝思暮想，设法一步登天，只是无有机会。且喜小妹杨玉环，生得十分美貌。是我买通汉王，屡次推荐。万岁传旨，命我今日带领小妹在宫门候旨。小妹一旦得宠，我杨钊何愁不能掌权！哈……【撕边一锣】只是候旨多时，未蒙召见，好不急煞人也！（移至“大边”）

〔【一小锣】高力士“上场门”上，站“小边”。

杨　钊　（忙迎上前）啊高公爷，万岁可曾下旨？

高力士　怎么？等得不耐烦了吧？告诉你，这选妃可不是件容易的事，得看万岁爷的高兴。你耐心点等着吧！

杨　钊　这有汉王爷引见名帖，还望高公爷看在汉王的分上，在万岁驾前，多多美言才是。（双手托帖交高力士）

高力士　（接过名帖打开）黄金万两，珍珠一串，杨钊拜上。唔！看来你倒是个懂事的。行！我再给你说说，成与不成，可要看你的造化了。

杨　钊　多谢高公爷。

高力士　正是：（扎）虽说宫门深似海，有貌无财进不来！

杨　钊　全仗高公爷……（拱手）

〔【大锣原场】高力士“上场门”下，杨钊“下场门”下。

〔二幕启。底幕前正中垂挂宽幅黄纱幕，两边摆放景泰蓝高花瓶。台左斜摆一宽龙椅。椅子右边放大口矮瓷瓶内放画卷，“下场门”处放一红木架，摆放翠笛。

〔【快长锤】四太监“上场门”上，“九龙口”“小八字”“站门”。唐明皇手持金折扇，缓步至“九龙口”，抖袖。四太监“上场门”“窝下”。

〔西皮摇板〕

唐明皇　【大锣凤点头】（过门同前）2 1 2 2 1 2 3. 2 (2 2)
适才间见爱妃

1. 3 2 3 2 1 3 2 (3 2 1 6 1 2 1) 6 1. 2 3 3
神情怏怏，却不知因

1 2 (3 2 1 6 1 2) 1 2 3 2 1 1 6 1 6 1 (3
何事引起愁肠？

2 1 6 2 1 1 6 5 5 5) 2 2. 1 1 2 1 2 3 2 3 2. 3
苦无计使梅妃

7. 6 5 - (6 5 3 5 6 i 5 -) 3 5 2 7 7 6 -
神驰心旷，

〔【闪锤】转身至左侧龙椅前，心情不悦地坐下。

（过门同前）6. 2 1 2 3 - 1. 3 2 1 1 2 (3 2 1 6 1 2) 2 7 6 6 7 6 i -‖
倒叫孤闷沉沉无有主张。

〔【慢住头】小太监“上场门”上，站台中偏右边。

小太监　启奏万岁，御膳早已齐备多时，请万岁爷用膳呐！

唐明皇　孤那梅妃不乐，哪有心思用膳？啊内侍！

小太监　奴婢在。

唐明皇　你若能使孤的梅妃欢喜，喏，重重有赏。

小太监　哦，启奏万岁，想宫中有的是珍珠宝贝翡翠玛瑙，何不封赐梅娘娘，娘娘定然喜欢。

唐明皇　蠢才！孤那梅妃，怎会稀罕这些东西？（**大……台**）（忽想起翠笛，起身走至红木支架前取下翠笛）这支翠笛乃是孤心爱之物，赠与梅妃，她定然欢喜。内侍！（仍坐左侧龙椅）

小太监　奴婢在！

唐明皇　将这支翠笛与梅娘娘送去，就说孤少时就到。

小太监　遵旨！

〔【大锣五锤】小太监双手接笛，退两步，“上场门”下。

〔高力士从“上场门”第一道侧幕上，站右台口。

高力士　启奏万岁，杨玉环在宫门候驾多时，请万岁召见。

唐明皇　孤身心不爽，改日再见！

高力士　这……万岁，想那杨玉环，不但长得貌美，而且是能歌善舞，温存体贴。万岁心中烦闷，正好召她前来……（试探地）嘿嘿，这个，您要是真的不想见她的话……那奴婢我就叫她……（回身欲走）

唐明皇　（不耐烦地）好、好、好，快快宣她进见！

高力士　（暗喜）遵旨！（站台口）万岁有旨，杨玉环进见哪！

〔高力士走至龙椅右侧侍立。

〔幕内杨玉环白：“领——旨——。”起奏“杨玉环进见曲”音乐（见附录）。

〔二宫女“上场门”上，站“一条边”，杨玉环上，至右台口。

杨玉环　（念引子）天恩雨露久盼望，今日才得 i 2 3 2 2 6 7 6 5 76 - ‖
见 君 王。

〔二宫女“一条边”“上场门”下。杨玉环台中跪拜。

杨玉环　臣妾杨玉环见驾，吾皇万岁！

唐明皇　为何不抬起头来？

杨玉环　不敢抬头。

唐明皇　恕你无罪。

杨玉环　谢万岁！

〔杨玉环抬头，音乐止。（**大……衣大大 仓**）唐明皇一见惊呆，猛然站立，不知不觉，手中金扇落地。高力士眼疾手快，忙捡起，双手托扇递给唐明皇。

高力士　万岁爷，您的扇子掉了。

〔西皮流水板〕

（大大大大 | 衣大 大 | 仓）(3 | 1/4 4. 3 | 2123 | 5 0 | 356i | 5 i | 3. 2 | 1 21 |

（唐明皇走至台口，背供唱）

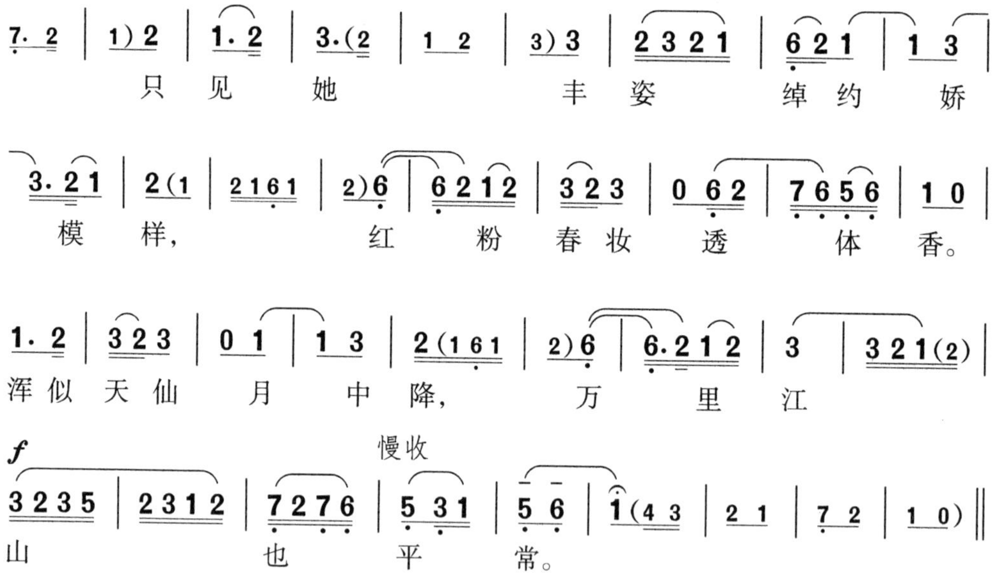

〔【住头】唐明皇坐下。抬手示意杨玉环站起，杨站“小边”。高力士从椅后走到椅左侧。

唐明皇 妃子容貌，真是倾国倾城。孤这三宫六院有哪个比得上妃子？

杨玉环 臣妾寒门陋质，怎当万岁称赞。（缓步稍靠近唐明皇）

唐明皇 高力士！

高力士 奴婢在。

唐明皇 快取金钗钿盒前来。

高力士 遵旨！

〔【大锣五锤】高力士“下场门”下。小太监“上场门”第一道侧幕上，站右台口。

小太监 启奏万岁，梅娘娘一见翠笛十分欢喜，命奴婢……（**大……乙大 台**）

唐明皇 （厌烦地）好了，好了！不要讲了，你且退下！

〔小太监“上场门”低头速下。唐明皇面对杨，杨站台中。

唐明皇 啊妃子，你家中还有何人？

杨玉环 臣妾兄长杨钊，在殿角候旨。

唐明皇 好，明日早朝，宣他上殿拜为侍郎。改名国忠，以效忠王家。

杨玉环 万岁如此恩宠，我杨玉环粉身碎骨，难报圣恩！（右手翻袖，跪拜）

唐明皇 起来，妃子起来！哈……来来来坐下！（双手扶杨妃起）

〔高力士双手托钗盒，“下场门”暗上。【**小锣一击**】

高力士 万岁，金钗钿盒到！（**大……乙大 台**）（刚要递与杨玉环，唐明皇忙拦阻，接过钿盒。高力士“下场门”暗下）

唐明皇 杨玉环听封！

杨玉环 万岁。（跪）

唐明皇 孤以金钗钿盒，与卿定情，册封以为贵妃！

〔（**大……衣大 大 仓**）唐将金钗钿盒交到杨妃手中。

杨玉环 谢主龙——恩！（双手接钗盒，起身）

梅 妃

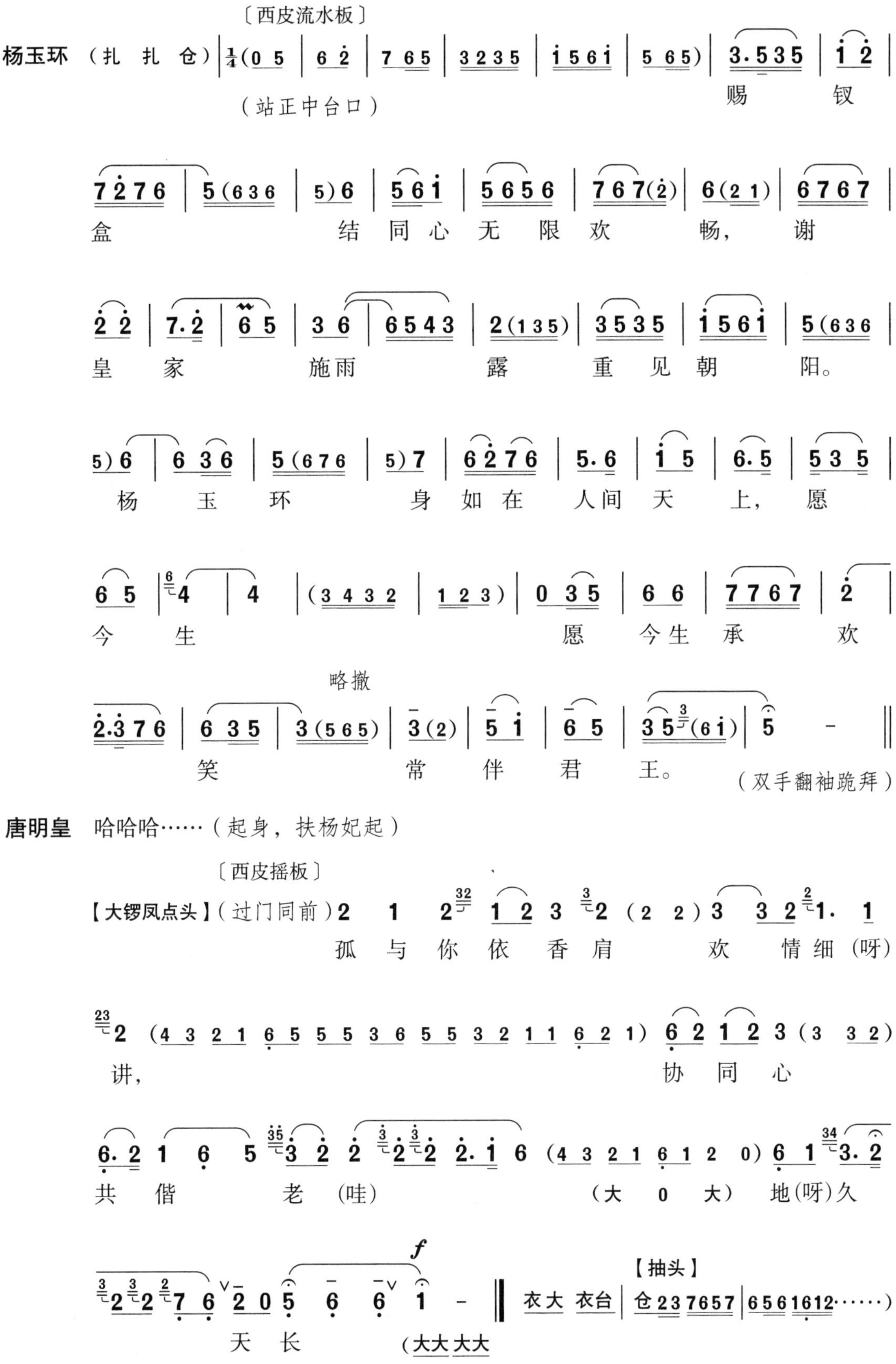
〔西皮流水板〕
杨玉环 （扎 扎 仓）
（站正中台口）
赐 钗
盒 结同心无限欢 畅，谢
皇 家 施雨 露 重 见 朝 阳。
杨 玉 环 身如在 人间 天 上，愿
今 生 愿 今生 承 欢
略撤
笑 常 伴 君 王。
（双手翻袖跪拜）
唐明皇 哈哈哈……（起身，扶杨妃起）
〔西皮摇板〕
【大锣凤点头】（过门同前）
孤 与 你 依 香 肩 欢 情 细（呀）
讲， 协 同 心
共 偕 老 （哇） （大 0 大） 地（呀）久
天 长
【抽头】
衣大 衣台 仓
（大大 大大

〔接奏“杨玉环进见曲”。唐明皇和杨玉环合式往里转身，二人对视，脉脉含情缓步“下场门”同下。

第 三 场

楼东赋怨

〔二幕外。**【小锣五击】**永新、念奴“上场门”上，至台口。

永　新　万岁得新宠，

念　奴　召侍华阳宫。

永　新　念奴妹妹，如今万岁传旨，命你我二人长住华阳宫，伺候杨娘娘。想梅娘娘待你我甚是恩厚，如何启齿呐？

念　奴　可说的是呀，当初万岁爷对梅娘娘何等恩宠，各处进梅，建造梅亭。自从有了杨娘娘，这下可好，几个月都不到梅娘娘这儿来啦！现在又把咱们俩人派到杨娘娘那里排演《霓裳羽衣曲》，梅娘娘要是知道该多难受呀！我看还是你一个人去说吧，我可说不出口来！

永　新　你比我会说话，还是你去说吧！

念　奴　好了，别推了，干脆咱俩一块去说吧！！

永　新　正是：宫中自有宫中苦，

念　奴　不在宫中总不知。

〔**【小锣打下】**二人“下场门”下。

〔二幕启。场上正中摆“喜鹊登梅”大屏风，橘黄色蝴蝶纱幕，右边天幕露出宫殿一角。舞台正中摆一桌案，一小坐椅左侧摆一长条形桌案，桌面一角文房四宝，桌后一椅。“下场门”“九龙口”位置放一红木架子，上面架着翠笛。

〔西皮原板〕中速、沉稳

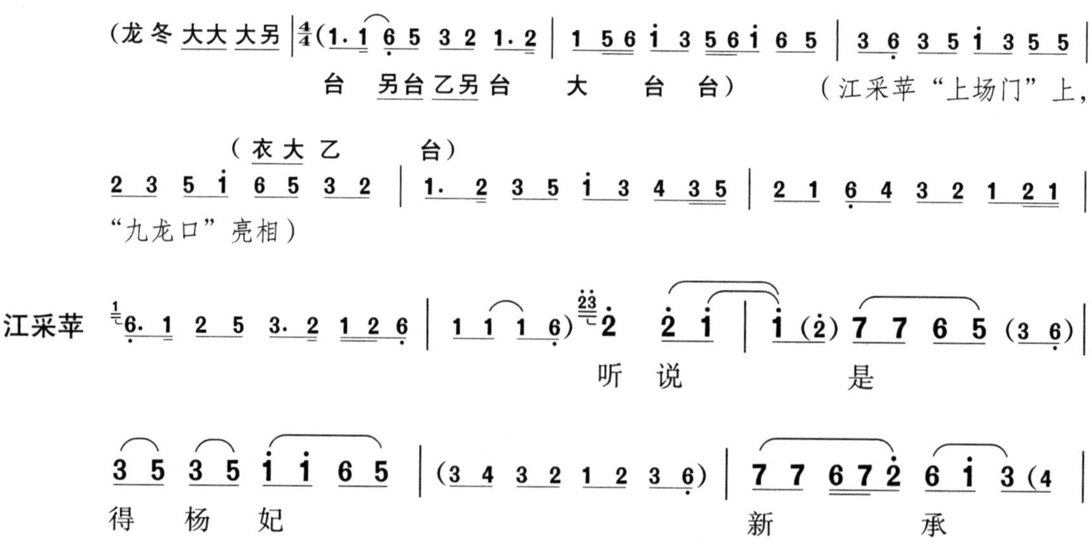

梅妃

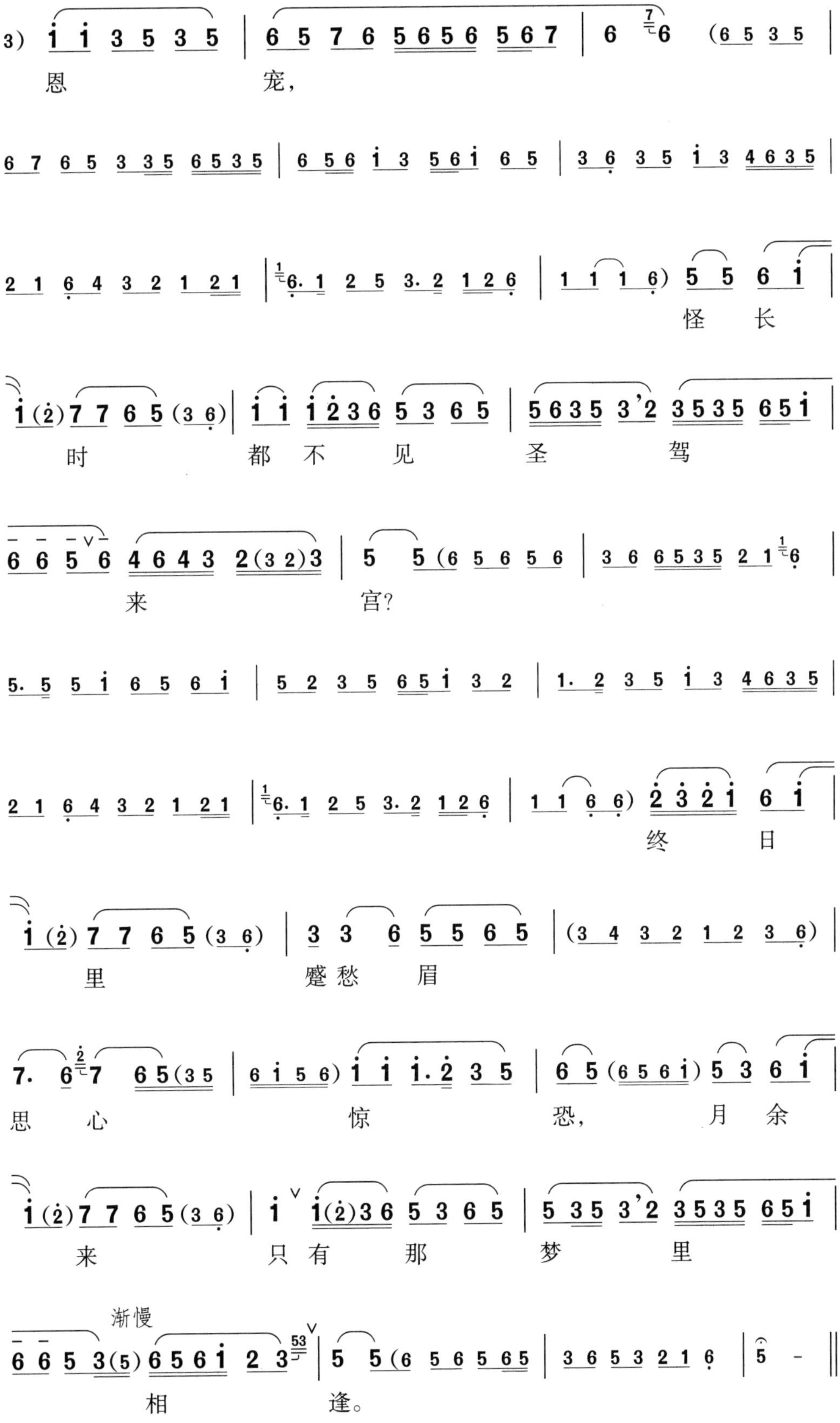

〔西皮摇板〕

【小锣凤点头】（过门同前）5 i i 3 5 7 7 5 6 5.（6 5 3 5 6）
想 当 初 侍 椒 房

7 6 6 3 5 6（6 5 3 5 6 6）5 i 6 5 5 6 6 5 6
甘 心 同 梦，怎 禁 得 月 余 来

（6 5 3 5 6 0）3 5 5 5 3 5 3 5 6 6 5 5 – ‖
（大 大） 人 去 无 踪。（大大大大乙台 –）

〔江采苹左转身归里，坐“小座”。【小锣五击】永新、念奴“上场门”上，“双挖门”在江采苹面前左右分站，蹲拜。

永　新
念　奴（同）奴婢们叩辞了！

江采苹（大……乙台）（不解地）此话从何而来？（见二人欲言又止）啊？（大……台）吞吞吐吐，却是为何？有话只管讲来！

永　新　奴婢们奉旨，改在杨娘娘宫里伺候，特来禀知娘娘。

江采苹（一惊）怎么？（大……台）你二人要去杨娘娘宫中伺候了么？（大……台）

永　新
念　奴（同）正是。

江采苹　这是万岁爷的旨意么？（永、念二人点头不语）万岁每日与杨娘娘是怎样的欢乐呢？

永　新　万岁和杨娘娘朝朝欢宴，夜夜笙歌。那天定情的时候，万岁爷亲赐金钗钿盒，又叫梨园奏演《霓裳羽衣曲》。

〔梅妃难过，左转身，脸朝“下场门”。

念　奴　万岁说：得了杨娘娘，如同得宝一般，故而特制一曲名叫《得宝子》，别说那杨娘娘多高兴了，就连那大舅爷杨钊也盛气凌人的，甭提有多神气啦！（梅妃渐渐脸朝外。永新示意念奴不要再说下去了）

江采苹（大……台）好、好、好，那边如此热闹，倒也有趣，你二人只管去吧。

永　新
念　奴（同）奴婢们舍不得梅娘娘。（蹲拜）

江采苹　这是万岁的旨意，哪有不去之理？你们去吧！（朝左侧桌案缓步走去）

永　新
念　奴（二人起身）娘娘多保重。（至右台口欲下）

江采苹　转来！传高力士前来。

永　新
念　奴（同）遵旨！【小锣五击】（二人“上场门”下）

江采苹（大……台）（沉吟）听他二人之言，那杨玉环十分受宠。万岁呀万岁！难道你无心于我了么？

梅　妃

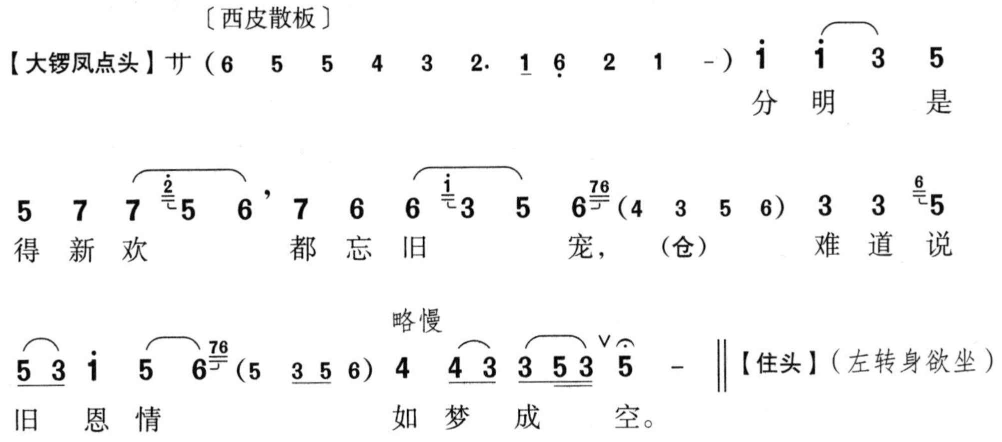

〔嫣红引高力士“上场门”第一道侧幕上。嫣红直线到江采苹左边，高力士站右台口。

高力士　奴婢高力士见驾，娘娘千岁。

江采苹　（背对高力士）高力士你来了么?

高力士　奴婢来迟，娘娘恕罪。

江采苹　（**大……台**）（沉思）我且问你，万岁今在何处?

高力士　万岁爷现在西阁呐！（**大台**）

江采苹　好，你随我前去见驾。（左转身脸朝里）

高力士　这……（**大……台**）（背供）哎呀慢着，想此事若被杨娘娘知道了，可怎么好呐?要是不去呢，指不定万岁哪天高兴了又召幸梅娘娘，我那时可也吃罪不起呀?（想）有了！好在今儿个万岁一人在西阁，我瞒着杨娘娘，就陪她去一趟，见机行事吧！（对江采苹）梅娘娘，不是奴婢多口，想从前，万岁对娘娘是何等恩宠，也是娘娘过于冷淡了，今儿个杨娘娘不在，您亲自去问安，万岁定能回心转意。

江采苹　（**大……台**）（沉思，点头）好，高力士！吩咐摆驾！

高力士　（至台口）摆驾西阁呀！（仍回原位）

〔闭二幕。

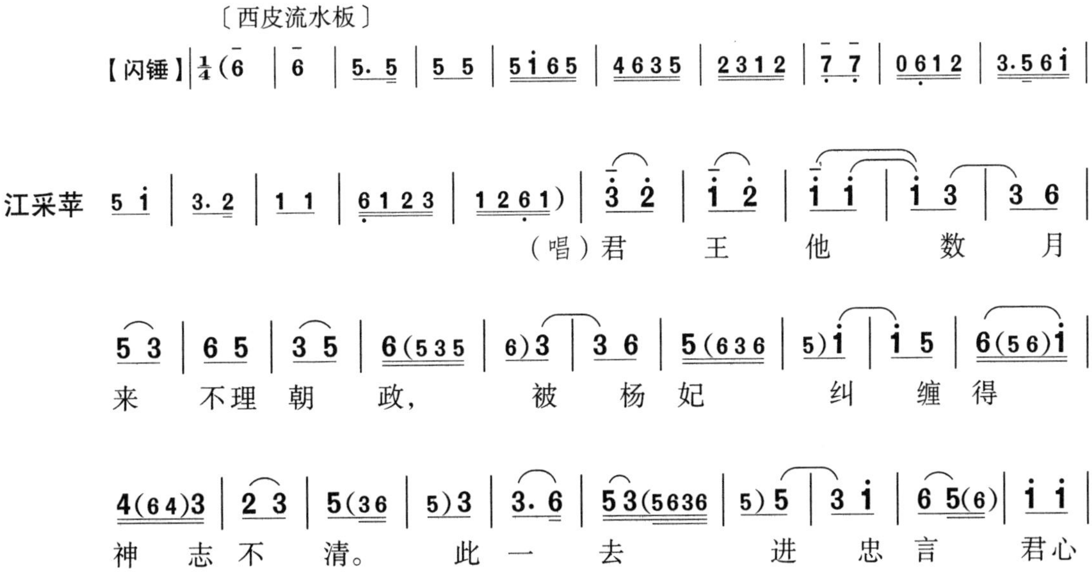

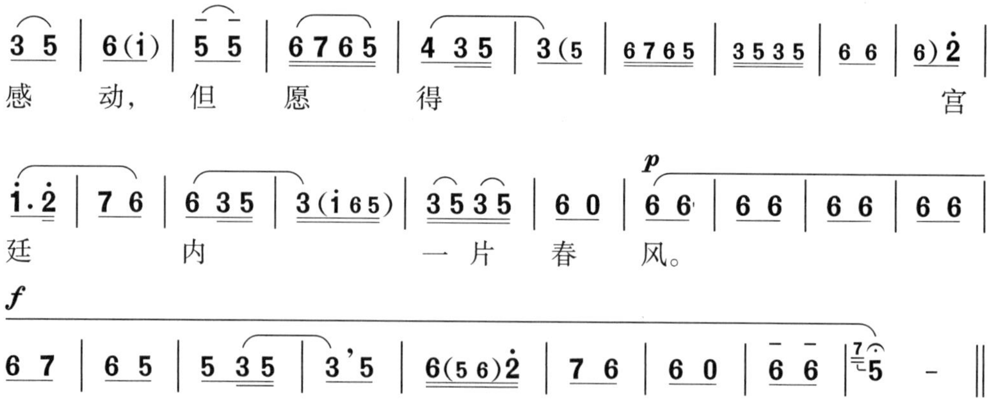

〔【快长锤】四宫女举銮仗架成X形，两人一对，双排，由“下场门”上，至左台口停，站“小八字”形。

〔高力士先出宫，站车辇左侧。之后，嫣红搀江采苹出宫，至左台口上辇，站在四宫女中间，嫣红站辇右边。此时，由四宫女组成另一凤辇，同样举銮仗，八字形。杨玉环站辇内居中，同时由“上场门”上，至右台口停。

〔西皮流水板〕

杨玉环 【大锣凤点头】

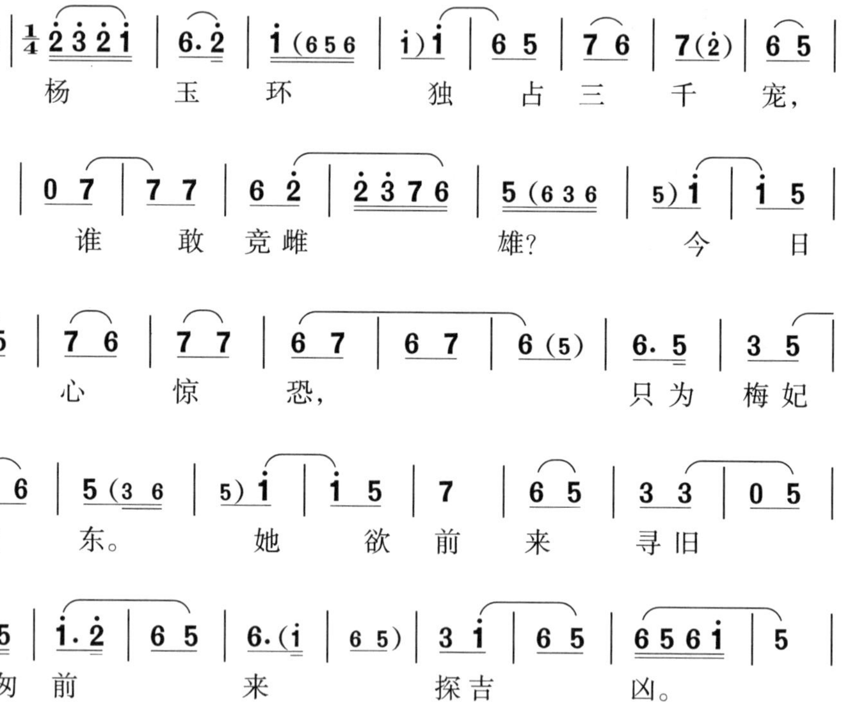

〔行弦〕

(5. 5 3 6 ‖: 5 3 5 0 6 | 5 4 3 6 | 5. 6 i 7 | 6 7 6 5 3 5 6 i :‖)

〔高力士看到杨妃凤辇，至左台口。

高力士 （背供）哎哟这可糟了！怎么偏偏遇上她呀？趁早，我们绕道吧！（回原位）启梅娘娘，我们绕道而行吧！

江采苹 却是为何？

高力士　只因那边修建太液池，这道儿不好走哇！（用云帚指杨玉环车辇）

江采苹　（顺着云帚指的方向，看见了杨玉环凤辇）呀！（〔行弦〕止）

〔西皮摇板〕

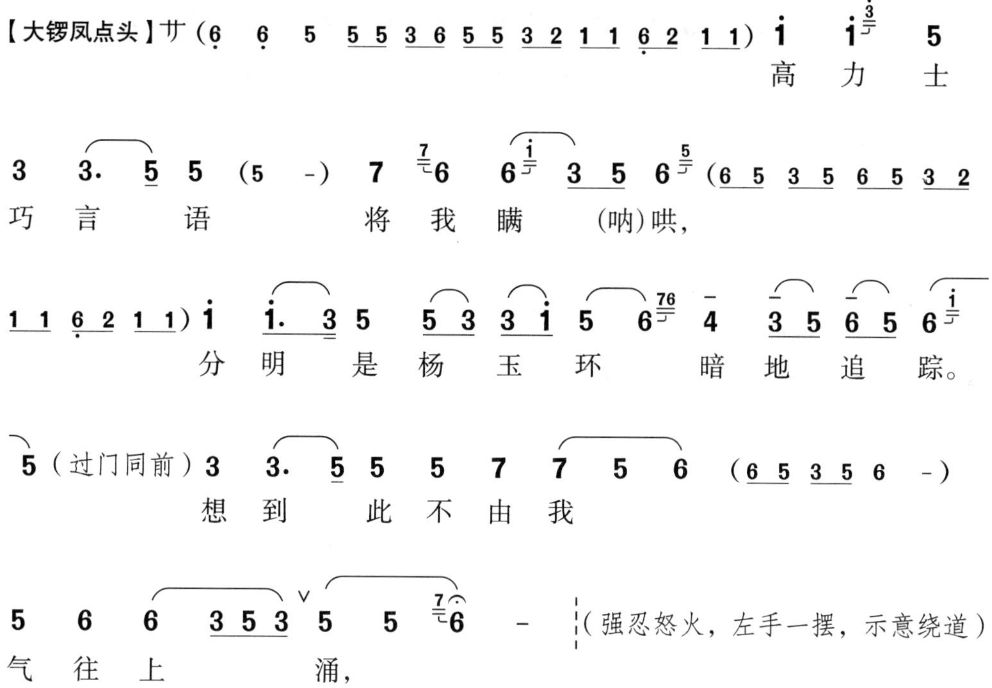

高力士　（心领神会，站原地）绕道而行啊！

〔【紧锤】梅妃乘坐凤辇，从左台口，走弧形圆场，至“上场门”“九龙口”位置，脸朝前停。同时，杨玉环傲慢地乘辇从右台口向左台口移至“下场门”台口前，脸朝前。二辇并排。

〔流水板〕速度略快

江采苹

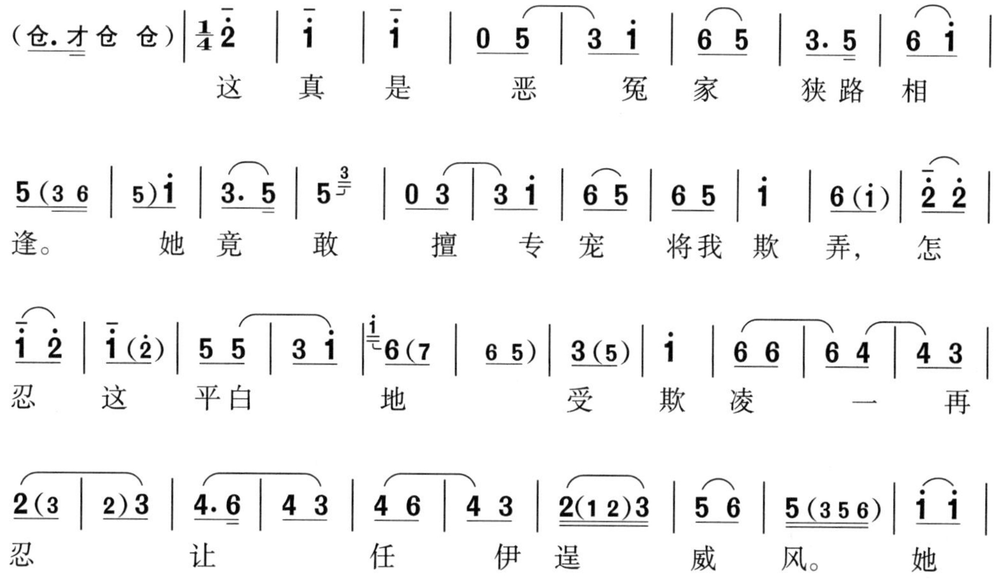

3.5 | 5(3 | 5 6) | 1.1 | 5 6 | 7 7 | 6 5 | 6 5 | 3 5 | 6(5) | 3 2 |
那 里 锋 芒 逼 人 恣意 放 纵， 坐

略撤
3.6 | 5 | 5 3 | 3 5 | 6(7 | 6 5) | 4 | 4 3 | 3 53 | 5 – ‖【住头】
凤 辇 且 看 她 怎 对 本 宫？

江采苹
杨玉环 （同）高力士！

高力士 （左右为难）这两边一块儿传唤，我上哪边合适哪？

杨玉环 高力士！

高力士 （朝左拜杨妃）奴婢伺候娘娘。

杨玉环 何人挡道？

高力士 呃……是上阳宫的梅娘娘。

江采苹 高力士！

高力士 （回身朝右拜梅妃）喳！奴婢在。

江采苹 何人在此？

高力士 是华阳宫的杨娘娘。

杨玉环 高力士！

高力士 （回身朝左拜杨妃）哎——奴婢在！

杨玉环 你不去侍奉万岁，在此作甚呐？

高力士 呃，这个……是陪同梅娘娘大名寺拈香去。

江采苹 高力士！

高力士 （回身朝右拜梅妃）又来了，今儿个我可红了，奴婢在。

江采苹 杨娘娘，在此作甚？

高力士 呃这个……杨娘娘至御花园赏花儿来啦！

杨玉环 高力士！

高力士 哎，奴婢在！（回身）今儿个买卖可真不错呀！（朝左叩拜）

杨玉环 我来问你，万岁今在何处？

高力士 这个……万岁在太和殿吧？

杨玉环 啊？

高力士 呃不不……刚才在太和殿，这阵儿，八成到了西阁了。

杨玉环 你陪定本宫前去见驾。

高力士 这个……（回头瞄梅妃一眼）

杨玉环 嗯？！

高力士 是是是奴婢遵旨。（大……大0台）（站台口背供）哎哟这下可糟了！她要去（暗指梅妃），她也要去（暗指杨妃），这要是在那儿碰上了，这不让万岁爷为难了吗？哎哟，这可怎么办哪？（大……大0台）哎，梅娘娘好说话，我去跟她说几句好话，先把她请回去得了。

江采苹 高力士！

高力士 （回身朝右拜梅妃）奴婢在。

江采苹　陪我前去见驾！

高力士　这……（起身，至梅辇右边）启奏娘娘，这两宫相遇，多有不便。娘娘您素来宽宏大量，不如先请回宫，改日再见驾吧！

慢

〔（**大……大大 衣 仓**）江采苹无奈，深深叹口气。

江采苹

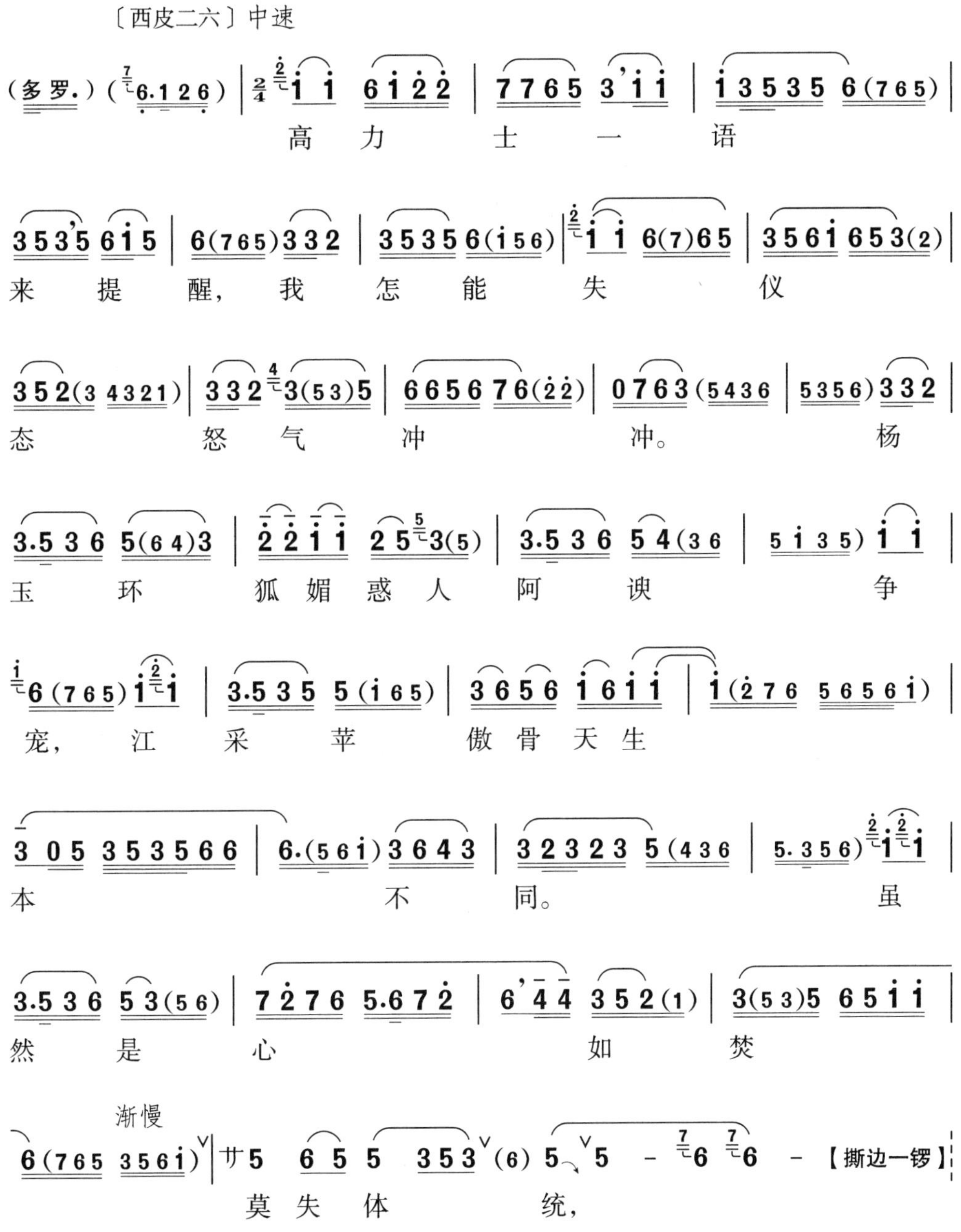

高力士　娘娘！

江采苹　（忍气吞声）回宫！

高力士　（暗喜）遵旨！（站台口）梅娘娘起驾回宫啦！（念"回宫"二字时朝左方向，声

音响一点，有意告知杨妃）

杨玉环 摆驾回宫!

〔【滚头子】弦乐齐奏“杨玉环进见曲”。杨玉环得意地乘辇由“下场门”“九龙口”至左台口，一直朝“上场门”第一道侧幕下。高力士跟杨妃车辇后面，随下。音乐止。

〔二幕启。景同前。台左侧长桌案上，摆一桌灯、纸、笔、砚等。江采苹强压怒火，目视杨妃车辇去后背影。梅妃车辇由“上场门”“九龙口”处反圆场至左台口停，嫣红搀梅妃下辇。四宫女“下场门”窝下。嫣红搀江采苹至台中，进宫，转身朝前，

〔亮弦〕

（锣鼓打住）（4 3.2 3 6 5 -）心中气闷。

〔西皮散板〕

江采苹 【大锣凤点头】（过门同前）3 3 5 3 53 i 6 6 6 3 4. 6

强 忍 着 满 腹 悲 愤

4. 3 2 3 3 2 -（7 6 1 2）3 5 3535 66 6 5 5 - ‖

转 回 楼东。

〔【住头】江采苹左转身，归里，坐中椅。嫣红站“大边”。

江采苹 （大……0大 台）（望夜空）无已黄昏，万恨千愁，从何说起？万岁呀万岁！你真个无心于我了么？往日的山盟海誓，难道说都付与流水不成么？

〔南梆子〕

（大）|（3. 3 3 3 2. 3 7 1 | 4/4 2 2 2 1 2 5 3 21 | 7. 7 7 6 7672 7.656 |

1 6 1 3 2 12 356i | 550 0435 6 6 6535 | 2 1 2 3 4 3 216 |

5. 6 5 3 2 1 6 2 | 1. 6 1 3 2 3 7 2 | 6 2 7 6 2 3 5 6 |

1. 6 1 2）3. 5 3（535）| i 7 6 5 6 6 | 6656 7 6 5 6 5 |

论 深 情

（5. 6 5 3 2 3 5 6 | 1 2 4 3 2 3 2 1 | 6 2 7 6 i 3 5 6 |

5. 3 5 6）i 5 5 | 3'5 6 6 3 5 3（6）| 5. 6 5 6 i i 6 |

似 不 应 藕 丝

梅妃

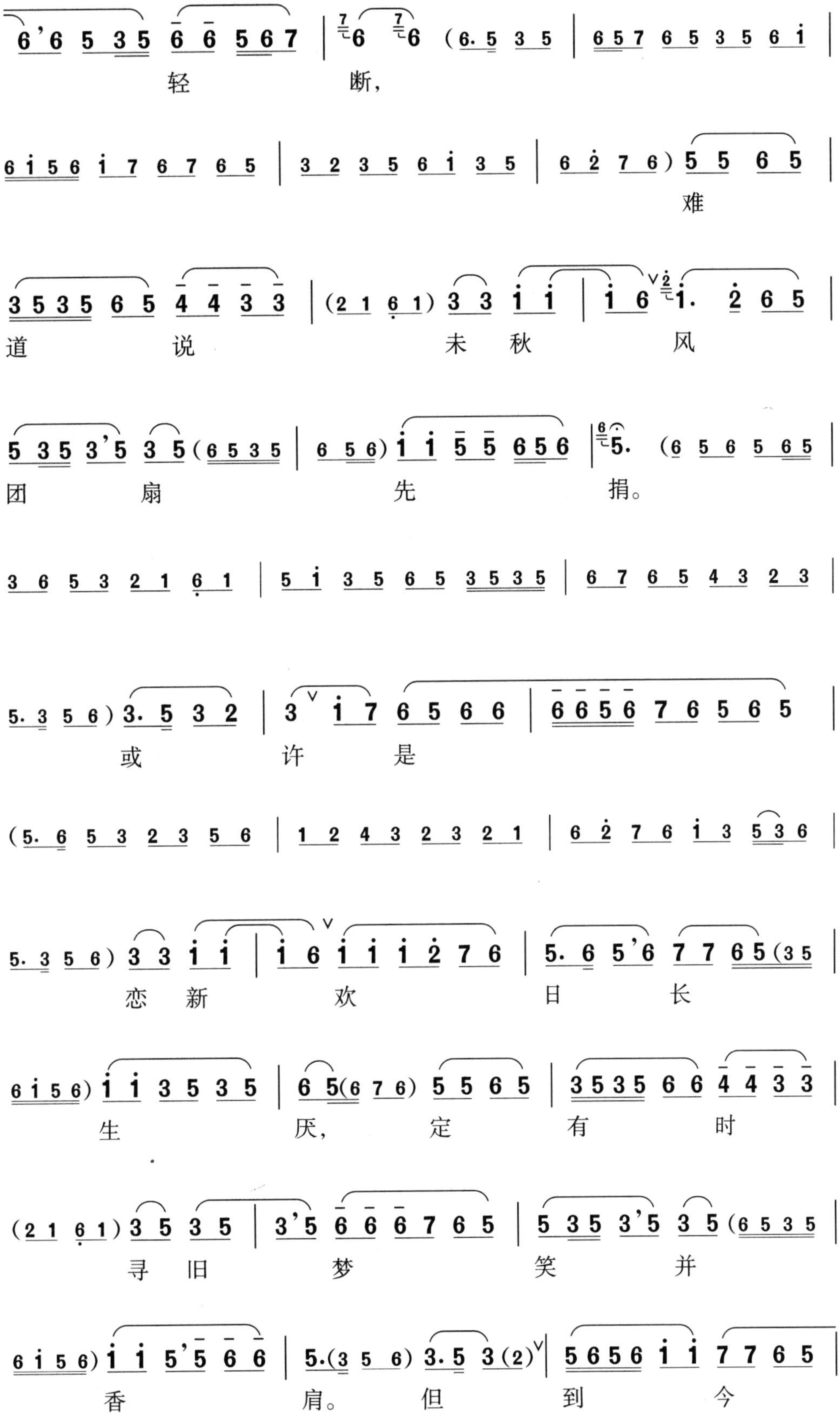

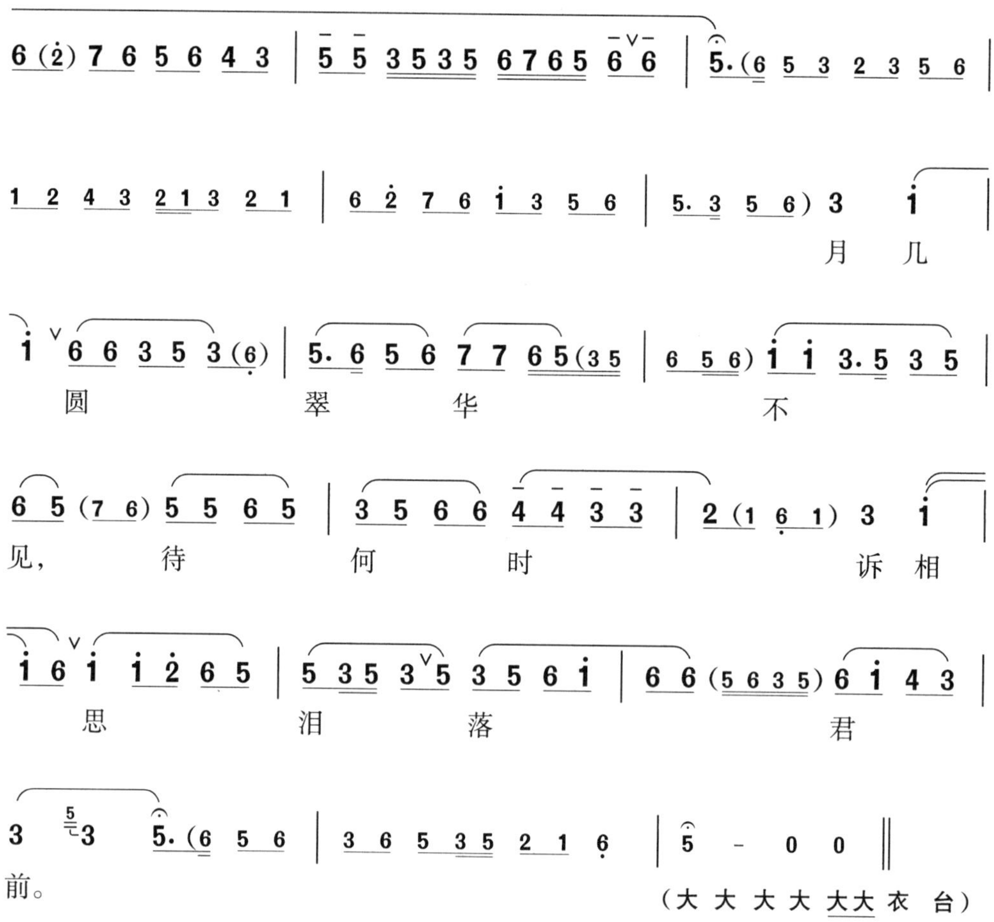

江采苹 待我以楼东为名，作赋一首，呈与圣驾，以诉衷情。嫣红！

嫣　红 伺候娘娘。

江采苹 笔砚伺候。

嫣　红 遵旨。（至左侧桌案右边，溶墨）（大……大 衣大 乙 台）

〔江采苹至左台口，左转身，至左长桌左侧入座。打开纸，提笔，想。

江采苹 （念）凤衮香，蝉鬓松，闭长门，梅花飘落，

唱〔昆曲〕声调

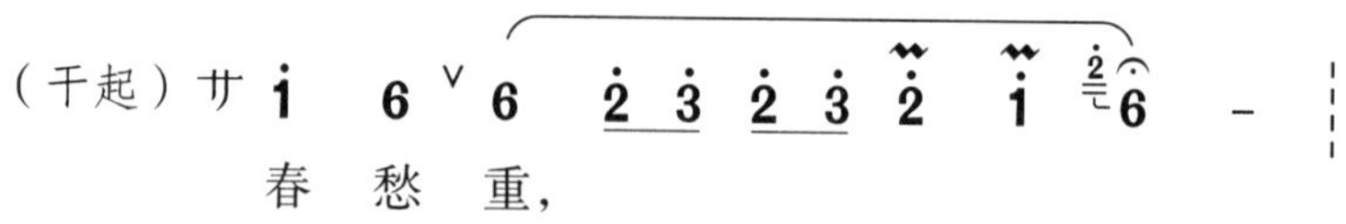

（提笔写）想当日，承欢侍宴荷殊宠，今日呵！

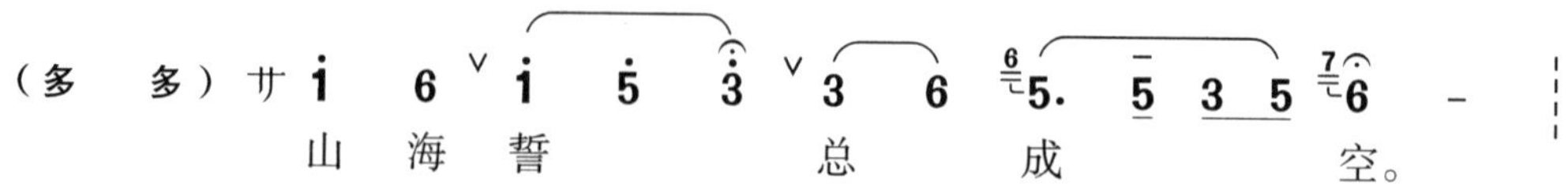

杨玉环哪！杨玉环！你缘何疾色庸庸，奈何！

廿 i 2 6. 6 5 3 2 ⁵3 - |
妒 气 冲?

（提笔写）你夺我之爱幸，斥我于幽宫，恨少个——

渐慢

（多 多）廿 1 6 1 6.（多 罗）| $\frac{2}{4}$ 2 2 2 1 | 3 3 3 5 | ⁱ6 - ‖
多才司马 赋 楼 东。

〔（大……大 0 台）江采苹手拿诗稿，从桌案里面走出至左台口。

江采苹 嫣红！你交付高力士，递与万岁！（走至台中，将诗稿交给嫣红）

嫣 红 是。（双手接诗稿，蹲拜，“上场门”下）

1＝D 凄凉地

（二胡独奏）$\frac{2}{4}$ 5. 6 i 2 7 | 6 6 5 | 3 3 2 3 5 6 4 | 3 3ʼ56 |
（弹拨）（0 43 2 12） （0 23 1 21）

渐慢

7 - | 7 2 7 6 5 4 3 5 | 6 - ‖

起【慢大锣圆场】轻奏，由慢渐快

〔江采苹一人，凄凉孤独，备感失落，伤感，站立台中。灯光渐暗。闭二幕。

第 四 场

絮阁争宠

〔二幕外。夜深。

〔【小锣滚头子】高力士右手持马鞭，左手将褶子下摆两衣角捏在指缝间，成斗斗形，“上场门”上，“九龙口”亮相。圆场至正中台口，勒马。

高力士 【扑灯蛾】〔数板〕铜壶滴漏露沾衣，
深夜楼东下旨意。
万岁西阁思往事，
他背了杨妃又宣梅妃。
我紧勒缰，（乙大 大 0 才）（马鞭上膀子，勒马）
告坐骥，（乙大 大 0 才）（背马鞭子，骑马蹲裆式）
穿过西宫要轻马蹄。
此事若被杨妃晓，

那醋江醋海得决了堤！（至右台口，双手外翻）

〔【小钹滚头子】从右台口右转身“反圆场”仍回右台口，脸朝“下场门”亮相，走骑马步式，【大锣原场】“下场门”下。

〔二幕启。【慢长锤】底幕正中垂落橘红色落地屏风纱幕，两边幕侧挂黄色蝴蝶纱幕。场上正中摆一红木雕龙桌，桌前一红木雕龙椅“小座”。左侧斜场摆放一红木靠背雕龙双人扶手椅，椅座上正中摆设一小茶几。

〔一小太监“上场门”上，至“九龙口”站左边。

〔西皮原板〕

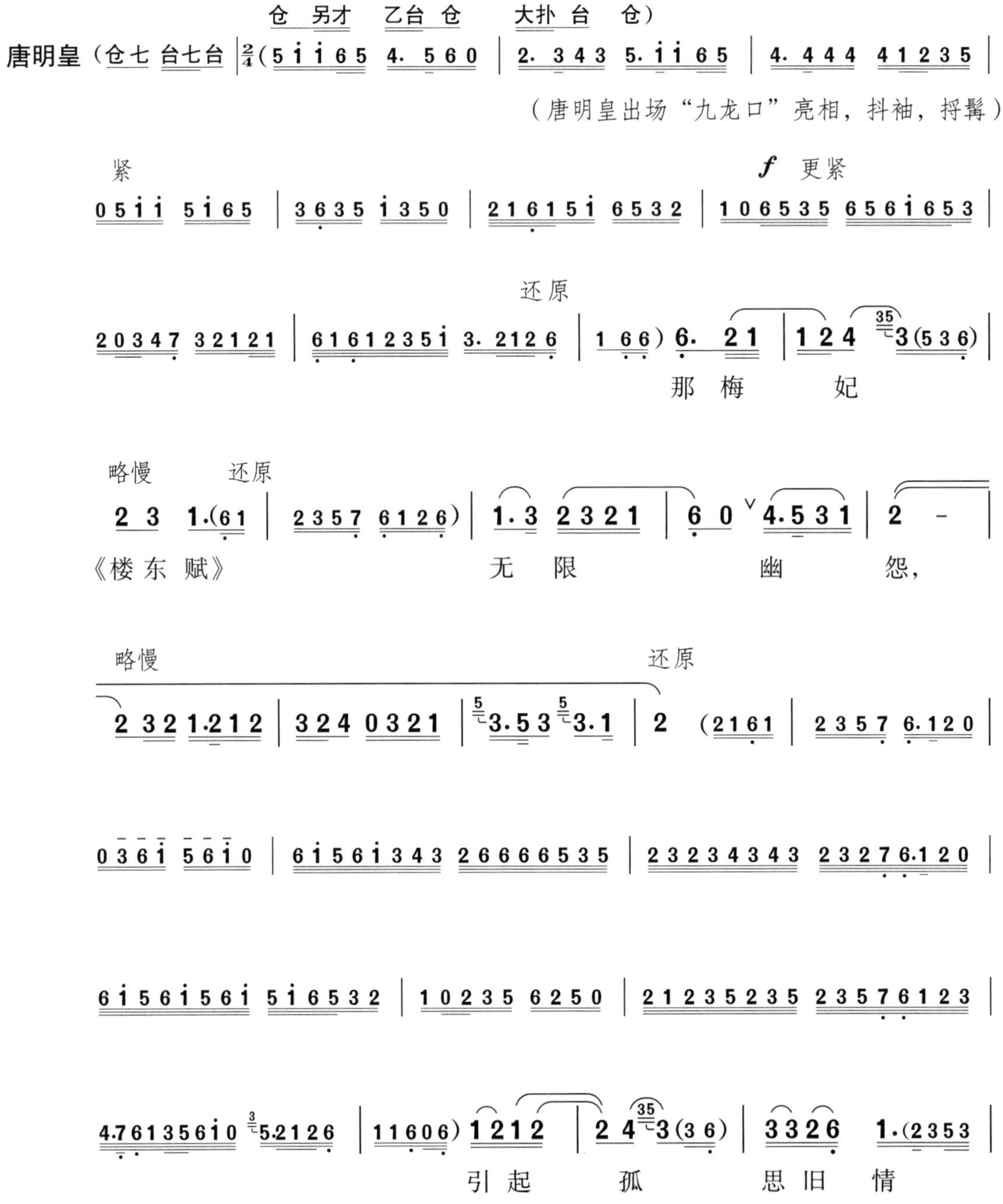

梅 妃

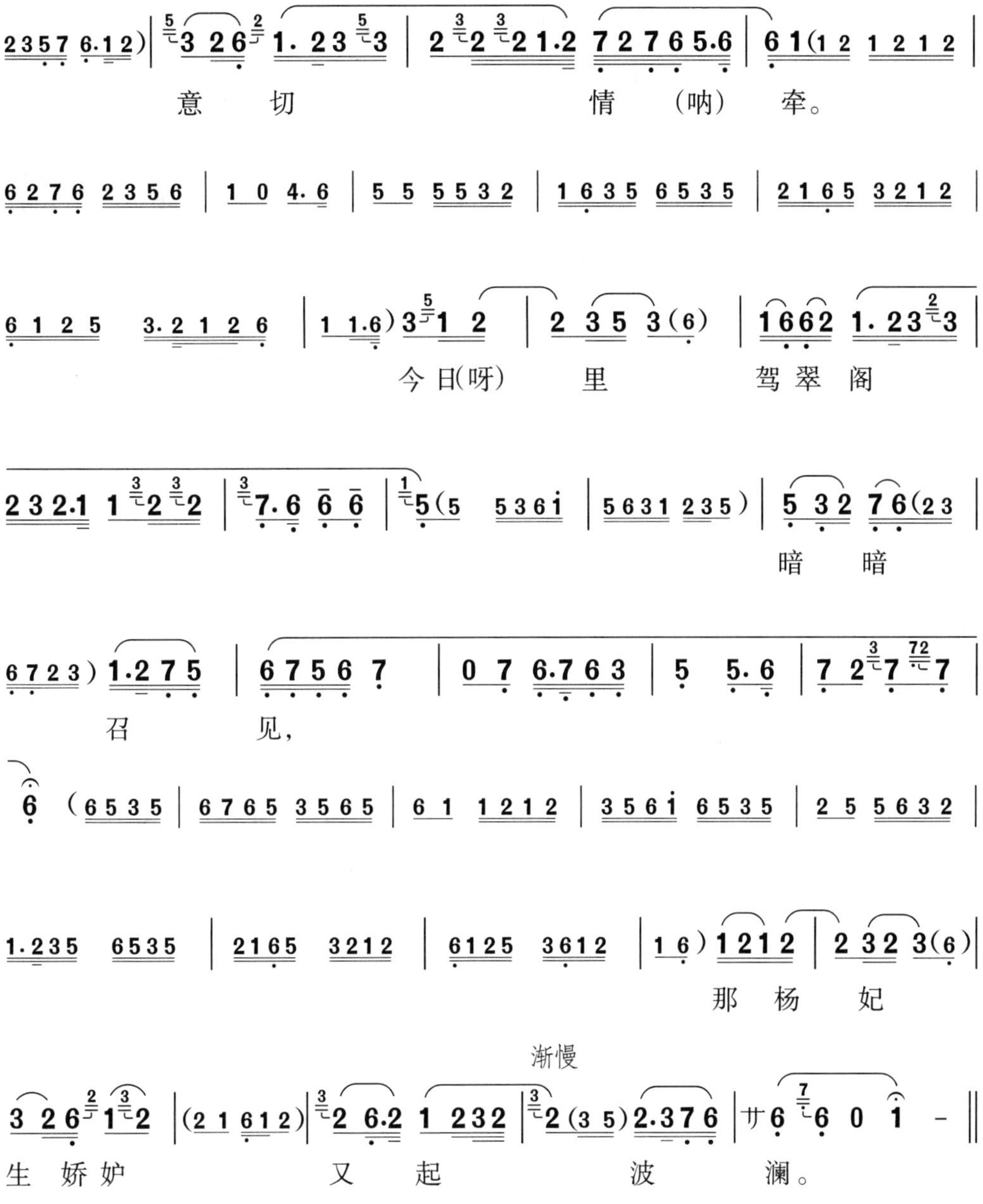

〔【撞金钟】幕内小太监白：“梅娘娘驾到哇！”二宫女“上场门”上，“一条边”。梅妃缓步上，至右台口。

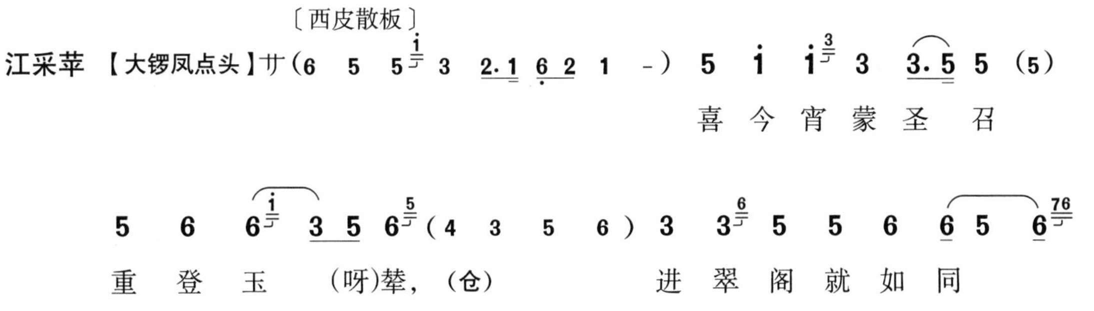

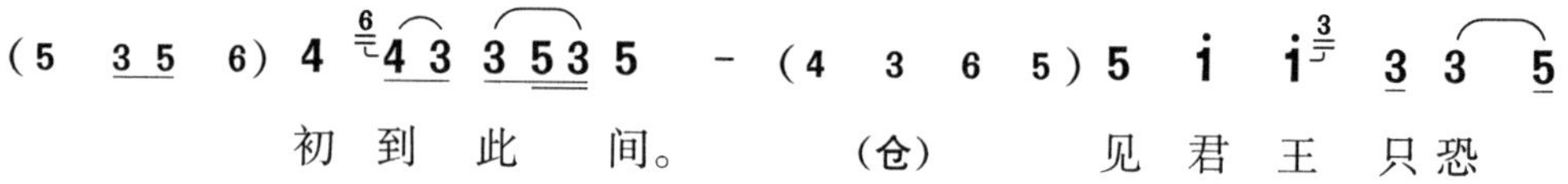

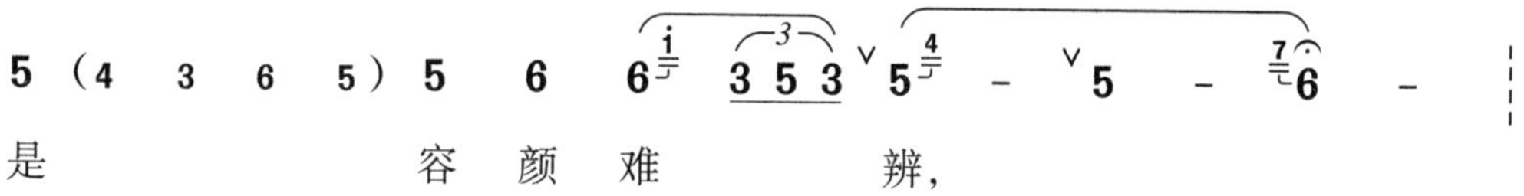

（移步至台中，蹲拜）

〔【撕边一锣】唐明皇起来，忙至台口。

江采苹 江采苹见驾，吾皇万岁！

唐明皇 （双手搀梅妃）梅妃快快请起。

〔【软撕边】(八 大大 仓)【乱锤】梅妃抬头见唐明皇，感动万分，伤心地抽泣，哭成泪人，站起。唐明皇为梅妃擦泪。

〔西皮散板〕

江采苹 【大锣凤点头】(过门同前)

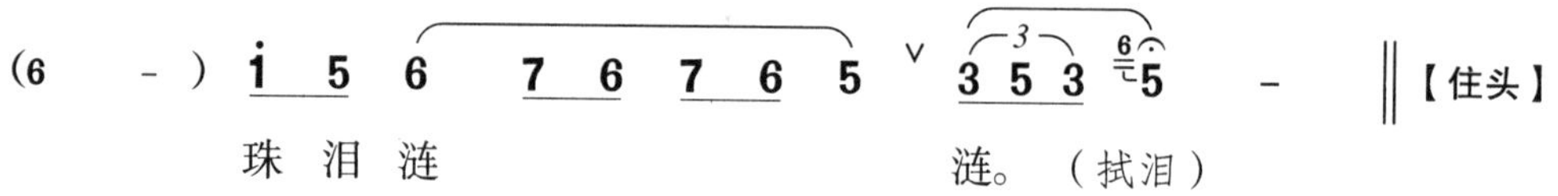

唐明皇 （与梅妃站台口，观其面容）数月不见，妃子清瘦多矣！

江采苹 比那西宫杨玉环，自然清瘦多了。

唐明皇 不不不，妃子清瘦，正是梅花神韵，越发地可爱了。

江采苹 万岁得了新欢，忘却旧知，你把梅亭誓言付于流水，叫我思之，怎不伤心哪……（哭，掩面拭泪）

唐明皇 怎么又哭起来了？

〔西皮摇板〕

江采苹 【大锣凤点头】(过门同前)

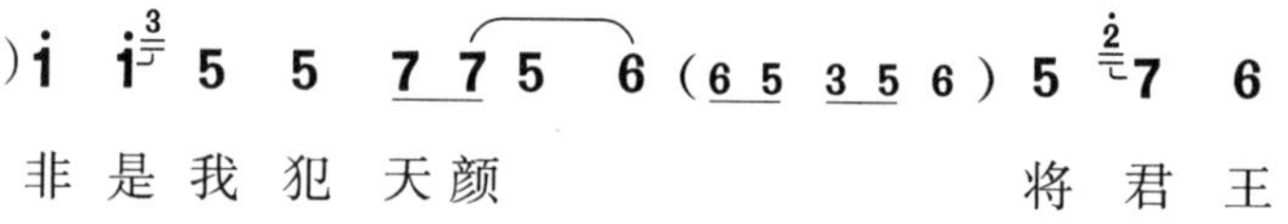

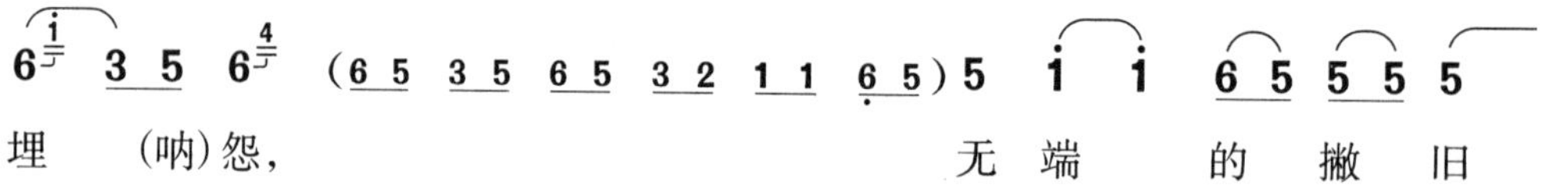

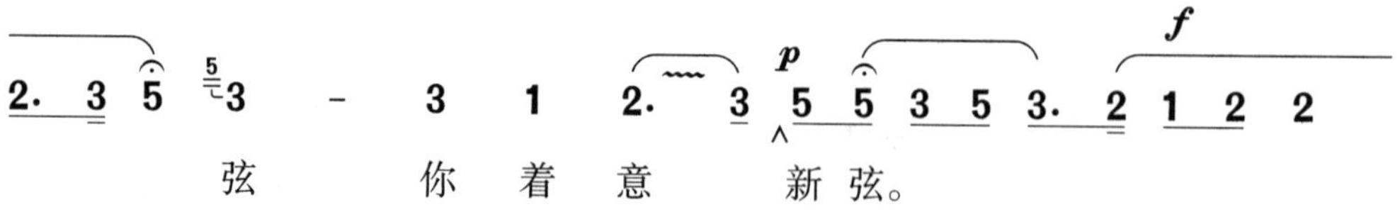

梅 妃

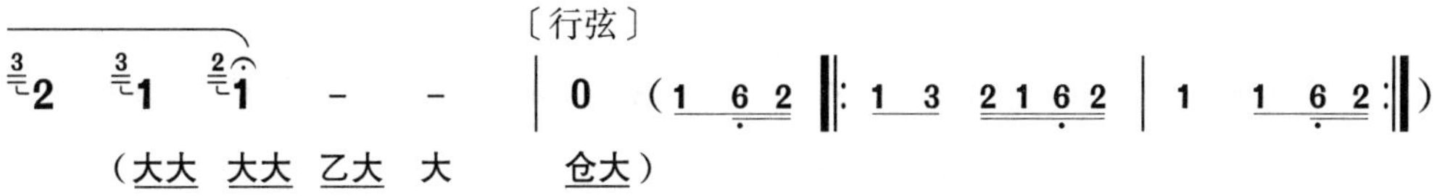

唐明皇 寡人怎能忘却妃子，只因朝政忙碌，未能得闲探望妃子。啊妃子，不要冤屈寡人。

江采苹

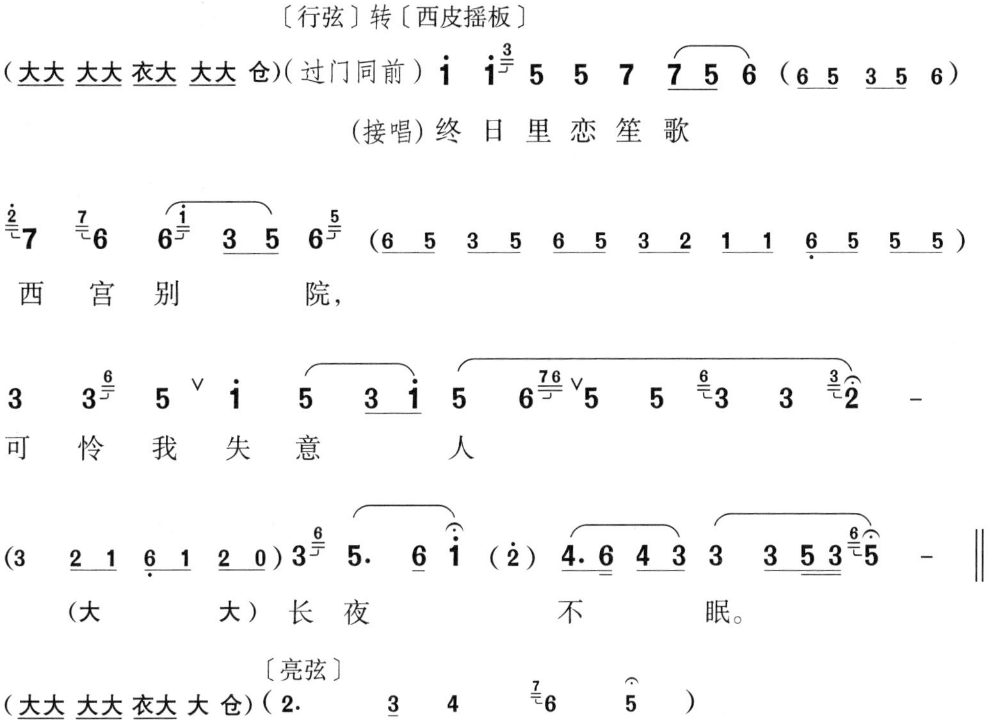

唐明皇 妃子啊！

〔【闪锤】双手翻袖搀扶梅妃坐台左侧双人长椅上。

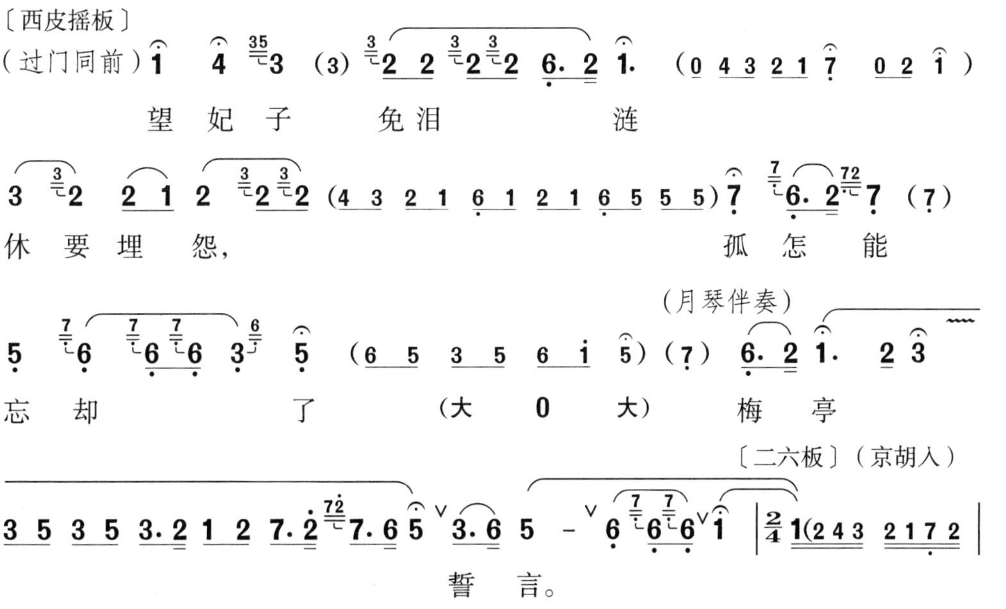

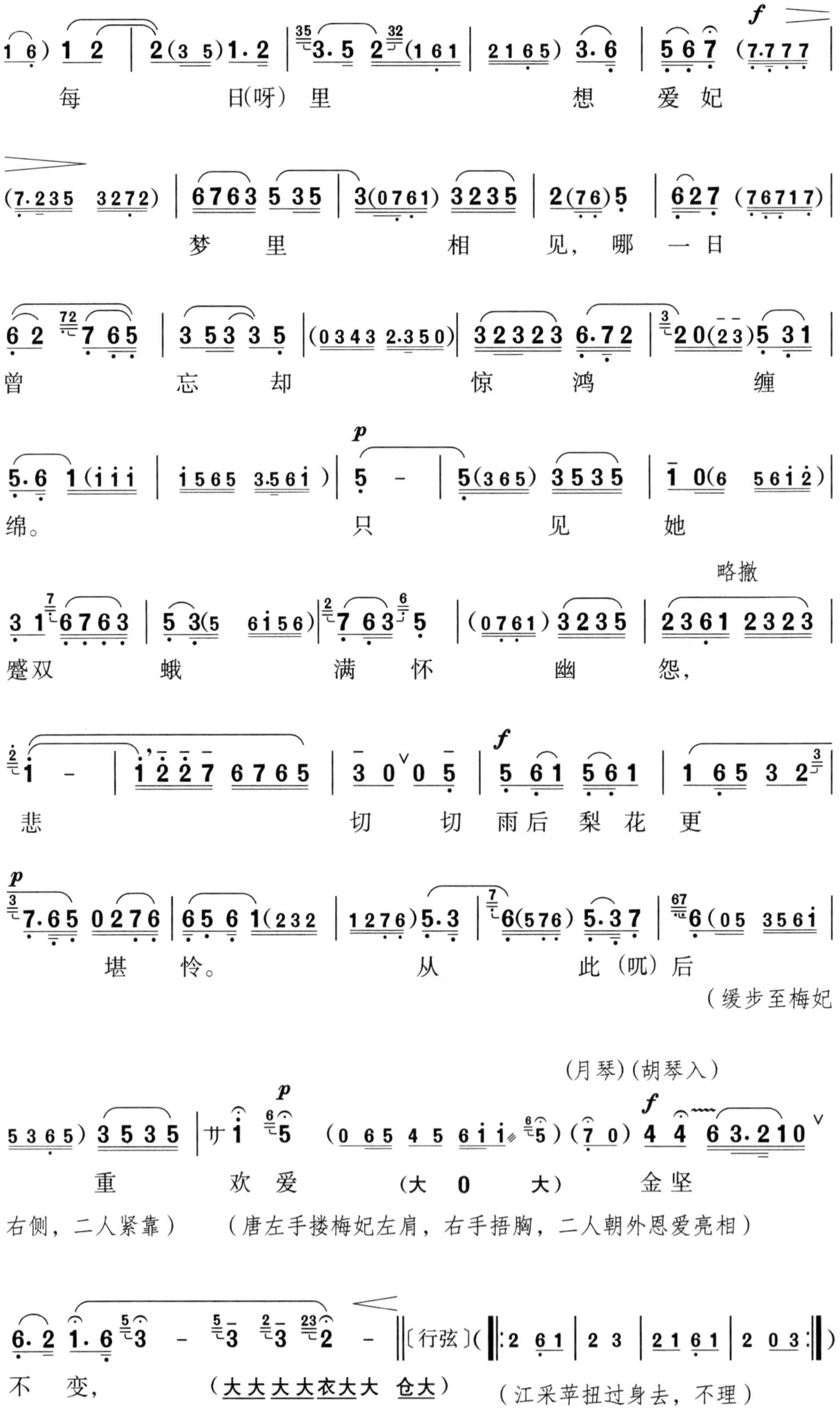
每 日(呀) 里 想 爱 妃
梦 里 相 见, 哪 一 日
曾 忘 却 惊 鸿 缠
绵。 只 见 她
略撤
蹙双 蛾 满 怀 幽 怨,
悲 切 切 雨后 梨 花 更
堪 怜。 从 此 (吭) 后
(缓步至梅妃
(月琴) (胡琴入)
重 欢 爱 (大 0 大) 金 坚
右侧,二人紧靠) (唐左手搂梅妃左肩,右手捂胸,二人朝外恩爱亮相)
〔行弦〕
不 变, (大大大大衣大大 仓大) (江采苹扭过身去,不理)

梅 妃

唐明皇 是孤的不是，少时与妃子赔礼。

梅　妃 （梅妃用右手把唐双手推开）只怕未必！

唐明皇 哈哈……（〔行弦〕止）

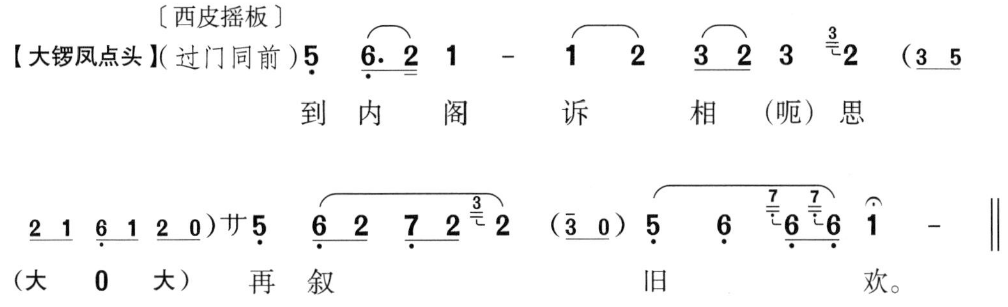

〔【长丝头】（打下）唐明皇拉梅妃至台中，二人合式往里转身。一宫女由“下场门”纱幕内上，搀梅妃“下场门”下。唐明皇回身朝外。

〔高力士由“上场门”暗上。

唐明皇 高力士！小心看守阁门！（【五锤】“下场门”蝴蝶纱幕内下）

高力士 遵旨！（大……台）（站右台口）唉！真今非昔比呀！想当初万岁和梅娘娘是何等的恩爱，自从杨娘娘进宫之后，就把梅娘娘冷落楼东。每日与杨娘娘笙歌宴舞，好不快乐。嘿嘿，那天呀他瞧见梅娘娘写的《楼东赋》，又念起前情来了，命我暗暗地召来在阁中相会。哎呀！想那杨娘娘是何等厉害。这个事儿要是让她知道喽，不要说我呀，恐怕连万岁也得有点头疼。唉！是福不是祸，是祸躲不过。但愿菩萨保佑，今儿个就平安无事吧！（朝“上场门”）孩子们！

〔小太监内白：“有。”

高力士 好好把守，谁也不准进阁！

〔小太监内白：“是！”

高力士 （大……台）（伸个懒腰，打呵欠，自言自语走向台正中龙椅）哎哟！我也在这儿打个盹吧！（左手扶椅托腮，双腿放椅上睡）

〔【小锣五击】小太监慌恐“上场门”上，至高力士右边。

小太监 高公爷，高公爷！

高力士 （睁眼坐起）什么事儿这么大惊小怪的？

小太监 杨娘娘来啦！

高力士 （卜龙冬 仓）啊？！（惊怕地由椅子上摔坐在地下）你，你说什么呀你？

小太监 杨娘娘来啦！（搀起高力士）

高力士 （着急地）快，快去赶紧把守阁门，没有万岁的旨意，谁也不准进来！

小太监 是！（“上场门”下）

高力士 （大……台）哎哟！怕什么非来什么，这、这杨娘娘来了，我、我还是启奏万岁爷吧！

〔高力士正转身向“下场门”走去，【冲头】小太监由“上场门”急上。

小太监 高公爷，我们拦不住哇！杨娘娘闯进宫来了！【撕边一锣】

高力士 （一愣）猴崽子，没用的东西，给我滚下去！

小太监 是。（“上场门”下）

高力士 哎哟这可怎么办呐？我还是溜了吧！（蹑手蹑脚地往“上场门”走，至侧幕边。猛然抬头，（八仓）【软撕边】见杨妃，浑身颤抖。杨妃缓步，背手怒视，威逼高力士后退至左台口。杨妃站右台口位置，二宫女随上“一条边”站定）

〔西皮散板〕

杨玉环　【慢凤点头】サ（6 5 5 3 2.1 6 2 1 – ） i i 5 5
今 夜 晚 数

7. 6 5 6 （6 6） 7 6 6.i 3 5 6. 5 （4 3
更 寒 孤 衾 独 抱，（仓）

5 6） i i 5 5 6 6 i 5 6 5 3 5 3 3 5 – ‖【住头】
因 此 上 急 匆 匆 来 问 根 苗。

高力士　（急站台口，迎驾，躬身拜）奴婢高力士见驾，杨娘娘千岁。

杨玉环　万岁在哪里？

高力士　启奏杨娘娘，万岁现在阁中哪！（说到杨娘娘三个字时，声音特别响，有意回头，让万岁听见）

杨玉环　哪一宫妃子伴驾？

高力士　（心虚）没有，没有，娘娘您别多疑呀！是万岁一人在阁中。

杨玉环　独自在阁中冷冷清清地做什么呢？（向“下场门”张望）

高力士　这……万岁龙体欠安，就是有点不大舒服。哦！万岁是有病，正在阁中养病。

杨玉环　哦！万岁有病么？他得的什么病哪？

高力士　这……娘娘啊！

〔西皮摇板〕

（令 台）（1. 1 1 1 …… ） 1. 1 1 1 1 6 3 5
忙 忙 忙 碌 碌

5 6 2 1 1 3 2 1 1 2 （4 3 2 1 6 1 2 2） 5 6 2 1
理 朝 政 国 事 烦 扰， 软 绵 绵

1 3 2 – 7. 7 7 6 7 2 7 6 5 3 （1 1 7 2 1 0）‖
睡 昏 昏 不 不 不 能 临 朝；

万岁啊，他是一国之君，这天下的大事，哪一样不得他操劳哇！这一下就把他累坏啦，貌似什么头疼啊，脑胀啊！（手摸头）眼花呀，耳鸣呀，（指耳）这些病可就都来了！

杨玉环　既是万岁有病，何不到西宫静养，却为何独自来到翠阁？（大台）

高力士　这个……？
杨玉环　（严厉地）讲来！
高力士　（背供）万岁没病，我快病喽！
杨玉环　快些讲来！
高力士　娘娘啊！

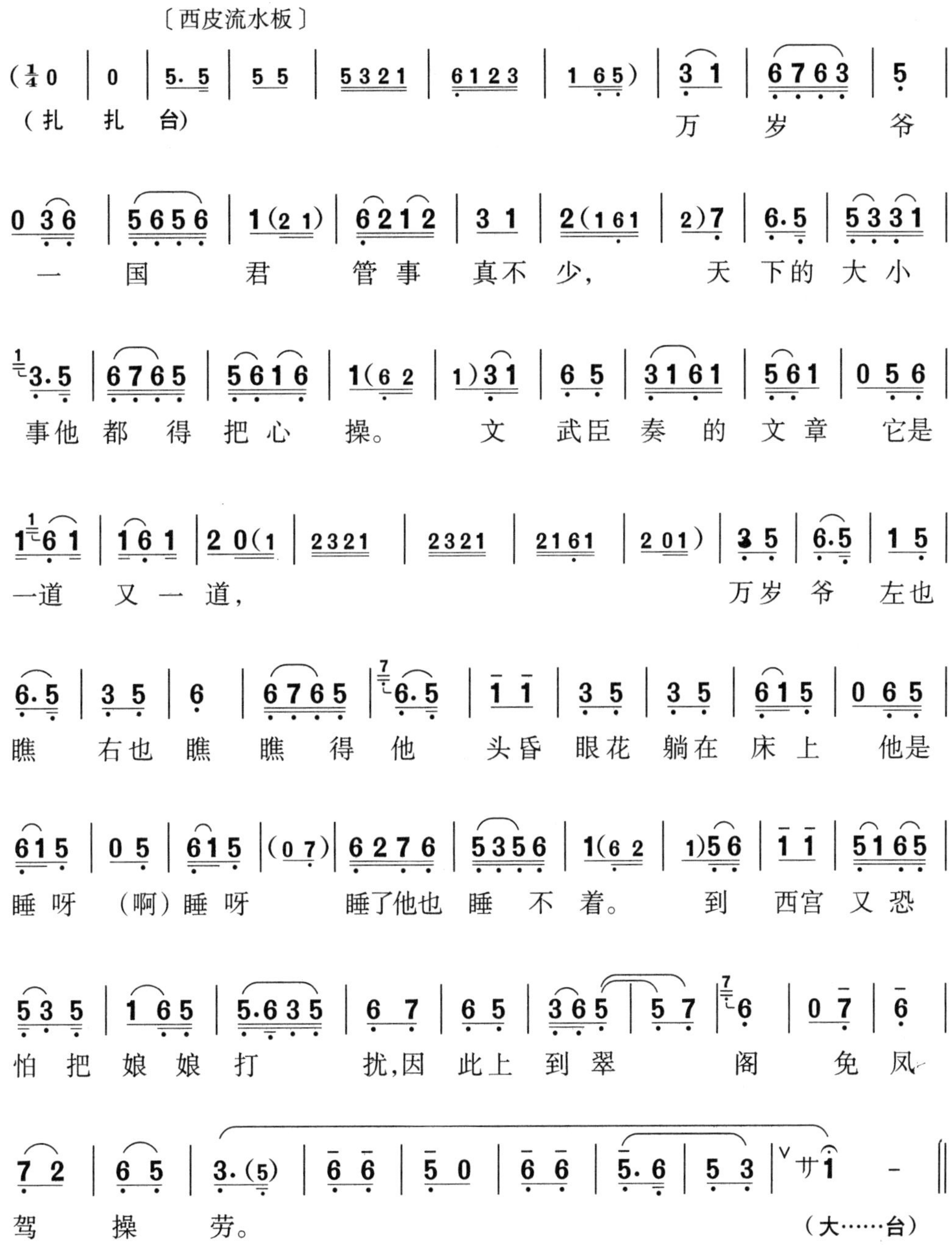

杨玉环　高力士，你真是能言善辩！
高力士　奴婢我说的都是实话呀。

〔西皮摇板〕

杨玉环 【小锣凤点头】（过门同前）

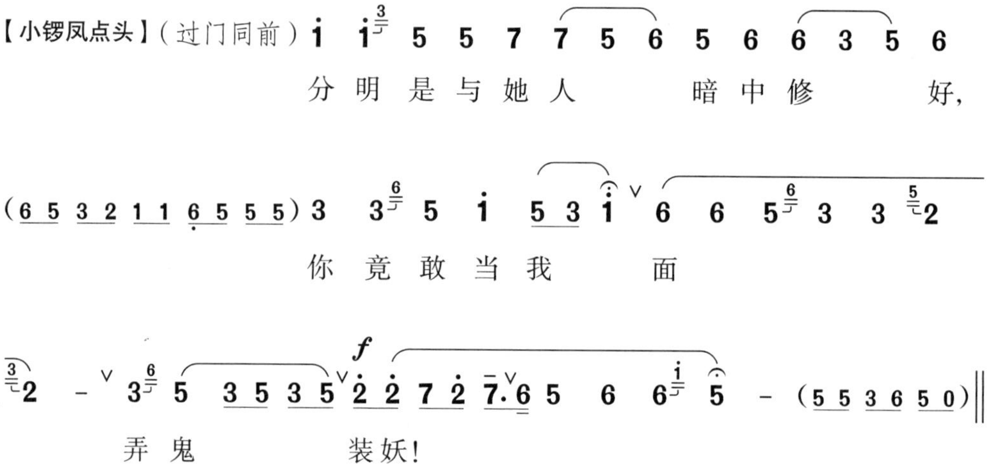

高力士 奴婢我不敢呐。

杨玉环 既是万岁有病，待我进阁问安！

〔（大……台）右转身速奔“下场门”纱幕内，高力士急拦，杨玉环缓步退至右台口。

高力士 不成、不成！娘娘，万岁有旨，无论是皇亲国戚是一概免见呐！

杨玉环 奴才！（台）连本宫也不让进么？

高力士 这是万岁的旨意呀！

杨玉环 宫娥们，与我扣环！（二宫女欲向前）

高力士 （逼宫女）下站、下站！猴崽子！（二宫女退回原位）（对杨）娘娘息怒，请阁中少坐，待奴婢我启奏万岁吧。娘娘少坐，我这就来。

〔（大……台）杨玉环无可奈何地拂袖“上场门”第一道侧幕下。二宫女随下。高力士望杨妃背影做讨好状。

高力士 娘娘慢着点，搀着点儿。（见杨妃去远）

（大……台）哎哟我的妈吔！这下我也招架不住了，还是把万岁爷请出来吧。（左转身面向“下场门”）有请万岁爷！

〔一宫女由“下场门”上。

宫　女 公公何事？

高力士 快去通报，杨娘娘驾到，快去、快去！

〔高力士“上场门”第一道侧幕下。宫女转身至“下场门”前。

宫　女 有请万岁爷！（蹲拜）

唐明皇 【五击】（“下场门”上）何事？

宫　女 启奏万岁，大事不好了！

唐明皇 放轻声些，不要惊动了梅娘娘。何事惊慌？

宫　女 大事不好啦！【撕边一锣】

唐明皇 唉！大不了兵临城下，何必如此大惊小怪！

宫　女 杨娘娘来啦！

唐明皇 （惊怕）（八仓）哎呀！这倒比兵临城下还要厉害得很呐！（急至“下场门”口前）啊梅妃醒来！梅妃醒来！

〔（大……台）梅妃“下场门”上，站“大边”。

江采苹 万岁何事？

唐明皇 （惊怕地）杨玉环她来了！（**大台**）

江采苹 （坦然地）她来了便怎么样啊？

唐明皇 （恳切地）妃子，你权且躲避一下吧！

江采苹 （不解地）怎么？万岁叫我躲避于她么？（**大……乙台**）

唐明皇 只因她生性悍妒，不似妃子性情温和，只怕见面之后，反受她奚落，你就委屈一时，躲避一下吧！

江采苹 说什么她性情悍妒，我本性温和。分明万岁惧怕于她。既然如此，就不该召我前来呀？（**大……乙台**）

唐明皇 唉！孤乃堂堂天子，岂能惧一妇人，少时孤定要问她一个闯宫惊驾之罪！（**大台**）不过妃子在旁，孤何以出口？（**大……乙台**）啊妃子，你不要使孤为难哪！（左手甩袖不理，回身坐正中龙椅，闭目）

江采苹 **【撕边一锣】**怎么？我在此使万岁为——难——么？

〔**【撕边一锣】【乱锤】**梅妃气，双手柔胸，颤抖，由左台口移步至右台口，左回身至唐明皇面前。**【乱锤】**切住。见唐明皇闭目不理，更气，另起**【乱锤】**，双手翻袖，颤抖指唐明皇，退至右台口，无奈地抖“水袖花”。**【撕边】**（**八大仓**）双手水袖向左抛去，**【快冲头】**毅然快步由“上场门”第一道侧幕下。锣鼓切住。“冷场”，场上静悄悄，高力士小心翼翼地由“上场门”暗上。（**匝匝匝……乙台**）站“小边”。

高力士 万岁，杨娘娘那儿等急啦！

唐明皇 快快宣她进见！

高力士 是，有请杨娘娘！（脸朝“上场门”）

〔**【小锣打上】**杨玉环不悦地由“上场门”第一道侧幕上。高力士忙迎上。

高力士 娘娘走好，娘娘您慢慢的。（回身转向唐明皇）娘娘来啦！（站“大边”）

杨玉环 （站台中右侧，冷淡地）妾妃杨玉环见驾，吾皇万岁！（脸朝唐明皇跪拜）

唐明皇 平身！啊妃子，你好早啊！

杨玉环 （起身至唐明皇右侧）听说万岁龙体欠安，特来问候。啊万岁，昨日曲江春逝，神清气爽，怎说今日就会病了呢？（**大台**）

唐明皇 （莫名其妙）啊？孤病了！

高力士 （忙抢话）万岁爷，您昨晚上不是病了吗？（使眼色）

唐明皇 （顿时领悟）哦哦哦不错，孤是病了，哎呀难过得很呐！

杨玉环 万岁，你得的什么病呐？

唐明皇 这……（见高力士指头）妃子啊！

〔西皮摇板〕

（**大大 大大 衣大 大 仓**）（7. 2 1）1. 3 2 2 1 1. 6 3 1 2（4 3 2 1 6 1 2 1）

料 理国 政 多 烦 扰，

3 3. 2 1 1 3 0 6. 2 1 0 0 2 7. 6 5. 6 1（1）1 3 2

孤 王 我 眼 花 头 痛 实 难 熬。 翠 阁

（看高力士用手比划眼睛）（又看高力士指头）

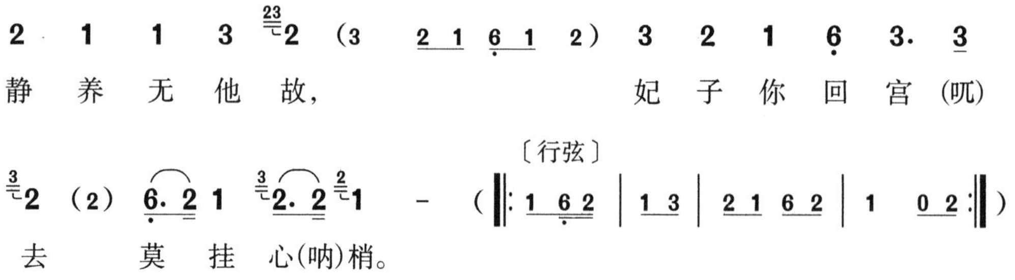

杨玉环 万岁致病的根由，妾妃倒猜着几分了。

唐明皇 你猜着什么？

杨玉环
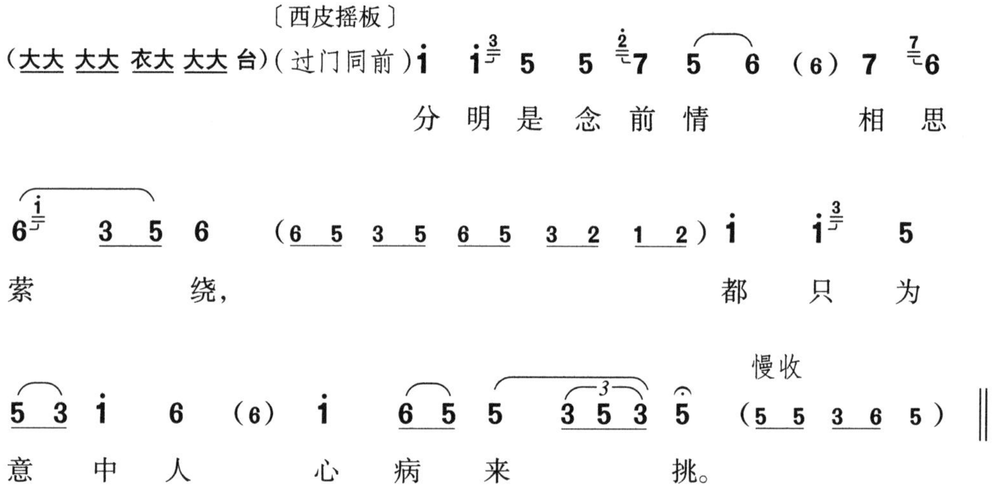

唐明皇 （装糊涂）孤的意中人，除了妃子，还有哪个哇？

杨玉环 （假意地）臣妾怎当得陛下意中之人，陛下素来宠爱上阳宫梅妃，何不召来，也免得万岁烦闷。

唐明皇 唉！此女久住楼东，焉有复召之理？啊妃子，不要多疑。

〔唐明皇起身，将杨玉环拉至左侧的长椅上坐下。高力士在二人身后轻步走至右侧“小边”，唐明皇回身坐正中椅。（**大……乙台**）突然杨妃发现座位上的翠钿，（**大……大台**）速将翠钿拿在手中看，站唐左侧。

杨玉环 啊万岁，昨晚是哪一宫妃子陪王伴驾？

唐明皇 孤，身心不爽，独寝翠阁。

杨玉环 这里有翠钿一只，乃妇人之物，万岁既是独寝，何来此物呢？

唐明皇 （**大台**）这？（看右旁的高力士）高力士！

高力士 奴婢在。

唐明皇 这只翠铀，是哪里来的？

高力士 （装糊涂）是啊！这玩意儿它是哪儿来的呀？

杨玉环 是哪里来的？

唐明皇 哎呀呀，孤也不知道哇！（看高力士）

高力士 我也糊涂了！（看唐明皇）

杨玉环 （紧追问）它到底是哪里来的呀？

梅 妃

唐明皇 （问高）它到底是哪里来的呀？

高力士 （指杨玉环手中的翠钿）是啊！真格的，你到底是哪儿来的呀？

杨玉环 分明你与人修好，反推说龙体欠安，你……哄我何来呀……（哭）

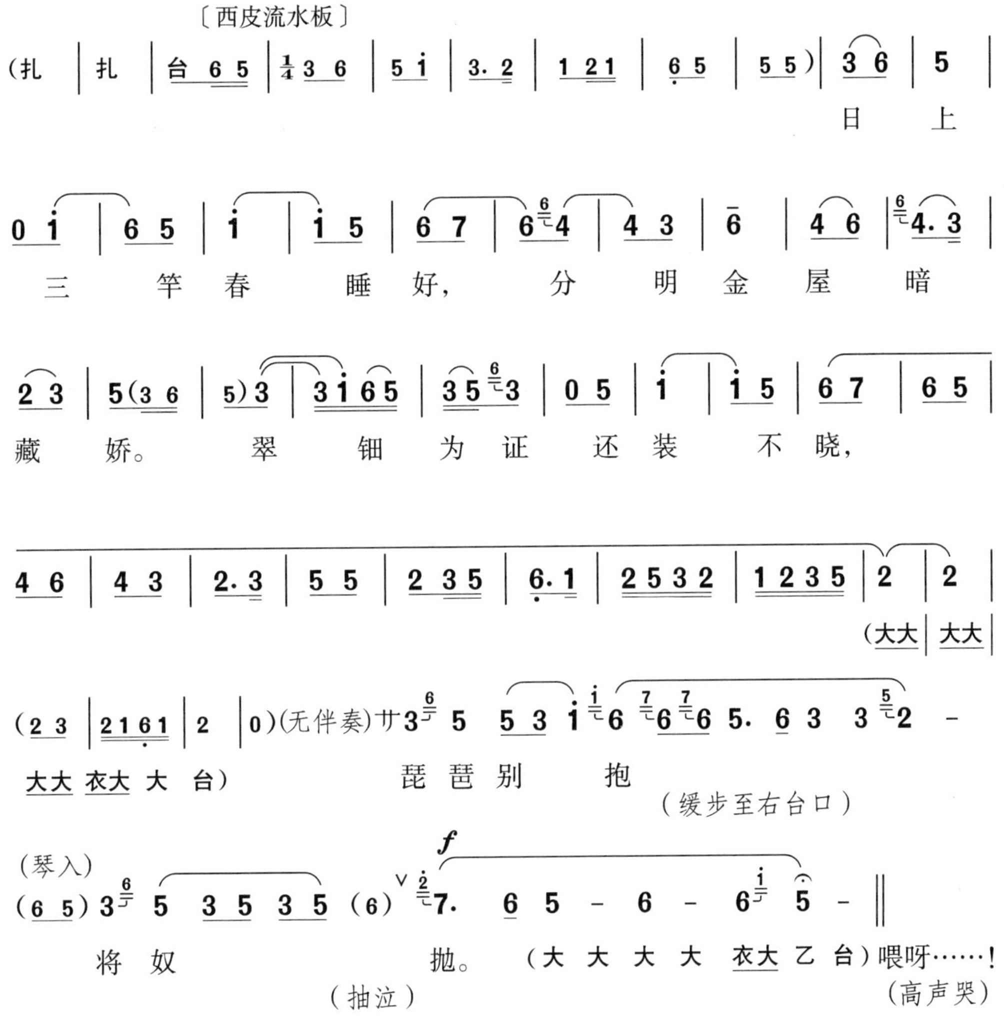

〔唐明皇装睡不理。高力士见双方僵住，上前解围，站杨妃左侧。

高力士 娘娘，万岁确实有病。娘娘先请回宫，让万岁静养一会儿吧。

杨玉环 高力士，你受圣上恩宠，真是会办事的人儿。

高力士 这……奴婢我怎敢不为万岁与娘娘尽忠效命呐？不过——依奴婢看来，万岁甭说是没有差错，就是有这么一丢丢的不是，可是对杨娘娘还是恩高无比呀！

杨玉环 我杨玉环时衰运倒，还说什么恩高无比呢……（哭）（大……台）

高力士 娘娘，不能那么说呀！恕奴婢无罪，娘娘请想，如今天下这满朝文武大小官员谁没有个三房四妾的？何况万岁乃是一国之君天下之主，这三宫六院，七十二偏妃，这都是天经地义的事儿啊！哪个皇皇帝帝不都是如此吗？万岁今儿个召幸梅娘娘，不、不……不要说没这个事情，就算有这个事情呐，也算不了什么呀？娘娘应该宽宏大量，万岁才能更加宠爱。奴婢这番话是为娘娘着想，请娘娘恕罪。

杨玉环 万岁他不该哄我啊？

高力士 哎呀由此可见，万岁对娘娘更是恩深义重啦！

杨玉环 呀啐！（**大台**）你还替万岁强辩么？

高力士 万岁瞒着娘娘，就是怕您生气呀！要是把您气坏喽，万岁爷不又得心疼吗？依我瞧哇，这时候不早啦，您呐留个台阶儿，让万岁也好下台，（高声）娘娘先请回宫，待奴婢我陪着万岁，少时就到华阳宫来，您呐赶紧回去准备准备吧！

杨玉环 若是万岁不来呢？

高力士 来，来来，一定来！万岁不来，奴婢我拉拉扯扯的也得把他请了去！

杨玉环 万岁不来，我就拿你问罪！（**大台**）

高力士 没错、没错！万岁不来，您就降罪奴婢。一定去，一定去。

杨玉环 （无奈地）臣妾别驾了——！（看唐仍装睡不理，忍气）

〔西皮散板〕

【散凤点头】艹（6 5 5 3 2.1 6.2 1 - ） i i 5 3 5 6 7 7
我只道一身宠爱

5 6 5 6 3 5 6 （4 3 5 6） 3 3.5 5.3 i 6 5
永偕老，（仓）却原来虚情

5 3 i 6 （6） 5 3 5 5.5 3 5 7. 6 5 6 6 5 -
假意他来忘故娇。

〔**【大锣原场】**杨玉环忍怒气拂袖，“上场门”第一道侧幕下。高力士对杨妃连连拱手，护送，目视她走远。

高力士 （松了口气）哎哟我的妈吔！这个滋味儿可真不好受。他（指唐明皇）比我更难受呐！（至唐明皇右侧）启奏万岁，杨娘娘回宫去了！

〔（**大……台**）唐明皇揉眼假装刚醒，未听见高力士的话。

唐明皇 （假怒）高力士，将杨玉环轰了出去！（**大台**）

高力士 （背供）万岁爷可真会做戏，杨娘娘走了，他嗓门也高了，脾气也大了。启奏万岁，杨娘娘回宫去了！

唐明皇 （**大……台**）（故意地）怎么？她去了？嘿嘿，便宜了她！再不走去，我定要办她一个闯宫惊驾之罪！（**台**）

高力士 万岁爷您轻点儿，杨娘娘还没走远呐！

〔唐明皇（**大台**）惊怕急掩口。

高力士 （看“上场门”）行了，娘娘已然去远了。

唐明皇 （松口气）快请梅妃前来。

高力士 有请梅娘娘！（站台口）

〔幕内白：“小黄门已将梅娘娘送回。”

高力士 （归右侧）启奏万岁，小黄门已把梅娘娘送回楼东去了！

唐明皇 （怒）嘟——！**【撕边一锣】**（高力士忙跪）大胆奴才，竟敢擅自将梅妃送回，与我重责四十，若不念你适才护驾有功，也要重打！吩咐摆驾华阳宫。

〔【大锣打下】唐明皇双手背后，怒气冲冲地由“下场门”下。

高力士　（仍跪）唉！你瞧我招谁惹谁了？好难办的差使喏！

〔【大锣原场】耷拉脑袋，灰溜溜地跪着。闭大幕。（舞台上休息十分钟）

〔二幕外。【小锣打上】驿官“上场门”上，至台口正中。

驿　官　进果一站又一站，人困马乏不得安。

俺乃江西抚州驿官。只因杨娘娘爱吃荔枝，就得往京城送。想这荔枝过了七天香味儿便减。奉圣命各省驿站多备精壮马匹，昼夜传送，以便赶赴长安。（朝“上场门”远望）远远望见岭南驿使来也！

〔驿官左回身，站“下场门”前。【撕边】二驿使背着荔枝篓筐，手持马鞭，急速“上场门”上，（八大仓）“九龙口”亮相。【水底鱼】（根据动作情况可选用【四边静】）“马趟子”——双人骑马舞蹈身段，表现马无力。二驿使在右台口侧边下马，将马鞭放下在地。驿官急忙上前拱手，然后回身向“下场门”幕内驿卒招手后，“下场门”速下。

〔【急急风】驿卒由“下场门”上。双手持两根马鞭，表示牵出两匹壮马，至台口正中，为二驿使带马。二驿使上马，【四击头】亮相。【冲头】二驿使打马“下场门”急下。

〔驿卒至右台口拾起地上的两根马鞭由“下场门”拉马下。

〔【水底鱼】一驿使右手持马鞭，“上场门”急上，至台口勒马。

驿　使　（朝“上场门”）驿官、驿官！（大……台）（右台口下马，拴马）

〔驿官“下场门”上，站左侧台口。

驿　官　差官何事？

驿　使　只因边关有紧急军情，送往长安，快与俺换上一匹壮马！

驿　官　这时候别说壮马，就是劣马也没有啦！这么办，后边还有一头小毛驴，（边说边走至“下场门”，左手取出一根驴鞭子）你就骑上它去报军情得了！（走至台口正中，将驴鞭交到右手，让驿使上驴）

驿　使　（无奈叹气，右手攥拳击左手掌）唉！（上驴）（扎 扎 才）（连续）呷嘟！（骑驴走碎蹉步，“下场门”下）【小钹打下】

驿　官　（站台口正中）皇家要尝荔枝甜，哪管百姓危与安！

〔【大锣圆场】走至右台口，拾起马鞭，摇头叹气，左手背后，拉马“下场门”下。

第　五　场

傲骨天生

〔二幕启。黄昏。“下场门”前“大边”处，摆设一长桌，桌上一盏红罩灯。“下场门”侧幕边处露出许多凋谢梅花枝。桌后一石凳。正中台后一大假山石，假山前放一长石凳。“上场门”天幕上端伸延出金碧辉煌华阳宫一屋檐殿角。

〔【纽丝】嫣红在梅妃右侧，搀扶江采苹缓步“上场门”上，至“九龙口”。

〔亮弦〕

廿（6 ⁷6 6 5 -）江采苹病体不支，凄冷失落地叹气，抖袖。

〔二黄散板〕

江采苹

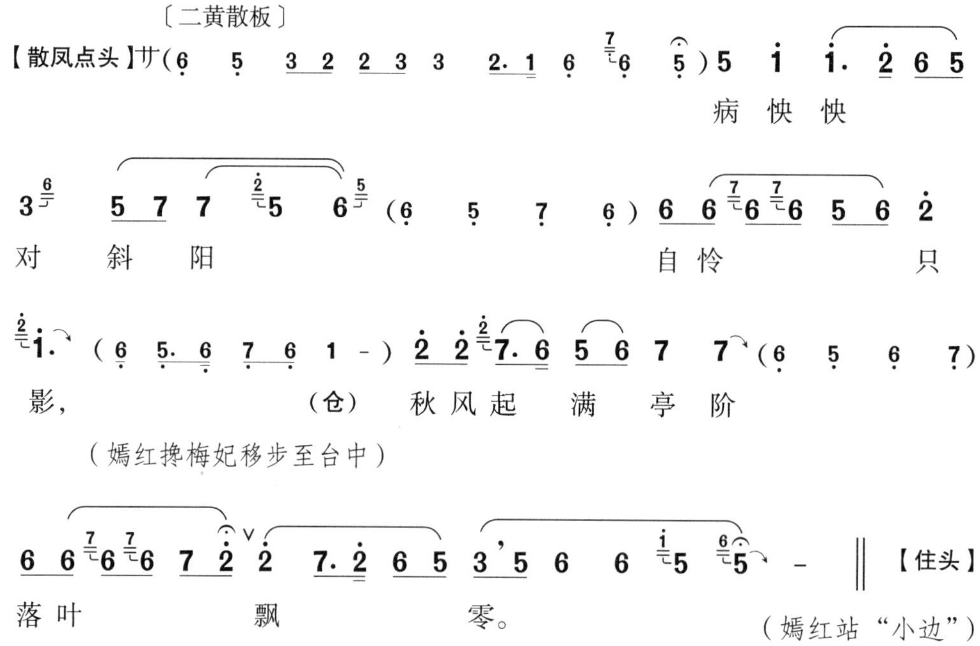

嫣　红　娘娘，您一年多未出楼东，今日好不容易出来走走，可别累着呀！

〔（**大……台**）（风声）江采苹略感风侵。

嫣　红　我给您取一件衣服来吧。（“上场门”下）

江采苹　（右手略摇摆，左回身朝“下场门”见梅亭）梅——亭——，唉！（**大……台**）物在景迁，梅已凋落了！

〔二黄散板〕

〔天幕渐渐出现星星、月亮。嫣红取斗篷“上场门”上。

嫣　红　娘娘，（**大……台**）（见江采苹郁闷）娘娘不要伤感，还是想开点儿才是。说不定哪天万岁又召见娘娘，见娘娘容姿未减，再蒙圣宠，也未可知。娘娘还是保重凤体要紧哪！（边说边为江采苹披斗篷）

〔幕内传出欢快乐曲声。

梅　妃

1＝D　笛子、弦乐、大堂鼓、撞钟、小堂锣伴奏，节奏欢快。

(扎) | $\frac{1}{4}$ $\dot{1}$ $\dot{2}$ | 6 5 | 3 2 | 5 6 | $\dot{1}$ 7 | 6 | 0 6 |

（江采苹听乐曲声寻至“上场门”“九龙口”处）

渐慢

5 6 | $\dot{1}$ 7 | 6 | 0 $\dot{1}$ | 5 4 | 3 5 | $\hat{6}$ ‖ (大……乙台)

江采苹　（脸转向外）那厢何事喧哗？（移至正中）

嫣　红　这……（吞吞吐吐地）是为杨娘娘庆贺千秋呐！

江采苹　（苦笑）哦，（**大……台**）想当日我进宫的时令，也是这般光景。（嫣红搀扶梅妃走入里面坐长石凳上，嫣红站“大边”）

「【**小锣五击**】高力士左手捧珍珠盒，“上场门”上，至右台口。

高力士　承奉万岁谕，前来赐珍珠。（左回身面朝梅妃站“小边”）奴婢高力士见驾，梅娘娘千岁！（跪，即起）

江采苹　（冷淡地）高力士，那边如此热闹，你到此作甚？

高力士　启禀娘娘，今有外国使臣进贡珍珠。万岁特命奴婢，前来赐与娘娘。

「（**大……台**）嫣红走向“小边”，从高力士手中接过珍珠盒，回原位，递与梅妃。

江采苹　（打开珍珠盒，起身走至台口辛酸感慨）怎么？这珍珠是万岁赐予我的么？（哭，拭泪）（**大……台**）

高力士　万岁思念娘娘，才命奴婢送上珍珠。请娘娘收下吧。

江采苹　（强忍辛酸）（**大……台**）你去回奏万岁，这珍珠请万岁另作他用吧！

「（**大……台**）梅妃将珍珠交与嫣红，回身坐长石凳上，嫣红走至正中，高力士凑上几步接盒，感到为难，退回原位。

高力士　娘娘不收，教奴婢怎好回复圣命呐？

江采苹　（沉思起身）（**大……台**）待我作诗一首，你去回复圣命。嫣红，笔砚伺候。

嫣　红　是。【**小锣一击**】（“下场门”下）

江采苹　万岁呀万岁，你还记得我江采苹么？（起身缓步正中）

「嫣红双手托盘，盘中有纸、笔、砚，“下场门”上。

嫣　红　娘娘，笔砚已到。

江采苹　（左手略一摆，示意放在桌案上。嫣红将盘一并放在桌上右角，溶墨。梅妃边走向左台口边念）待我写来。（进桌内坐下）

〔南梆子〕中速

$\frac{4}{4}$ (扎　多 5 6 5 3 5 | 2 1 2 3 4 3 2 3 | 5 6 5 3 2 1 $\underset{.}{6}$ 2 |
（“6 5”上方注：大）

1 $\underset{.}{6}$ 1 3 2 3 $\underset{.}{7}$ 2 | $\underset{.}{6}$ 2 $\underset{.}{7}$ $\underset{.}{6}$ 2 3 5 6 | 1 1 $\underset{.}{6}$) $\dot{1}$. $\dot{2}$ $\dot{1}$ 6 |

（提笔写诗）　　　　柳

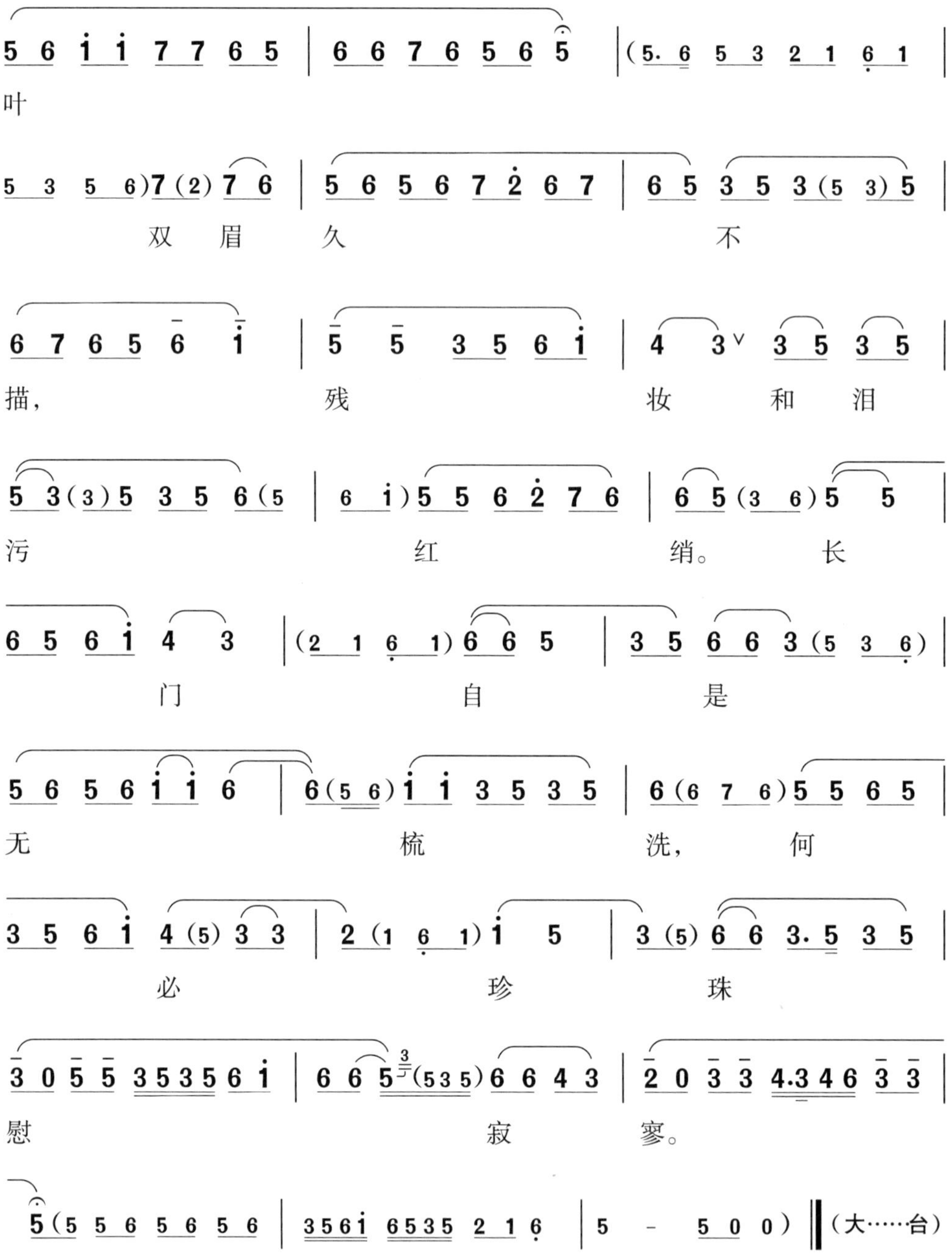

〔写毕，放笔，将诗稿夹在红帖中。高力士离位，由左台口缓步至正中。交与高力士。

江采苹 高力士！呈与万岁，他自然明白。（掩泪，坐中椅）

高力士 （接诗稿）遵旨！（右台口，背供）（**大……台**）我说万岁呀万岁！您那边陪着杨娘娘，这边又挂着梅娘娘，您嘴里吃着，筷子夹着，碗里盛着，锅里煮着。三宫六院七十二妃，要是您个个都喜欢，这宫廷可就热闹喽！

〔**【小锣五击】**高力士“上场门”下。嫣红移至“小边”。

嫣　红 娘娘，天色已晚，回宫去吧。

江采苹 我要在此赏月一回，你且退下。

| 梅 妃 |

嫣 红 是。（“上场门”下）**【小锣一击】**

1＝D 二胡、弦乐、弹拨齐奏〈秋风曲〉

p 中速

廿（6 5 2 356 4 3 – | 4/4 2 2 2 3 1. 2 216 |

（风声） （江采苹做寒冷状，

5. 7 6123 1 5 4543 | 2. 1 3 5. 653 232321 |

凄凉孤冷，望星空，备感酸辛）

6 56 1 12 2322 | 1. 656 3335 2. 3 2322 |

（念）隔院笙歌， 乐声嘹亮，

1. 2 35 2. 3 1216 | 5 5'5 6 – | 2356 122166 5. 6 |

声声入耳，

略快

5. 6 17 61 53234 | 3（大……大大 衣 台）2 | 1/4 3 2 | 16 | 12 | 6156 |

肝肠柔——断——！ （风声） （听华阳宫殿

11 | 05 | 32 | 3523 | 5 | 6561 | 561 | 05 | 656 |

传出欢乐曲声，更觉失落，哭，拭泪）

i27 | 6 | 5. 6 | 543 | 2354 | 3 | 2321 | 615 | 6 – ）‖

（大 …… 台）

江采苹 万岁呀万岁！你好不快乐，怎知我江采苹孤苦一人，在这月冷深院，备觉凄凉人也！

〔二黄慢板〕

【小锣帽子头】（多 罗.）廿 3 – 5. 6 | 4/4 2 5 2354 3333 235332 |

1276561235 2532 161232 76 | 5 6. 1 5655 5672 6561 |

2316 2354 3 6. 5 3276 | 5 4. 6 3. 235 233321 6561 |

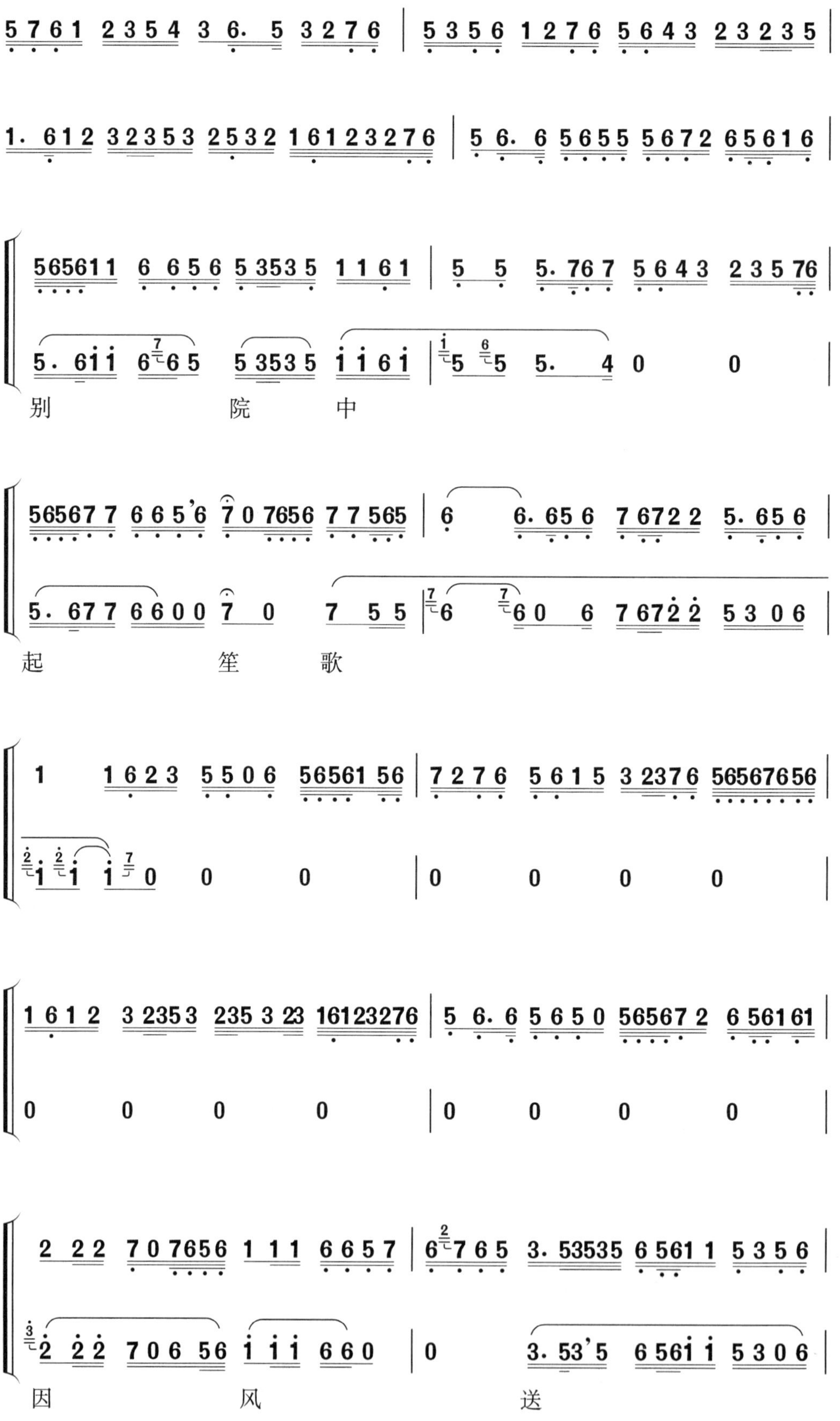
别 院 中
起 笙 歌
因 风 送

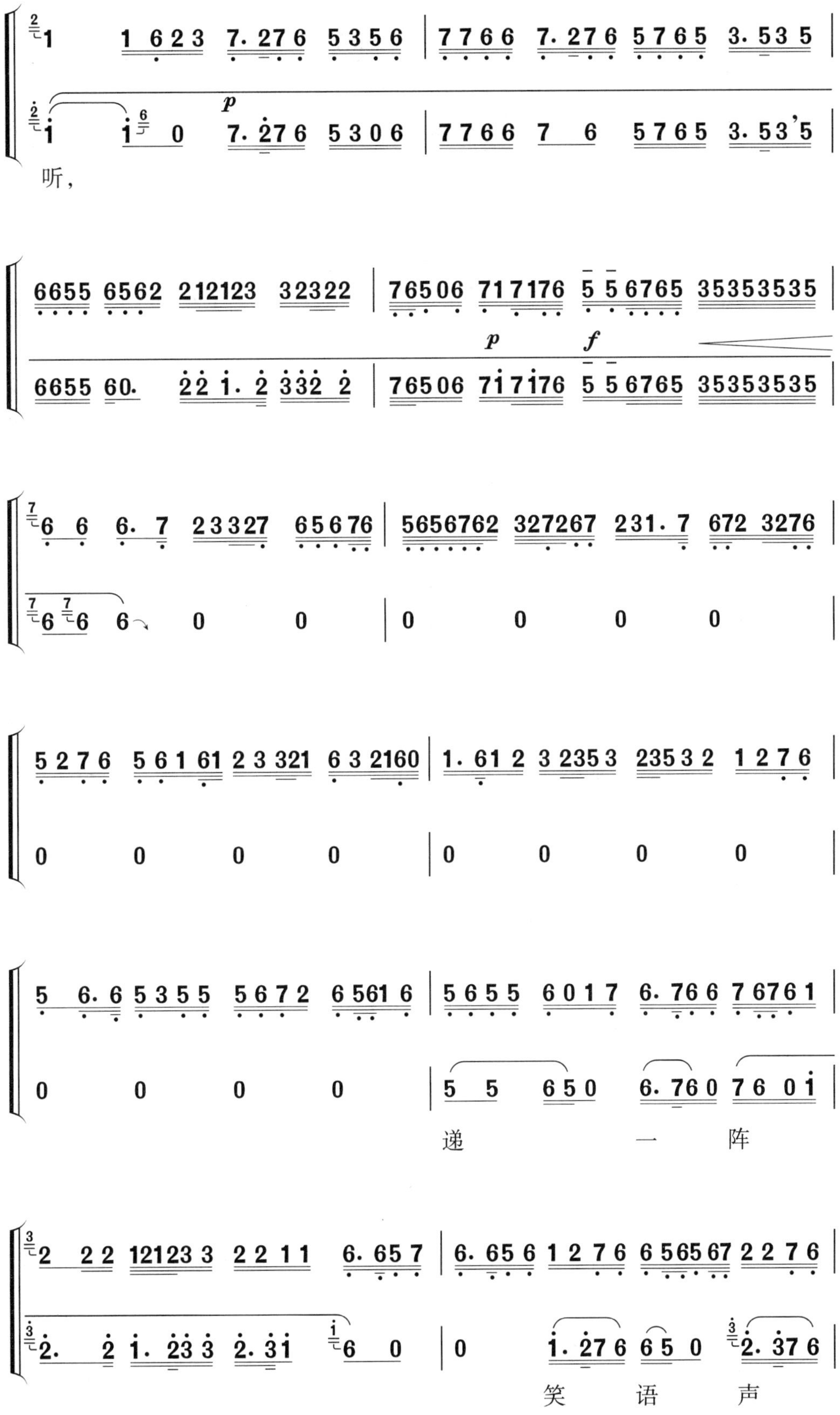
听，
递 一 阵
笑 语 声

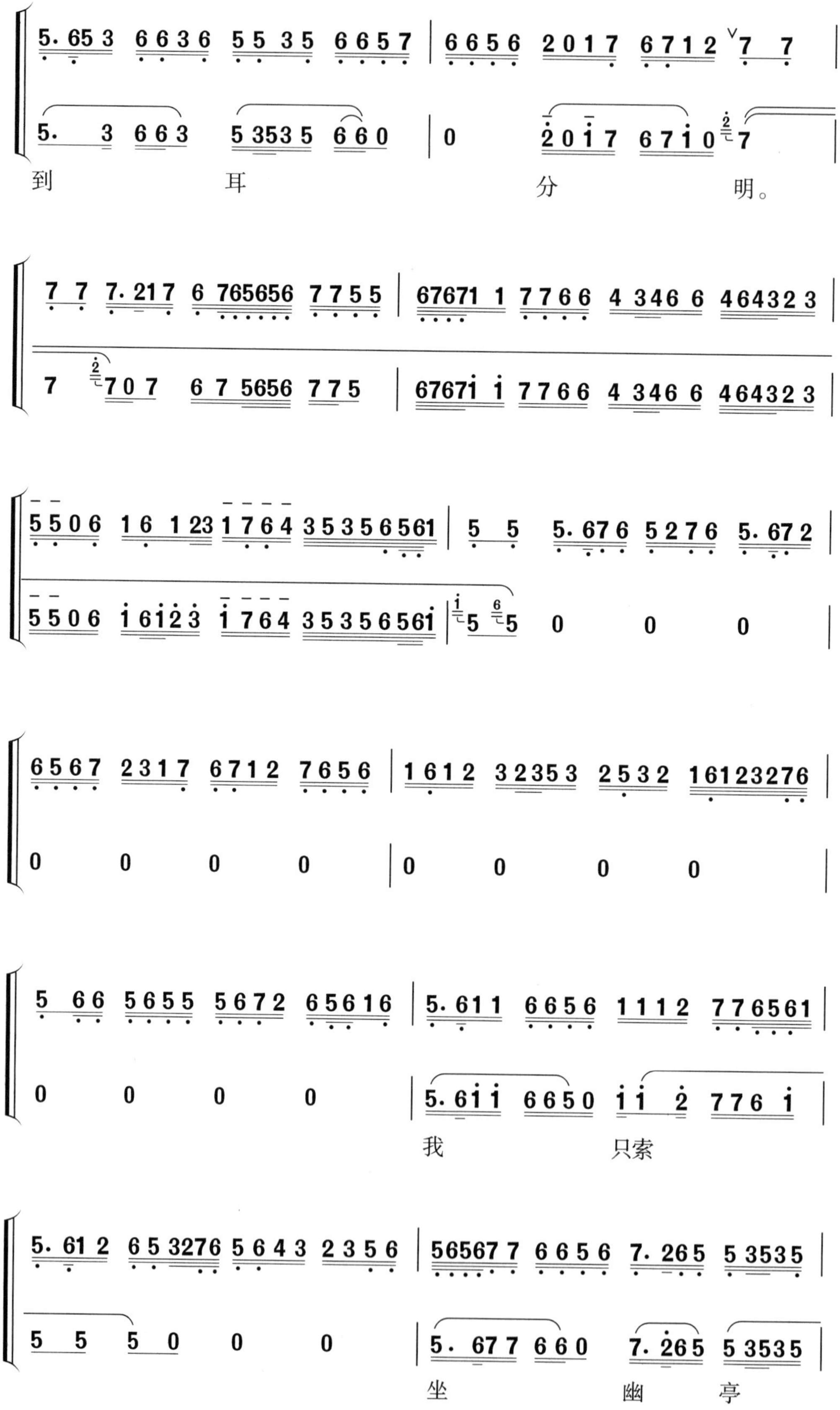
到 耳 分 明。
我 只索
坐 幽 亭

梅妃

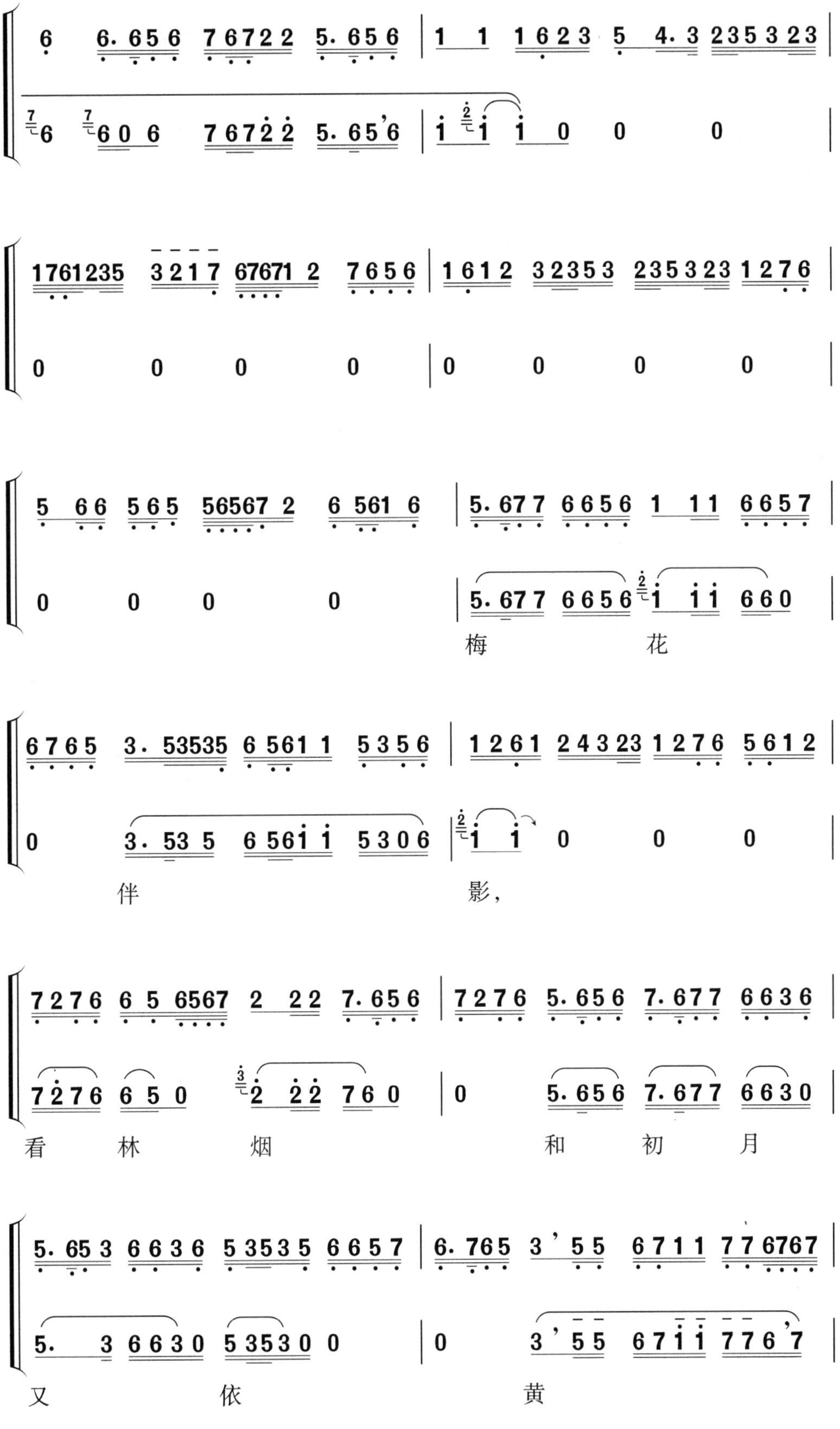

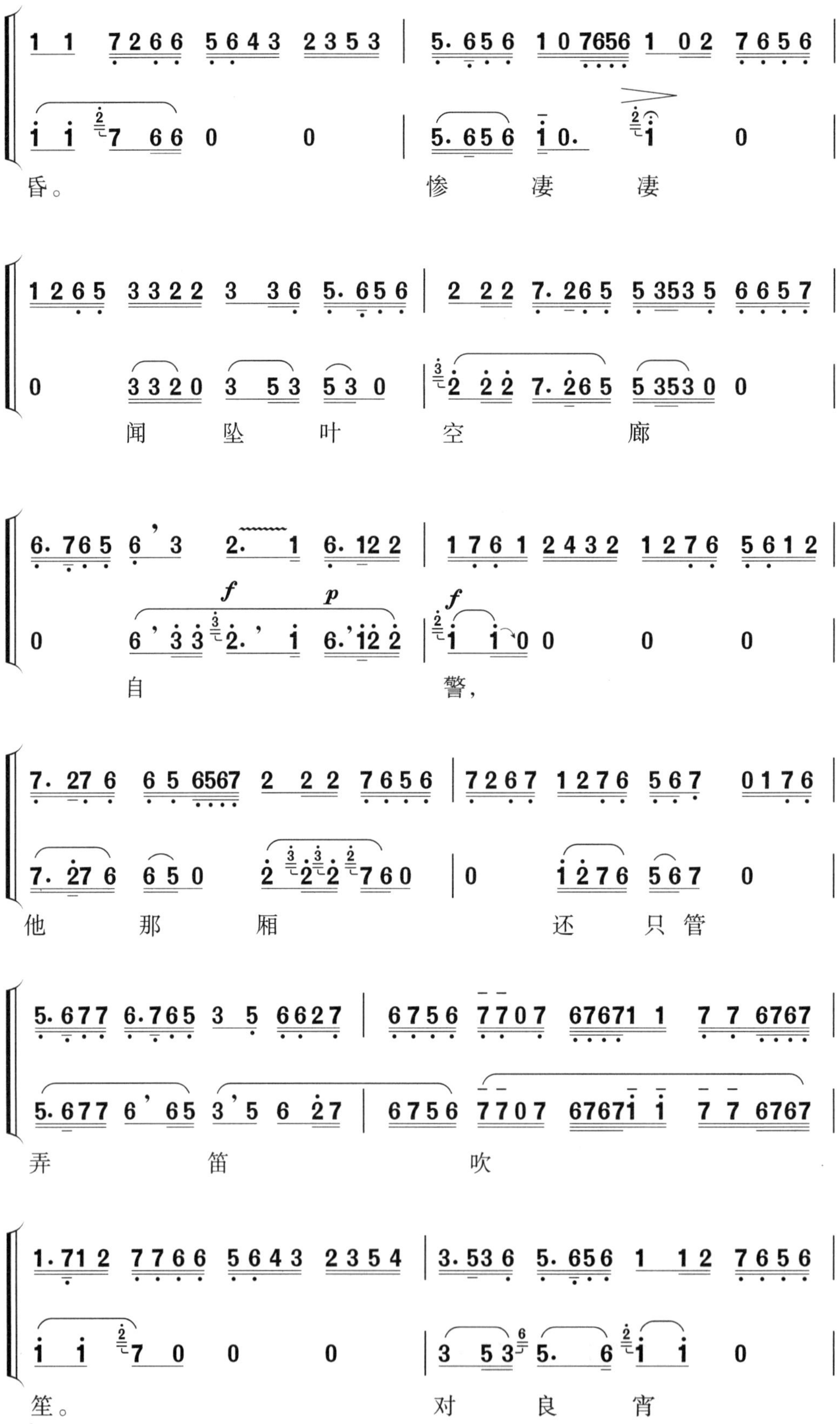
昏。惨 凄 凄
闻 坠 叶 空 廊
自 警，
他 那 厢 还 只 管
弄 笛 吹
笙。对 良 宵

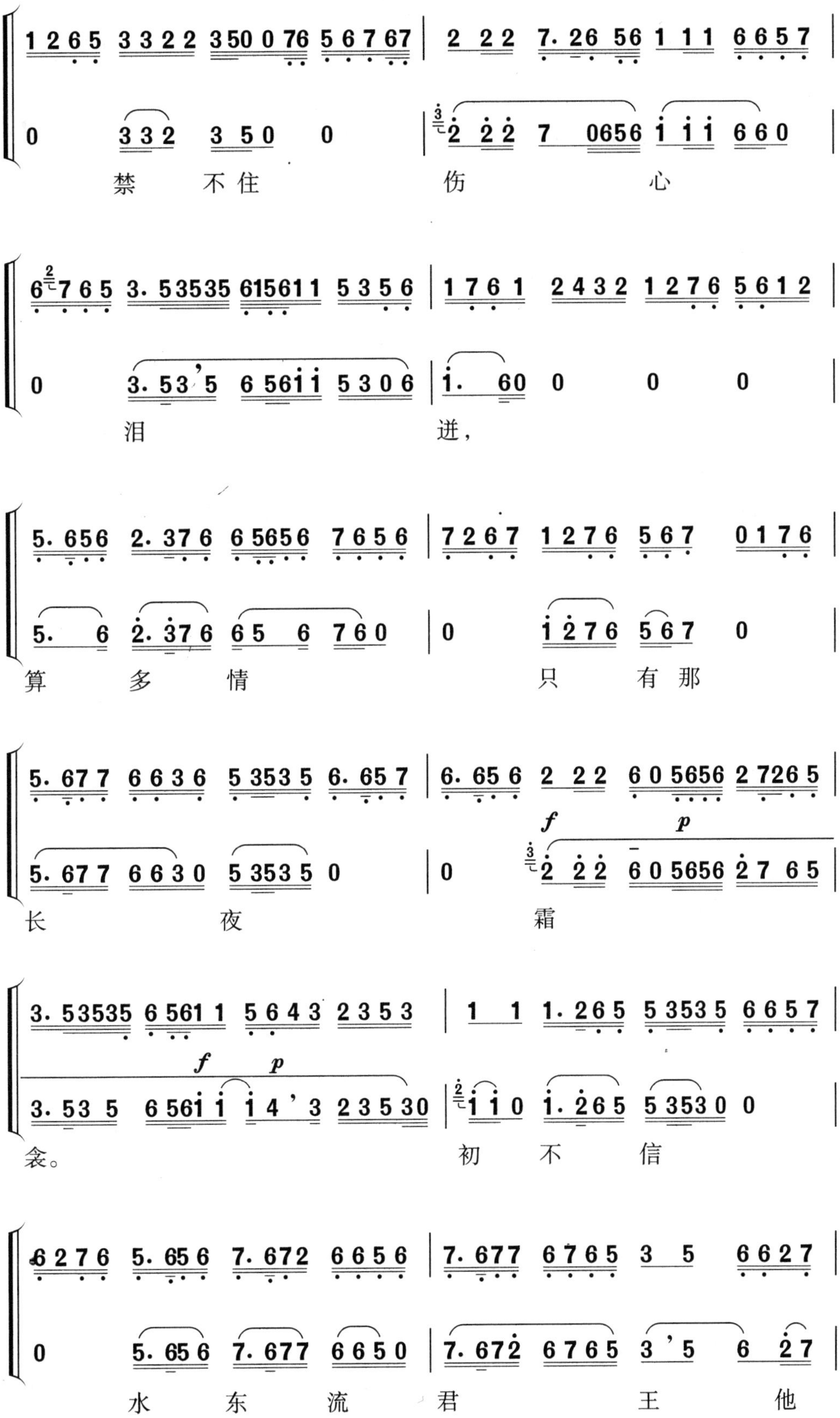
禁 不住 伤 心
泪 迸，
算 多 情 只 有 那
长 夜 霜
衾。初 不 信
水 东 流 君 王 他

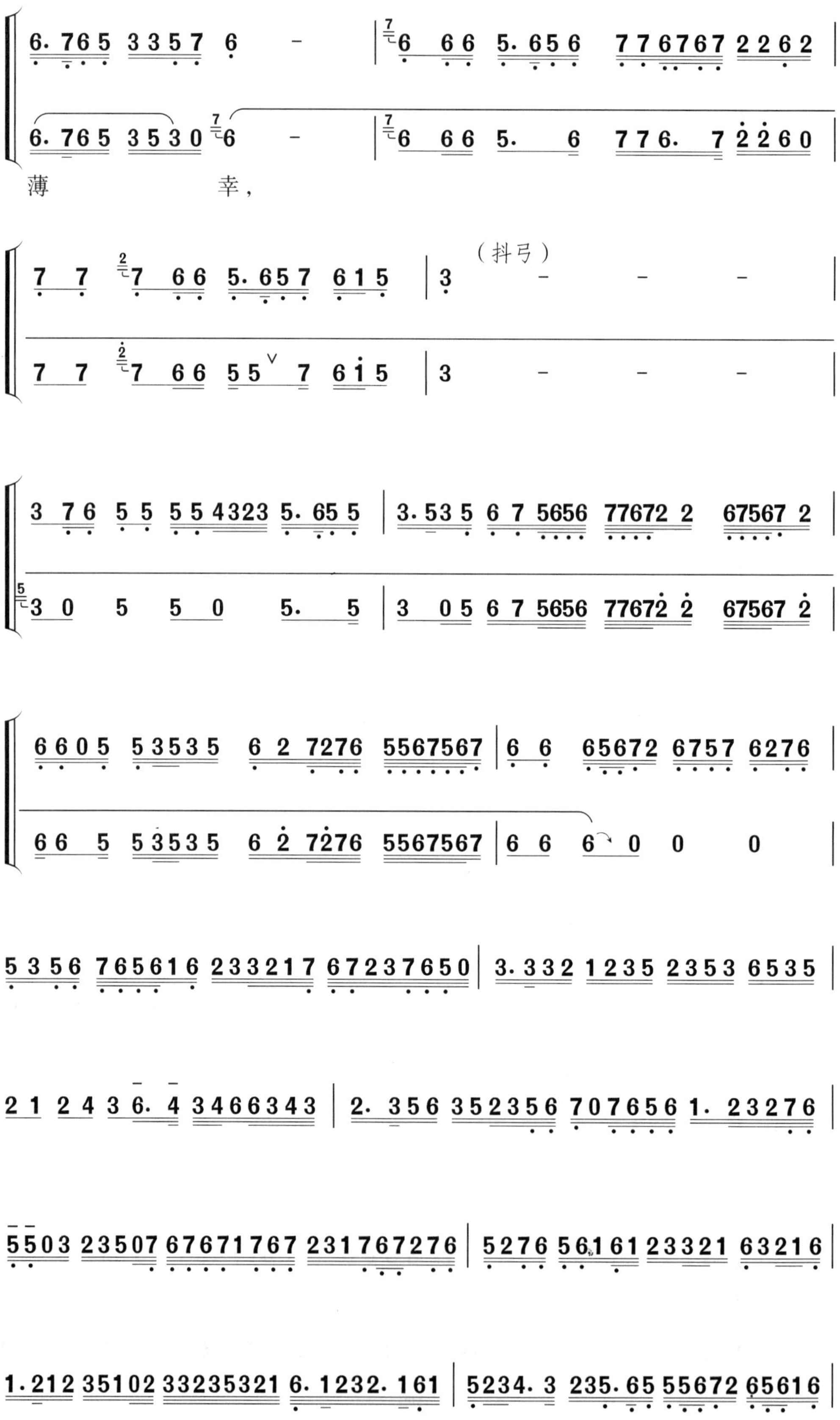
薄
幸，
（抖弓）

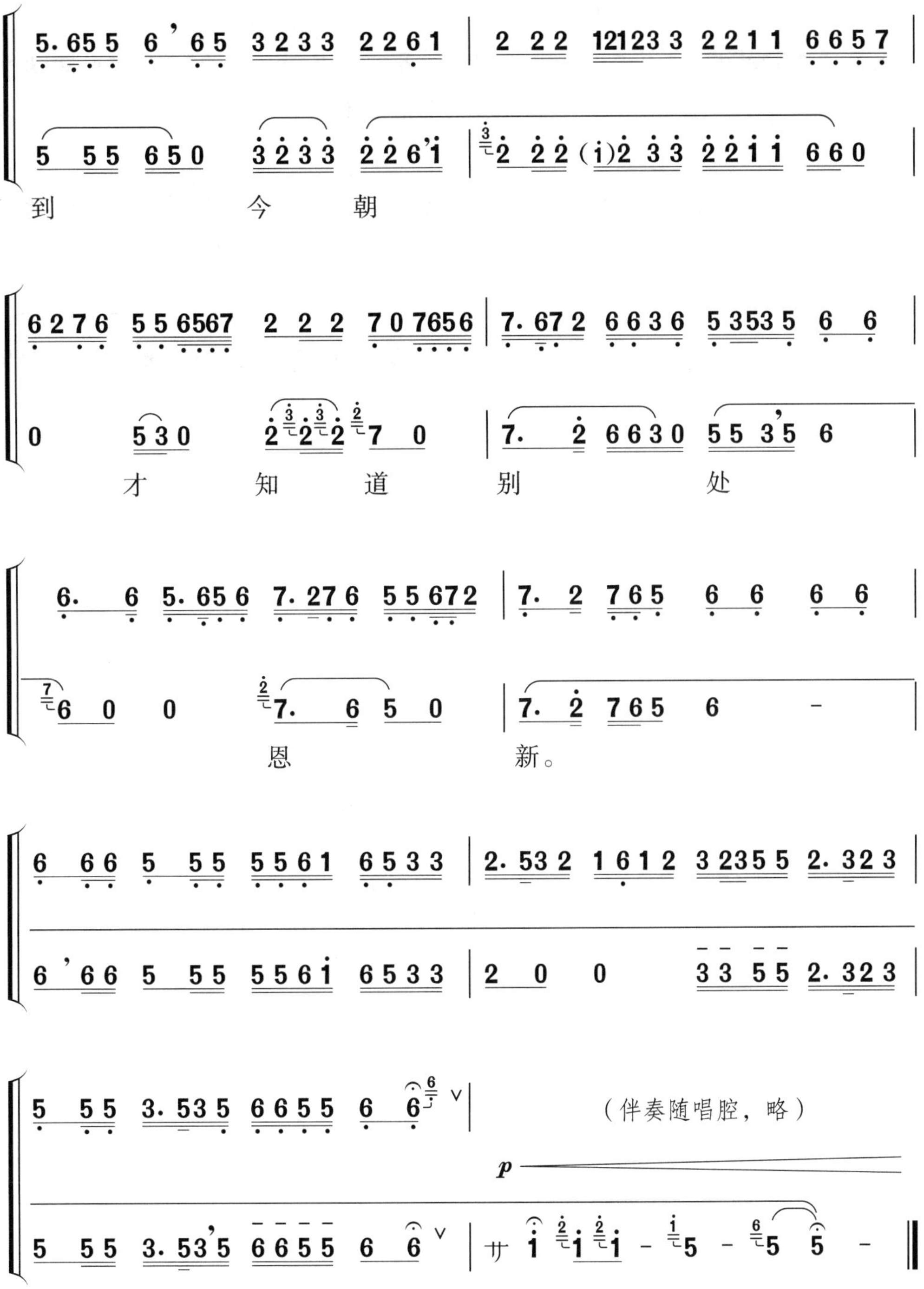

〔【慢住头】嫣红"上场门"上，站"小边"。

嫣　红　娘娘，夜静更深，天气寒冷，娘娘回宫去吧。

江采苹　（郁闷地）回宫——。

〔嫣红搀扶梅妃。

〔二黄摇板〕

江采苹 【大锣摇板凤点头】（过门同前）3 3 5 5. 6 6 5 6（2 3 7 6 5 7 6 6）6 6 6 5
怨长门淌不尽 宫壶

5 6 6 1（2 3 7 6 5 6 1 1）5 2 7（7）7 7 7. 6 6 5 6 7 -
漏 永， 回宫去 仍对 着

（2 3 7 6 5 6 7 0）3. 6 5 5 5 3 5 3 5 6 6 6 5 - 5 - ‖
照 影 寒 灯。

〔江采苹失落地掩泪，嫣红搀扶梅妃，缓步“下场门”下。

【大锣原场】二胡凄凉地独奏 渐慢

2/4（5. 6 1 2 7 | 6 6 6 5 | 3 3 2 3 5 6 4 | 3 3 3 5 6 | 7 - | 7 2 7 6 5 4 3 5 | 6 -）‖
（弹拨）（0 4 3 2 1 2） （0 2 3 1 2 1）

第 六 场

小宴惊变

〔二幕外，乐队笛、弦乐、弹拨齐奏曲牌〈节节高〉全曲，D调。在〈节节高〉乐曲中，四宫女双手各托一束荔枝，“上场门”“斜一字”队形圆场快步上。至左台口，首位宫女领头宫女们再横走至右台口，再右转脸朝外“斜一字”队形“下场门”急速下。

〔二幕启。华阳宫。橘黄色蝴蝶纱幕，正中台后设一牡丹花图案大屏风。屏风前一桌、左右跨椅。桌椅披全部是明黄色。桌上摆放一把酒壶、两盏酒杯。

〔【慢长锤】四小太监“上场门”上，“站门”。唐明皇、杨玉环喜悦出场，“上场门”“九龙口”位置亮相。

〔西皮三眼板〕

【夺头】4/4（1 1 6 5 3 2 1 | 1. 2 1 2 1 2 | 3 5 6 5 3 5 | 2 5. 5 5 5 3 2 |
（仓七台七台台仓 令才乙才仓 大扑 台 仓） （二人缓步至台口正中）

唐明皇 1 2 3 5 6 5 3 5 | 2 1 6 5 3 2 1 2 | 6 1 2 5 3 2 1 2 6 | 1 6）3 5 1 2 |
与 杨

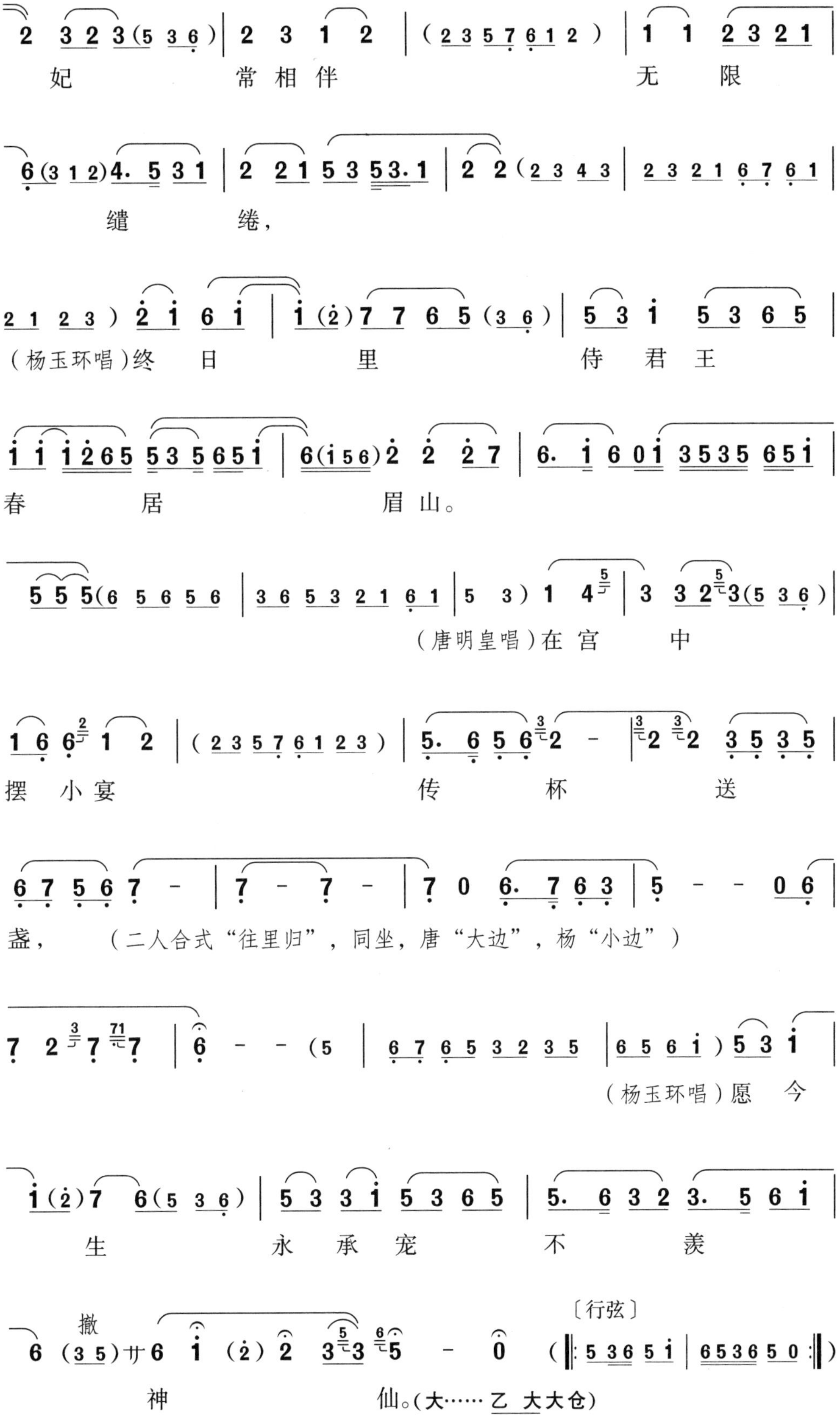

妃 常相伴 无 限
缱 绻，
（杨玉环唱）终 日 里 侍 君 王
春 居 眉 山。
（唐明皇唱）在 宫 中
摆 小 宴 传 杯 送
盏，（二人合式“往里归”，同坐，唐“大边”，杨“小边”）
（杨玉环唱）愿 今
生 永 承 宠 不 羡
撤
〔行弦〕
神 仙。（大…… 乙 大大仓）

唐明皇 今日虽是小宴，倒也十分清雅。来来来，寡人亲自把盏，妃子你要多饮几杯呀，哈……！（为杨妃斟酒，将酒杯递至杨妃手中）

杨玉环 多谢陛下厚爱。（起身，接酒杯一饮而尽。【一小锣】将酒杯放在桌上）

唐明皇 啊妃子，那日在沉香亭赏牡丹，召翰林李白，草清平调三章，其词甚佳。不知妃子还记得么？

杨玉环 臣妾已度新谱，愿为陛下歌之。

唐明皇 如此待寡人为爱妃按板。

杨玉环 如此臣妾献丑了！（离座，蹲拜，双手抖水袖）

〔行弦〕转〔西皮流水板〕

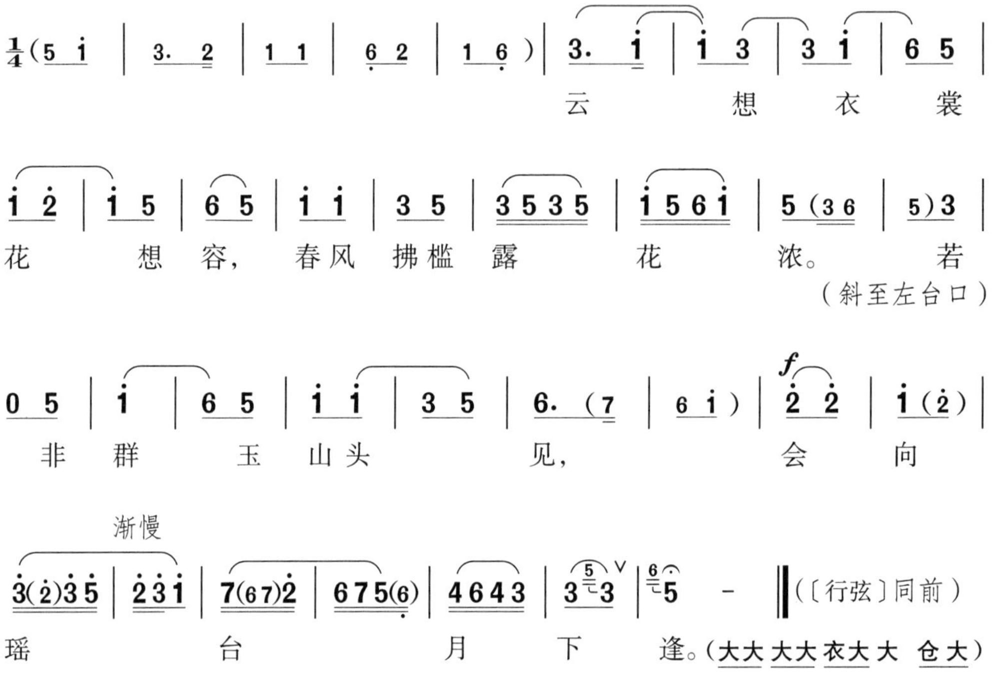

（朝外左转身，右手扬袖，左手向外指）

唐明皇 哈……！妃子果然聪明过人，待寡人再与妃子把盏！（唐亲自倒酒，放下酒壶。到台口，将杨妃由左台口拉至“小座，然后右手从桌上拿酒杯，劝酒）

杨玉环 妾妃身子乏了，不胜酒力矣！（双手推杯）

唐明皇 孤王爱的就是妃子醉态。（放下酒杯）宫娥们与娘娘敬酒。（〔行弦〕止）

〔幕内众宫女白：“是！”高力士高声喊：“报——！”【冲头】仓皇由“上场门”急上，站右侧。

高力士 启奏万岁：安禄山渔阳谋反！带兵直扑长安哪——！

唐明皇 【撕边一锣】啊？！——孤待那安禄山恩高义厚，怎会谋反？哪有此事？

〔幕内杨钊高声白：“不好了——！”【乱锤】“上场门”惊怕慌恐上。从右台口至左台口，左转身靠近唐明皇左侧。

杨　钊 启、启……禀万岁，安禄山谋反，千真万确。今已杀破潼关，离长安不远了！

唐明皇 （八仓）（一惊，顿时离座）哎呀不好了！

〔唐明皇双翻水袖，抱住杨妃。杨妃哭、跪。

（念【扑灯蛾】）听此言心胆战，心胆战！（扶起杨妃）

霎时地动天又翻，天又翻！（二人至台口）
卿家速速想妙计。（对杨钊）
调动大军保长安！

杨　钊　万岁（接【扑灯蛾】）
事起仓促别无策，
请驾暂避到西川！

唐明皇　这？！（接【扑灯蛾】）
无奈残局难挽转，
你与孤家把旨传。
统领三千御林军，
即刻起程到西川！【收头】高力士！

高力士　奴婢在。

唐明皇　吩咐起驾西川！

高力士　遵旨！（站台口）万岁有旨，起驾西川哪！【冲头】（回原位）

〔闭二幕。车夫推凤辇由“上场门”上，站右台口。唐明皇、杨玉环携手至右台口上辇。凤辇行至台中，“往里归”，脸朝外。

〔乐队唢呐吹奏〈粉孩儿〉曲牌。【大锣帽子头】

〔四御林军、四太监、四宫女、全副銮驾，由“上场门”第一道侧幕双排队形上。

众　（唱曲牌）匆匆地弃宫帏，珠泪洒，
叹清清冷冷半张銮驾。
望成都只在天一涯，
渐行来渐远京华。【滚头子】

〔全副銮驾过场，“下场门”下。凤辇随御林军大队后面下。杨钊、高力士在凤辇两侧随下。【缓锣】

第　七　场

焚宫梅殒

〔二幕启。大堂鼓【一通鼓】【乱锤】。天幕上火光四起，隐隐可见宫殿一角正被大火燃烧。“上场门”位置摆放一株凋谢梅花。幕后杀声不断，此起彼伏。

〔江采苹幕内唱。

〔西皮导板〕　紧凑

【导板头】（6 6 6 6 6 5 5 5 1̇ 1̇ 1̇ 1̇ 3 3 2 1 6 2 1 1 1 1 ）

江采苹　1̇ 5 7 6 5 6（6 -）2̇ 1̇ 6（1̇）2̇ - 2̇ 2̇ 1̇ - 1̇ -

纵　横　胡　虏　　焚　金　　殿，

〔【紧锤】江采苹“上场门”上，“九龙口”亮相，惊怕地回身向后望，见被火焚烧的殿角，双手颤抖，脸朝“上场门”，斜后退蹉步至左台口，急转身，朝前蹲下，表示跌跤。嫣红“上场门”急上，至左台口，搀江采苹起身，二人亮相，圆场至“上场门”“九龙口”位置。

〔西皮快板〕

江采苹 （仓.才 仓 仓）$\frac{1}{4}$ 2̇ | 1̇ | 0 1̇ | 6 5 | 1̇ 5 | 5 6 | 5 | 0 1̇ | 0 5 |

喊 杀 声 中 火烛 （哇）天。 宫 嫔

（二人并排斜上左台口）

1̇ 1̇ | 6 5 | 1̇ 1̇ | 3 5 | 6 5 | 3 5 | 6 3 | 0 1̇ | 5 6 | 5 |

伤 卧 声凄 （呀）惨， 血溅 丹墀 红 更 鲜。

（二人退至正中，双往外翻，各自在“上、下场门”，一望、两望，仍回台口，往里

0 5 | 0 6 | 1̇ 1̇ | 6 5 | 3 3 | 0 5 | 6 3 | 3 5 | 1̇ |

回 身 直 向 梅林 （呐）闪,如 雪的 刀

“挖门”。“上场门”突然冲出一胡寇，尾随嫣红往里“挖门”，将嫣红砍死。嫣红

0 6 | 1̇ | (7 6) | 5 1̇ | 6 5 | 3 3 | 5 – ‖【撕边八仓】【冲头】

光 逼 眼 前！

惨叫：“娘娘快逃！”“上场门”下。江采苹“下场门”急逃下。胡寇回身追江采苹下）

〔【乱锤】四太监、四宫女由“上场门”逃命乱窜上，过场“下场门”下。永新由“上场门”上，梅妃由“下场门”上。二人踉踉跄跄退步上场，同时走到台口，二人背对背相撞。二人一惊，【乱锤】切住。二人朝外双翻身，分站两边台口，【软撕边】梅妃站左台口，右袖挡脸趁月光偷看右边，永新站右台口抬左手偷看左边，双方看清对方。（八仓）

永　新 梅娘娘！

江采苹 你……不是永新么？

永　新 梅娘娘！【脆头】（二人拥抱痛哭，并以“推磨”式转身面向外）【撕边一锣】

江采苹 永新，你为何不随他们逃走呢？

永　新 【叫头】哎呀娘娘啊！万岁与杨娘娘俱已逃奔西川，胡兵也已杀进宫来了，娘娘您就快随奴婢逃命去吧！【撕边一锣】（拉梅妃朝右前方欲走）

江采苹 你不要顾我，快快逃命去吧！

永　新 娘娘待我恩重如山，我情愿与娘娘同生共死，娘娘若是不肯离去，奴婢我誓死陪伴娘娘！（八仓）（永新双膝跪下）

江采苹 （感动万分，双手颤抖退步，再扑向永新，左手扶永新右肩膀，脸朝里）永新……

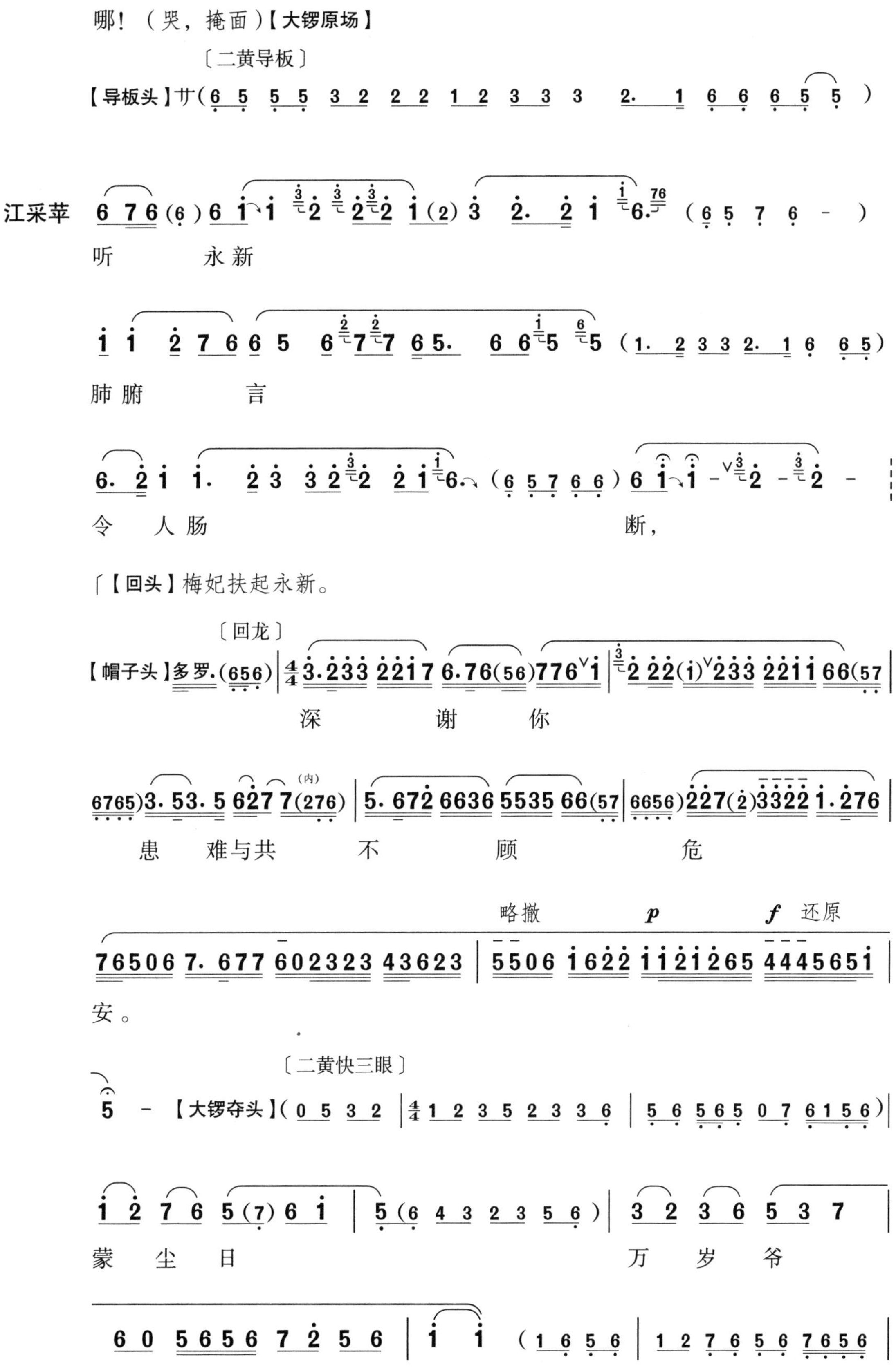
哪！（哭，掩面）【大锣原场】
〔二黄导板〕
【导板头】
江采苹
听 永新
肺腑 言
令 人肠 断，
【回头】梅妃扶起永新。
〔回龙〕
【帽子头】多罗.
深 谢 你
（内）
患 难与共 不 顾 危
略撤
p
f
还原
安。
〔二黄快三眼〕
【大锣夺头】
蒙 尘 日 万 岁 爷

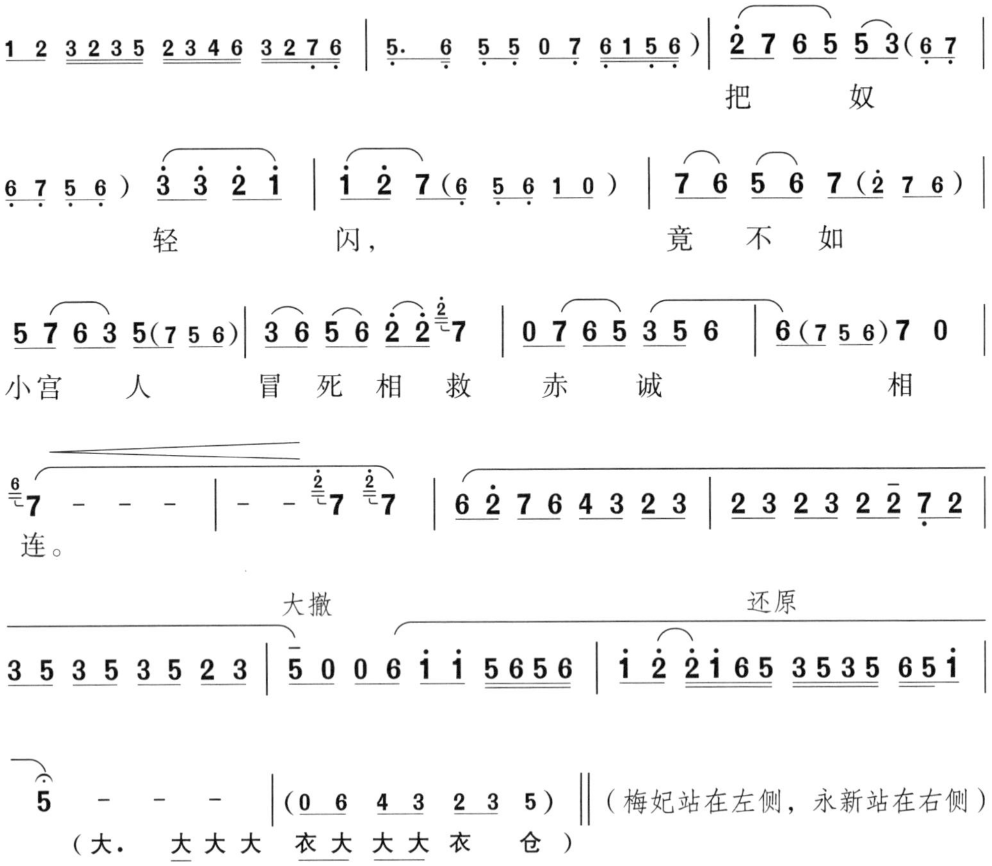

〔【长锤】击大堂鼓。二人从台口朝外双翻，圆场。至正中相互一抄，回原位。二人见“上场门”天幕火光冲天，便冲向“上场门九龙口”。二人无奈，又走蹉步退至左台口。永新领梅妃走向右台口直冲“下场门”欲逃，听见幕内宫女喊救命及胡兵喊杀声，二人双手颤抖，蹉步退至右台口【夺头】二人右转身亮高矮式，永新在前蹲式，梅妃在后侧立式。

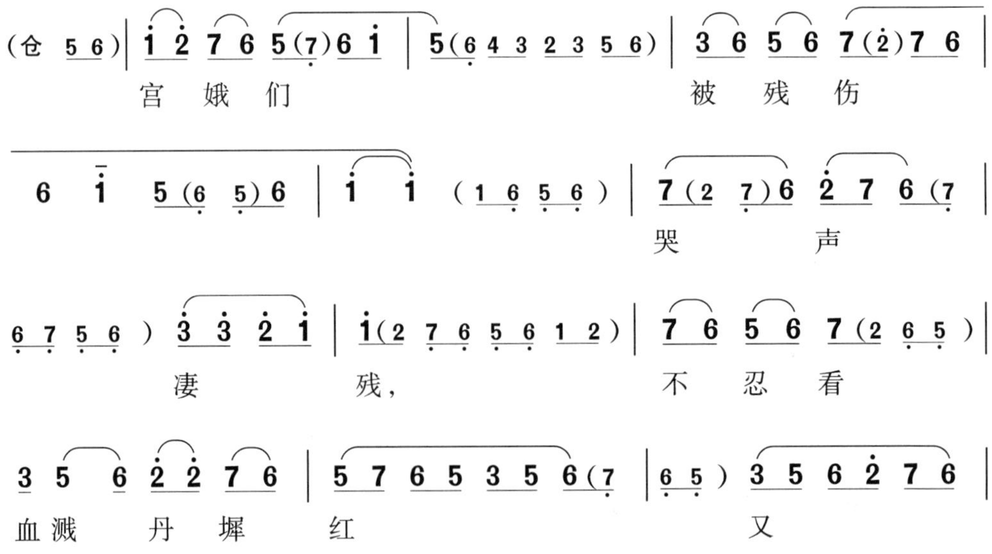

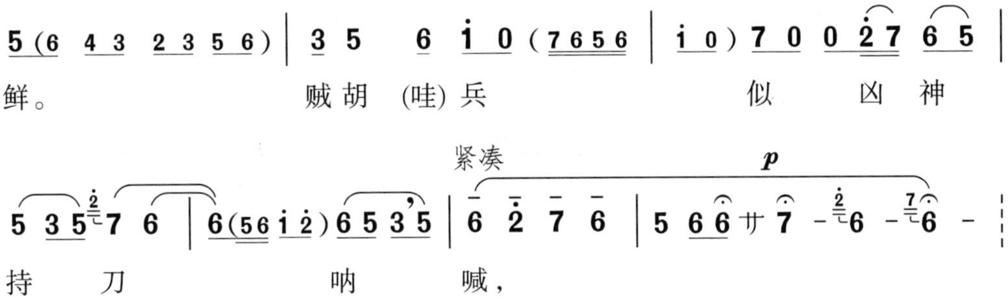

〔【撕边】击大堂鼓。永新领梅妃反圆场至“下场门”入口前。(八仓) 永新被幕内一胡兵突然窜出一刀砍死，永新惨叫一声速下。梅妃急转身朝右台口闪躲，胡兵下。【撕边】【快纽丝】扯至正中。

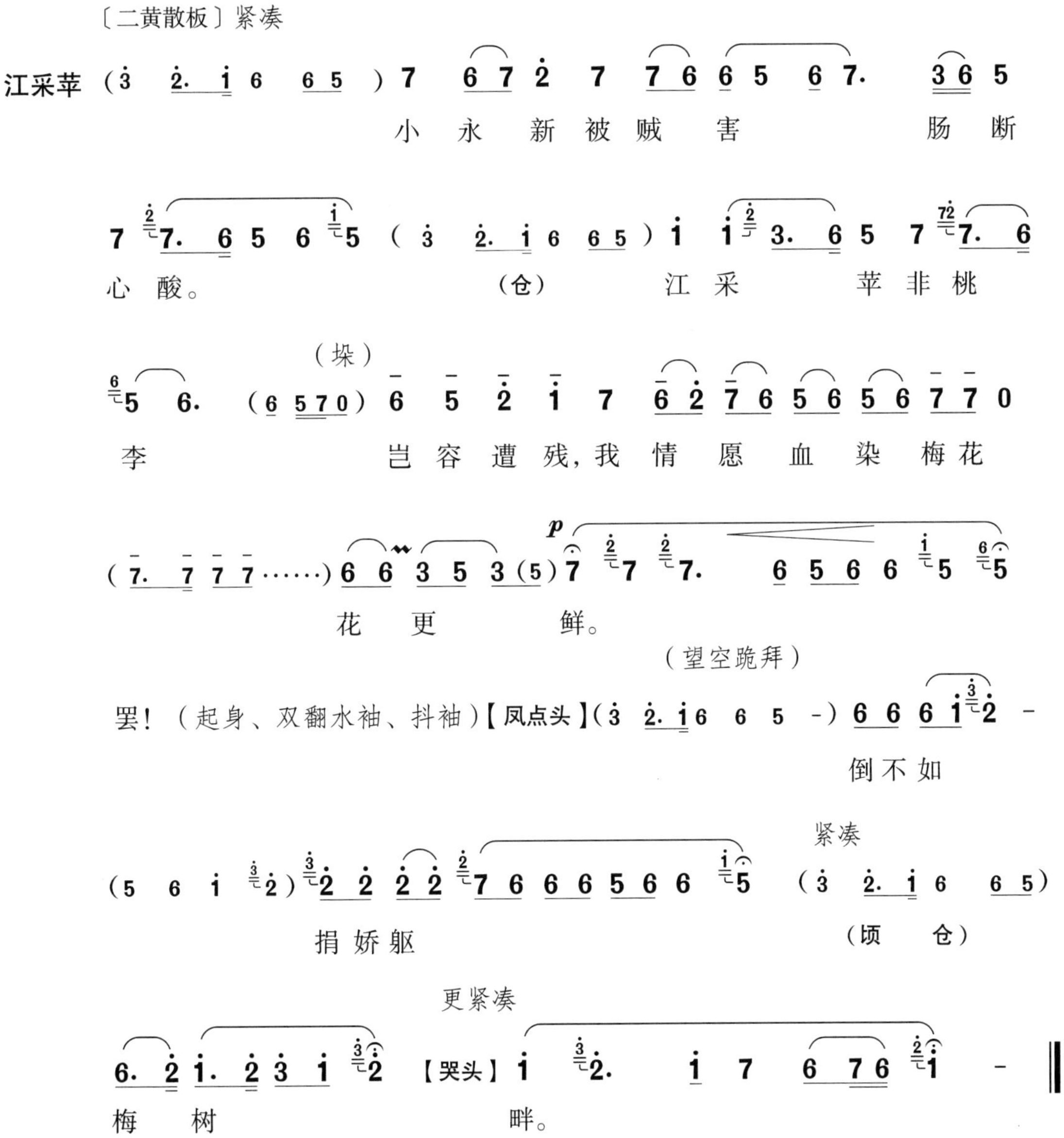

〔【扫头】由台口斜走至“上场门”“九龙口”处，梅花树下双手翻水袖交叉搭肩，“下场门”速下。暗死。

〔【急急风】四胡兵、两胡将由“上、下场门”两边持刀举火把上，在“上、下场门”的“九龙口”位置，搜寻。【搜场锣】众胡兵、胡将返回台口，亮相。

〔【四击头】众胡兵、胡将狂笑：“哈……”暗灯。【大锣原场】

第八场

回銮惊梦

〔场上景色略同第一场，只是萧索凄凉，不似当年。高力士慢步由“上场门”【小锣打上】上场，至“九龙口”。

高力士 咳！可怜哪！可叹！

（念〔数板〕）

可叹兴亡转眼间，（缓步至台口）
美人一命换江山。
想当初惊鸿舞、梅亭宴，
霓裳仙乐管弦繁。
不料想渔阳鼙鼓震喧天，
上皇无奈奔了西川，
六军不发齐呐喊。
那个陈元礼是真大胆，
逼得个杨贵妃死在梨树边。
最可喜，郭子仪忠心又赤胆，
血战三年靖了狼烟。
虽然平了安禄山，
上皇回宫泪不干。
都只为怀念杨妃死得惨，
最伤心、楼东的梅妃不知在哪边？
独坐深宫自悲叹，
终朝每日泪涟涟。
长生殿怎续钗与钿，
翠华阁难舍旧时欢。
上皇悲，上皇惨，上皇愁，上皇怨，
难坏我伺候殷勤一内监、一内监！

（白）远远望见上皇来也！（“下场门”隐下）

〔【长锤】音量弱起渐强，唐明皇感叹回忆，在〔二黄慢板〕过门中由“上场门”上场，至“九龙口”。

梅妃

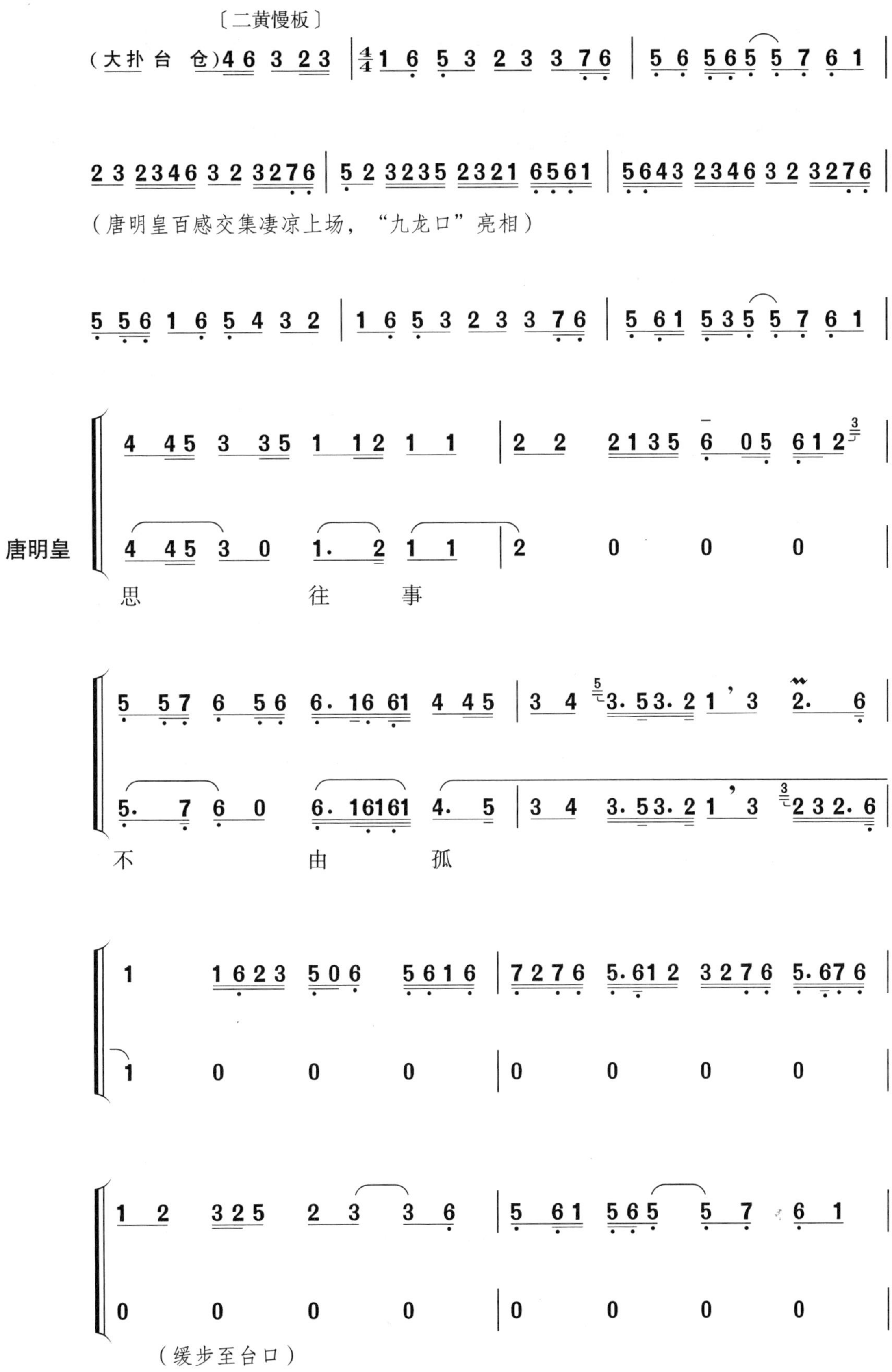

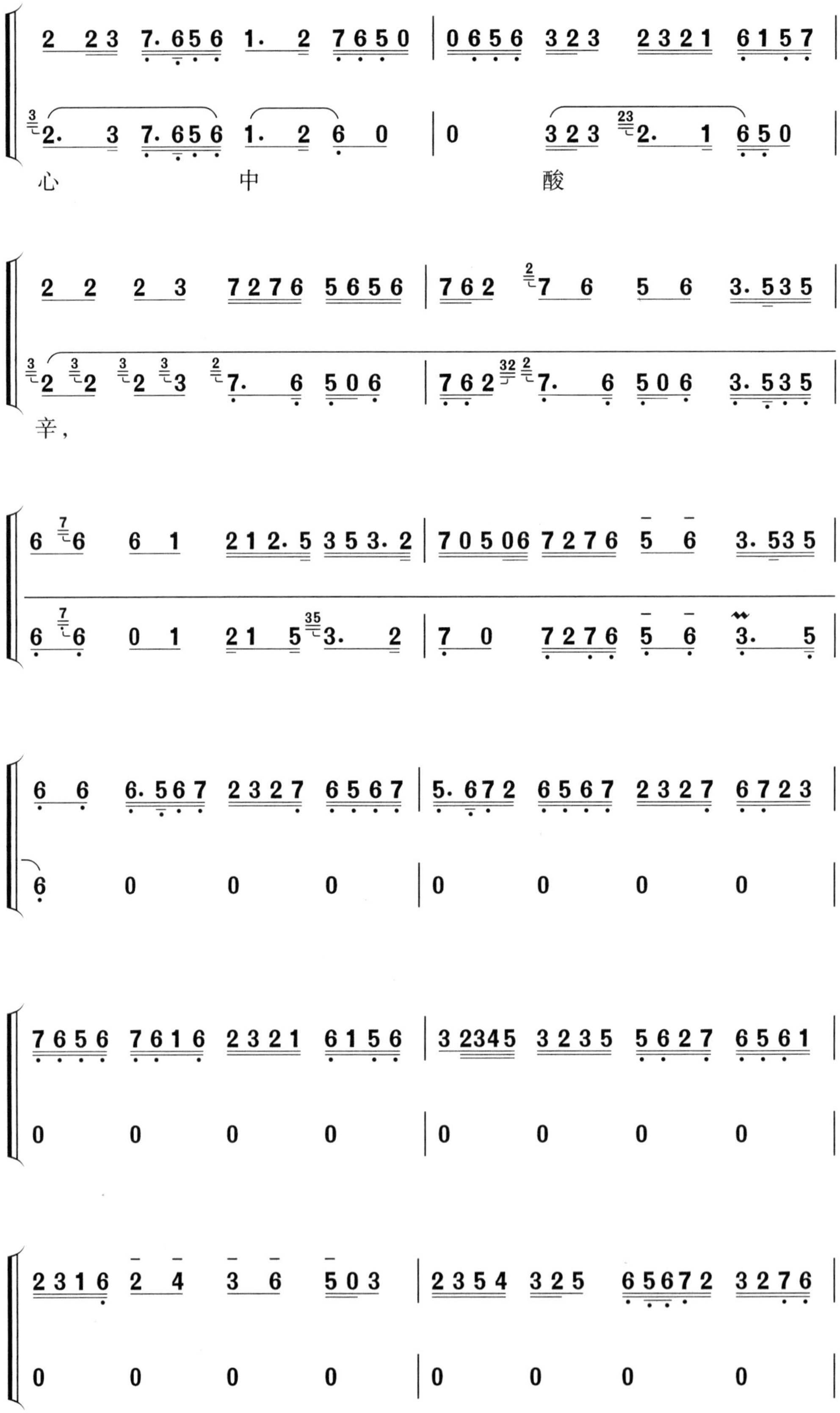
心
中
酸
辛，

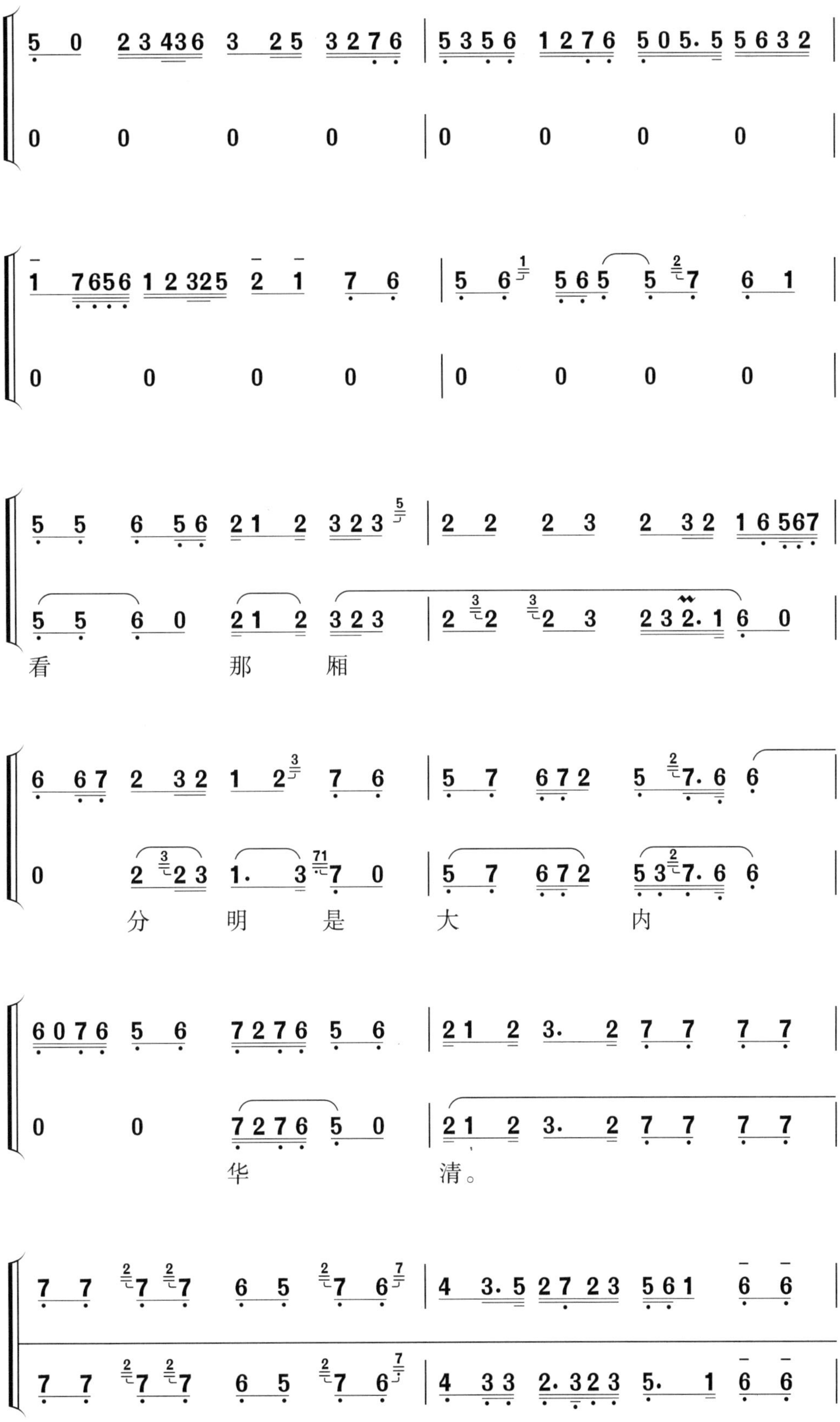
看 那 厢
分 明 是 大 内
华 清。

这 一 (呀)边
是 走 入

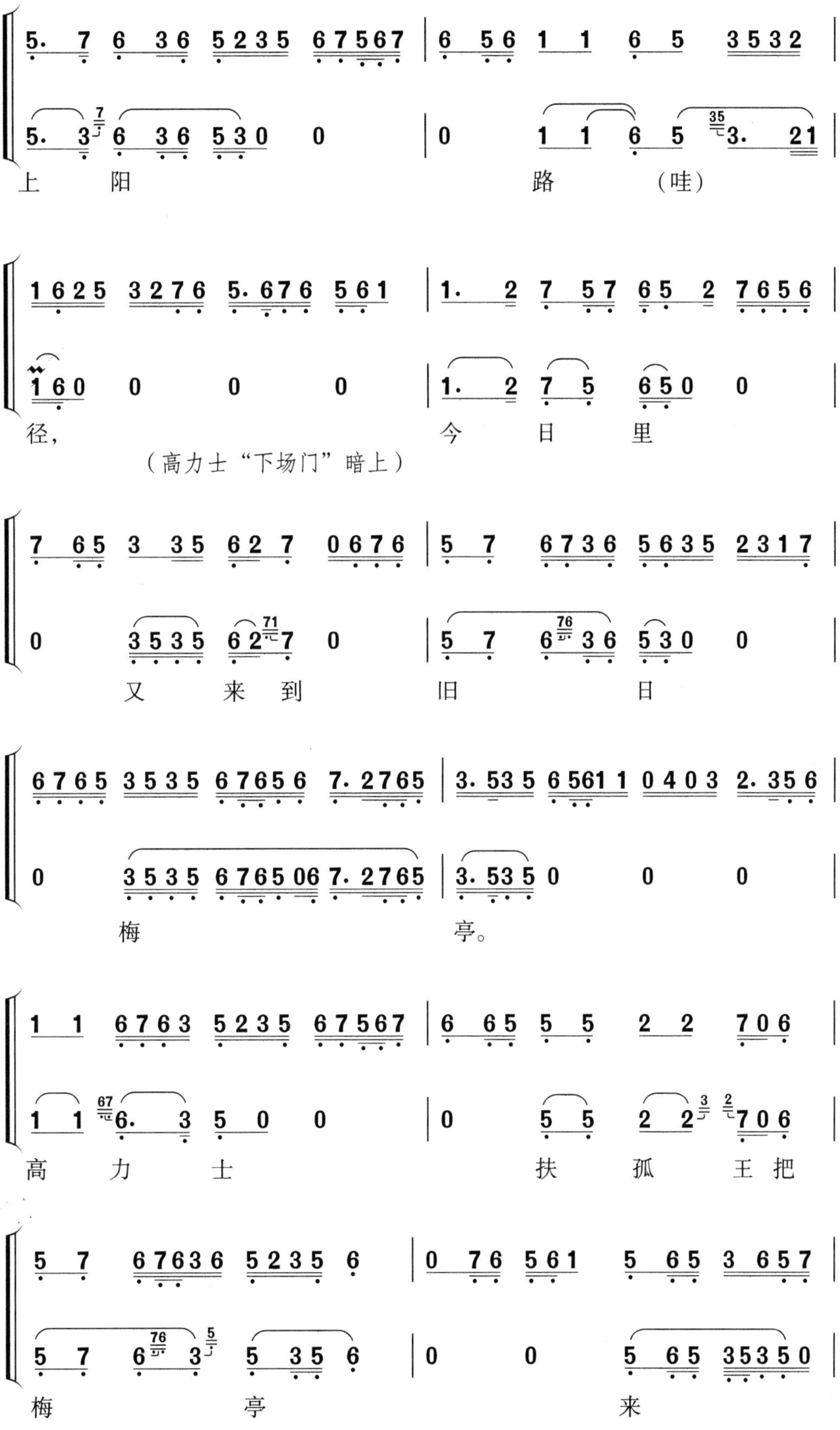
上 阳 路 （哇）
径，
（高力士“下场门”暗上）
今 日 里
又 来 到 旧 日
梅 亭。
高 力 士 扶 孤 王 把
梅 亭 来

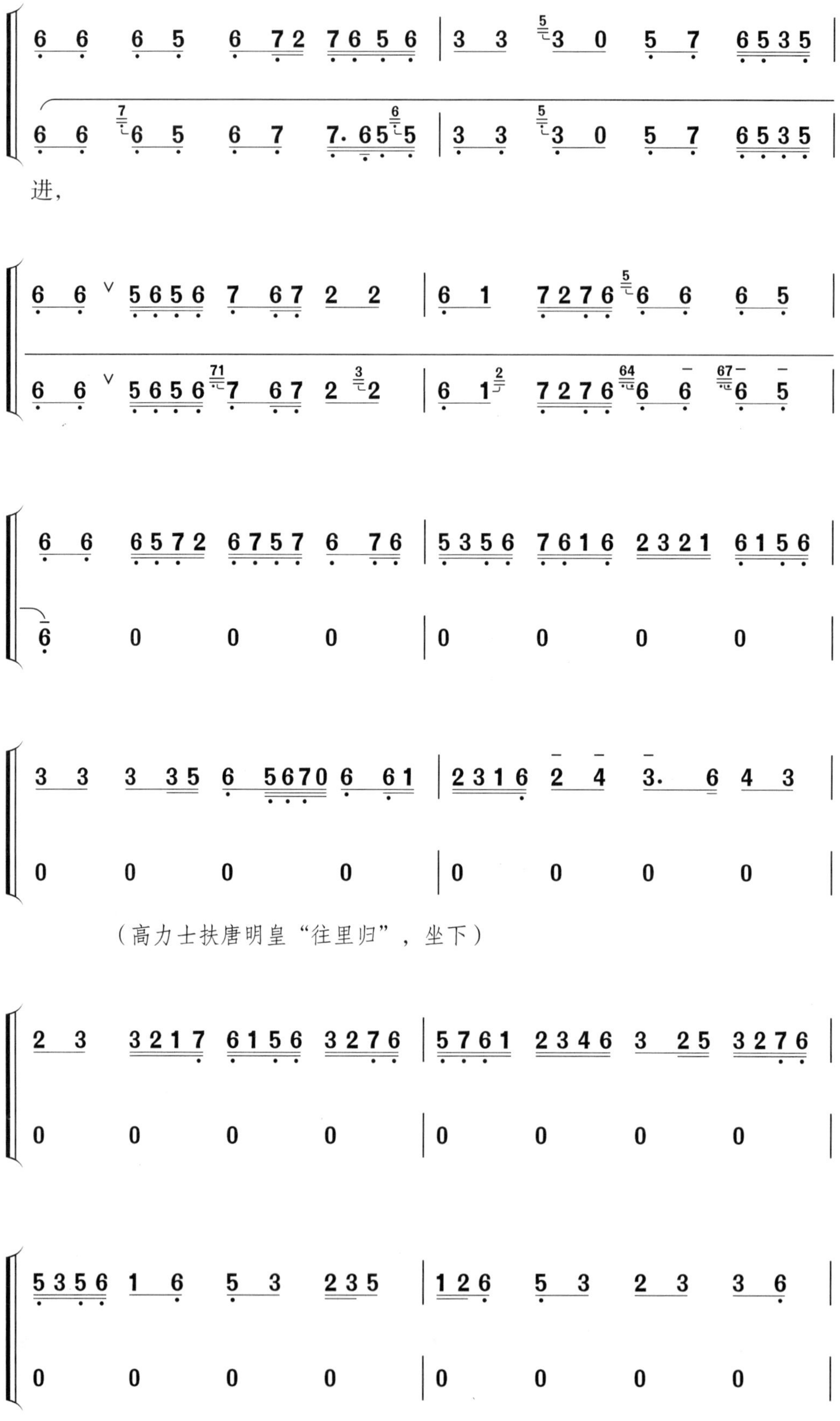
进，
（高力士扶唐明皇“往里归”，坐下）

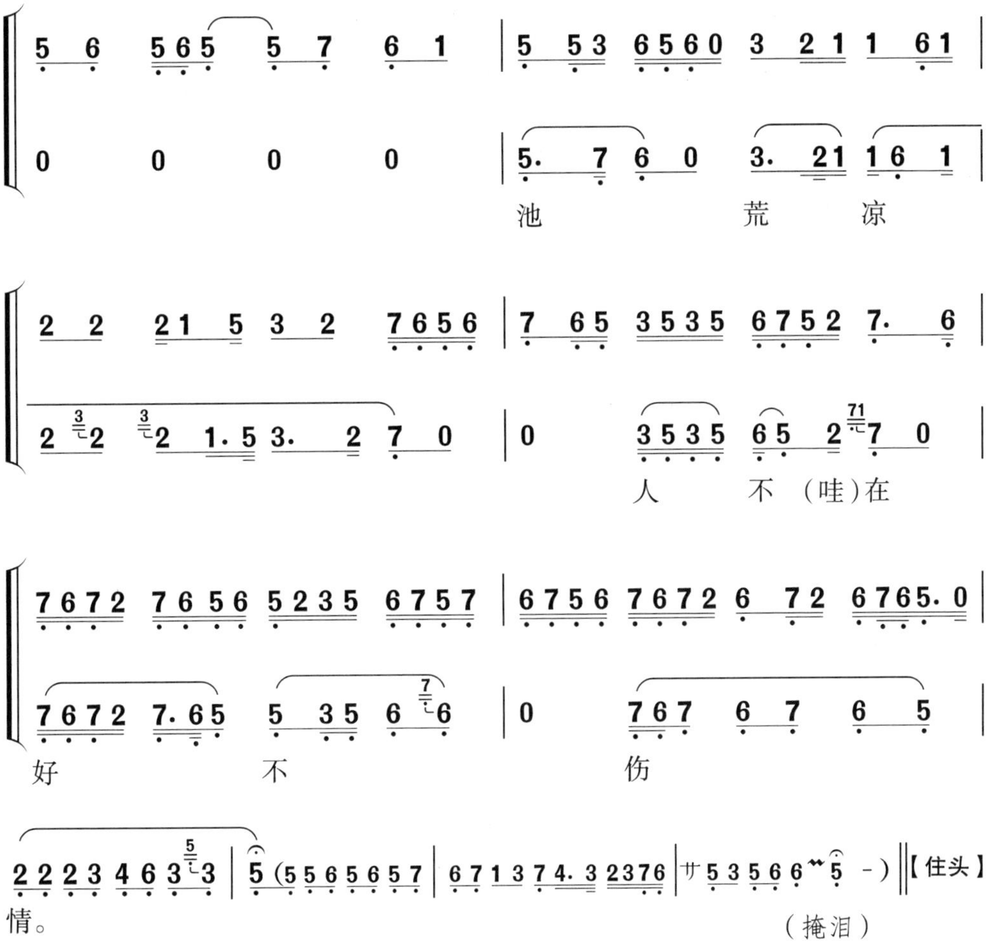

（白）哎！池馆荒凉，人去楼空，好不伤感人也！

高力士 皇上回銮，正该欢喜庆贺，为何伤感？还是保重龙体要紧呐！

唐明皇 寡人回宫，自然欢喜。只是想起杨娘娘死在马嵬坡，梅娘娘又不知下落，怎不令人伤痛啊！……（掩面）（**大……台**）

高力士 皇上不必伤心，梅娘娘恐怕还在人间，也难料定啊！

唐明皇 高力士，快快传旨下去，若有人知道梅娘娘下落前来报信者，定封三品，赏钱百万！

高力士 领旨！（“下场门”下）

〔二黄散板〕

唐明皇 【大锣凤点头】

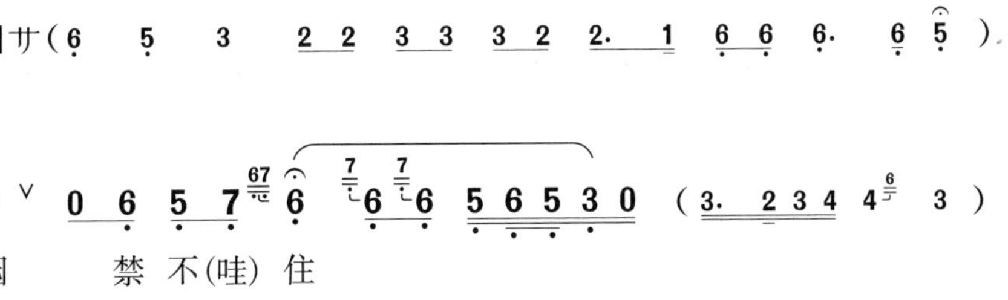

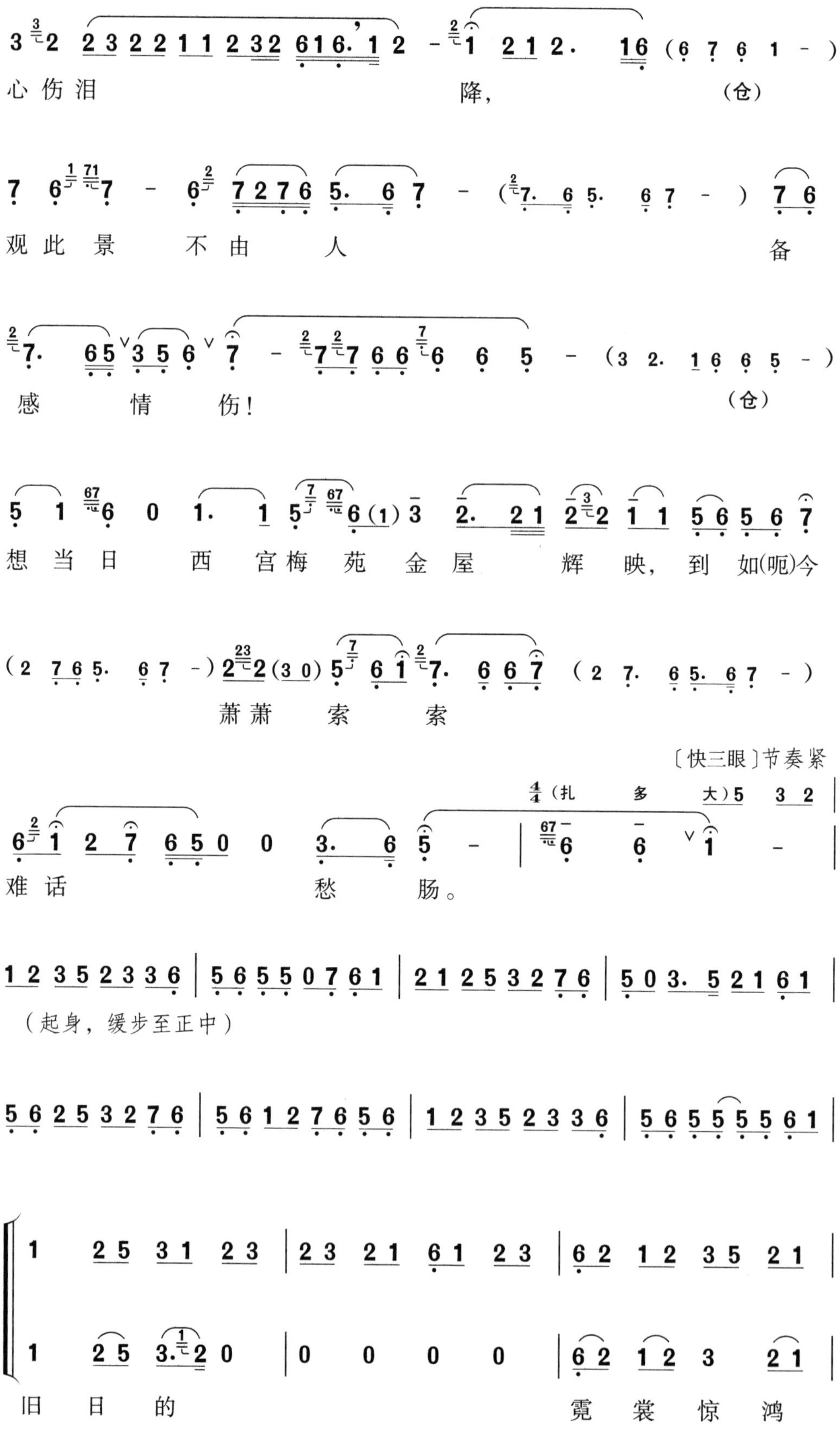
心伤泪
降，
（仓）
观此景 不由 人
备
感 情 伤！
（仓）
想当日 西 宫梅 苑 金屋 辉 映，到 如(呃)今
萧萧 索 索
〔快三眼〕节奏紧
（扎 多 大）
难 话 愁 肠。
（起身，缓步至正中）
旧 日 的 霓 裳 惊 鸿

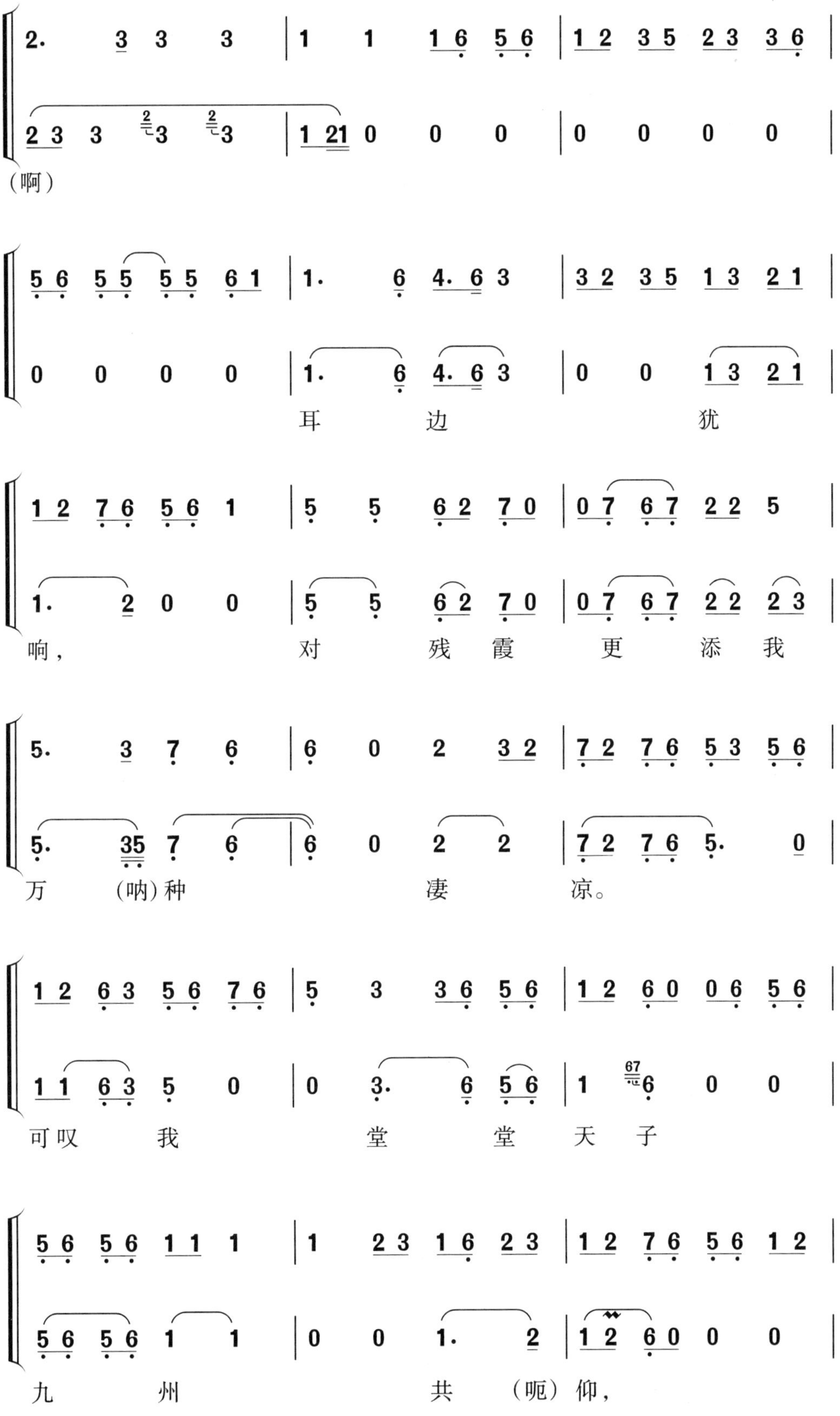
（啊）
耳 边 犹
响， 对 残 霞 更 添 我
万 （呐）种 凄 凉。
可叹 我 堂 堂 天 子
九 州 共 （呃）仰，

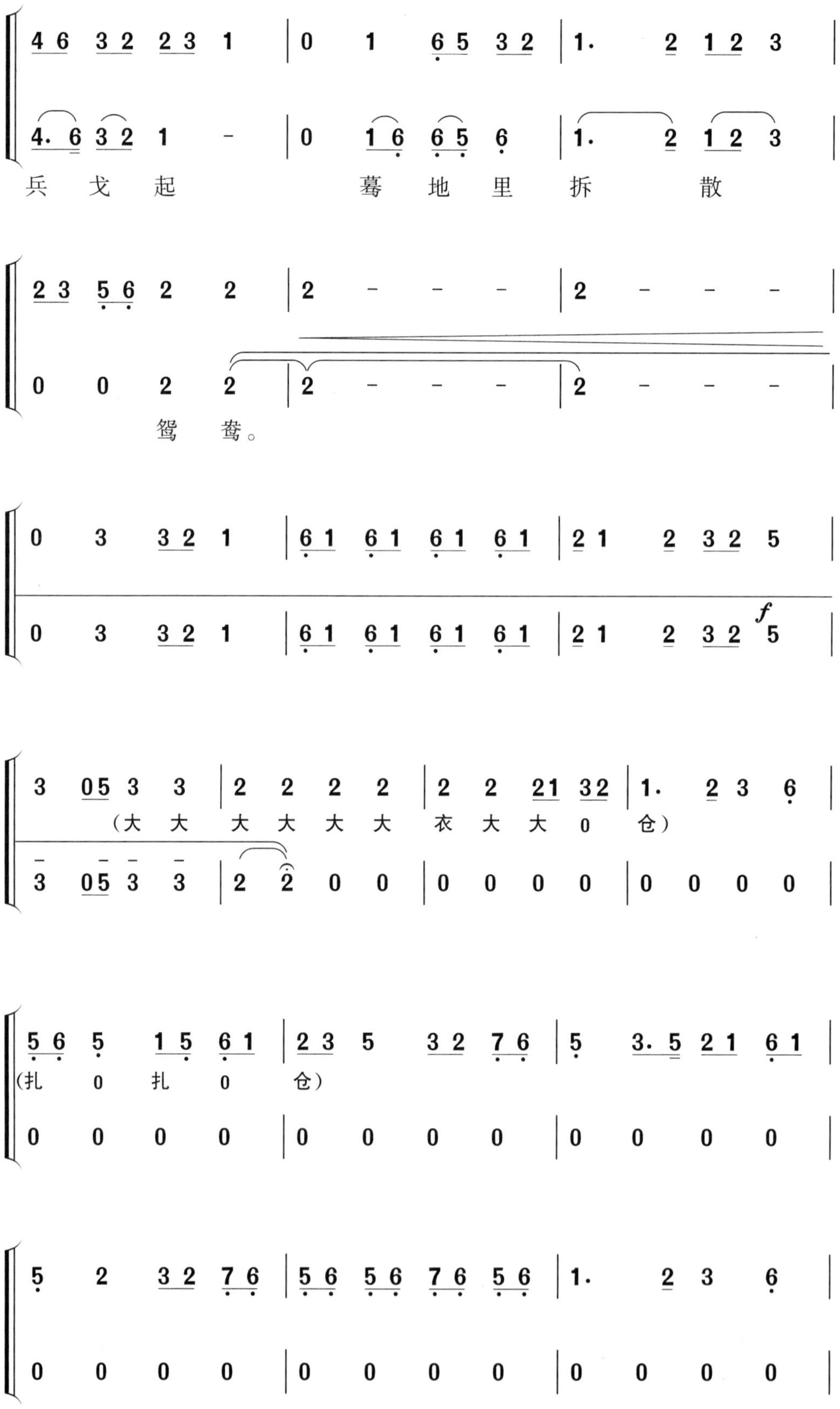
兵 戈 起 蓦 地 里 拆 散
鸳 鸯。
（大 大 大 大 大 大 衣 大 大 0 仓）
（扎 0 扎 0 仓）

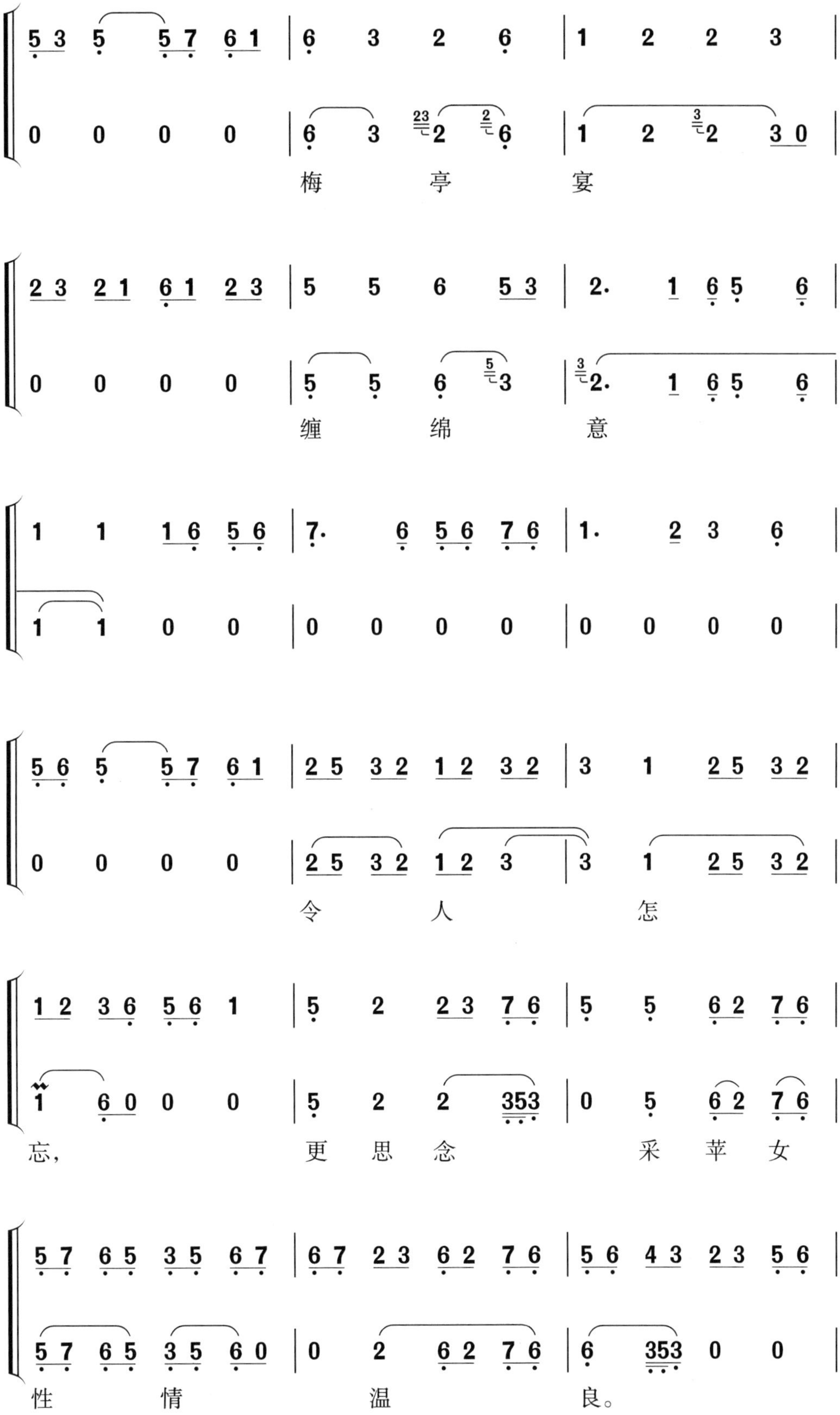
梅 亭 宴
缠 绵 意
令 人 怎
忘， 更 思 念 采 苹 女
性 情 温 良。

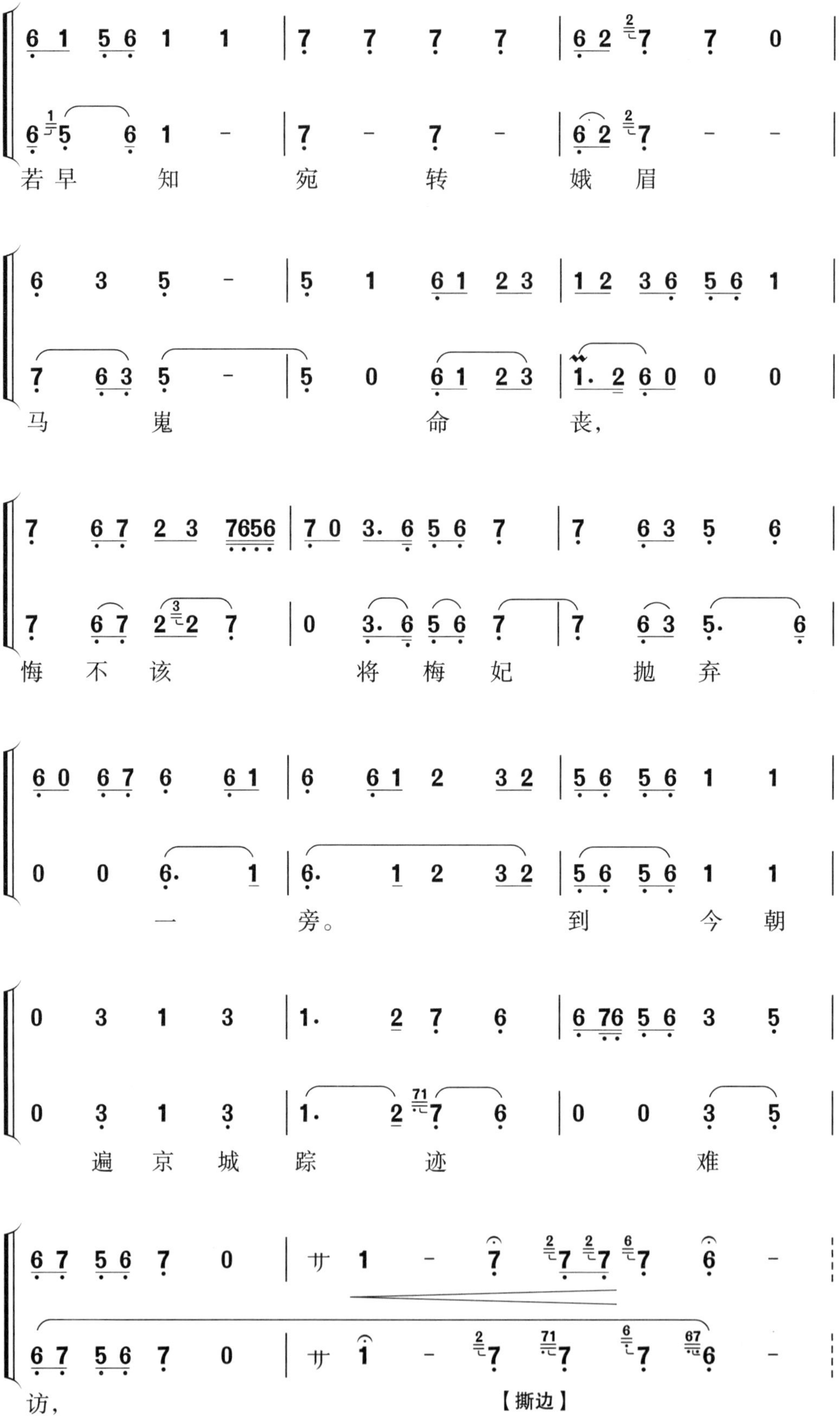
若早知宛转娥眉
马嵬命丧，
悔不该将梅妃抛弃
一旁。到今朝
遍京城踪迹难
访，
【撕边】

〔二黄散板〕

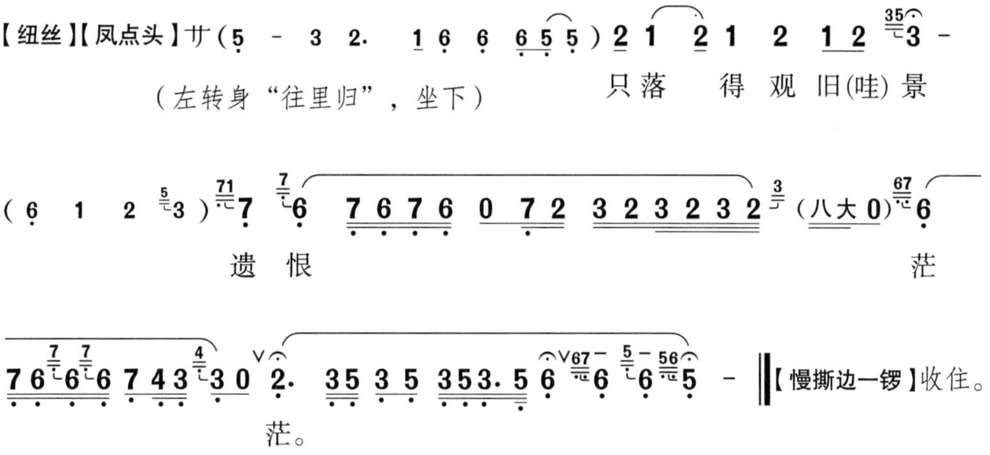

〖唐明皇双臂伸展，打哈欠，右手拍口，表示睡意，左臂靠椅背，托头入睡。

〖梦境。“上、下场门”侧幕放“干冰”。乐队合奏“开幕曲”。从宫女双手持梅花枝，双排由“上场门”“斜一字”速上，至左台口。江采苹持翠笛，在队尾随上。第一对宫女在左台口，领众双往外翻圆场，分站两侧成八字队形。江采苹在左台口，双手持笛吹奏，蹉步后退，至唐明皇右侧，江采苹做吹笛状。

〖再将唐明皇推醒，扶起。二人缓步至台口①，然后，合式“往里归”，唐明皇左膀搂江采苹肩头。众宫女转成一大圆圈，唐明皇、江居中，唐明皇原位坐下睡状，江采苹由“上场门”“窝下”。众宫女双排“斜一字”簇拥江采苹由“上场门”下。音乐止。高力士由“下场门”暗上。

唐明皇　（**大……台**）（揉眼）哎呀妃——子！（双翻袖左侧抱，醒来，发现抱的却是高力士，双手抖袖，失望地叹气）

高力士　启奏皇上，奴婢适才听宫人言道，梅娘娘已被乱军所害，死在梅花树下了！【**撕边一锣**】

唐明皇　唉！妃子呀！（哭，掩面）

〖乐队奏〈尾声〉，唐明皇“下场门”下，高力士随后下。【**大锣原场**】

——剧　终

---

① 程砚秋演出本此处有一段〔西皮流水板〕，见附录。

附　　录

第一场开幕曲

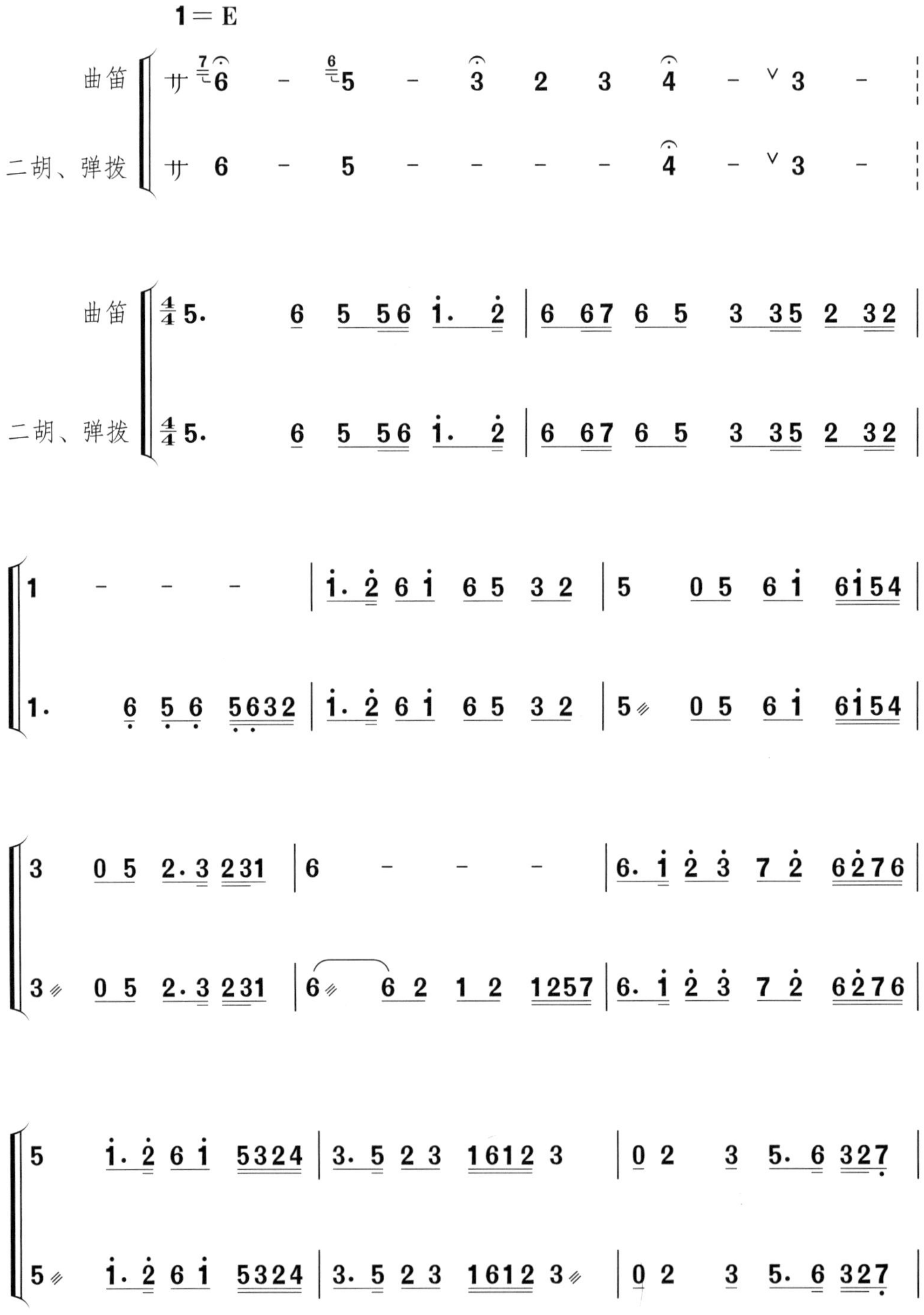

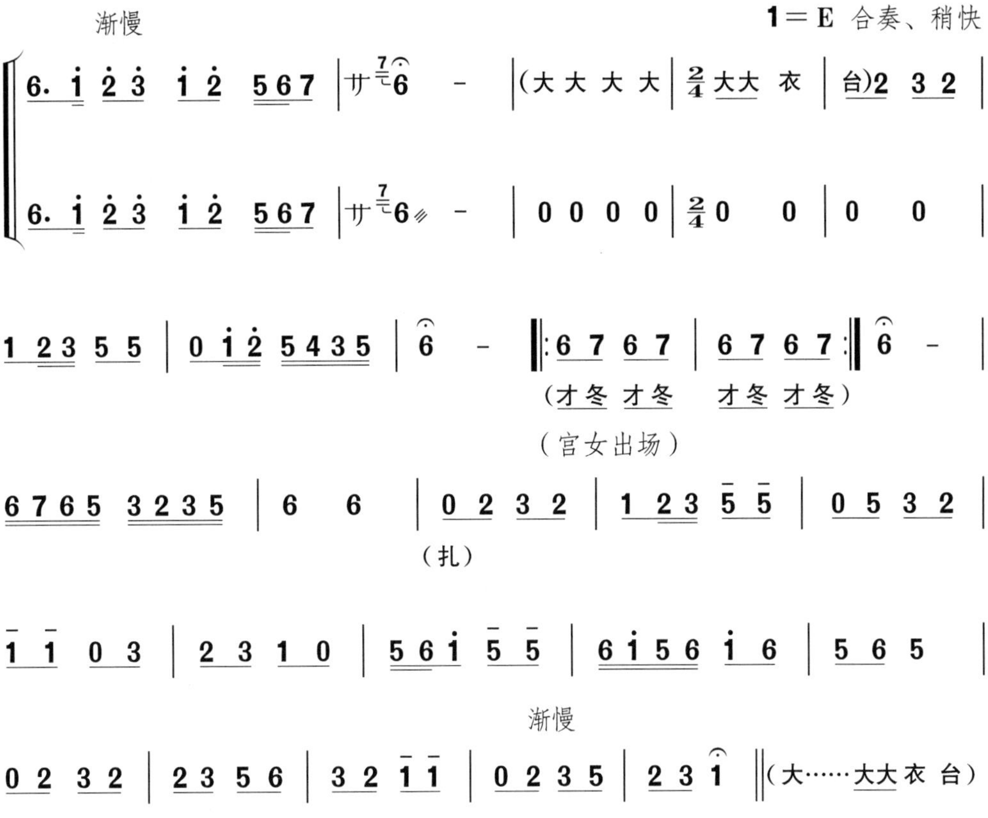

〔二小太监内白："高公爷来了！"

第一场唐明皇出场曲

〔高力士白："咱们小心伺候着！"

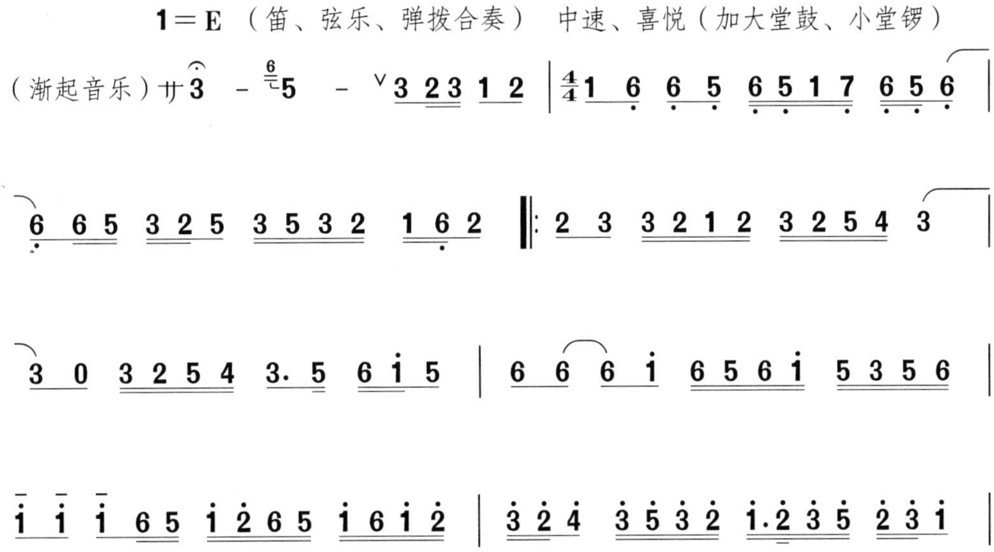

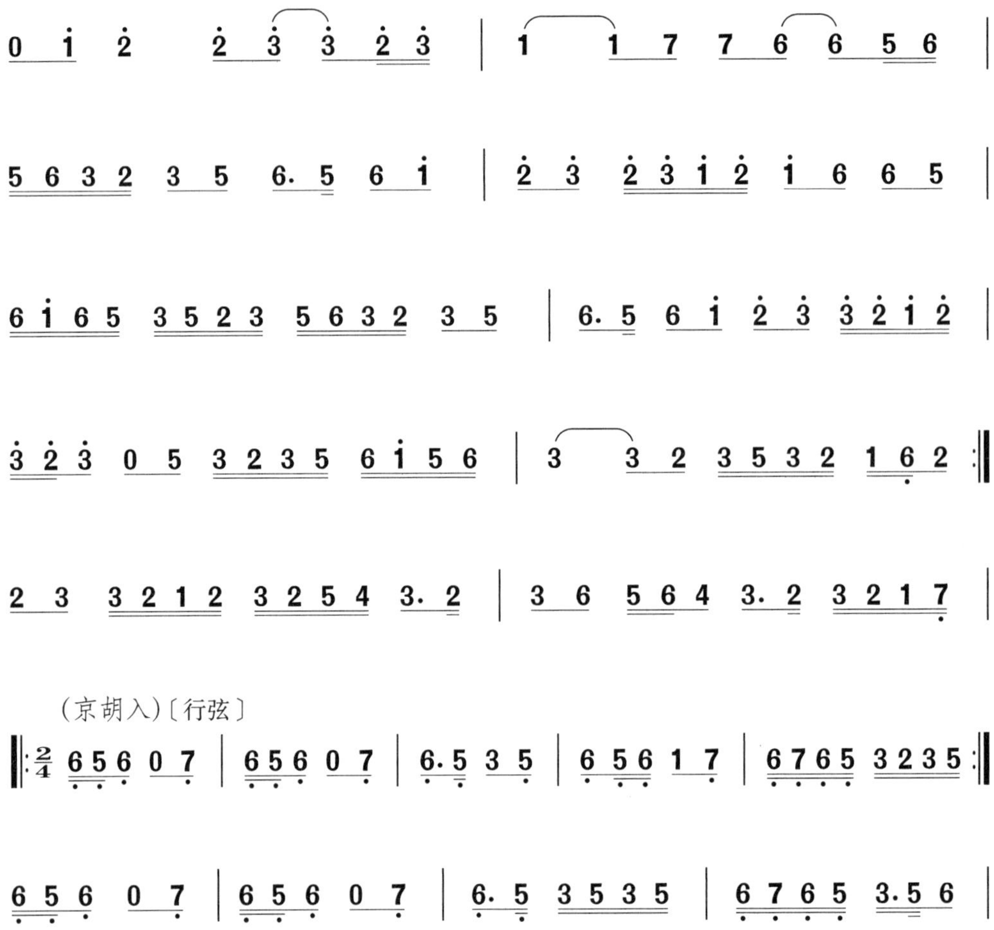

转〔西皮原板〕

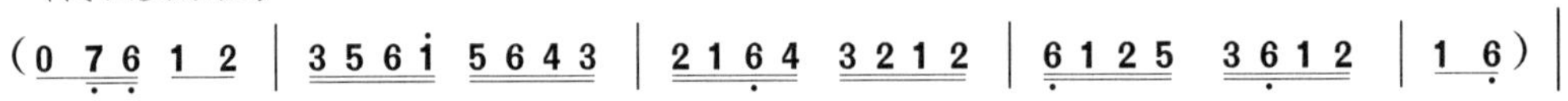

（唐明皇唱：乍凝眸只见那花开似锦……）

（第一场，唐明皇与江采苹合唱四句〔西皮原板〕。在江采苹唱完第四句〔原板〕后，紧接合奏乐曲）

（合奏乐曲）

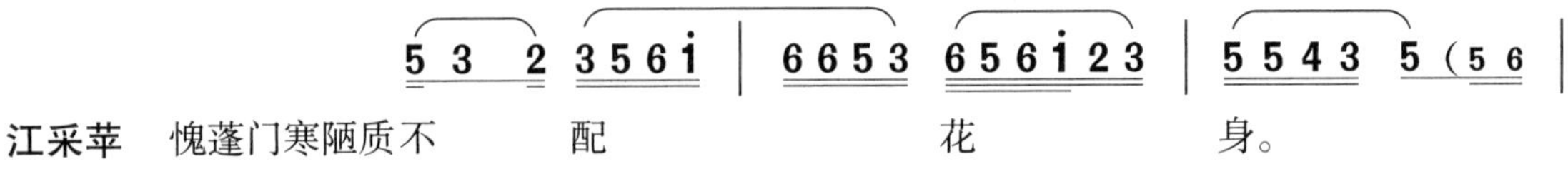

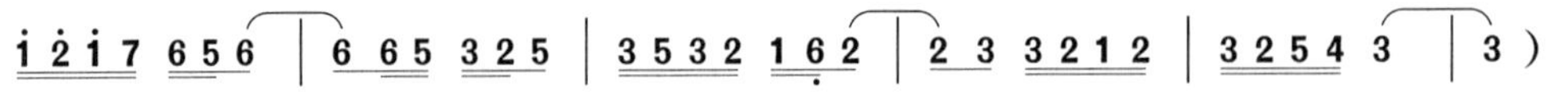

（下见81页倒数三行）

（下接唐明皇出场曲，待唐明皇、江采苹入座后，音乐止）

梅　妃

第一场诸王进见曲

〔高力士白："诸王进见哪！"

1＝E　中速（笛、弦乐、弹拨、小堂锣合奏）

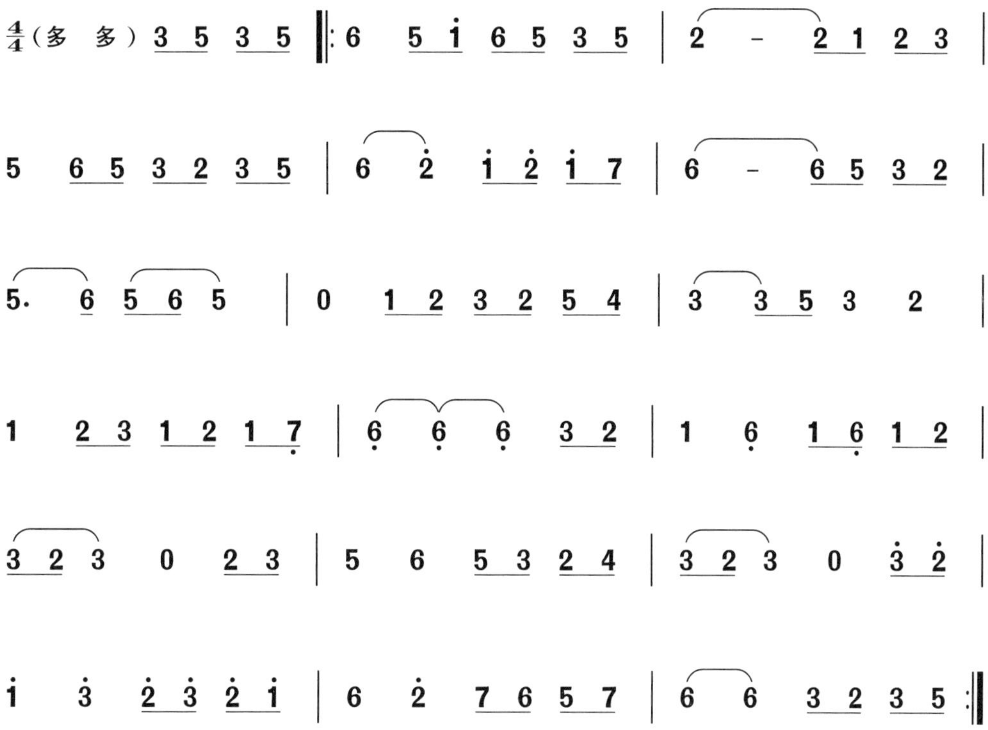

（待四王入席归座，饮酒毕，音乐止）

第二场杨玉环进见曲

1＝D（笛、弦乐、弹拨合奏）

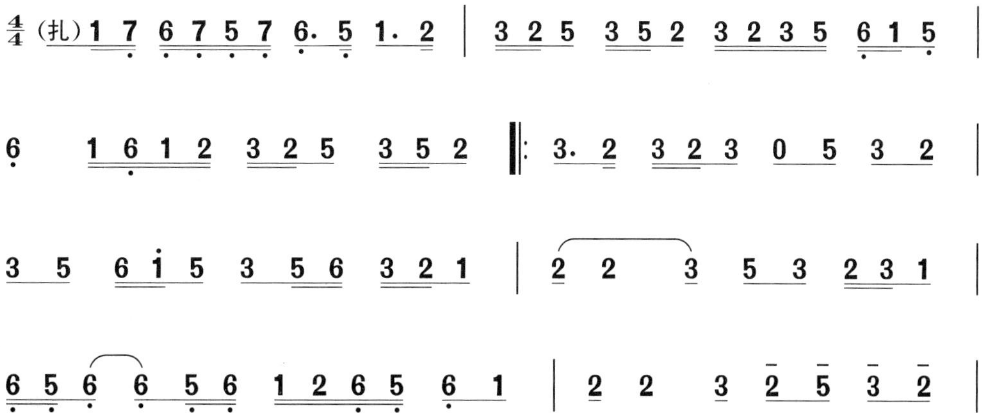

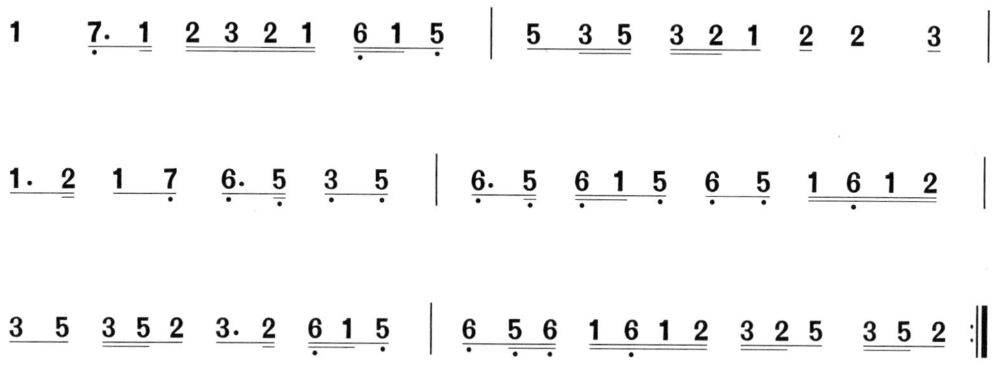

〔杨玉环白："谢万岁！"（大大 大大 衣大 大 仓）音乐止。

程砚秋本原第一段〔二六板〕

中速〔二六板〕

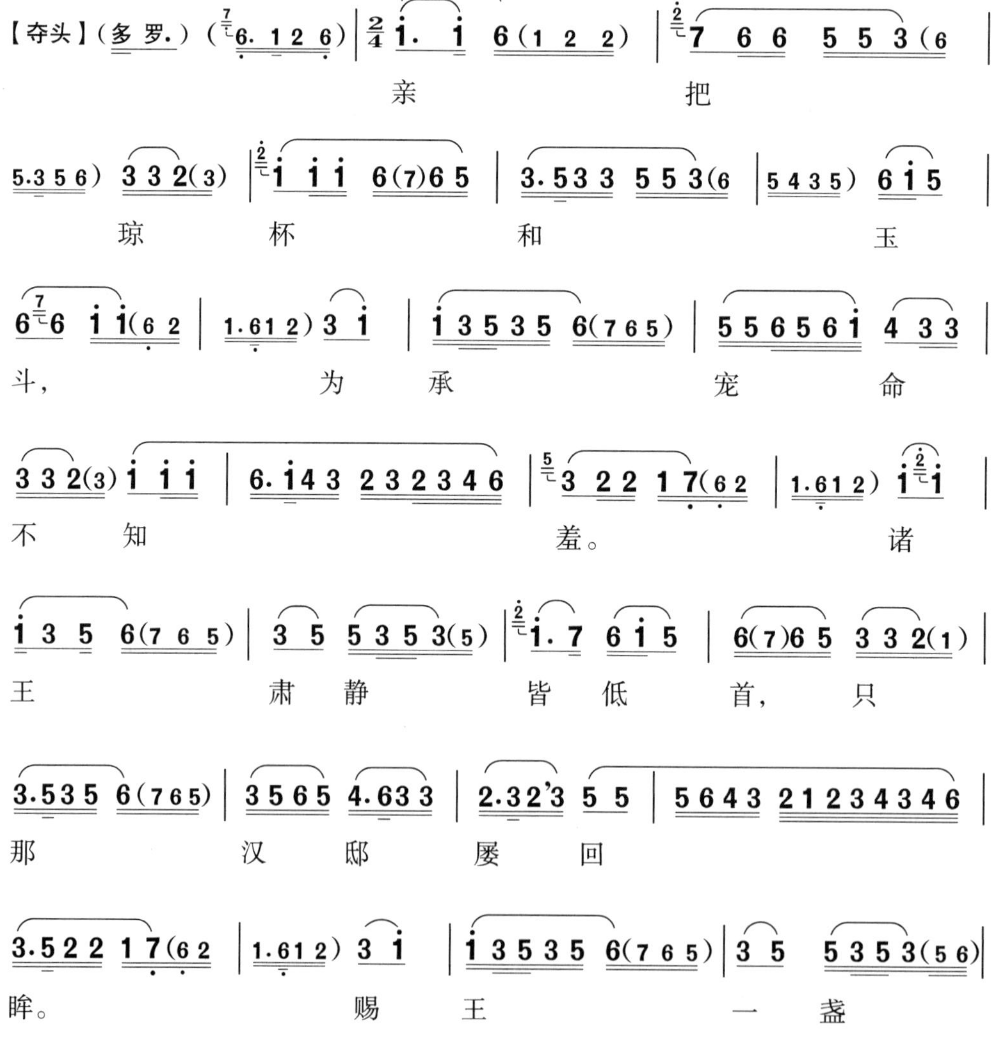

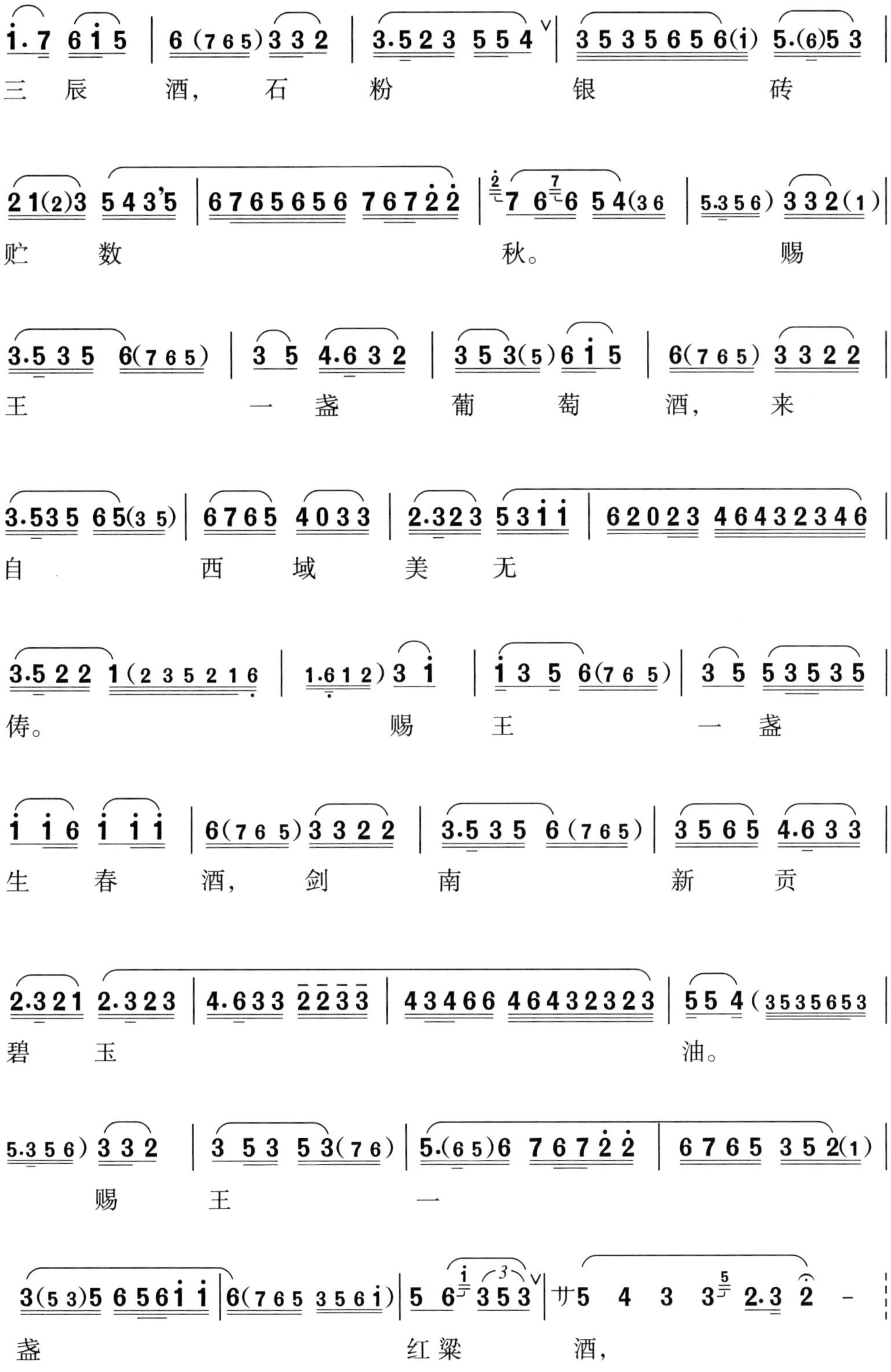

（下接〔快板〕“王何举止太轻浮”）

程砚秋本最后一场

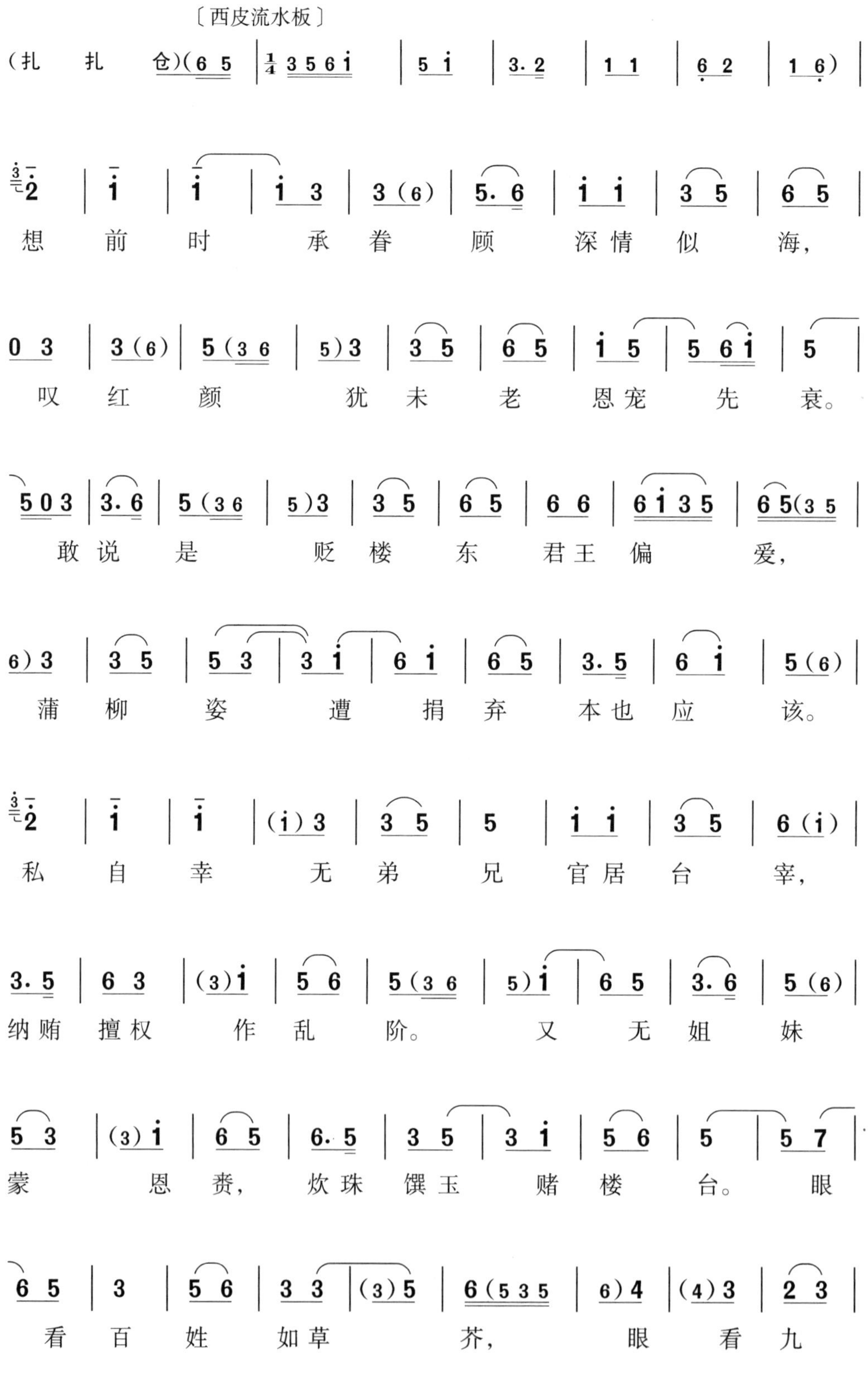
〔西皮流水板〕
(扎 扎 仓)
想前时承眷顾深情似海，
叹红颜犹未老恩宠先衰。
敢说是贬楼东君王偏爱，
蒲柳姿遭捐弃本也应该。
私自幸无弟兄官居台宰，
纳贿擅权作乱阶。又无姐妹
蒙恩赉，炊珠馔玉赌楼台。眼
看百姓如草芥，眼看九

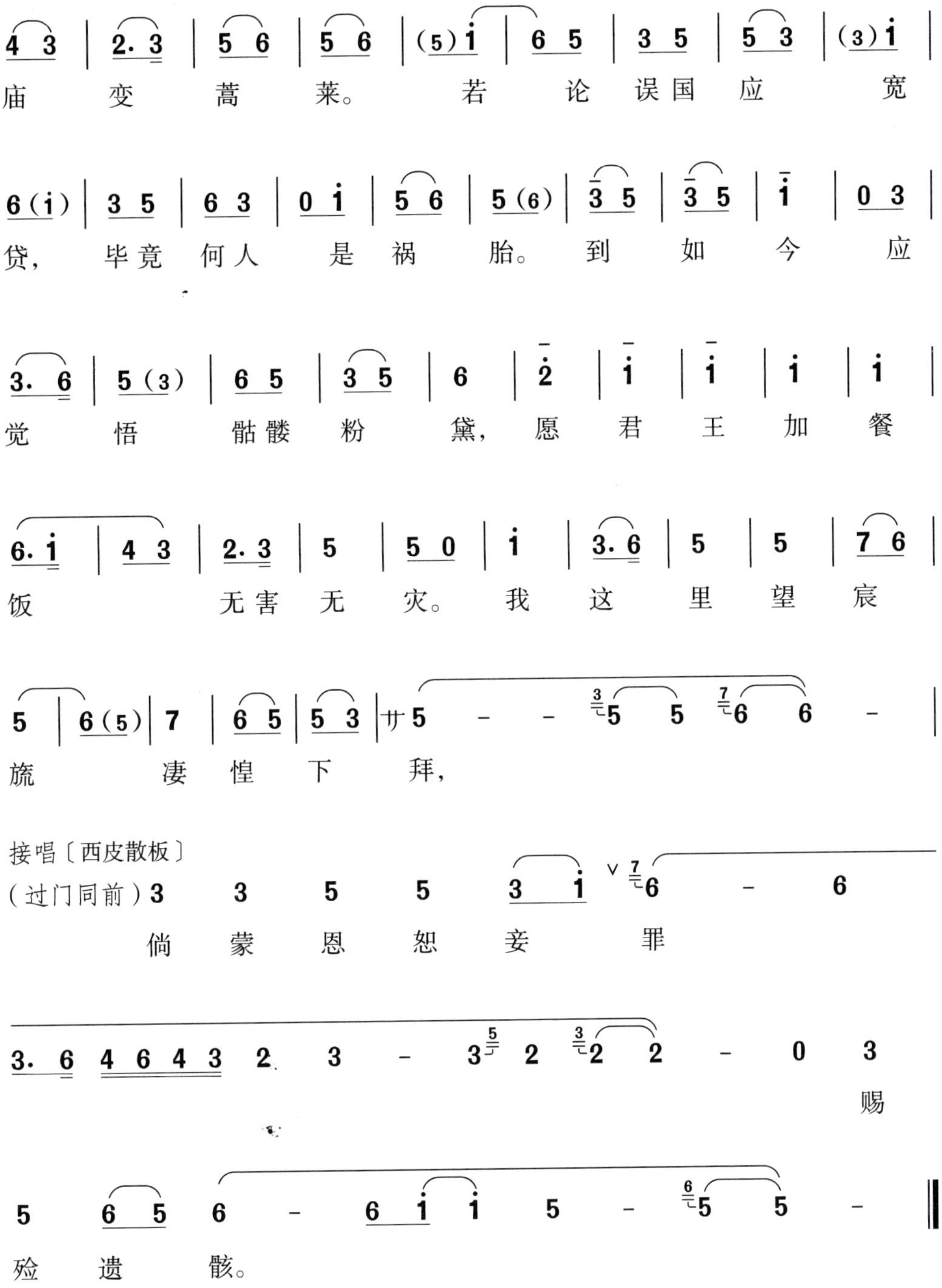
庙变蒿莱。若论误国应宽
贷，毕竟何人是祸胎。到如今应
觉悟骷髅粉黛，愿君王加餐
饭无害无灾。我这里望宸
旒凄惶下拜，
接唱〔西皮散板〕
（过门同前）
倘蒙恩恕妾罪
赐
殓遗骸。

万凤姝　万如泉　整理

朱痕记

程砚秋、言菊朋演出本

《朱痕记》又名《牧羊卷》、《双槐树》、《黄龙造反》，取材于《牧羊宝卷》。故事发生在唐朝。西凉节度使黄龙造反，朱春登代叔父出征，婶母内侄宋成随行。宋成欲夺朱春登之妻赵锦堂，竟在途中加害朱春登，虽未得逞，回来却谎报朱春登战死沙场。朱春登婶母谋占了长房的家财，又逼赵锦堂改嫁宋成。赵锦堂不从，受尽虐待。朱春登婶母又狠毒地将赵锦堂婆媳赶至山中牧羊，数九寒天，婆媳受尽熬煎。

平定战乱之后，朱春登立功封侯，回家祭祖时将宋成处死，当问及母亲妻子时，其婶母又谎称二人均已亡故。春登至坟台哭祭，并在坟前高搭席棚舍饭七日。适赵锦堂婆媳乞讨至此，认出自家坟茔。朱母惊痛不已，竟失手打碎饭碗。朱春登唤赵锦堂进棚问话，问清了赵的身世和婶母迫害的始末根由，确认了赵锦堂手上的朱痕，夫妻相认，一家骨肉团圆。

这出戏的情节曲折动人，是程砚秋的经典之作。

程砚秋擅演正剧人物。程腔凝重深邃，其扮演的人物，又多是品格高尚、宁死不辱、身遭不幸的妇女。《朱痕记》就是有代表性的剧目。《朱痕记》一般唱法是“封官”起，至“舍饭、团圆”止，但程砚秋演出本增加了“牧羊”一场，这使得剧情更加完善。头场戏交代了时间、环境，朱母的〔二黄导板〕及在【急急风】中群羊的上场，都突出了朱母婆媳受迫害的情景，婆媳在数九寒天来到荒郊外牧羊历尽了艰辛。程砚秋唱的〔二黄散板〕都是接朱母的下句，“苦辛”的“辛”字行腔，及“饮泪吞声”的“吞”字那环绕音型的唱法，显得是那样的凄婉，唱虽不多，却抓住了观众的心，因为唱中有凄苦之声，有怜亲之情。尤其是朱母下场后，程砚秋唱的〔二黄散板〕更是动人心弦。他那“这呼呼的狂风……”高呼的唱法犹如山崩海啸，激情荡漾，随之“怎样行”的“行”字行腔，像呜咽，在唱中顿、连、断、擞的唱工技巧的娴熟运用，更增加了抒发人物悲切感情的丰富表现力。再有“舍饭”一场，程砚秋唱的〔二黄散板〕转〔二黄滚板〕“可怜我有八十岁的婆婆是三餐未曾用饭”一句，真是把滋味嚼透，“三餐”出口之后，在“未”字上，咬字头、放字腹、收字尾，把“未”字的行腔交代得很清楚，不仅声音饱满动听，也突出了赵锦堂乞求差人是为了饿坏了的婆婆的这份孝心。观众所推崇、所赞赏的“程腔”，用“行云流水”、“荡气回肠”来形容实不为过。

言菊朋艺术上最大的特点，是他的唱腔设计。他早年宗谭，在他还未能自创一家之时，以“旧谭派之首领”为号召，后来才逐渐成为“言派”。他自成一派之后，对于谭派的名剧《朱痕记》进行了加工，使这出戏又成了具有言派风格的剧目。例如“祭奠”中的〔二黄导板〕，即突出了言派特点。他的行腔婉转，千折百回，富于变化，从谭腔变化中来，又归言派唱腔旋律中去，符合人物极度悲伤泣不成声的状态。

言派的艺术传人有其子言少朋、儿媳张少楼。而私淑言派有成就者有李家载、徐敏初等人。言少朋继承父业，并培育了言兴朋、毕英琦、刑玉民、任德川等人，这对于弘扬言派功不可没。

万凤姝

人物行当

朱　母	老旦	**四白文堂**	杂
赵锦堂	青衣	**李　仁**	净
羊　形	杂	**宋　成**	丑
郭　昕	老生	**宋　氏**	彩旦
四红文堂	杂	**差役甲**	丑
朱春登	老生	**差役乙**	丑
朱春科	小生	**四百姓**	杂

服装扮相

朱　母　俊扮。黲网子、黲发髻、黲鬏发、蓝绸条，白老斗衣、蓝腰包、腰巾子，青彩裤，白布袜、福字履。

赵锦堂　俊扮。梳大头、线尾子、甩发、银钉头面，青素褶子、蓝边白素褶子、白腰包，浅色彩裤，彩鞋。

羊　形　穿羊形服。

郭　昕　俊扮。侯帽、黲三，红蟒、苫肩、玉带，红彩裤，厚底靴。

四红文堂　俊扮。红大板巾，红龙套服，红彩裤，薄底靴。

朱春登　俊扮。方纱、黑三，白蟒、玉带、苫肩，青彩裤，厚底靴。（后换青素褶子或青素官衣，加白孝巾）

朱春科　俊扮。方纱，粉蟒、玉带、苫肩，湖色彩裤，厚底靴。（后换青素褶子，加白孝巾）

四白文堂　俊扮。白大板巾，白龙套服，红彩裤，薄底靴。

李　仁　勾白三块瓦。黑大板巾、额子、黑满，黑花箭衣、黑马褂、大带、苫肩，红彩裤，厚底靴。

宋　成　丑扮。蓝毡帽，蓝布箭衣、大带，青彩裤，白布袜、皂鞋。

宋　氏　俊扮。梳平三套、帽箍，蓝布大襟褂子、青大襟坎肩，青彩裤（绑裤脚），白布短袜、抹子鞋。（后换红蟒、玉带、云肩、凤冠）

差役甲　丑扮。红毡帽，青布褶子、大带，红彩裤，白布袜、皂鞋（或薄底靴）。

差役乙　丑扮。红毡帽，青布褶子、大带，红彩裤，白布袜、皂鞋（或薄底靴）。

百姓甲　俊扮。白毡帽、白三、黄绸条，白老斗衣、小腰包，青彩裤，白布袜、福字履。

百姓乙　俊扮。蓝毡帽，蓝布茶衣，青彩裤，靸鞋（或皂鞋）。

百姓丙　俊扮。孩儿发，土色茶衣，青彩裤，圆口鞋。

百姓丁　俊扮。青高方巾，青褶子，青彩裤，白布袜、福字履。

道具

桌　子	两张	椅　子	三把
绿标帜	一堂	马　鞭	四根
短云帚	两把	腰　刀	一把
白标帜	一堂	圣　旨	一份
铁　锹	一把	镐　头	一把
跪　垫	一个	饭　碗	四个
灵堂牌位	一个	白灵帐	一份
香　炉	一个	拄　棍	一根
铁　链	一条	筷　子	一双
木　桶	一个	勺　子	一个
红、白桌围椅披	各一份	长木凳	一个

| 朱 痕 记 |

第 一 场

〔【冲头】接【大锣导板头】。

〔朱母内唱。

〔二黄导板〕

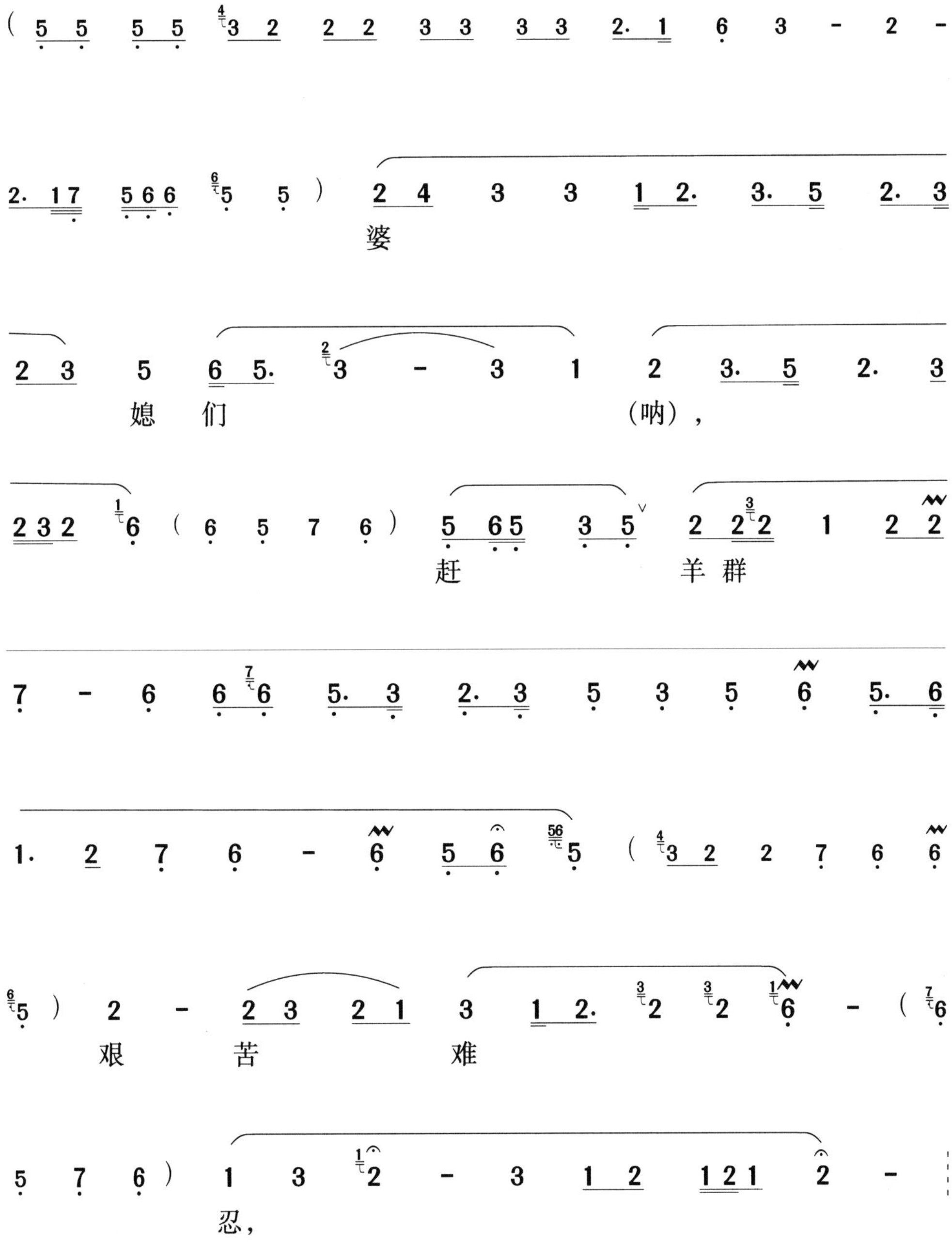

〔【急急风】羊形从“上场门”上，行至左台口。

〔【急急风】朱母右手拄棍颤抖着从“上场门”上。随即赵锦堂从“上场门”上，双手向上撑开腰包，跟随朱母后面。

〔【急急风】羊形从左台口领走圆场，至右台口卧下。朱母、赵锦堂随羊形圆场，至台中二人双“挖门”，朱母归“大边”，赵锦堂归“小边”。

〔【撕边】二人相视。（八大仓）赵锦堂双手下落后翻折双水袖扶朱母。

赵锦堂 喂呀……（拭泪）

〔【纽丝】双手向下抖袖。

〔二黄散板〕

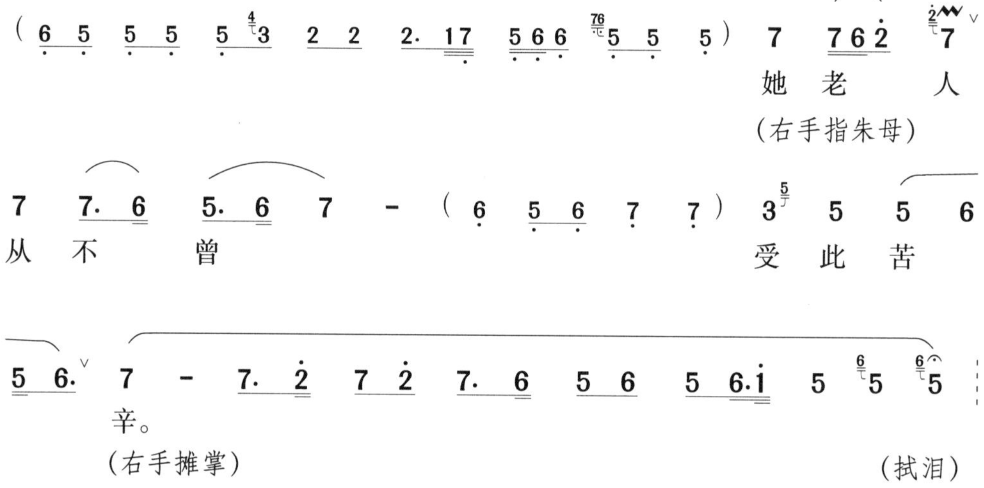

朱　母

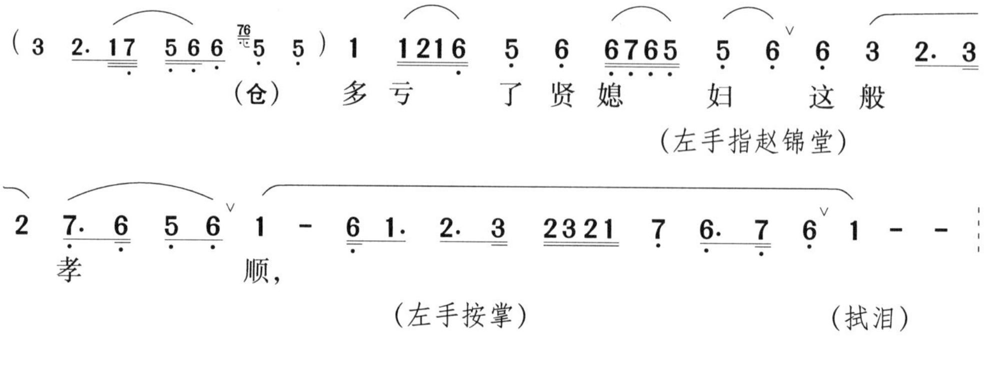

〔【大锣双楗凤点头】赵锦堂右手扶鬓看朱母，轻轻摇头，叹气，抖右袖。

赵锦堂

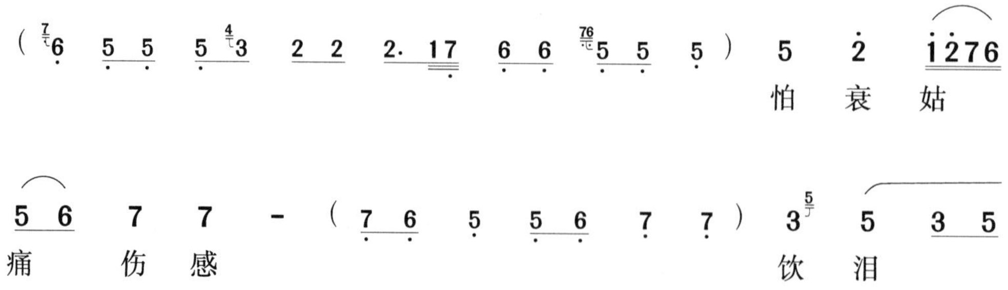

3 5 6. 7 6765 | 6 - 6. i 5 5 - ‖

吞 声。

（右手在右颊前托掌）

〔【大锣住头】赵锦堂拭泪。

朱　母　可恨你那婶母，（左手向外指）数九寒天，将我婆媳（左手抚胸）赶在荒郊牧羊，似这样大雪寒天，（左手举掌从里向外平缓出）分明要断送你我性命。（指赵后又抚胸）为婆八旬高年，（双手拄棍）死不足惜，可怜你（左手拄棍，右手指锦堂）尚在青春，这样的艰苦的光阴，如何挨受得起（右手托掌看赵）呀……（哭泣）

〔【小锣一击】朱母拭泪。

赵锦堂　啊婆婆，（双手拱请式）怏怏不要这样伤感，还望婆婆要多多保重，（左手扶朱母右肩右手按掌）有媳妇（右手抚胸）跟随婆婆，纵然在外乞讨，也不至冻饿而死。（摆右手）想这样困苦颠连，媳妇也恨不欲生，（摇头）就是死在九泉之下，（右手按掌）媳妇也是一样侍奉婆婆（双手拱请式）的了哇……

〔【小锣一击】赵锦堂拭泪。

朱　母　唉，这都是我儿朱春登连累你了。（指赵）【大锣叫头】（右手翻折水袖成举袖）春登！儿啊！【大锣住头】（向下抖袖）你的阴魂有知（右手向右指），可晓得我婆媳二人（看赵），在这荒山风雪之中，为你受尽千难万苦啊……（摆动右手）【小锣一击】（拭泪，赵锦堂右手扶鬓看朱母）

赵锦堂　婆婆不要悲伤，看这漫天大雪（右手托掌自里向外平撒出），待媳妇搀扶婆婆，慢慢地走啊！（右手向外指出）

〔【大锣夺头】朱母伤心地点点头，右手抖袖，提袖，赵锦堂搀朱母向前走两步。

〔二黄慢三眼〕

4/4 0 0 0 0 | 1 16 5 3 2 3 356 |

4/4 龙 冬 大大 大台 | 仓 令才 乙台 仓 |

5 6 565 505 6 1 | 2 5 235 3525 3276 |

大扑 台 仓 0 | 0 0 0 0 |

5 5 3235 2321 6561 | 5761 235 3 2 3276 |

0 0 0 0 | 0 0 0 0 |

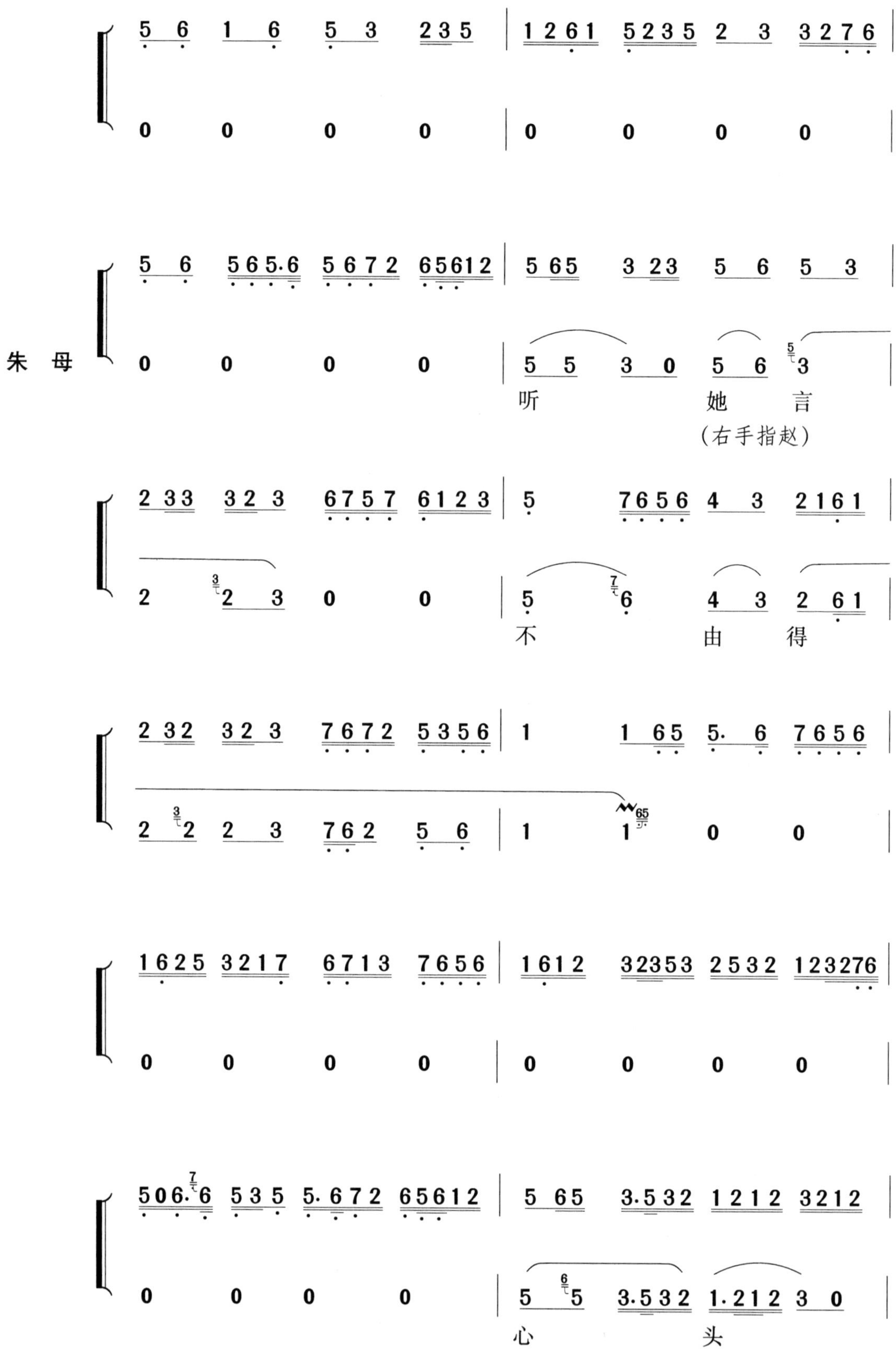
朱母
听 她 言
(右手指赵)
不 由 得
心 头

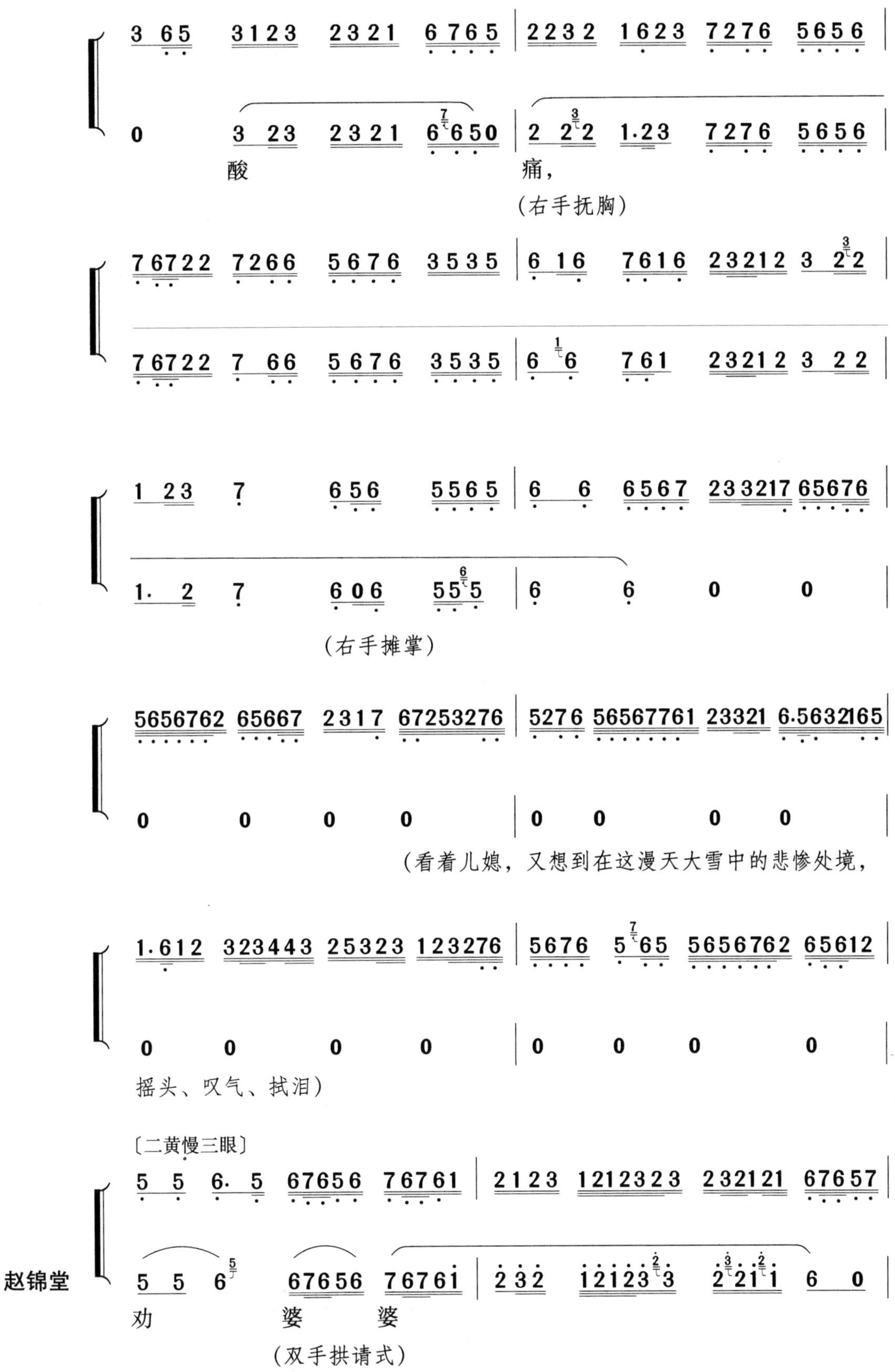
酸
痛，
（右手抚胸）
（右手摊掌）
（看着儿媳，又想到在这漫天大雪中的悲惨处境，
摇头、叹气、拭泪）
〔二黄慢三眼〕
赵锦堂
劝
婆
婆
（双手拱请式）

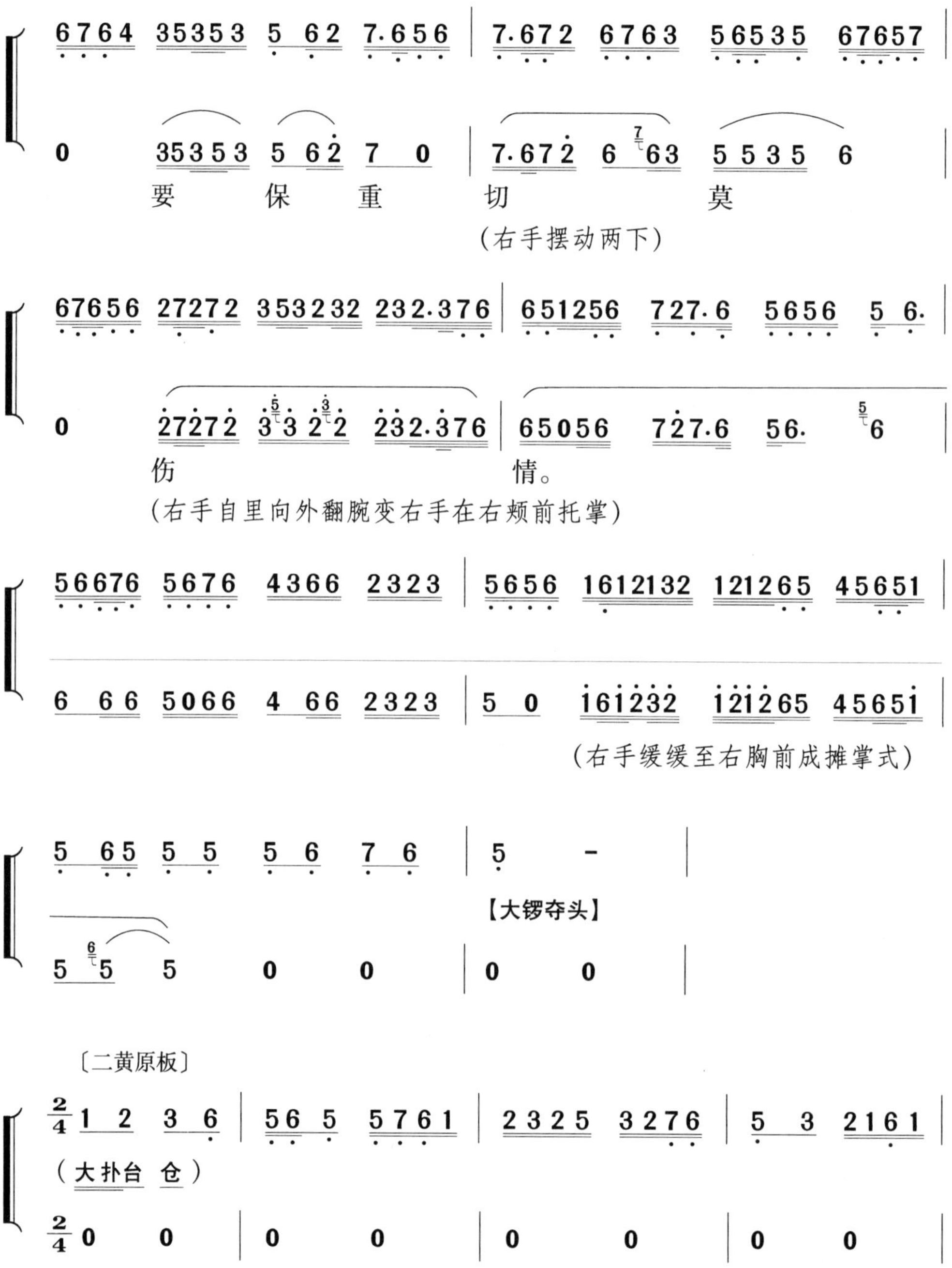

〔【夺头】赵锦堂从“小边”缓步向“大边”走去。朱母从“大边”艰难地缓步拄棍从里面走归到“小边”站。

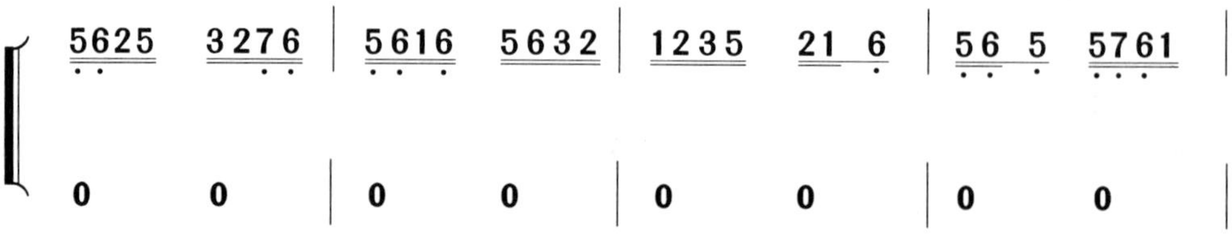

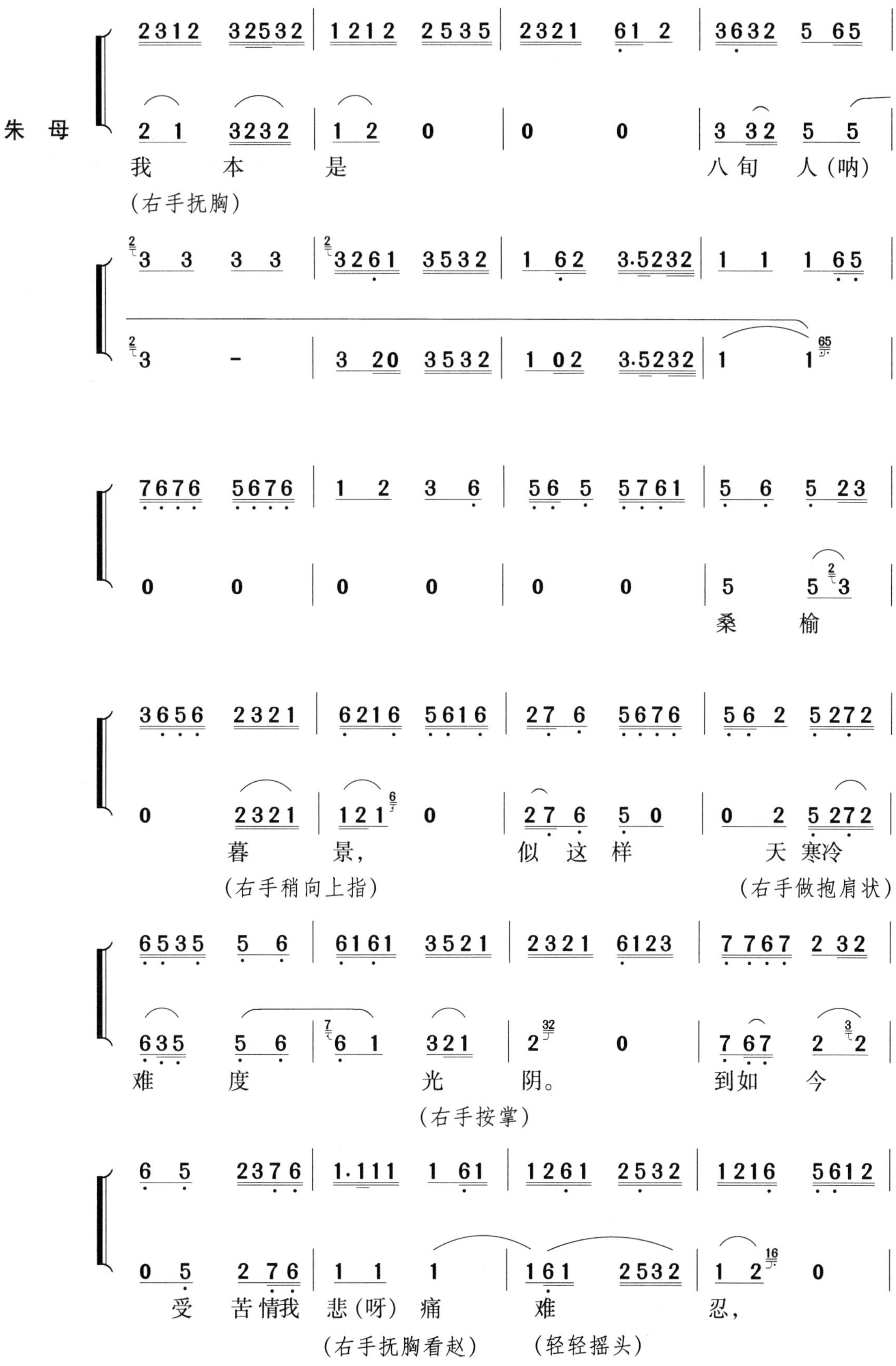

朱母
我本是　八旬人(呐)
(右手抚胸)
桑　榆
暮　景，似这样　天寒冷
(右手稍向上指)
(右手做抱肩状)
难　度　光　阴。到如　今
(右手按掌)
受　苦情我　悲(呀)痛　难　忍，
(右手抚胸看赵)
(轻轻摇头)

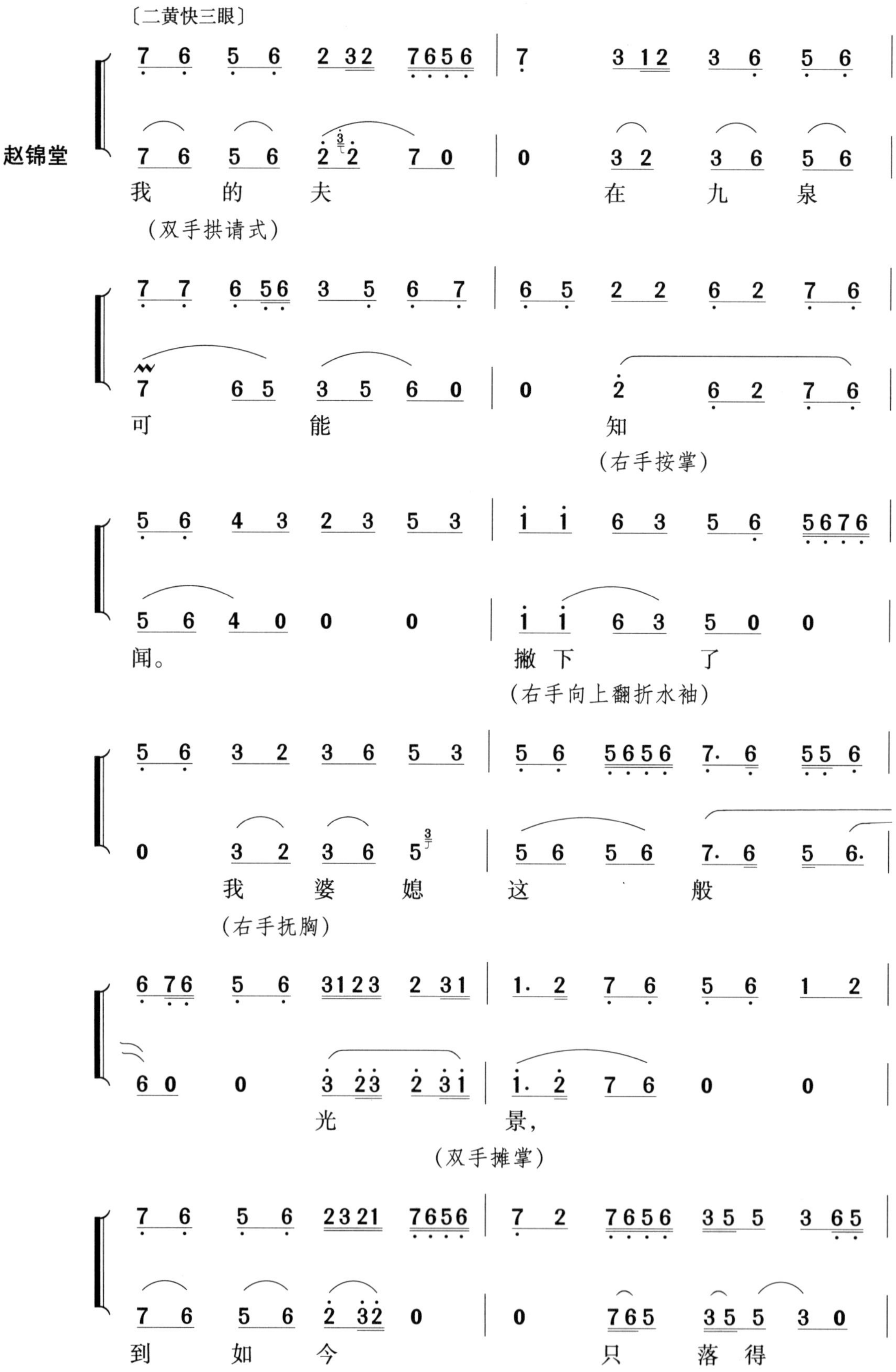
〔二黄快三眼〕
赵锦堂
我的夫在九泉
（双手拱请式）
可能知
（右手按掌）
闻。撇下了
（右手向上翻折水袖）
我婆媳这般
（右手抚胸）
光景，
（双手摊掌）
到如今只落得

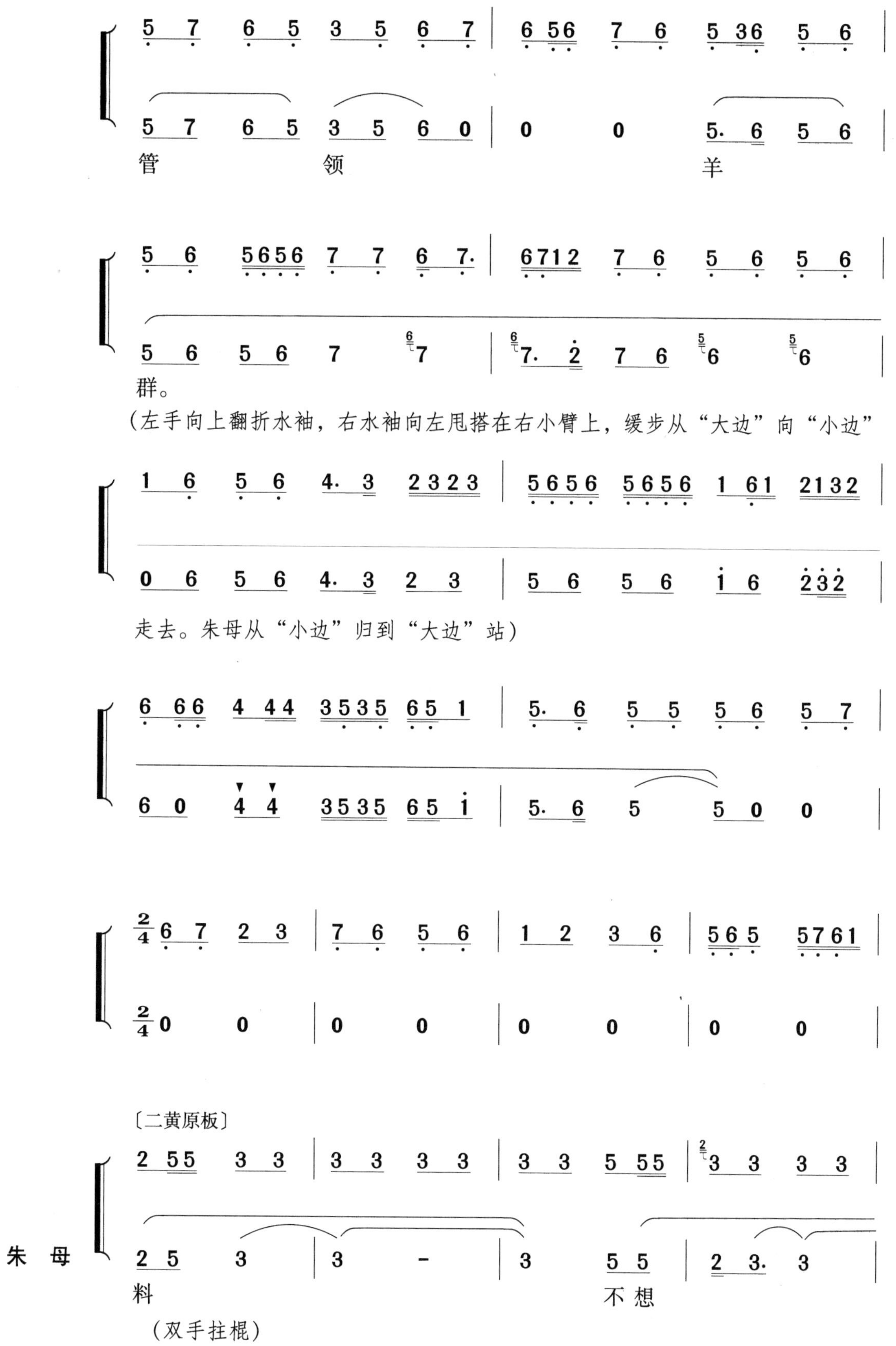
管 领 羊
群。
(左手向上翻折水袖，右水袖向左甩搭在右小臂上，缓步从“大边”向“小边”
走去。朱母从“小边”归到“大边”站)
〔二黄原板〕
朱 母
料 不 想
(双手拄棍)

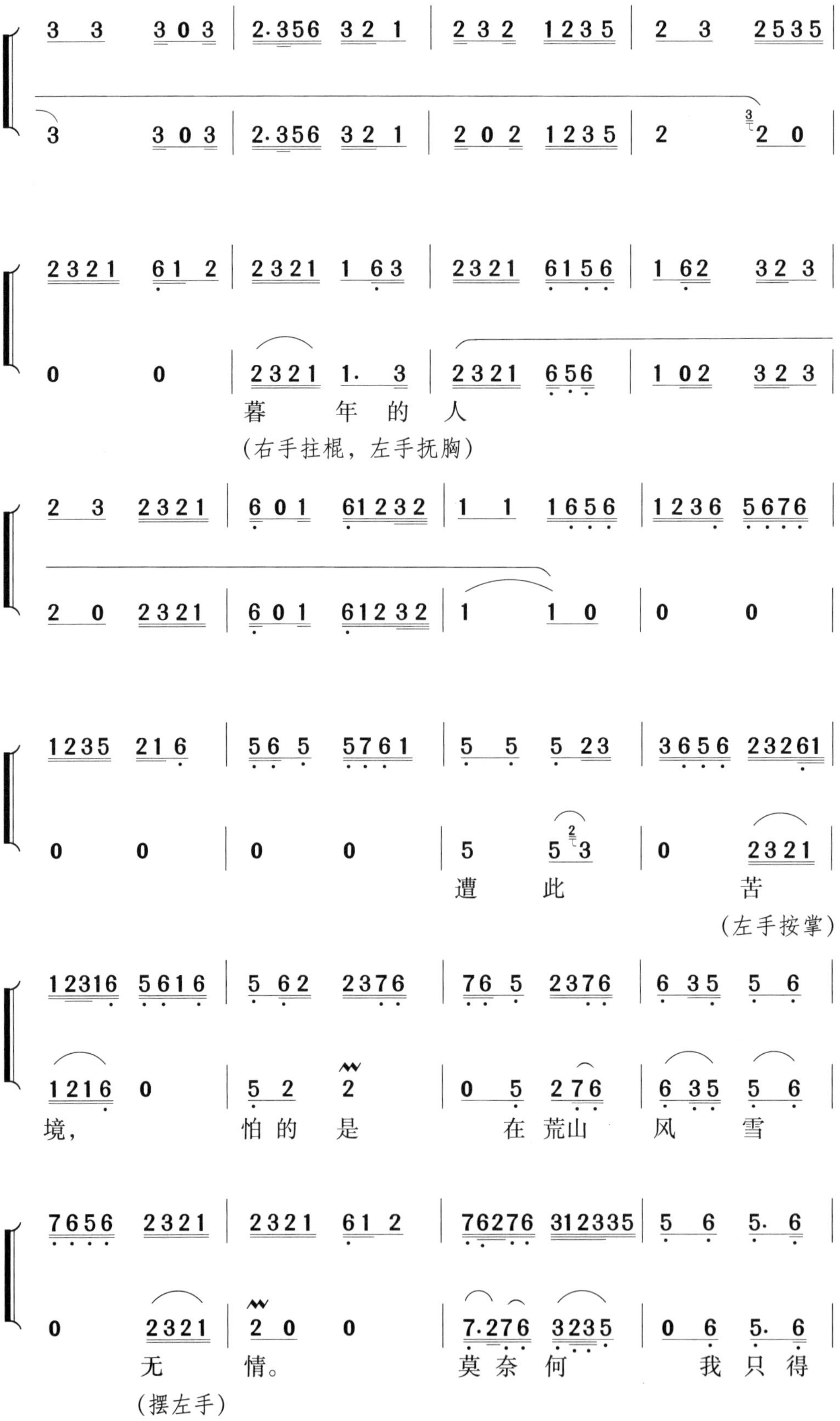
暮 年 的 人
(右手拄棍，左手抚胸)
遭 此 苦
(左手按掌)
境，怕 的 是 在 荒山 风 雪
无 情。莫 奈 何 我 只 得
(摆左手)

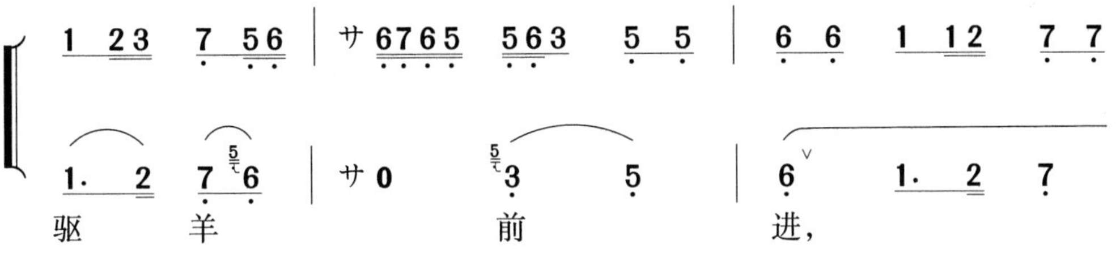

(左手按掌、右手拄棍，步履蹒跚从“大边”

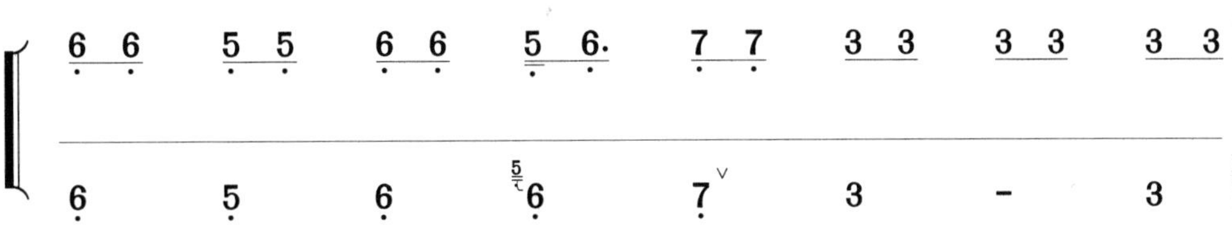

走向“小边”，同时赵锦堂从“小边”归到“大边”)

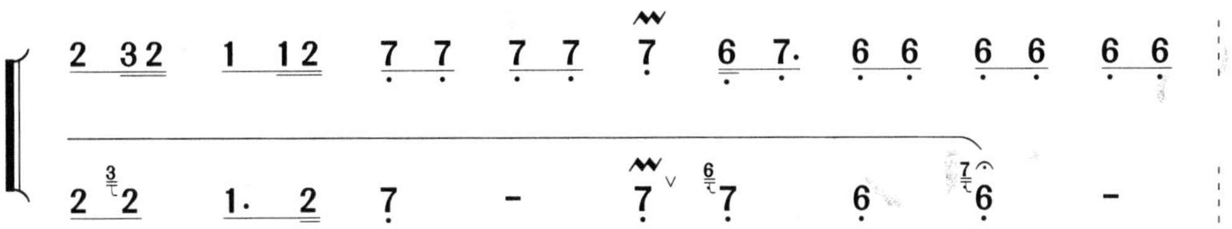

〔【风声】朱母、赵锦堂同时向上撑起左袖以示挡风。【急急风】羊形从“下场门”下。

〔【撕边】赵锦堂左手挽朱母左臂，右袖向上撑起，二人在台中原地“推磨”转一圆圈，仍归台中，朱母归“大边”。【急急风】朱母颤抖着领走圆场；赵锦堂向上翻腕撑袖（左高右低顺风旗式）跟随朱母跑圆场，朱母至右台中。

〔（嘟 大 大 仓）朱母前扑跌跪在地。（嘟 大 大 仓）右腿跪地走跪步。【撕边】向“下场门”跪步。（八大仓）拄棍站起，左手拄棍，右手向上撑袖，面向“下场门”亮相。

〔【冲头】步履踉跄从“下场门”下。赵锦堂双手撑袖向“下场门”顺风旗式（右高左低）望门。

〔【冲头】赵锦堂疾步向“上场门”望门，双手撑袖成（左高右低）顺风旗式。

〔【撕边】赵锦堂向后退走几步。（八大仓）向左转身双手翻折水袖面向前台口，看一下摊开的双掌。【撕边】不由得抽泣落泪。

赵锦堂 喂呀……（【纽丝】右手拭泪，双手向下抖袖）

〔二黄散板〕

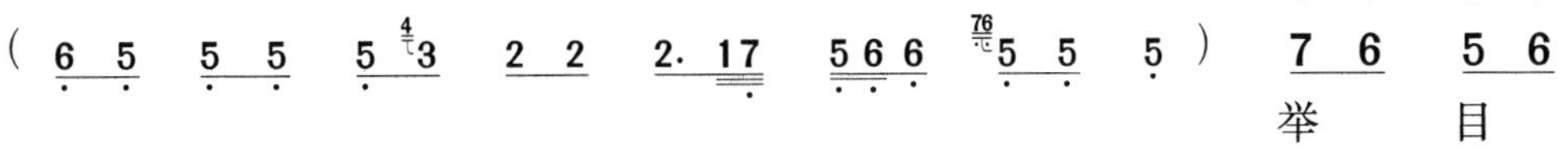

(摆右手)

7 7 7 6 5 7 7· 6 5 6 6 ⁵6· i 5 ⁶5 －（3
不见 老 娘 亲。
（双手摊掌）

2· 17 566 ⁷⁶5 5） i i 5· 6 6 76 3· 5 5 6 i 6
（仓） 跄 步 那 顾 崎 岖 径，
（上右步，左脚向左倒一步，右手按掌）

（6 5· 7 6 1 1） 5 2 － 2 2· 3 2323 7· 6
（仓） 这 呼 呼
（向前台上方缓缓平视）

5· 6 2 2 32 2727 6765 3 05 6 76 5 6
的 狂 风 怎 样 行。
（双手向里翻腕成摊掌）

（八 大） 7· 2 7272 7· 6 5 6 ⁵6· i 5 ⁶5 －‖
（双手向上翻腕亮 （随即疾步圆场至右台口）
左高右低顺风旗相）

〔【撕边一击】赵锦堂左手向上撑袖，右手自里向外下缓上右步走右滑步跌坐在地。【撕边一击】站起，右手向上撑袖，左手自里向外下缓上左步走左滑步跌坐在地，面朝里。【撕边一击】身站起，左手向上撑袖，右手自里向外下缓上右步走右滑步跌坐在地。【撕边】右手扶地挣扎站起。

〔（大仓）面向“下场门”，双手向上撑袖亮住相。【急急风】疾步从“下场门”下。

第二场

〔【冲头】切住。奏唢呐曲牌<六幺令>

0 | 2/4 0 0 | 0 5 6 | 5 3 | 3 1 2 |
（大 台 仓 才 仓 才 仓 令 台 七 台 台
（四红文堂从“上场门”上，“站门”。郭昕右手举马鞭左手拿圣旨，从“上场

3 2 1 | 1 6 5 | 3 5 | 2 3 1 | 1 3 2 |
仓 令 台 七 台 台 仓 才 仓 令 台 七 台 台
门”上，走至台中，勒马亮住相）

1 6 5 | 3 5 3 | 2 1 2 | 3 - ‖

仓 大 仓 令 才 才 台 仓）

郭　昕　（念）奉了圣上旨，加封有功臣。

　　【大锣归位】老夫，（仓）郭昕。**【大锣住头】**今奉圣命，封赏功臣。左右！

四红文堂　有！

郭　昕　开道！

四红文堂　啊！

　　〔奏唢呐曲牌<六幺令·合头>

0 | 2/4 0 0 | 0 3 2 | 3 1 2 | 3 6 5 | 3 3 2 |

（大 台 仓 才 仓 嘟 才 台 七 台 台 仓 嘟 才 台 仓 令 台

（四红文堂“插门”从“下场门”下。郭昕举马鞭向右台口走两步，左转身打马）

3 1 2 | 3 5 | 3 5 3 | 2 1 2 | 1 - ‖

七 台 台 仓 大 仓 令 才 才 台 仓）

　　〔**【大锣打下】**郭昕举鞭从“下场门”下。

第 三 场

　　〔**【大锣原场】**四白文堂从“上场门”上，“站门”。朱春登、朱春科同时从“上场门”上，走至“九龙口”，二人同时双抖袖，整冠，走至前台口，朱春登站“大边”，朱春科在“小边”，二人并排站。

朱春登　（念）西域狼烟扫，（左手搂髯右手指出）

朱春科　（念）同享太平春。（右手按掌）

　　〔**【大锣原场】**朱春登、朱春科二人面对，双手拱请式，双进门。朱春登坐“大边”，朱春科坐“小边”。**【大锣归位】**

朱春登　（念诗）自幼生来性情刚，

　　全凭神箭定家邦。（**台大台**）

朱春科　（念诗）若非兄长（对手拱请式）智略广，

　　怎做皇家一栋梁。（右手赞美指）

　　〔**【大锣归位】**二人同时左手抖袖，**【撕边】**二人同时向上翻叠左袖，右手拉左袖口。

朱春登　下官，（仓）朱春登。

朱春科　朱春科。

　　〔**【大锣住头】**二人同时抖左袖，向上提袖。

朱春登 贤弟，你我兄弟平定黄龙贼寇，不知圣上（双手拱请式）怎样传旨？（右手摊掌）

朱春科 候圣旨（双手拱请式）到来，便知分晓。

〔【大锣五击】李仁从“上场门”上，走至右台口。

李　仁 （念）龙虎台前出入，貔貅帐内传宣。

【大锣住头】（进门，归“大边”站）

启爷，圣旨（双手拱请式）下。

朱春登 香案接旨！（双手拱请式）

李　仁 香案接旨！（双手拱请式）

〔奏唢呐曲牌＜小傍妆台＞

1/4 冬 | 冬 | 3 23 | 1· 7 | 6 1 | 2 1 | 3 5 | 2 3 | 1 2 |

（四红文堂从“上场门”上，站“一条鞭”。郭昕举鞭从“上场门”上，朱氏兄

3 5 | 3 2 | 1 2 | 6 1 | 6 5 | 6 | 6 5 | 6 | 1 |

弟出迎站“大边”。见郭昕二人双手拱请式。郭昕忙回身下马。郭昕进门归台中，

2 | 3· 2 | 1 3 | 2 1 | 6 5 | 6 1 | 5 6 | 5 | 5 6 |

四红文堂“挖门”“站门”。朱氏兄弟进门，二人并排站立，面向郭昕朱春登在

5 6 | 1 | 1 2 | 3 | 3 2 | 1 | 1 6 | 5 6 | 1 |

“大边”，朱春科并立“小边”）

1· 2 | 1 | 6 | 5 | 3 | 3 5 | 6 1 | 5 ‖

郭　昕 圣旨下，跪听宣读。

朱春登
朱春科 （同）万岁！（二人同时跪）

郭　昕 今有朱春登平西有功，封为平西侯；朱春科随征有功，封为忠义大夫。赐假一月，回家祭祖。圣旨读罢，望诏谢恩。

朱春登
朱春科 （同）万万岁！

〔奏唢呐曲牌＜小傍妆台＞朱氏兄弟同时站起。朱春登接旨，交李仁，李仁送旨下，复上。

朱春登 有劳千岁捧旨前来，（双手拱请式）后堂留宴。

郭　昕　皇命在身，不敢久停，告辞了。（欠身施礼，朱氏弟兄还礼）

〔奏唢呐曲牌<小傍妆台>郭昕出门，一文堂带马。郭昕上马，四红文堂“插门”从“下场门”下，郭昕打马从“下场门”下。

朱春登　贤弟，圣上（双手拱请式）命你我弟兄回家祭祖，贤弟请来传令。

朱春科　兄长（双手拱请式）请来传令！

朱春登　中军听令！

李　仁　有！（仓）

朱春登　命你去到双槐树，有一宋成，拿来见我，不得有误！

李　仁　得令！（躬身施礼）马来！

〔**【冲头】**四白文堂分两边上，一人给李仁带马，李仁上马，从“下场门”下。

朱春登　众将官！（右手翻折水袖成举袖）

四白文堂　有！（仓）

朱春登　带马还乡。

四白文堂　啊！

〔**【大锣打下】**四白文堂“合龙口”，二文堂给朱氏弟兄带马。二人出门上马，四白文堂“插门”从“下场门”下，朱春科打马随下，朱春登举鞭走至右台口，左转身打马，从“下场门”下。

第四场

〔**【撤锣】【小锣原场】**

〔宋成内白：“啊哈！”

〔**【小锣五击】**宋成从“上场门”上，走至台中。

宋　成　不好了！不妙了！（双手摆动）朱春登做官来到了。（扎）在下宋成。前者奉了姑妈（双手拱请式）之命，半道儿刺杀朱春登未成。如今听说他做官回来了，这还饶得了我吗？（双手摊掌一想）有啦！回去找姑妈商量商量。（走一圆场至右台口，向前一看）到了。姑妈，姑妈！（拍门）

宋　氏　哎，来啦，来啦！（边说边从“下场门”上，**【小锣一击】**开门）谁呀？

宋　成　姑妈，是我。

〔宋成进门，赶紧关门，站在“小边”。

宋　氏　宋成，你干什么来啦？

宋　成　姑妈，可了不得啦！

宋　氏　出了什么事啦？（双手摊掌）

宋　成　朱春登做官回来了！（右手外指）

宋　氏　哎呀我的妈呀！（双手拍腿）这可怎么办呢？（双手摊掌）当初我教你（指宋成）半路上把他给杀了，（右手做刀切状）他怎么做官回来啦？

宋　成　嗨！您别提啦。（摆左手）当初我奉您之命，在半路上正要动手，（右手做刀切状）谁想草棵儿出来一个愣小子，“呔”！（右手一指）好，他这么一“呔”哪，可就把我吓跑啦。（双手向上一扬）谁想他如今做了官回来，这可怎么好呢？（抓

耳挠腮）

宋　氏　是啊，他回来跟我们（右手扶胸）要他的妈跟他媳妇，（右手指出）我们拿什么话说呢？（连连抖落着双手）

宋　成　姑妈，您得想个主意啊！（央求地）

宋　氏　哎哟！（双手拍腿）我哪儿有什么主意啊！

宋　成　（转眼珠一想）哎，姑妈，我倒有个主意，我们两个到双槐树做两个假坟头儿，（右手按掌）他要是问哪，就说他们娘儿俩想他想死了！（一扬右手）这还有个名堂！（右手食指直伸，向下划圈）

宋　氏　这叫什么名堂？（右手摊掌）

宋　成　这叫“平地起孤丁”。（右手按掌掸动五下）

宋　氏　怎么着，平地起孤丁？好，那么我们就孤丁孤丁！（双手向下一按）

宋　成　别忙，您的事遮过去了，（指宋氏）我的事可怎么办哪？（抖落着双手）

宋　氏　我来问你，朱春登瞧见你要杀他了吗？

宋　成　（想）他喝醉了，八成没瞧见。（摇头）

宋　氏　没瞧见，就不要紧啦，都有我哪！（右手使劲拍胸）

宋　成　有您就成。走着，走着！

〔【小锣】<哭批>

0 | $\frac{2}{4}$ 0 0 | 5 3 5 | 2 3 2 | 0 5 3 2 |

（八大台 | 令 台 | 令台 乙令 | 台 台 | 台 令台 |

（二人取铁锹、镐头扛在肩上，出门。宋氏将门带好，宋氏领走圆场至右台口，二

1 2 3 5 | 2 0 | 6 - | 5 - | 3. 2 |

令台 乙令 | 台大 乙 | 匝 …… | …… …… | …… …… |

人一横，排“斜一字”向“下场门”方向走“云步”）

1 2 3 | 3 - | 2 - | 2 - | 2 3 2 1 |

…… …… | …… …… | …… …… | …… …… | 台 台 |

（宋氏左肩扛铁锹，右手向宋成招手，示意快走；

6 1 5 | 5 6 5 6 | 1 6 2 3 | 1 - | 1 0 ‖

令令 大 | 台.多 令台 | 乙令 台 | 乙大 乙令 | 台）

宋成左肩扛镐，半蹲身高抬腿走，同时摆动右臂，左右回头张望）

〔【小锣抽头】二人“斜一字”走，从“下场门”下。

〔【大锣】<批>

$\frac{2}{4}$ 0 0 | 5 3 3 5 | 2 3 2 | 0 5 3 2 |

（顷 仓 令 才 乙 台 仓 才 仓.嘟 令 台

（李仁持马鞭同二差役从“上场门”上，三人走“编辫子”。二差役领起来走圆

1 2 3 5 | 2 0 | 2 3 2 1 | 6 i 5̣ |

七 台 乙 台 仓 大 乙 仓 台 令 台 台

场，至右台口后从“下场门”下）

5̣ 6̣ 5̣ 6̣ | 1 6̣ 2 | 1 - | 1 0 ‖

仓.嘟 令 才 乙 台 仓 八 大 乙 台 仓）

〔【大锣抽头】李仁在右台口打马，举鞭从“下场门”下。

第五场

〔【小锣】<哭批>宋成、宋氏从“上场门”上，走至台中的“下场门”方向。

〔【小锣住头】宋成一看，宋氏停住脚步。

宋　成　到啦！

宋　氏　孤丁起来！

〔【小锣】<哭批>宋成用镐刨，宋氏用锹铲土，二人“推磨”起圆圈筑坟。乐止。

宋　氏　哎哟，哎哟！（手捂着肚子）我肚子痛，你在这儿先盯着一会儿，我马上回来。（从“下场门”下）

〔【大锣水底鱼】二差役、李仁举鞭从“上场门”上，至右台口勒马。

二差役　来到双槐树。

李　仁　前去问路。

差役甲　对，打听打听。那边有个坟少爷，咱们问问他。（指宋成）

差役乙　借光您哪！（拱手）

宋　成　借筐不借扁担。（摆右手放下镐）

差役乙　我们借问您一声。

宋　成　借我一升，（右手抚胸）还我一斗！（右手食指直伸）好借好还，（右手按掌）再借不难。（摆右手）

差役甲
差役乙　（同）我们是问路的！

宋　成　鹿啊！山上有哇。（右手向后指）有犄角的是公鹿，没犄角的是母鹿，七叉子（右手指差役甲）八叉子（左手指差役乙）那是嗬儿鹿花鹿！

差役甲
差役乙　（同）什么呀，我们是在找人。（同时往外指）

宋　成　什么？神？在庙里哪，红脸儿的是关公，（右手在右颊前托掌）白脸儿的是关平，（左手在左颊前托掌）黑脸儿的周仓。（双手架拳）你留神！（用右手比划刀，快速地从差役甲削过，吓得差役甲一缩脖）他那大刀片子可厉害着哪！

差役甲
差役乙　（同）什么乱七八糟的！我们是问信儿的。

宋　成　“信”哪！是毒药哇，（右手一指）吃了就死，死了就埋，（右手按掌）你呀！（指差役甲）爱死不爱？（摇晃脑袋）

差役甲
差役乙　（同）什么呀？我们问的是名姓！

宋　成　明星啊？（伸脖看二人）天上有哇，（右手向右前上方指）大毛出来二毛赶，（右手按掌）三毛出来白瞪眼！亮的是名星，红的是火星，带尾巴的那是扫帚星，滋溜！（右手指差役甲）滋溜！（左手指差役乙）那是贼星。（双手一扬）

差役甲
差役乙　（同）别瞎打岔了，我们问的是人的名姓。

宋　成　有名便知，无名不晓，你问谁呀？

差役甲
差役乙　（同）我们问的是宋成。

宋　成　宋成？！你等等。（背语）哎呀慢着，我看这两个人，头带大帽，（右手举过帽）身穿青衣，（右手向下缓）（想）不是衙役就是兵。（一摸脑袋想）别说笑话，把他们给打发走得啦！（右手平抬，左手向右指，凑近一步）我说二位，你们打听谁呀？

差役甲
差役乙　（同）宋成。

宋　成　宋成啊？咳，真可惜，（双手一摊）他死啦！（右手一扬）

差役甲　怎么着，他死啦？（向差役乙）伙计，你瞧，这个宋成真没造化，（右手连连点指）又是银子，又是马，他会死啦！（拉差役乙）咱们俩回去吧。

宋　成　哎哎！（连抬手）二位，到底是怎么回事呀？（双手摊掌）

差役甲　你不知道哇啊？你听我告诉你：（指宋）他有一表兄，名叫朱春登，（右手向外指）阵前得了胜！（右手按掌）皇上（双手拱请式）把他封。想起他表弟，名字叫宋成。银子二百两，（右手伸出食指、中指）外加马走龙。（左手拉缰右手举鞭）见了本人儿给……（看宋成）

宋　成　（迫不急待地）要是不见呢？

差役甲　嘿嘿！（看宋成）不见兔子不撒鹰。（摇头）

宋　成　（看差役甲，往旁边走两步，背语）唉！（双手一拍腿）我怎么说我死了呢？！（想对策）哎，二位，（又凑近两步）你们打听的是老宋成啊，还是小宋成？

差役甲
差役乙　（同）宋成还有两个吗？

宋　成　老的新近死啦？

差役甲
差役乙 （同）小的呢？
宋　成 您远瞧。（左手向外指）
差役甲
差役乙 （同时看）没人哪！
宋　成 您再近觑！（右手抚胸）
差役甲
差役乙 （同）敢情就是你啊！
宋　成 （点头）对啦！您拿银子来吧。（伸右手要）
差役甲
差役乙 （同）别忙，我们有掌银包儿的，过来见过我们二爷。
宋　成 好，参见二爷！（躬身施礼）
李　仁 你是宋成？
宋　成 不错是我。（点头）
李　仁 前者在西凉路上，拐去行囊马匹可是你？（指宋）
宋　成 您别提啦，（摆右手）我那一天正走着走着，也不知哪儿出来一个愣小子。（左手向外指）噌！（用手比划枪）冲我放了一鸟枪，就把我给吓跑了。（双手一扬）
李　仁 你可知放枪的是哪一个？
宋　成 哼！指不定是哪一个王八蛋哪！
李　仁 哼！就是你二爷！
宋　成 噢！敢情是您哪，（指李）早知道我就不跑了。（摆右手）
李　仁 你为何要用刀杀死侯爷？
宋　成 （急辩）我我没有哇！
李　仁 你这一刀砍得好，砍出一个侯爷来了。
宋　成 早知道我就多砍几刀，（比划用刀砍）兴许还砍出个王爷来哪。没什么说的，二爷，您给银子吧。（伸右手要）
李　仁 你近前来。（宋成上前，李仁怒打宋成嘴巴）锁了！

〖二差役用铁链套住宋成脖子。

〖**【大锣】**<批>二差役拉宋成从“下场门”下。**【大锣抽头】**李仁随下。

第六场

〖唢呐<吹打>四白文堂、朱春登、朱春科从“上场门”上，走“过场”。

〖**【阴锣】**二差役拉宋成从“上场门”上，走“过场”。**【阴锣】**切住。

〖唢呐<吹打>宋氏从“下场门”上，出迎。四白文堂上，站“一条鞭”。**【撕边】**朱春登举鞭从“上场门”上，至右台口，勒马见宋氏，右转身下马。一文堂接马鞭。朱春登躬身施礼。

朱春登 婶娘！
宋　氏 哎哟，孩子你回来啦，快到屋里去歇会儿吧！

〔二人“推磨”互换位置，朱春登站“大边”，宋氏假意殷勤，用手去掸朱春登衣服上的土，朱春登向宋氏一拱手从“下场门”下。朱春科从“上场门”举鞭上，回身下马，将马鞭交一文堂，看见宋氏，单腿一跪。

朱春科 母亲！（双手拱请式）

宋　氏 （凑前）孩子呀，（拍春科肩）把妈想坏喽！（右手连拍胸）快歇着去吧！

〔二人“推磨”互换位置，朱春科从“下场门”下，四白文堂随下。宋氏目送自己儿子下去。李仁从“上场门”上，走至右台口向“上场门”望；退步至台中，这时正与目送儿子下场的宋氏背对背碰在一起，宋氏吓一跳。李仁怒视宋氏，宋氏目瞪口呆看着李仁，二人半个“推磨”，李仁归“大边”站。

李　仁 （看宋氏）哼！

〔李仁从“下场门”下。宋氏见李仁下，疾步向李仁背影一望，又倒退几步，归到台中。宋氏想刚才的情景，用右手比划示意李仁这么高大的个子，双手又比划李长着的大胡子，想起刚才李仁怒视，右手在右颊比划着李仁的满面凶相，突然做出一个拔刀的架式，往下一砍，感觉后怕，下意识用右手摸了摸脖子，倒吸口冷气，吓得摇摇头，张着嘴喘气，一溜小跑从“下场门”下。

第七场

〔唢呐<吹打>四白文堂从“上场门”上，“挖门”、“站门”。朱氏弟兄随上，二人“挖门”，朱春科站“小边”，朱春登站“大边”。宋氏进门站台中，二人对宋氏欠身施礼，恭请宋氏坐当中外场座。朱春登坐“大边”跨椅，朱春科在“小边”跨椅。乐止。

〔**【冲头】**

〔李仁内白：“报！”

〔**【冲头】**李仁从“上场门”上，进门。

李　仁 宋成拿到！

朱春登 绑了上来！

〔**【冲头】**二差役押宋成从“上场门”上，进门，宋成跑至台中。

朱春登 嘟！**【撕边一击】**（右手怒指宋成）大胆宋成，前者征西路上拐去我的（右手抚胸）行囊马匹，还要害我性命，哪里容得。（右手指宋成）来！

李　仁 有！（仓）

朱春登 推出斩了！

李　仁 啊！

〔**【冲头】**二差役拉宋成从“下场门”下，李仁随下。（**冬冬匡冬冬匡**）宋氏惊慌地向左右一望两望，（**冬匡**）宋氏见宋成被斩，吓得呆若木鸡状。**【冲头】**李仁自“下场门”上，进门。

李　仁 斩首已毕。

〔**【大锣五击】**李仁站立朱春登旁。朱春登冷眼看宋氏，宋氏全然不觉。

朱春登 婶娘！（宋氏愣神未觉）婶娘！（宋氏仍未觉查）婶娘！

〔**【大锣一击】**朱春登看宋氏，宋氏猛然觉醒。

宋　氏　哎哎哎大相公！（满脸堆笑）

朱春登　侄儿斩的可公？

宋　氏　啊！嘿嘿公！公！（看朱春登）

朱春登　斩的可是？

宋　氏　（连连点头）嗳嗳嗳，斩的是。

朱春登　既公既是，也就罢了！（抖右袖，站起）**【撕边一击】**（右手翻折水袖向左一望，**【撕边一击】**左手翻折水袖向右一望）啊，婶娘，为何不见老娘、妻室？

宋　氏　嗨！（双手摆动）你别提啦，自你走后（指朱春登），她婆媳二人，今儿个也想，明儿个也想，想你啊就想死了！（站起）

〔**【冲头】**朱春登向前用手拉宋氏左手。

朱春登　怎么讲？（看宋氏）

宋　氏　想死啦！

朱春登　（惊急）哎呀！

〔**（八）**右手松开，向上撑袖。**（大）**全身颤抖。**（仓）**昏厥瘫坐在椅上。

〔**【冲头】**朱春科走至跟前，宋氏站右边，二人背身。

宋　氏　（同时）大相公醒来！

朱春科　（同时）兄长醒来！

朱春登　**【大锣导板头】**〔二黄导板〕

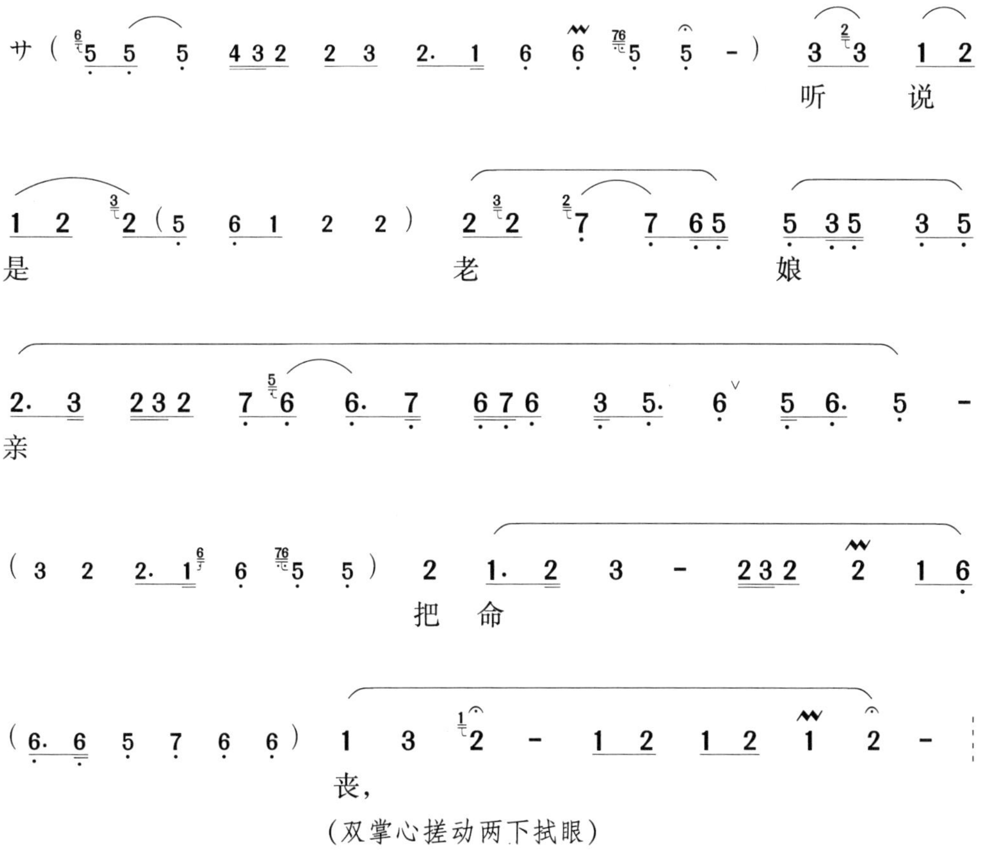

〔【冲头】朱春登站起。【大锣叫头】朱春登向上翻折右水袖。

朱春登 母亲！（向上翻折左水袖）老娘！哎！（双水袖抖下）赵氏妻呀……【纽丝】（将双水袖提起拭泪）

〔二黄散板〕

（5 5 3 2 2 2. 1 6 5 5） 1 2 3 1 2 3 –

点 点 珠 泪

（右手在右颊前托掌）

2 3 3 21 6. 1 2 2 （5 6 1 2） 3 5 5. 7

洒 胸 前。 （仓） 问 婶

（拭泪）

6 7 7 65 3. 6 5 3 6. （6 5 7 6） 6 3

娘 他 婆 媳 何

（左手向外指）

232 2. 3 232 5 6 3 5. 1 – 2 3 3 121

处 埋 掩 （呐）？

（右手按掌向里翻腕变摊掌）

宋 氏 【大锣双楗凤点头】（假意拭泪）

（5 5 3 2 2 2. 1 5 5） 2 5 3 3 3 21 2

他 婆 媳 埋 在 那

（右手向外指后右手按掌）

3 – 3 5 3. 5 1 2 1 1. 2 1 2 1. 2 3 2 2

槐 树 前。

朱春登 2. 2 1 3 2 2 2 （5 6 1 2） 5 3 7 6767 6 53

叫 中（呃）军 （仓） 备 （呀）祭

（右手向上翻折水袖成举袖） （看李仁，右手抚胸）

5. 3 6 （6 5 7 6） 6 3 2 （大） 5 6 1 1 6 2323

礼 爷 去 祭 奠，

（双手拱请式）

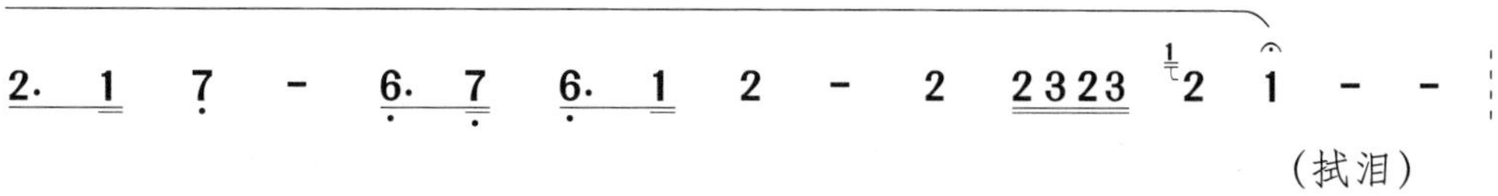

〔【纽丝】四文堂“插门”从“下场门”下，李仁、朱春科、宋氏依次从“下场门”下。朱春登缓步沉重地走至左台口，右转身立定。

朱春登

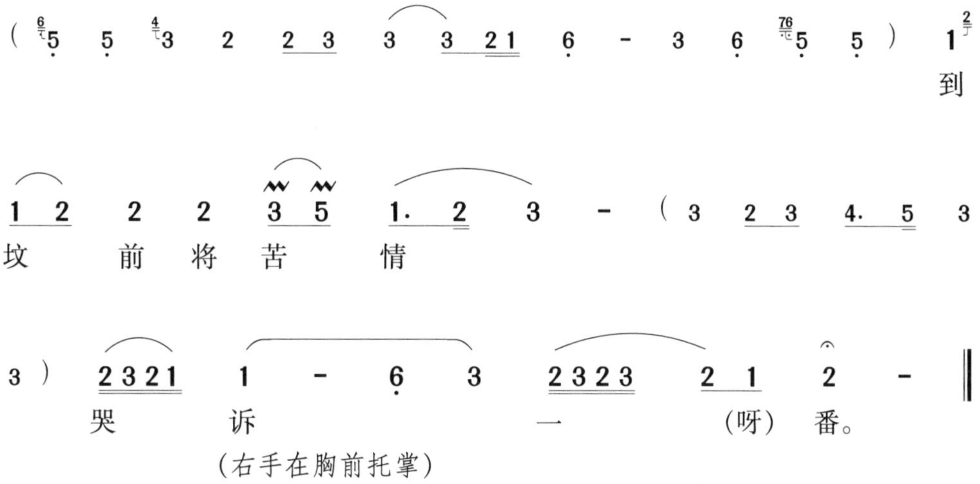

〔【大锣打下】左转身，双手背袖从“下场门”下。

第八场

〔差役甲、乙内白：“啊哈！”

〔【小锣五击】差役甲、差役乙手持麈尾从“上场门”上，走至台中。

差役甲 两耳听呼唤，

差役乙 双脚赛风云。

差役甲 分明人差我，（右手抚胸）

差役乙 却叫我差人。（右手下指）

差役甲 伙计请了。

差役乙 请了。

差役甲 咱们侯爷得胜回朝，封侯之赏，多么称心满意呀，不想他又丁忧啦！

差役乙 什么叫丁忧啊？

差役甲 丁忧你都不懂，就是老太太（双手拱请式）下世了。

差役乙 下世，我更不懂啦。（摇头）

差役甲 就是死啦，你懂了吧。

差役乙 死啦就死啦得了，费这些个话干嘛。

差役甲 侯爷要在坟前一祭，二爷命咱们打扫坟茔，打扫起来！

〔奏京胡曲牌二黄<小开门>

6 6 6 | 2/4 扎 3 5 6 | 1 23 6532 | 3 5 675 |

(差役甲、差役乙用云帚打扫供桌、灵帐，将桌上的香炉、烛台码放整齐，二人站

3. 2 3 4 | 3 6 561 | 6 5 3 23 | 1 1 1 5 |

齐，向“上场门”施礼)

6 2 7656 | 1 3 231 | 0 5 675 | 6 - ‖

差役甲
差役乙 (同) 有请二爷!

〔【大锣五击】李仁从“上场门”上，至台中。

李　仁 可曾打扫干净了?

差役甲
差役乙 (同) 打扫干净了。

李　仁 下面伺候。

差役甲
差役乙 (同) 是。(二人从“下场门”下)

〔李仁走至左台口处，躬身施礼。

李　仁 有请侯爷!

〔奏京胡曲牌<哭皇天>。

2/4 扎 2 1 2 | 3 2 323 | 0 2 1 23 | 5 6 563 |

(宋氏从“上场门”上，假意痛哭，边向“大边”走至灵桌旁，哭嚎：“哎哟，我

0 5 3 2 | 1 6 561 | 0 5 3 2 | 1 2 3 2 |

的嫂子……”)

1 7 6 5 | 3 5 3 55 | 0 23 127 | 6 5 656 |

(朱春登、朱春科从“上场门”上，至灵桌前，朱春登悲从心中来，右手拇指、食

0 2 1 2 | 3 2 323 | 0 2 1 23 | 5 6 563 |

指、中指相捏，悲声呼叫“娘……啊……”，顿足拭泪。朱春科见状也痛心地

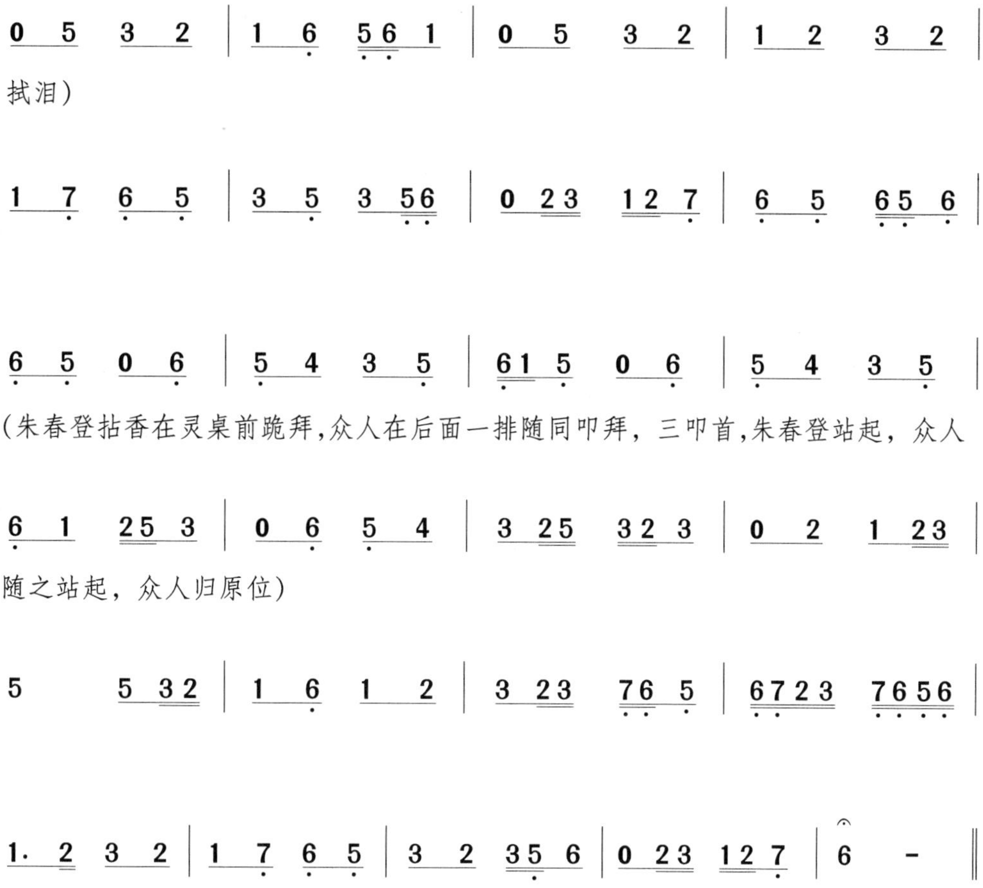

〔【冲头】【大锣叫头】朱春登右手向上翻折水袖成举袖。

朱春登 母亲！老娘！（右手折袖拱请式）唉！娘啊……（拭泪。【回头】接【大锣导板头】）

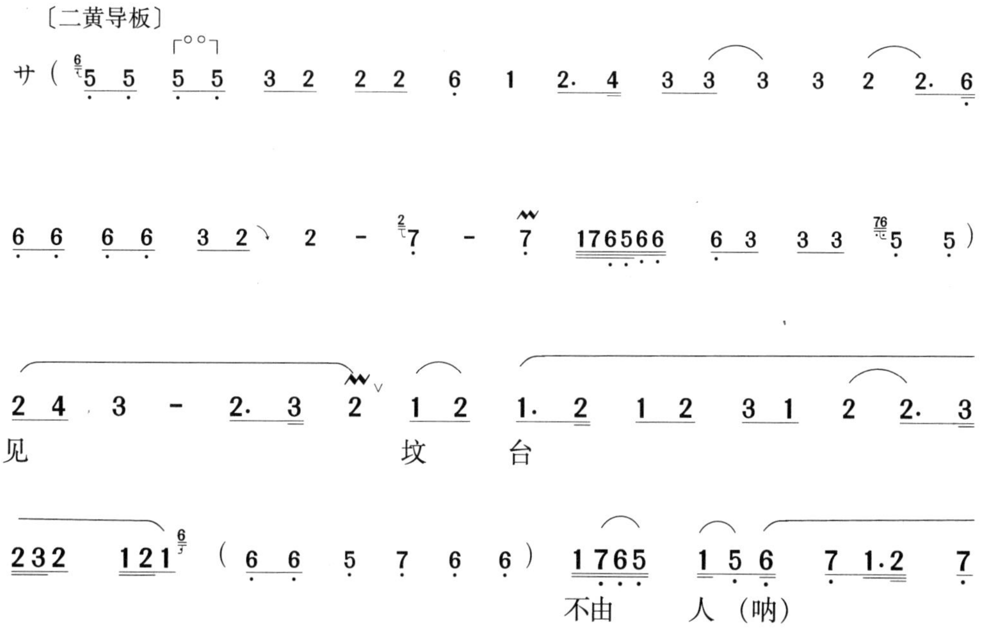

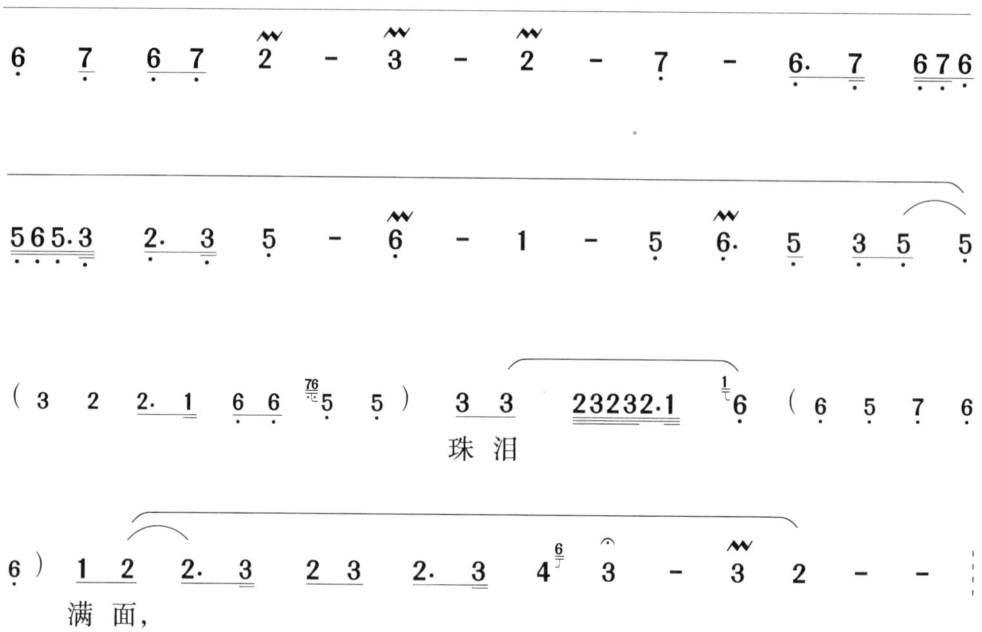

（右手在右颊前托掌）

朱春登 【冲头】【大锣叫头】（右手向上翻折水袖成举袖）母亲！（左手向上翻折水袖，双手拱请式）老娘！唉，娘啊…… （拭泪）【回头】（双手抖袖，提袖）【大锣帽子头】

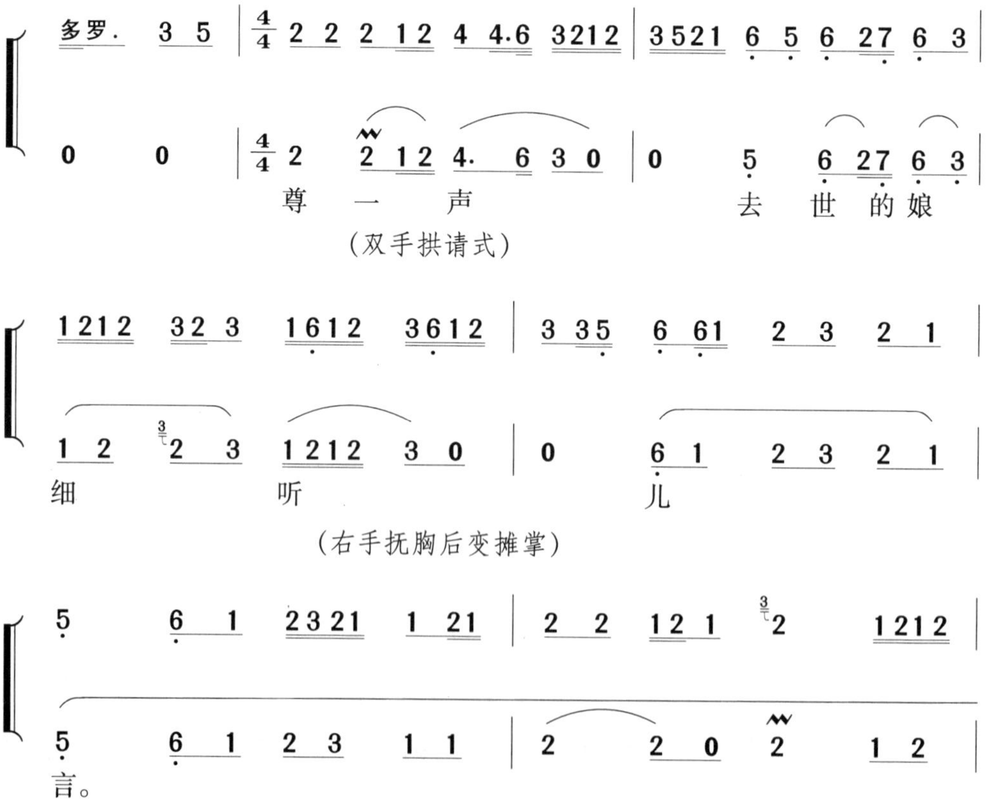

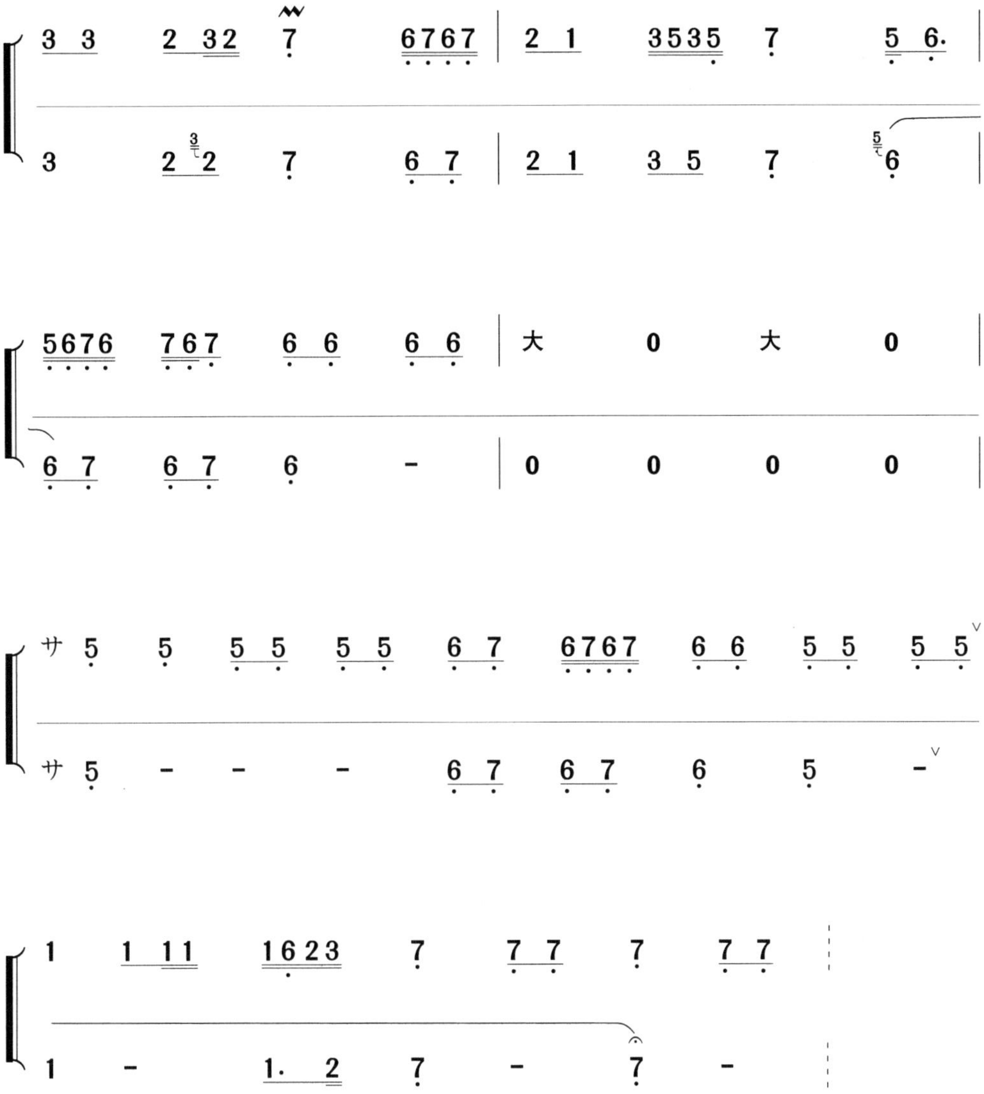

宋　氏　（右手扬起手帕）我的嫂子哎……（假意蒙面痛哭）

李　仁　（反感地呵斥）嘿！（怒目相视一扬右手）

〔宋氏一惊，赶紧转身向“下场门”走，边走边害怕回头望李仁，快步从“下场门”下，李仁随下。朱春科从“上场门”下。

〔反二黄慢板〕（前$\underset{\cdot}{7}$=后3）

朱春登

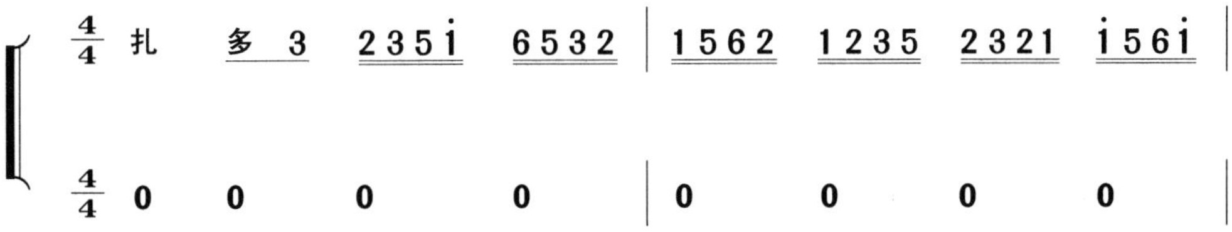

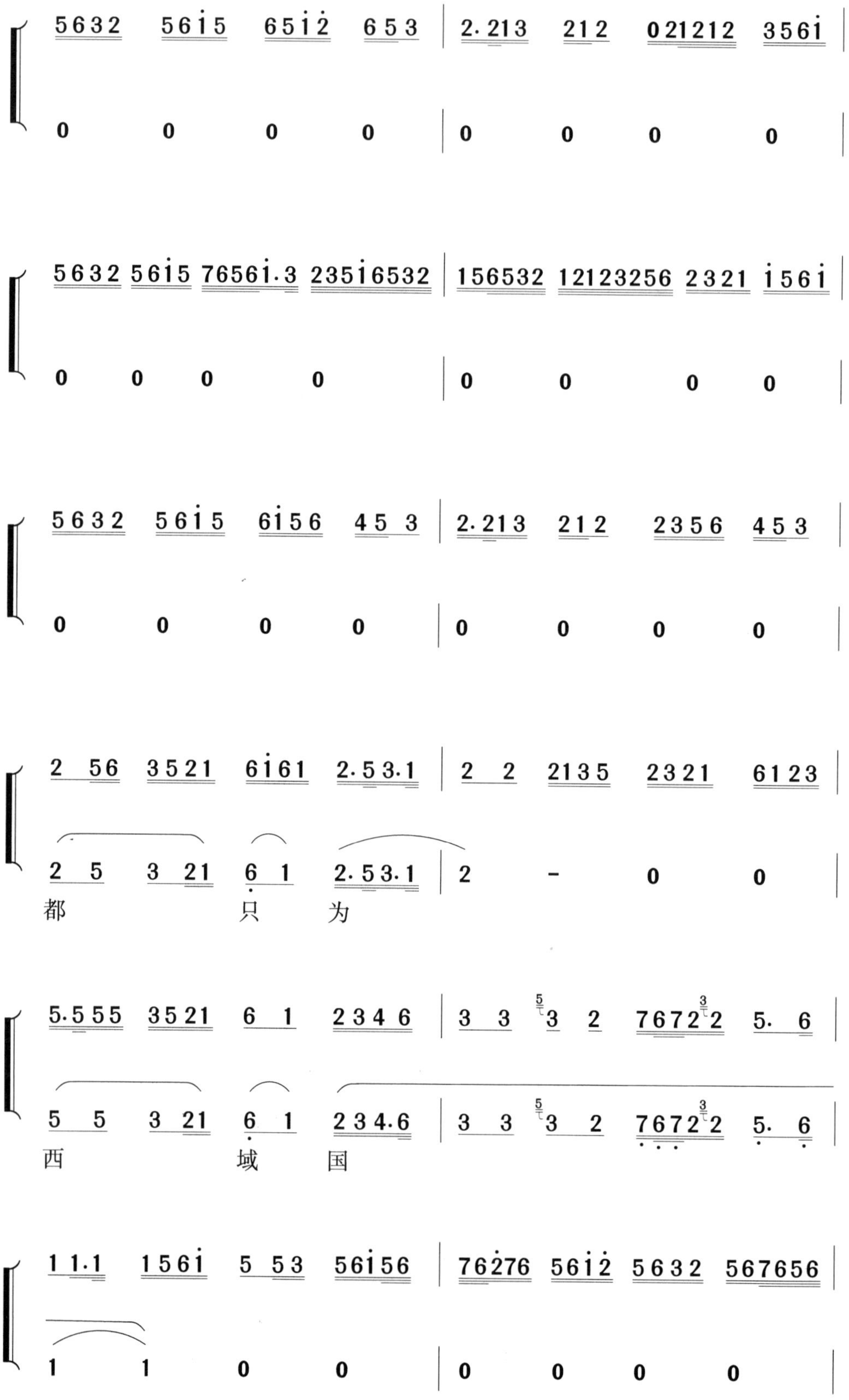
都 只 为
西 域 国

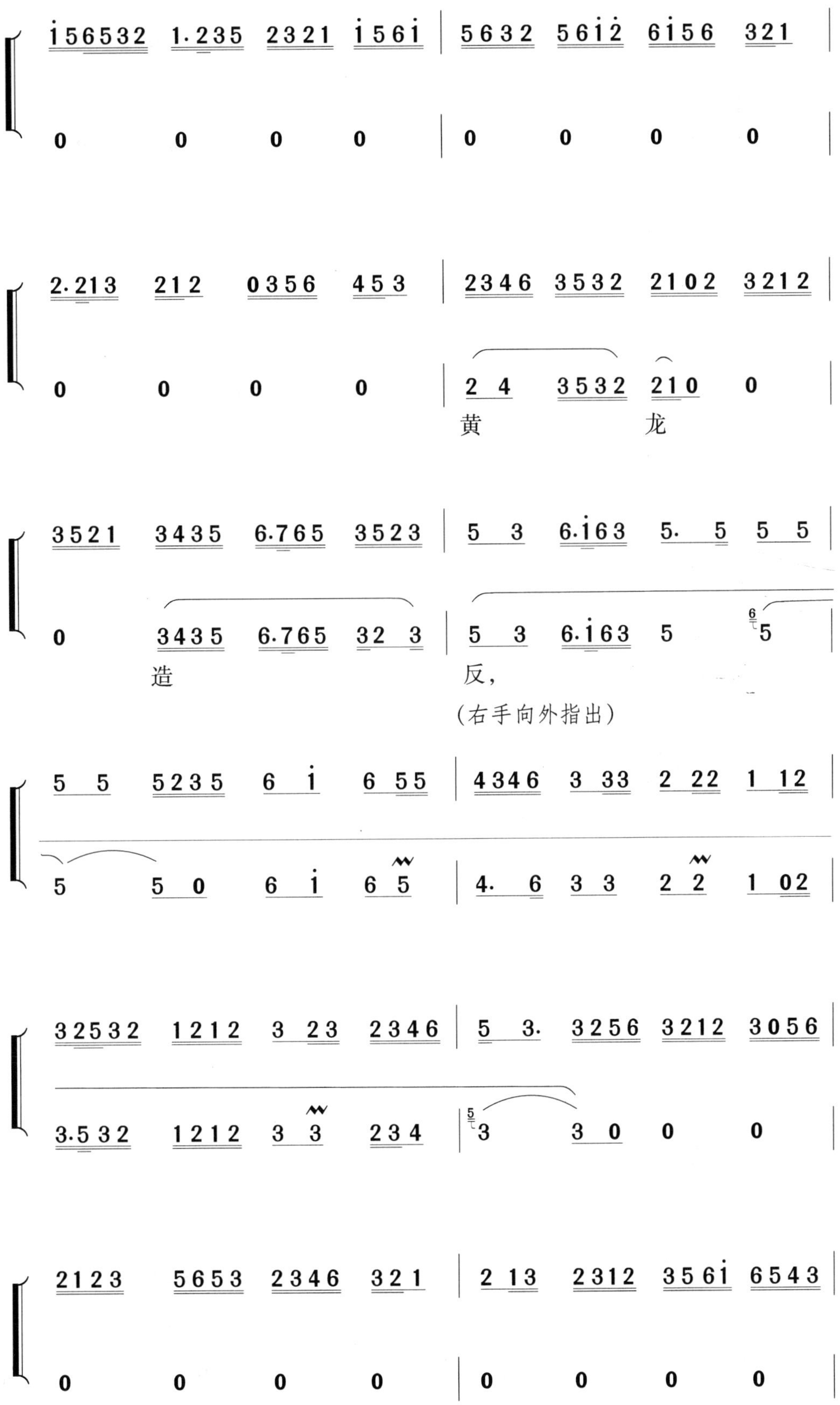
黄
龙
造
反，
(右手向外指出)

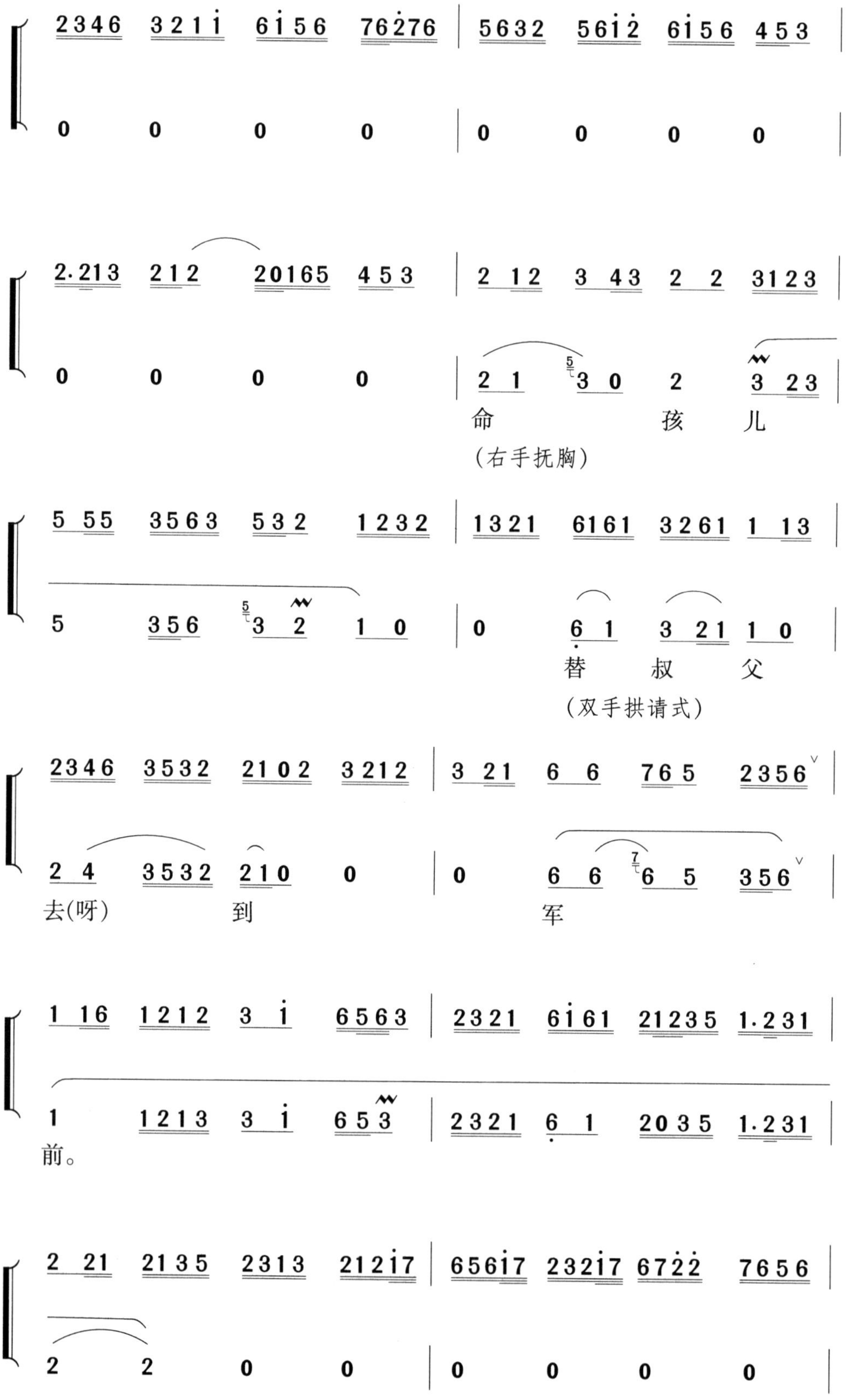
命 孩 儿
（右手抚胸）
替 叔 父
（双手拱请式）
去(呀) 到 军
前。

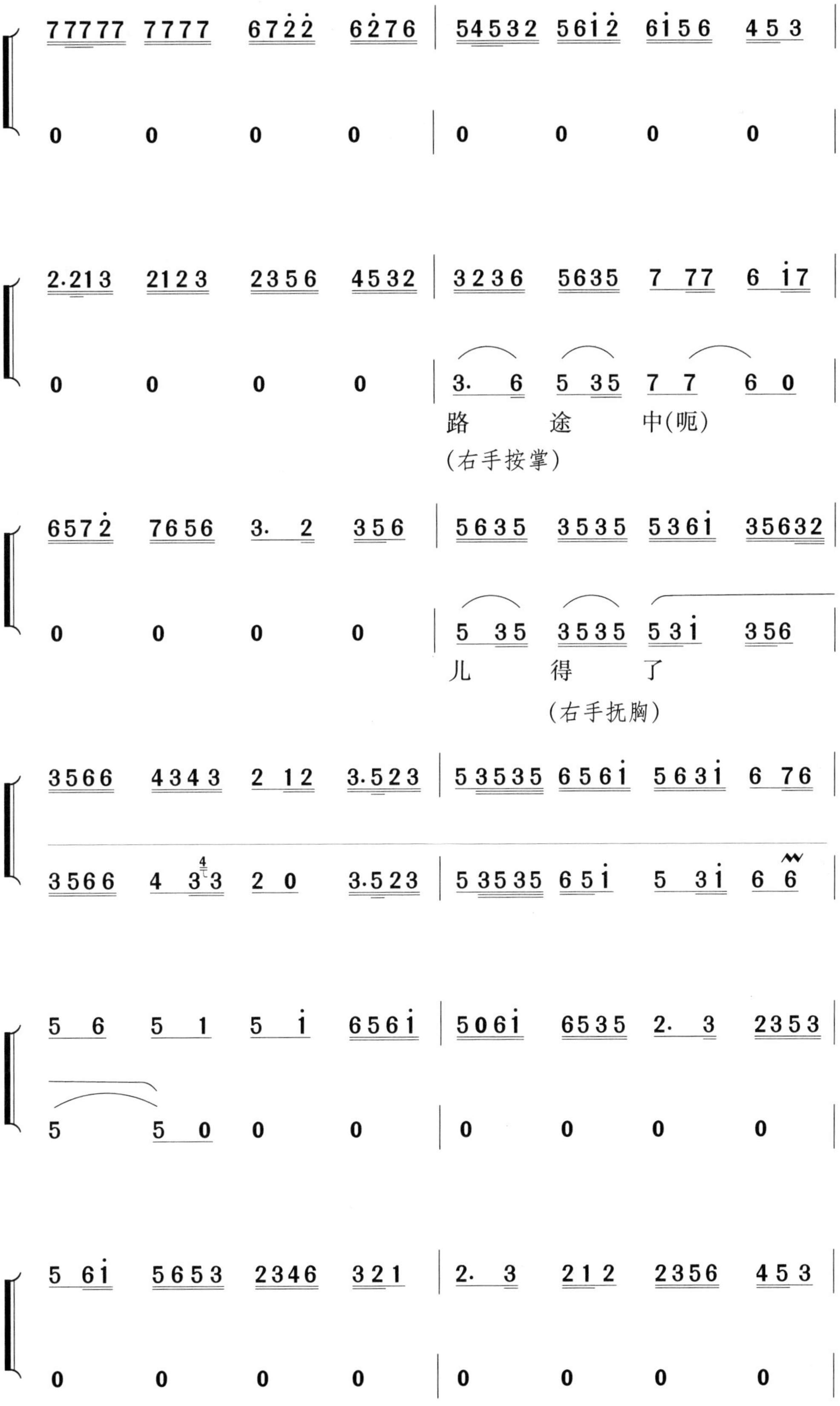
路 途 中(呃)
(右手按掌)
儿 得 了
(右手抚胸)

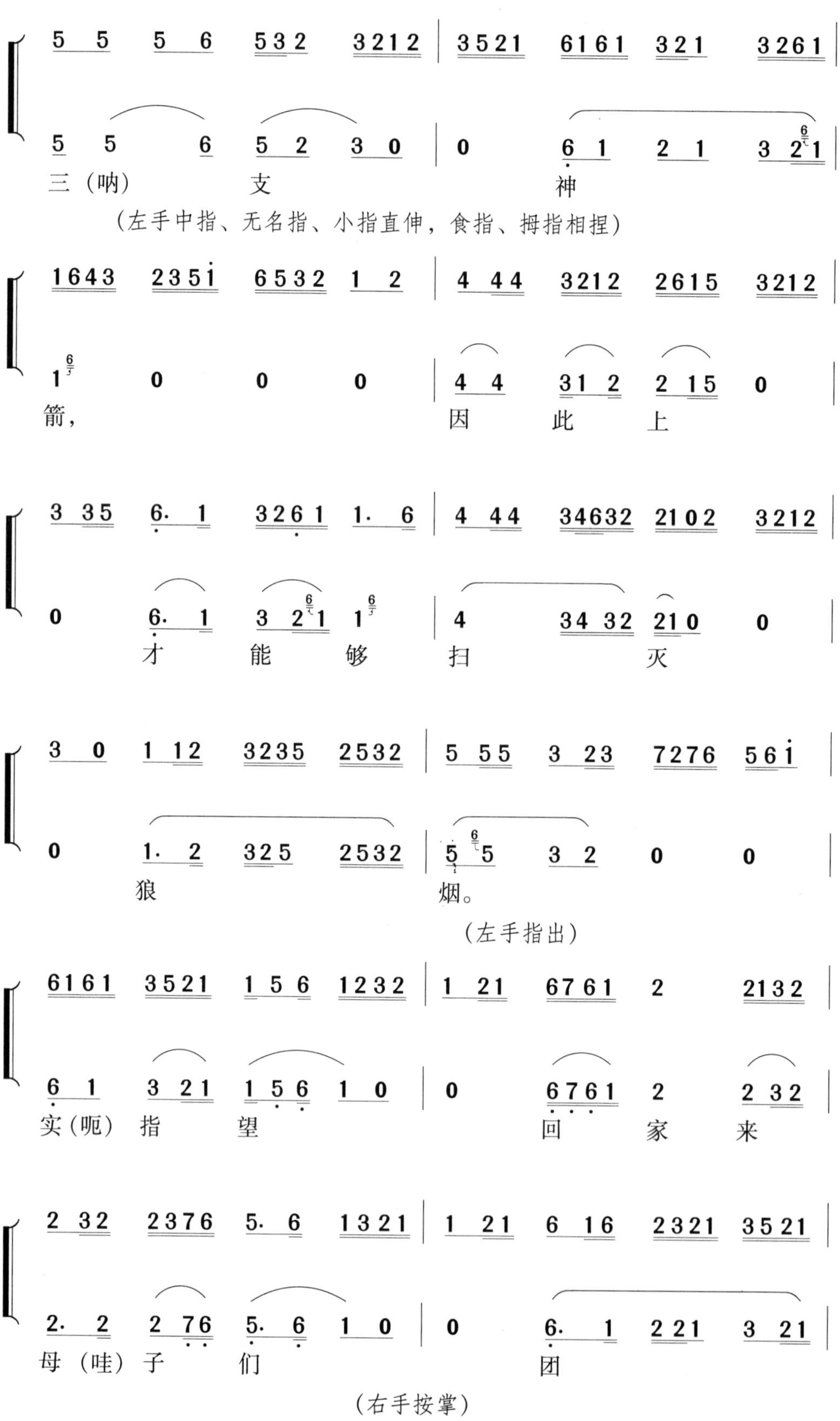
三（呐）支 神
（左手中指、无名指、小指直伸，食指、拇指相捏）
箭，因此上
才能够扫灭
狼烟。
（左手指出）
实（呃）指望回家来
母（哇）子们团
（右手按掌）

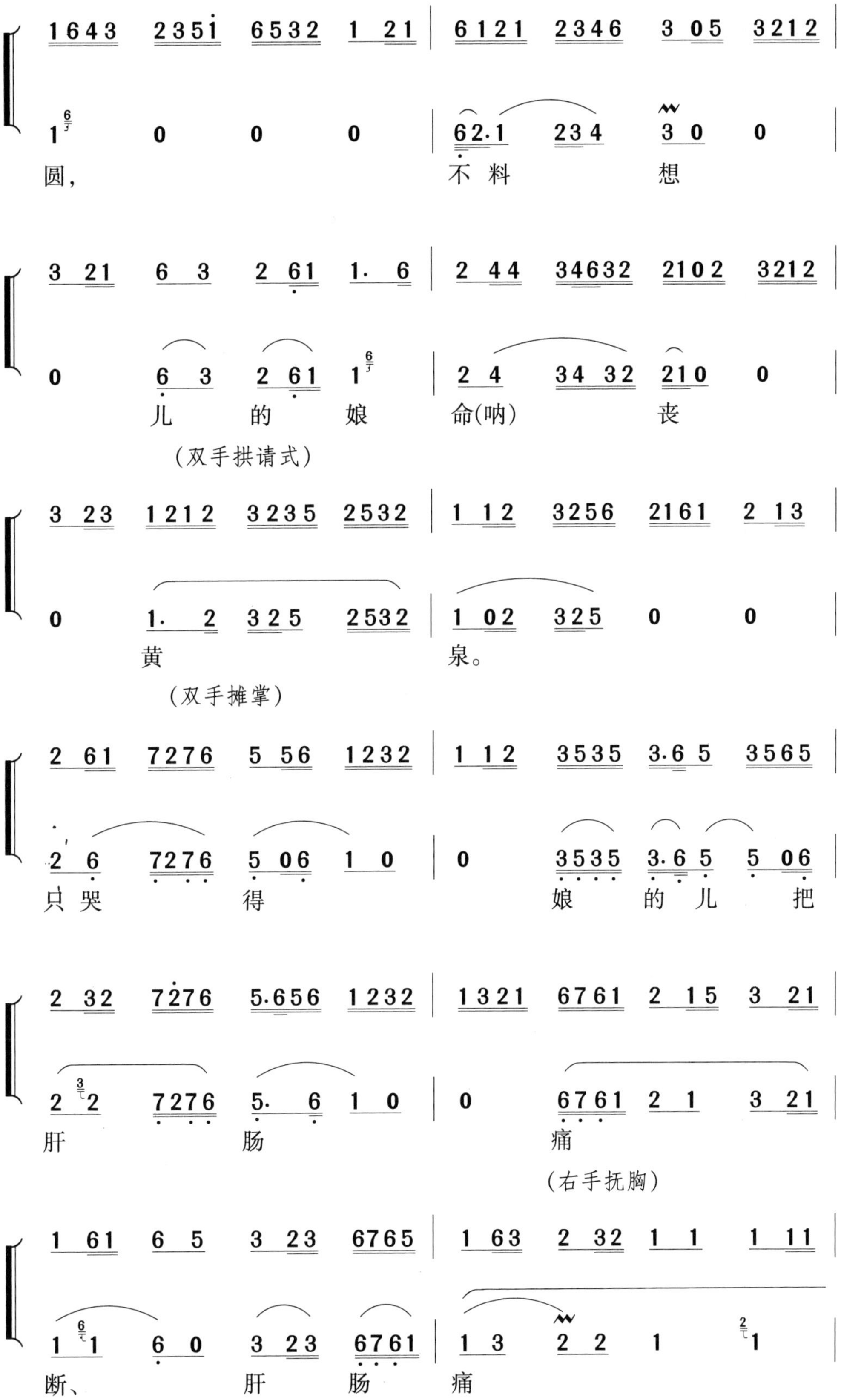
圆，
不料想
儿的娘
命(呐)丧
(双手拱请式)
黄
泉。
(双手摊掌)
只哭得
娘的儿把
肝肠
痛
(右手抚胸)
断、肝肠痛

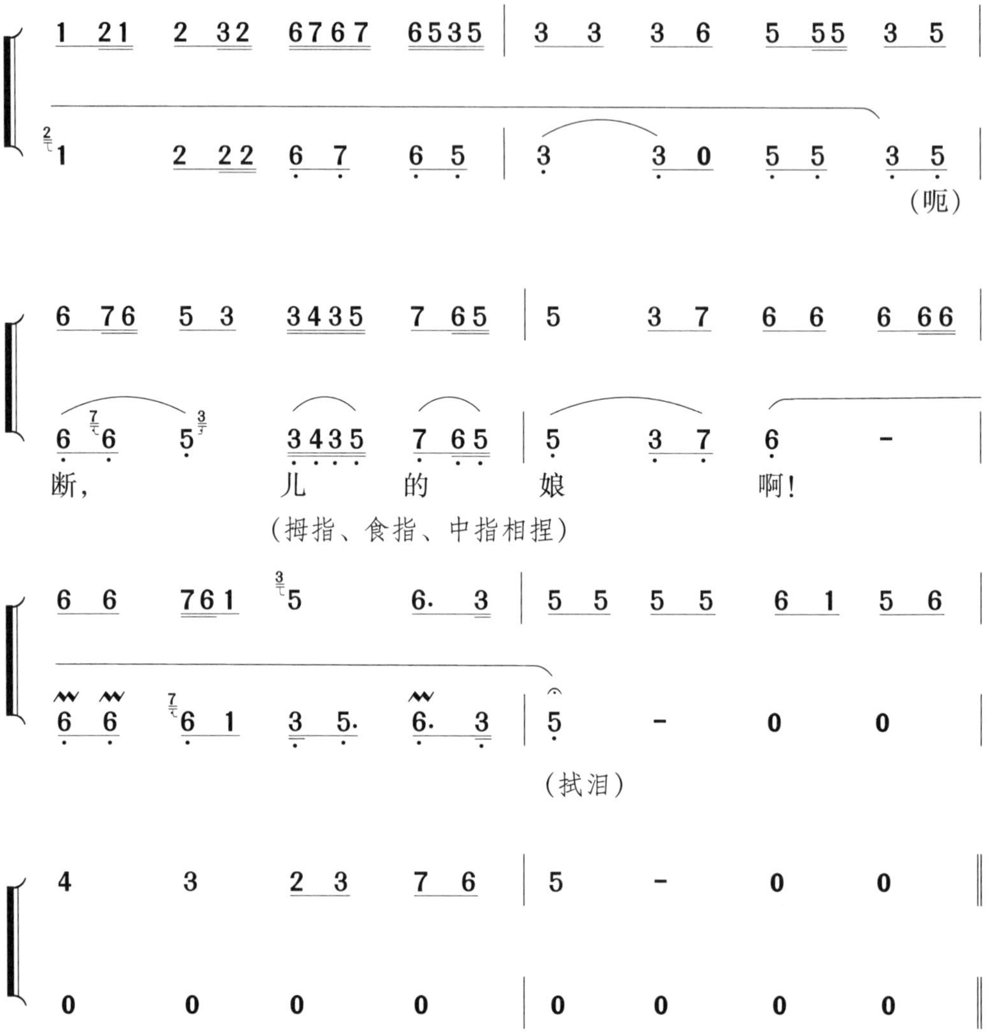

〔【慢长锤】朱春登双手抖袖。接【大锣夺头】将双袖提起。

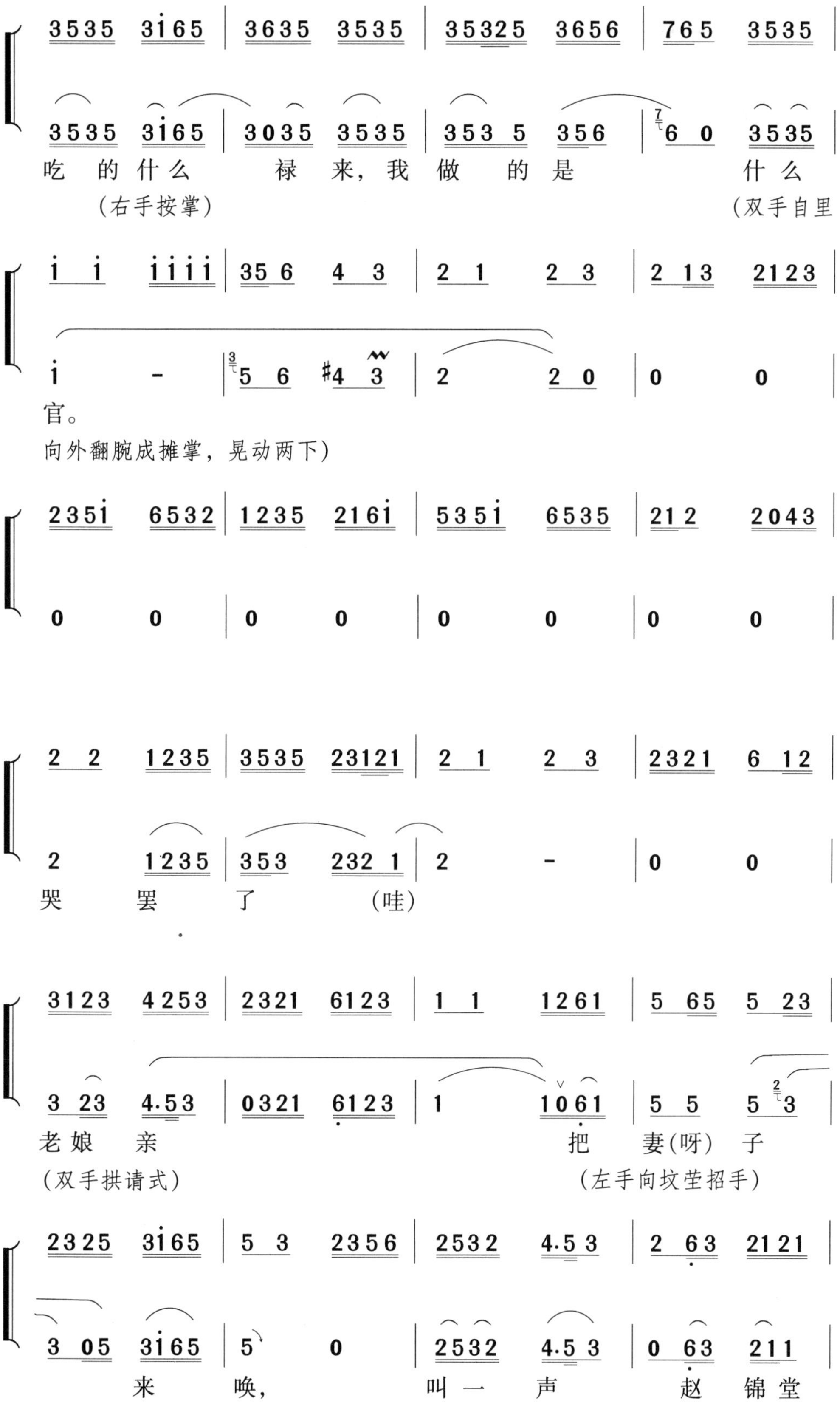
吃 的 什么 禄来，我 做 的 是 什么
(右手按掌)
(双手自里
官。
向外翻腕成摊掌，晃动两下)
哭 罢 了 (哇)
老娘 亲 把 妻(呀) 子
(双手拱请式)
(左手向坟茔招手)
来 唤， 叫一 声 赵 锦堂

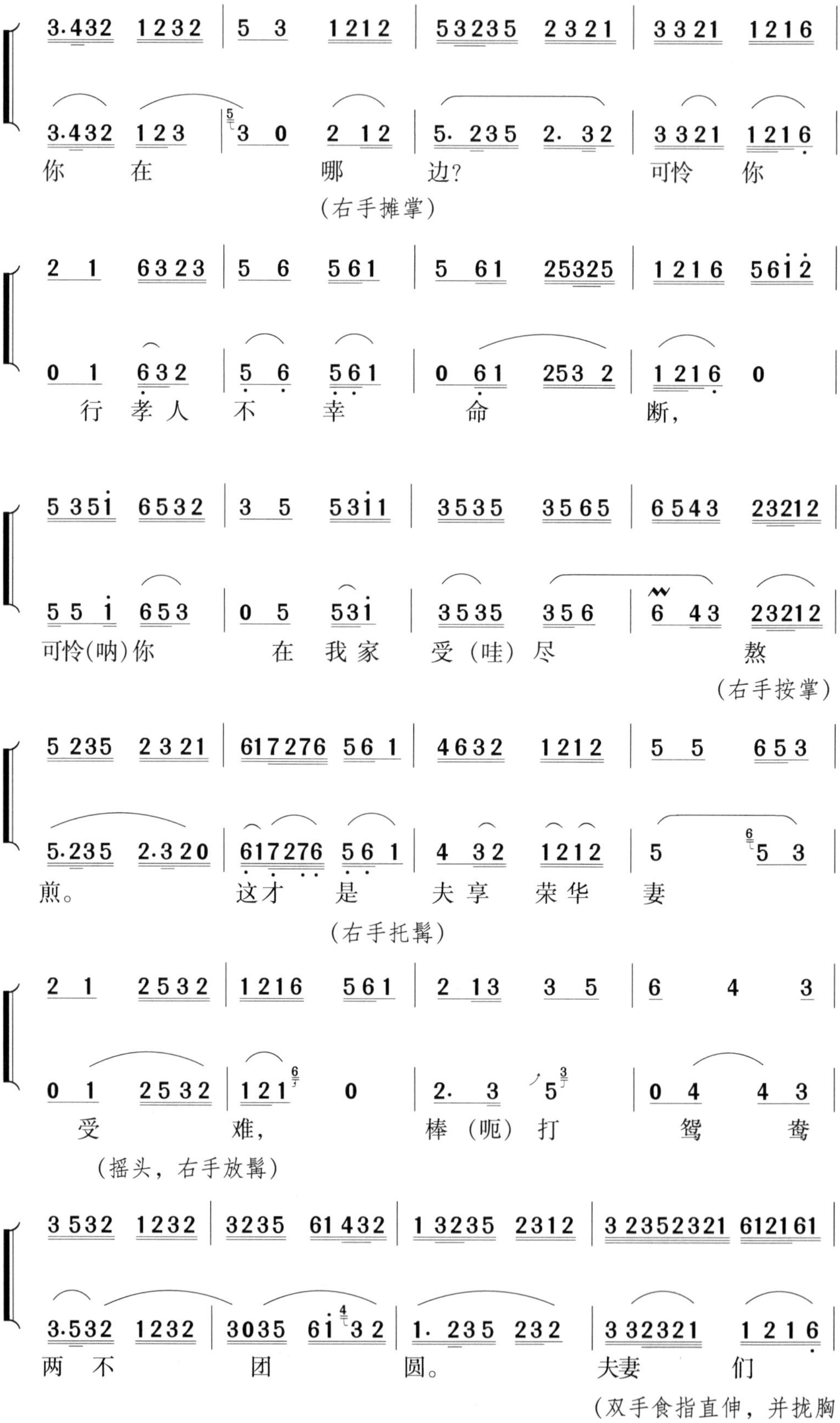
你 在 哪 边？ 可怜 你
（右手摊掌）
行 孝 人 不 幸 命 断，
可怜(呐)你 在 我 家 受（哇）尽 熬
（右手按掌）
煎。 这才 是 夫 享 荣 华 妻
（右手托髯）
受 难， 棒（呃）打 鸳 鸯
（摇头，右手放髯）
两 不 团 圆。 夫妻 们
（双手食指直伸，并拢胸

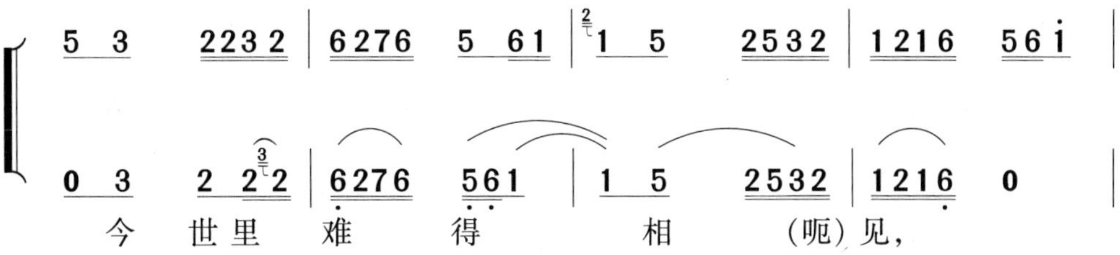

前，向左右分开）

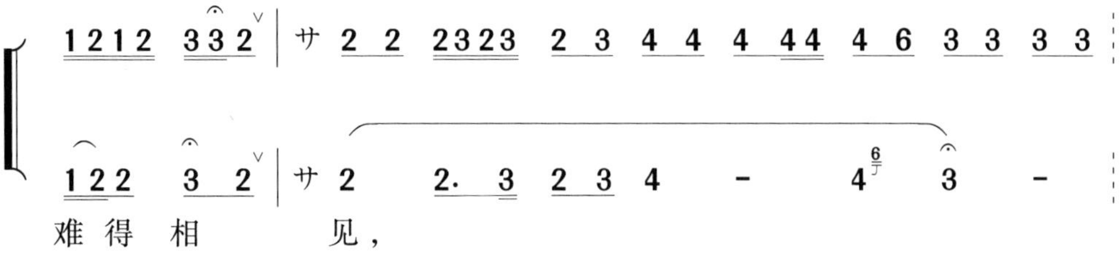

（双手自里向外翻腕成摊掌）

〖【纽丝】朱春登拭泪。朱春科从“上场门”上；宋氏、李仁从“下场门”上。二差役在锣鼓中撤去灵台上的摆设，将桌摆正中，摆八字椅。

〖【纽丝凤点头】朱春登抖右袖。

〔反二黄散板〕

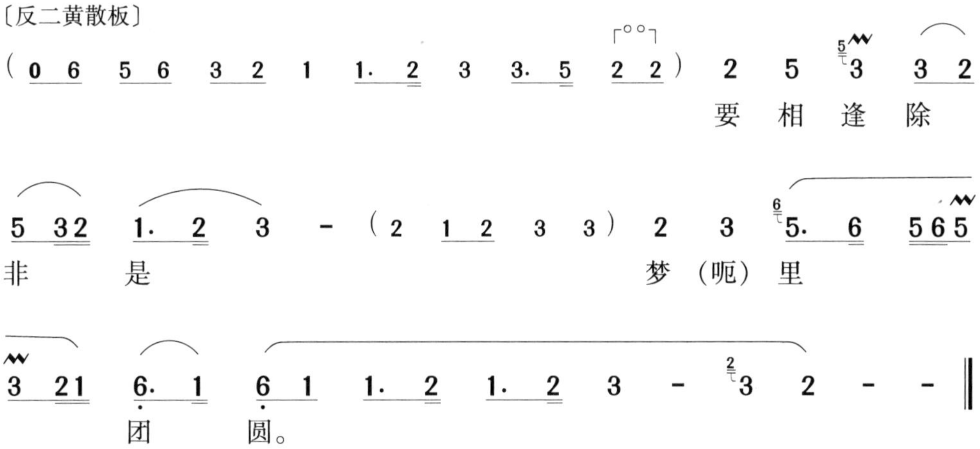

〖【大锣住头】朱春科向宋氏走一步。

朱春科 啊母亲，我爹爹（双手拱请式）坟墓现在何处？（右手摊掌）

宋　氏 （用手一指右台口）这裂的就是。

朱春科 （触景伤情）唉，爹爹呀……

〖【扫头】朱春科向父坟茔单腿跪拜。众人见状陪同拭泪。【冲头】朱春科归“小边”坐；朱春登在“大边”落座。

朱春登 中军。

李　仁 有。

朱春登 看官诰伺候。

李　仁 是。（从“上场门”下取衣冠复上）官诰在此。

朱春登 啊，婶娘，侄儿挣来官诰，请来穿戴。

宋　氏　哟！这是你母亲、媳妇穿的戴的，（指李仁手中盘子里衣、冠）我怎么能穿戴呢？（可是边说边过去接过官诰）

朱春登　他婆媳么？（左手向外一指伤感地）唉，今生今世，再也不能穿戴的了……【小锣一击】（拭泪）

宋　氏　（假意地）不成，我得问问。（向朱春科）孩子啊，你看这官诰我能穿吗？（随着说话把盘子往前一端，又赶紧收回来）

朱春科　教你穿戴，你就穿戴起来吧。

宋　氏　（高兴地）那么我就到后面去穿戴穿戴！

「宋氏边说边后退着走，无意中正撞着了站在那里的李仁，得意地瞪了李仁一眼。【小锣五击】宋氏抿着嘴笑，晃着脑袋扭动着身子从“下场门”下。

朱春登　贤弟。

朱春科　兄长。（双手拱请式）

朱春登　你伯母嫂嫂已死，愚兄（右手托髯）不愿在朝为官（放髯）。情愿入山修道，不知贤弟意下如何？

朱春科　兄长不必如此，还是从长计较。（右手按掌）

朱春登　贤弟不必拦阻。（摆右手）中军！

李　仁　有。

朱春登　本爵不愿为官，意欲入山修道。在此高搭席棚，舍饭七天，若有贫苦之人前来讨饭，（右手按掌）不许难为他们，（摆右手）若是难为他们，打折尔的狗腿！（指李）

李　仁　是。

朱春登　正是：

「【大锣住头】二人站起。

可叹老母（双手拱请式）亡故早，

朱春科　怎不叫人双泪抛。（右手在右颊前托掌）

朱春登　（伤感地）哎，娘啊……

「【大锣打下】朱春登拭泪，兄弟二人从“下场门”下。李仁归到台中。

李　仁　来！

差役甲　（一听忙扯差役乙）你过去！

差役乙　（一甩胳膊）你过去！

李　仁　来！

差役甲　（推差役乙）过去！过去！

差役乙　（不动）你过去！

李　仁　（心生怒火）呔，滚了过来！

差役甲
差役乙　（同时）哎哎哎这有！（躬身施礼）

李　仁　侯爷吩咐下来，就在此地，高搭席棚，（双手向上一扬）舍饭七天，（右手按掌）七天一满，侯爷要入山修炼。若有贫苦之人，前来讨饭，不可难为他们，若是难为他们（右手外指）打折尔等的狗腿！（指二差）

差役甲
差役乙　（同）是是是。送侯爷！（拱手欠身）

朱 痕 记

李　仁　免！

「**【大锣五击】**李仁从“下场门”下。二差归八字站。

差役甲　伙计，你听见没有，侯爷吩咐下来，就在此地（右手下指）高搭席棚，（双手一举）舍饭七年。（右手按掌掸动四下）

差役乙　什么呀？舍饭七天。

差役甲　不错，七天。七天一满，侯爷要入山哼哼。

差役乙　什么呀？（一挥左手）入山修行。

差役甲　噢，入山修行啊？你去看看饭得了没有。（向后一指）

差役乙　你这是大懒支小懒，一支白瞪眼哪！（不动地方，叉着腰扭头向外）

差役甲　（瞪眼）你去问问不就结了吗？

差役乙　（不情愿地向“下场门”内）厨下的！饭得了没有哇？

「内应：“饭得了。”

差役甲　咱们把它搭出来吧。

「二人下。（匝……）二人复上做抬桶状，将饭桶放在台中。

差役甲　我在这儿盛着，你那边吆喝吆喝。

差役乙　对，咱们吆喝一声。嗨！有要饭的，上这儿来呀！（招右手）

「**【小锣水底鱼】**四穷苦之人捧碗上。

差役甲　（一边盛一边说）拿完就走。

「三人盛完陆续从“下场门”下，第四人盛完从“下场门”下。**【小锣五击】**差役甲、差役乙看看桶，再远望一下“下场门”。

「内白：“饭舍完了！”

差役甲
差役乙　（同）这么一会儿的工夫，饭就完啦！真快！搭下去！

「二人搭桶下复上。

差役甲　咱们再言语一声，早饭已过，午饭未到，有要饭的，先别来呀！（二人下）

「**（八答仓）**

「朱母内喊：“苦哇！”内唱。

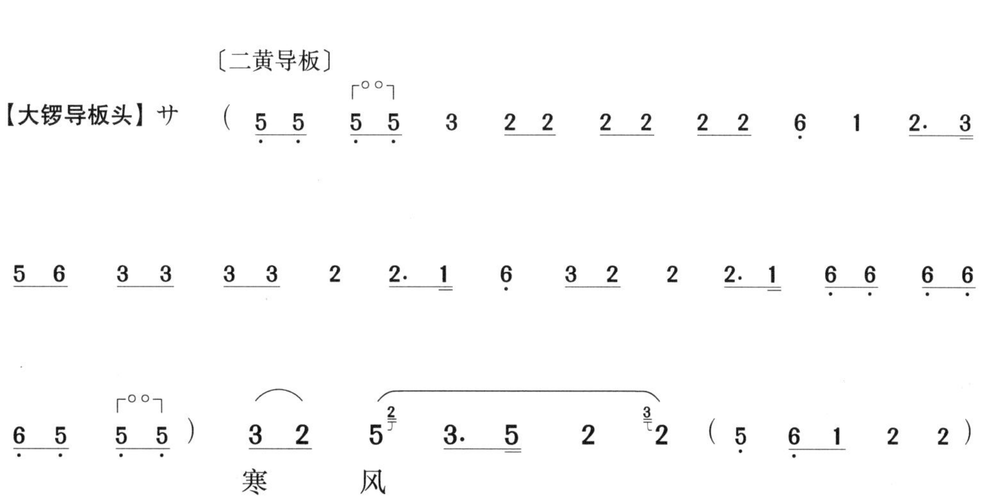

3 2 3 5 3 3 6· 1 6 1 2 2 1· 2 1 （3
吹 得

2 2 7 6 6 5 5） 1 3 2· 3 232 1216 （6
遍 体

5 7 6 6） 5 7 6 - 5 6 6 565·3 5 -
抖（哇），
（朱母左手拄杖浑身颤抖着从“上场门”上，走至“九龙口”）

〖【乱锤】朱母哆嗦，步子踉跄走至台中，右手下缓；上右步前扑坐地，右手随之按地。

〖【撕边】（八大仓）赵锦堂双手向上撑袖从“上场门”上，见朱母跌倒，（嘟）蹉步近前，搀扶朱母站起。

赵锦堂 （心痛地）喂呀……

〖【纽丝】哭泣，关心地看看朱母，见未跌伤，用水袖拭去朱母脸上的泪水，又禁不住自己拭泪。

〔二黄散板〕

（5 5 3 2 3 3 322 2· 1 6 6 6 6 5 5） i 7 6
婆 媳
（朱母双手拄

5 6 2 7 - 6 6· 7 6 7 6 5 3· 5 6 5 6 0
讨 饭 在 外 游。
棍，赵双手搀朱母肘部）

7 - 7 2 7 2 7· 6 5 6 5 6· 6· i 5 5 -
（伤心地轻摇头）

朱 母 （3 2· 1 6 6 6 6 5 5） 5 1 12165 3 6 5 6156
（仓） 怕 的 是 老 命 不 长
（边唱边由赵锦堂搀扶左转身从“大边”走至

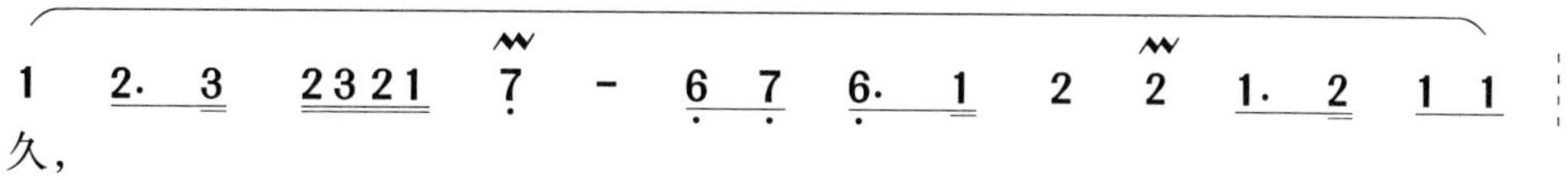

右台口）

【大锣双楗凤点头】

赵锦堂

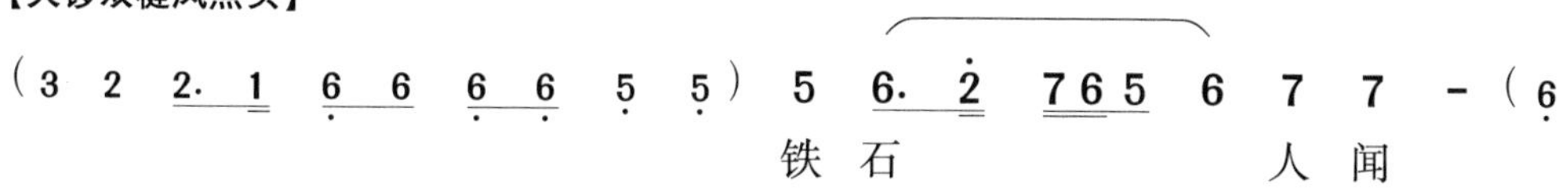

（右手按掌）

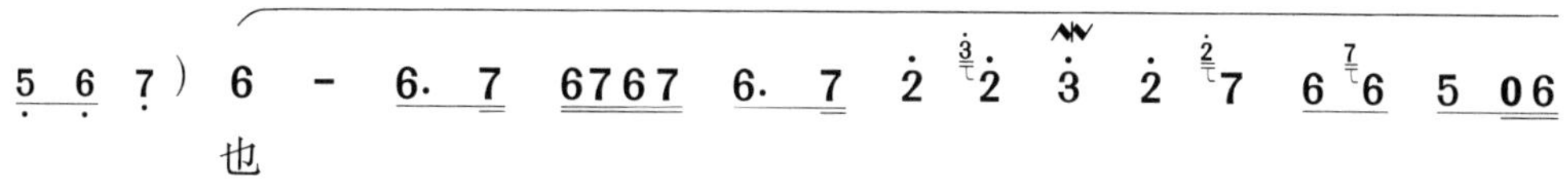

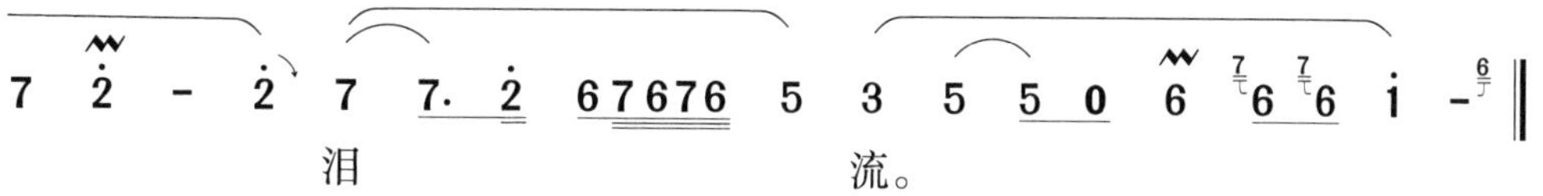

（右手在右颊前托掌）

〔**【大锣住头】**赵锦堂拭泪。朱母拭泪，向前张望。

朱　母　啊，媳妇，这一阵狂风不知把我们吹到什么所在？为婆腹中饥饿，如何是好——呃——（哭泣）

〔**【小锣一击】**赵锦堂向前一望。

赵锦堂　啊，婆婆，那厢有一土台，婆婆请稍坐片时，待媳妇讨些饭食，（右手按掌）也好与婆婆充饥。

朱　母　媳妇，你要快着些啊！

〔赵锦堂扶朱母坐于土台之上（若没设土台或扶坐在地上、或站立），随之赵锦堂向台中走两步。

赵锦堂　二位将爷，贫妇有礼！（左手抬起，欠身向二差人施礼）

差役甲
差役乙　（同）好说，干什么的？

赵锦堂　二位将爷，（双手拱请式）可怜我有八旬老母，三餐未曾用饭，可有残茶剩饭，赏我们一碗半碗，（右手按掌）也好与我婆婆（双手拱请式）充饥——（抽泣）度命啊——（拭泪）

差役甲　哎，莫怪你们这一行子人，（指赵）要饭也得看看时候啊？（双手一摊）你看见了没有，（左手向远方上指太阳）早饭已过，午饭未到，（摆右手）回头饭得了，多给你们盛点儿就是了！（一挥右手示意走开）

赵锦堂　唉！（无望地）偏偏来得（双手自里向外翻腕成摊掌）不凑巧！（向朱母走去欲说明）

朱　母　（饥饿难忍）饿坏了呃……

〔**【撕边】**赵锦堂见朱母此状，万般无奈急跪在地，（**八答仓**）双手向上撑袖，**【撕**

边】双腿跪蹉至二差面前，【快纽丝】双手下落抖袖。

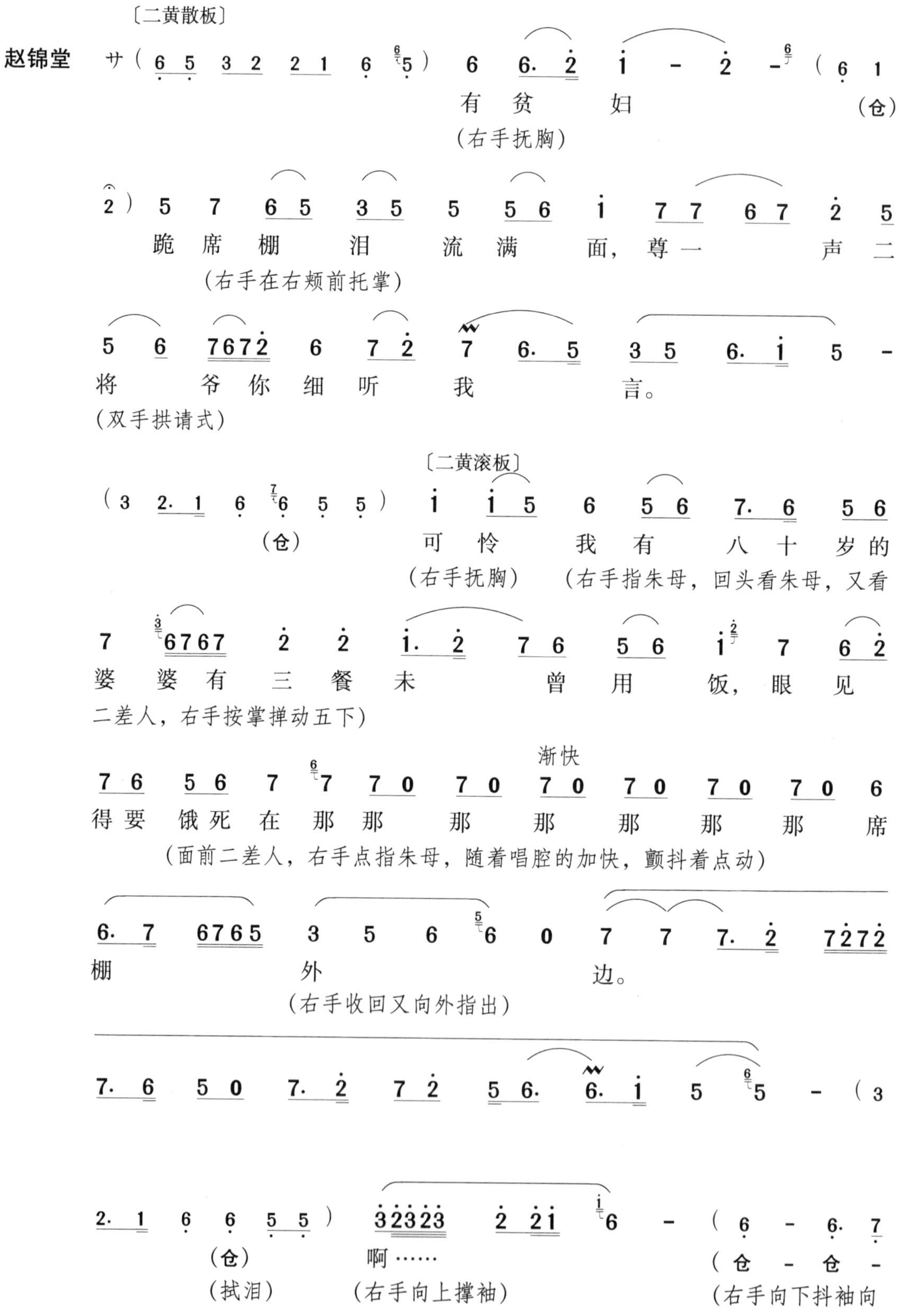

2 ½2 7 6 5 6 6） 6 6. 2 1 - - 2 - ³2 - ⁷ ‖

仓仓 台七 台 仓） 二 将 爷！

上翻折端放胸前，左手向上 （双手拱请式）
撑袖亮住相）

〔【大锣住头】赵锦堂将水袖抖下又提起拭泪，站起，慢慢转过身去。

差役甲 呜呜……唏唏……？（假哭）

差役乙 伙计？你哭什么呀？

差役甲 你没听见她说吗？他们家八十多只老鹁鸽。（用手比画“八”的数字）

差役乙 哎，什么呀！八十多岁的老婆婆。

差役甲 有三年（右手食指、拇指相捏，其余三指直伸）没下蛋了。（摆右手）

差役乙 这哪儿是哪儿呀，三餐没吃饭了。

差役甲 咳！她这么一哭呀，可勾起我的陈烦来了。（右手拍胸）

差役乙 你有什么陈烦哪？（双手摊掌）

差役甲 我想起我妈来了！（双手拱请式）

差役乙 你妈怎么着？

差役甲 有八十多年没吃饭了！（摇头）

差役乙 还活着呢？

差役甲 早饿成人干儿了！

差役乙 哟！死啦？

差役甲 死了？

差役乙 唏唏……（假哭）

差役甲 伙计，你哭什么呀？

差役乙 不是啊，你这一哭，也勾起我的陈烦来了。（摇头）

差役甲 你有什么陈烦呀？

差役乙 我想我媳妇来啦。

差役甲 哎，得啦，得啦，（一挥手）我哭妈，你哭媳妇儿呀？

差役乙 咱们少废话，看她哭的怪可怜的，给她找点什么吃的吧。

差役甲 （点头）有请二爷！

〔【大锣五击】李仁从“下场门”上。

李　仁 何事？

差役甲 外边来了两个老少贫妇，前来讨饭。是小人言道，早饭已过，午饭未到。是她们苦苦地哀求，没有什么说的，（轻声讨好地）二爷，您给找点吃的吧！

李　仁 嗯！（略想）看他们的造化。（右手点指，然后向里走去）

差役甲 二爷，您修好得好啊，修得您辈辈儿当二爷。（右手按掌掸动四下朝外说）

李　仁 （向右转身看差役甲）啊！

差役甲 我没说什么，二爷，您就给找点吃的吧！（低头哈腰）

李　仁 （不满地瞪差役甲，向里边问）厨下的，可有残茶剩饭无有？

〔幕内白：侯爷思念老太太，吃不了的半碗剩饭，拿去与她们充饥。（李仁走几步向里接碗）小心侯爷的碗！

李 仁 是。（向二差人）侯爷思想老太太，吃不了的半碗剩饭，拿去与她们充饥。

差役甲 （接碗）是。

李 仁 （大声嘱咐）小心侯爷的碗！

差役甲 （听李仁一诈唬，两腿一软，差点把碗掉了）瞧您这说劲儿的！

差役乙 请二爷回炉！

李 仁 （不满地）啊！（怒看差役乙向前欺一步）

差役乙 说错啦！回屋，回屋！

李 仁 王八日的！（边骂边走下）

差役乙 （紧接）二爷！您歇着去吧！

差役甲 （使劲看碗）嗨，伙计，您瞧咱们侯爷真吃好东西，鸭子汤烫饭，（再一瞧）嗨！这里头还有一个虾仁丸子哪，我先尝尝吧！（右手拿筷子欲夹）

差役乙 （一看抢过碗）拿过来，咱们跟着侯爷什么没吃过，什么没见过？一点儿鸭子汤烫饭，你就瞧在眼睛里头啦？没出息！馋骨头！

差役甲 是没出息！

差役乙 没出息！

差役甲 没起色！

差役乙 是没起色！（边说边往旁边走）

差役甲 （点头）是没起色！

差役乙 往那边去！（让差役甲走开，见差役甲刚走两步）

差役甲 干什么呀？

差役乙 我先来口汤喝。（伸脖子欲喝）

差役甲 （夺碗）你拿过来吧！你不让我吃丸子，你倒要喝汤？全给人家吧——哎，过来，过来，（赵锦堂转过身）这有半碗剩饭，拿去吃去吧！（递碗）

赵锦堂 （伸手欲接，一想）放在地下。（左手向下指）

差役甲 瞧这酸劲儿的！（将碗放在了地下。赵刚取碗，大声嘱咐赵）小心碗！

赵锦堂 （吓得一哆嗦。捧碗走向朱母）啊，婆婆，媳妇讨来半碗剩饭，婆婆请用！（递碗）

朱 母 （接碗）媳妇，你也要用些啊！

赵锦堂 媳妇么…… **【小锣一击】**（右手向上翻折水袖抚胸）却还不饿。（轻轻摇头）

朱 母 （心疼地）唉，哪里是不饿，分明是孝顺的媳妇。（坐在地下吃饭）

〔**【小锣一击】**赵锦堂向坟茔一望。

赵锦堂 且住！（左手平抬，右手向左指）看此处好像我家坟茔，哪个在此舍饭哪？（双手摊掌）**【小锣一击】**（右手扶鬓一想）待我禀告婆婆（双手拱请式）知道。啊，婆婆，看此处好像我家坟茔，（左手向左指）不知何人在此舍饭。

朱 母 你我婆媳被狂风一吹迷失路径，不知这是什么地方，哪里来的我家坟茔啊？

赵锦堂 婆婆看上一看。

朱 母 哦，你记得清？

赵锦堂 记得清。（点头）

朱 母 认得明？

赵锦堂 （肯定地）认得明。

朱　母　如此搀我看来。

〔赵锦堂搀扶朱母向坟茔走去，二差人一见，忙拦。

差役甲
差役乙　（同）哎！哎！你们往哪儿溜达？

朱　母　我婆媳看看就走的。

差役甲　对，教她们开开眼。

〔**【小锣一击】**赵锦堂扶朱母走至台中。**【小锣一击】**婆媳进入席棚。**【小锣一击】**婆媳惊讶止步。

朱　母　朱龙！**【撕边一击】**朱凤！**【撕边一击】**祖先爷呀……

〔**【纽丝】**婆媳同拭泪。二差人着了急。

差役甲
差役乙　（同）嗨！这是怎么回事呀？惊动侯爷担待不起，赶快出去！（二人挥手示意让她们出去）

〔二黄散板〕

朱　母

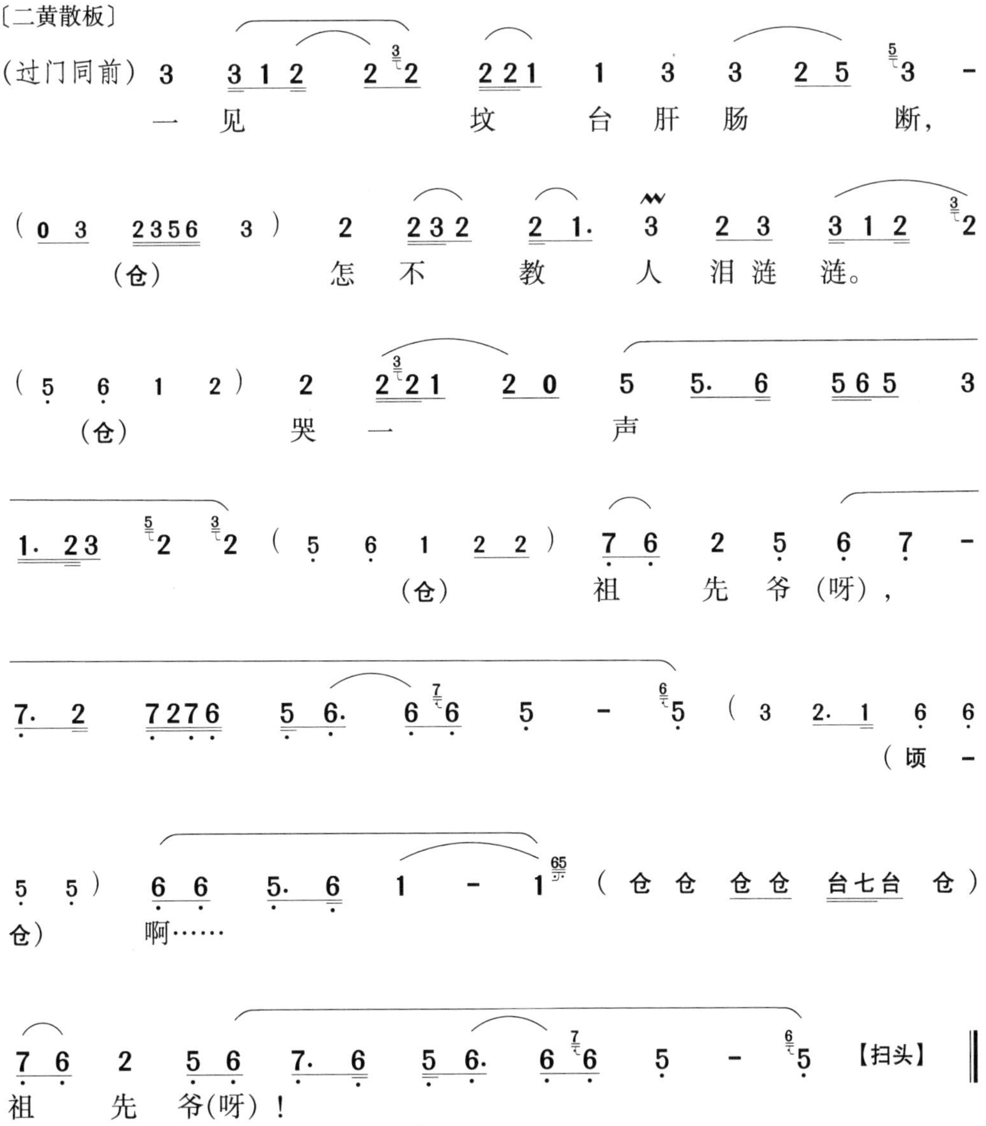

差役甲 别哭啦！快走！（往外轰）

〔李仁快步从“下场门”上，见朱母哭，用右脚踹朱母。朱母看着怒指自己的李仁，心中害怕，失手摔碗。赵锦堂急扶朱母出席棚走至右台口。李仁怒气不息望着婆媳二人，婆媳二人惊慌失措地偎靠一起，浑身颤抖。

〔**【大锣原场】**四白文堂在幕内喊“军威”：“哦——”分两边上。朱春登从“上场门”上，见状怒视李仁，李仁不知。差役甲见状，用手捅李仁，示意。小声说：“侯爷来了！”李仁猛回身见朱春登走上，赶紧躬身施礼。朱春登双手背袖向前逼三步；李仁躬身向后退三步，吓得浑身颤抖。朱春登左转身向坐位走去。差役乙使坏用屁股向李仁身上一撞，李仁站不稳向前一掴步，回身握拳怒视差役乙。此时朱春登猛然回身，见李仁狰狞之状，怒视李仁，而李仁只顾和差役乙斗气。差役甲急向李仁递眼色，李仁慌忙向朱施礼。朱春登向李仁甩右袖，归“外场座”。

朱春登 中军。

李　仁 有。

朱春登 外面为何这等喧哗？

李　仁 （躬身答话）启禀侯爷，只因外面来了两个贫妇，一老一少，前来讨饭。小人们言道：早饭已过，午饭未到。她们苦苦哀求，是小人将侯爷剩下的半碗残饭赏与她们充饥，不想她们自不小心，将碗打碎了！（左手指出）

朱春登 嘟！**【大锣五击】**（右手怒指李仁，李仁急躬身施礼）想是你等难为了她们，（右手点指）扯下去打！**【撕边】**（抖左袖）

李　仁 （急抬双手）慢着！（仓）侯爷！（双手拱请式）**【大锣五击】**将那两个贫妇或老或少（右手向后指，面向朱）唤进一名，问个明白，（右手按掌）若是小人难为了她们，纵然将小人打死，**【撕边一击】**（双手托髯）也是甘心认罪。（放髯欠身拱手）

朱春登 哼哼哼……（气笑）罚跪一旁。**【撕边一击】**（甩左袖。差役乙暗下拿垫复上）

李　仁 多谢侯爷！

差役乙 二爷，这儿干净！（把垫放左台口）

李　仁 哼！（瞪差役乙跪在了垫上）

朱春登 来。

差役甲 （紧走两步跪下）有！

朱春登 （语气缓慢地）传话出去。

差役甲 （连忙应）是。

朱春登 或老或少，唤进一名。

差役甲 嗻！

朱春登 席棚答话。

差役甲 喳！

朱春登 打碗之事，一概不究。问话之后，你侯爷（右手托髯）还要周济她们。（放髯）

差役甲 是！

〔差役甲站起，右转身刚要出门，右腿刚抬起来……

朱春登 转来！

〔吓得差役甲向左一转身，右腿落地又双腿面朝朱跪下。

差役甲 在！

朱春登 不要惊吓她们。（右手轻摆动两下）

差役甲 是！

「差役甲出门，提心吊胆地用右手捋脑门的汗珠，摇摇头。一看朱母正拄棍打盹。

差役甲 有嘚，这真是吃饱了食困，饿了发呆，乱子惹出来了，她在那儿着了！（右手指朱母）我吓唬吓唬她——呀——（双脚跳出来，一霎时想起侯爷嘱咐的话，双脚落地，左手叉腰，右手指。轻声地）呔——（有气无声地呼出）

差役乙 怎么，（见差役甲的熊相）走了气啦？

差　甲 （瞪差役乙一眼，朝朱母说）吃的好好儿的，你要认坟！（指朱母）你们家有这样的坟吗？（双手叉腰，晃着脑袋）即使有这样儿的坟茔，也教挖黄土的给捏了兔儿爷啦！认坟也罢，你倒是小心点儿碗哪！你瞧见了没有？（下面词越说越快）碗也砸了，饭也撒了，侯爷怒了，（双手拱请式）二爷傻了！（左手指李仁）差点没把我们伙计给剐了！（双手一摊）

差役乙 得啦，没那么大的罪过。

差役甲 侯爷吩咐下来，或老或少，进去一名，席棚答话，打碗之事，一概不究，问罢之后，还要周济你们哪。可是这么着，你们老的进去，小的别进去，小的进去，老的别进去，（说时用手来回比画着）也别都进去，也别都不进去。我跟你们（指朱母、赵锦堂）说话哪！我们那儿还跪着一个哪。（左手指李仁）唉，这是什么跟什么呀你你……

「**【大锣叫头】**赵锦堂翻折右水袖，双手拱请式。

赵锦堂 哎呀婆婆呀！侯爷传话出来：或老或少，唤进一名，席棚答话，打碗之事，一概不究，答话已毕，还要周济我们。（右手抚胸）婆婆你你你进去罢！

「**【小锣一击】**赵锦堂拭泪。朱母一想。

朱　母 啊媳妇，为婆年迈，（右手抚胸）眼花耳聋，听话不清，回话不明，（右手按掌）还是媳妇你（指赵）进去吧！

差役甲 嘿，老奸巨猾。（和差役乙交流）

差役乙 吃饭有她。（右手指朱母）

赵锦堂 媳妇去得的么？（右手摊掌）

朱　母 （点头）去得的。

「赵锦堂前走两步欲进，席棚内传出喊威声：“哦——。”赵锦堂闻声害怕地后退。**【撕边】**退至朱母身边。**【大锣叫头】**双手向上翻折水袖拱请式。

赵锦堂 哎呀婆婆呀！里面喊叫连声，（左手左指）媳妇有些害怕。（右手抚胸）我，我不敢进去。

朱　母 哎呀媳妇呀！**【大锣五击】**你只管大胆进去，（右手指赵）他们不难为你便罢，（右手按掌）倘若难为与你，你在里面喊叫一声，（右手指赵）我（右手抚胸）拼着这条老命不要哇——哼哼！我就与他们拼了！（双手拄棍击地）

赵锦堂 （点头）媳妇就去。

差役甲 好！吃饱了跑这儿拼命来啦。

「**【一锤锣】**赵锦堂搀扶朱母从“上场门”下。赵锦堂复上，走至右台口，右手向后一指，示意婆婆在那里等候，双手摊掌一想，这如何讲明呢？下狠心轻轻跺一下右脚，表示下定决心进去，双手抖袖、提袖，以右手拉开左水袖。锣鼓切住。

赵锦堂 报，贫妇告进。

〔【一锤锣】“哦——”喊威声又起。赵锦堂双手抖动，低头蹑步进门，“挖”着走至“小边”稍靠台中处，双腿跪下。

赵锦堂 参见侯爷！（低头，双手搭袖施礼）

朱春登 那一贫妇，为何不抬起头来？

赵锦堂 有罪不敢抬头。

朱春登 恕你无罪。

赵锦堂 谢侯爷！

〔【撕边一击】赵锦堂抬头，正与朱春登目光对视，二人吃惊地【撕边一击】相对一望两望。

朱春登
赵锦堂 （同白）哎呀且住！

〔【大锣五击】朱春登站起向左前方走两步，同时赵锦堂向右回身跪走几步，二人呈大八字形。

朱春登 （同白）我看贫妇，（右手平抬，左手右指）
赵锦堂 我看侯爷，（左手平抬，右手左指）

朱春登 （同白）好像我妻模样，（左手在左颊前托掌）
赵锦堂 好像我夫模样，（右手在右颊前托掌）

朱春登 （同白）婶娘道她已死，（左手向左前方指出）
赵锦堂 婶娘道他已死，（右手向右前方指出）

朱春登 （同白）怎么她，她……还在？
赵锦堂 怎么他，他……还在？（二人同时双手摊掌）

〔【撕边一击】二人同时思索。

朱春登 （同白）既是我妻，就该向前相认。（左手按掌）
赵锦堂 既是我夫，就该向前相认。（右手按掌）

朱春登 （二人同时回身面对面）哎呀，我那妻……
赵锦堂 哎呀，我那夫……（二人同时翻折双袖）

〔（嘟//）二人对视。

四白文堂 （喊威）哦……

〔二人听到喊威声，猛然惊醒，恢复原态。

朱春登 （同白）哎呀且慢！（仓）错认民妻那还了得。
赵锦堂 哎呀且慢！错认官长那还了得。（二人同时将双袖抖下，又将水袖提起）

朱春登
赵锦堂 （同白）这，这，这便怎么处？（二人同时搓掌后变双摊掌）

〔（嘟//）赵锦堂右手扶鬓低头苦思；同时，朱春登右手捋髯，一转眼珠，胸有成竹地点点头。

朱春登 我（右手托髯）自有道理。（右手食指直伸向下划圈，【大锣五击】转身归座）那一贫妇，我手下之人，哪个难为于你，（向左右一看）从实讲来！

赵锦堂 侯爷问的就是他……（右手指李仁）

| 朱 痕 记 |

李　仁　（着急地）呔！

　　　　〔【大锣一击】李仁急得以右手指赵；赵锦堂听见喊声，吓得左腿盘卧、右腿直抬，同时左手捋甩发、右手指李仁亮住相。

李　仁　我们手下之人，（双手自里向左右撒掌）哪个难为于你，（右手指赵）当着侯爷（双手拱请式）在此，要你说明，你们（右手点指）这些讨饭的呀……

　　　　〔【撕边一击】李仁左手搂髯，右手指赵，赵锦堂惊慌失措地看着李仁。

差役乙　（伸脖子问李仁）怎么着？

李　仁　（京白）嘿嘿，（放髯。看赵，莫奈何地）也得拿出点儿良心不是？（双手一拍后变摊掌）

赵锦堂　他，（右手指李）他，他……是个好人哪！【小锣一击】（右腿跪地，拭泪）

李　仁　（面向朱跪）侯爷开恩！（拱请式）

朱春登　起过一旁。

李　仁　谢侯爷！

差役甲
差役乙　（同）二爷受惊了您哪！

李　仁　滚了下去！（右手一扬）

　　　　〔李仁拿起跪垫，打二差，二差逃下，李仁举垫随下。

朱春登　那一贫妇，姓甚名谁，从实讲来，（关切地）不要害怕。（摆右手）

赵锦堂　侯爷（双手拱请式）容—禀—！

〔西皮导板〕

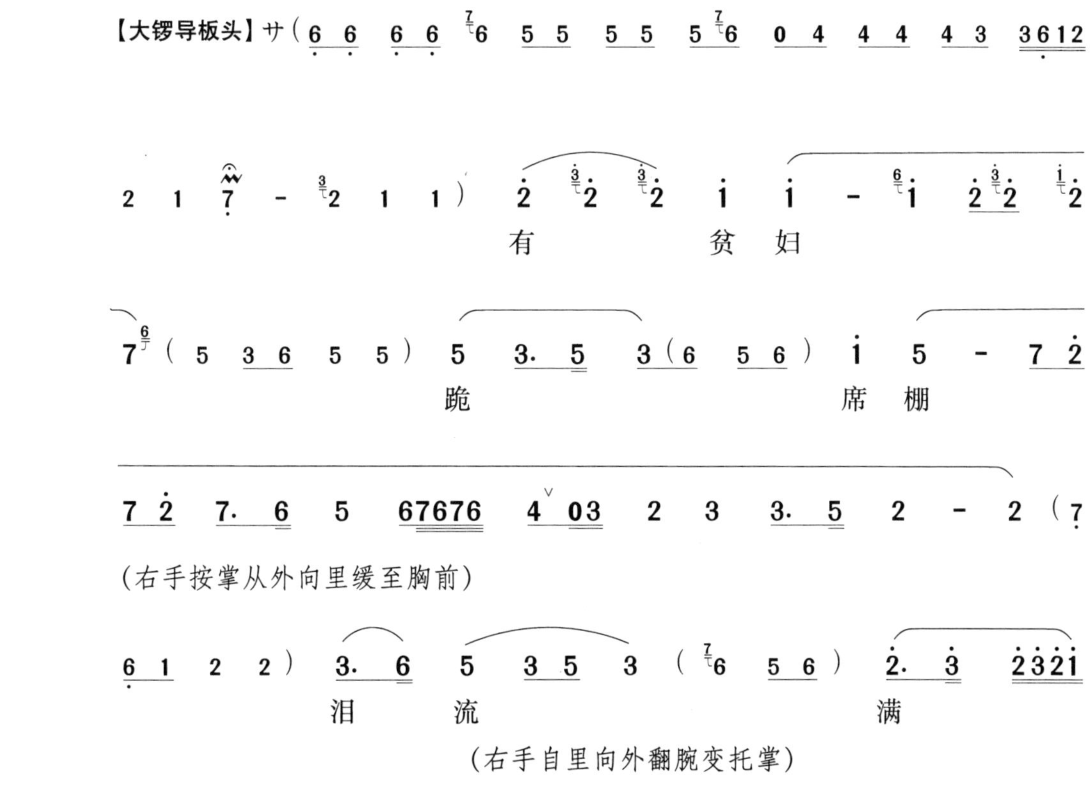

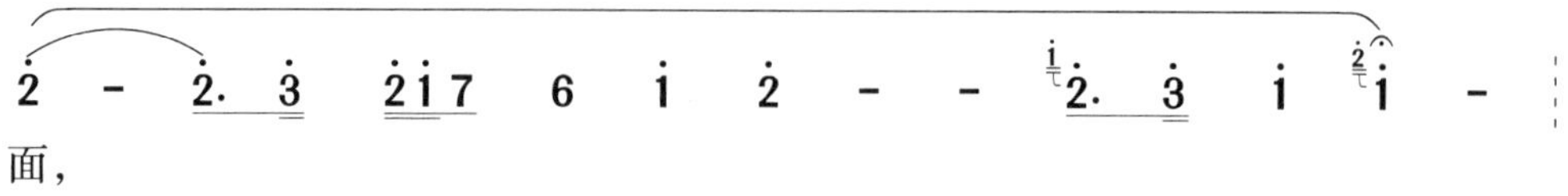

（右手托掌向右颊缓缓托出）

〔（嘟⫽）众喊威"哦——！"【大锣一击】赵锦堂听喊声，忙将头低下。朱春登见状，双手稍抬。

朱春登 两厢退下！

〔【慢长锤】众人分"两边"下。

朱春登 脸朝外跪，慢慢讲来。（右手稍指赵）

赵锦堂 是。

〔西皮慢板〕

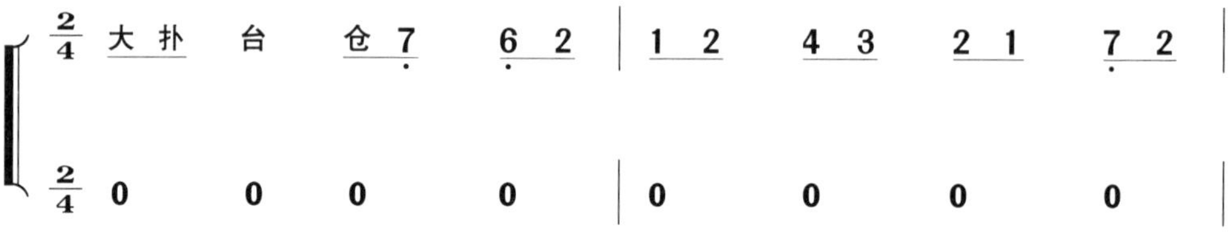

（慢慢向右转身，面朝外跪）

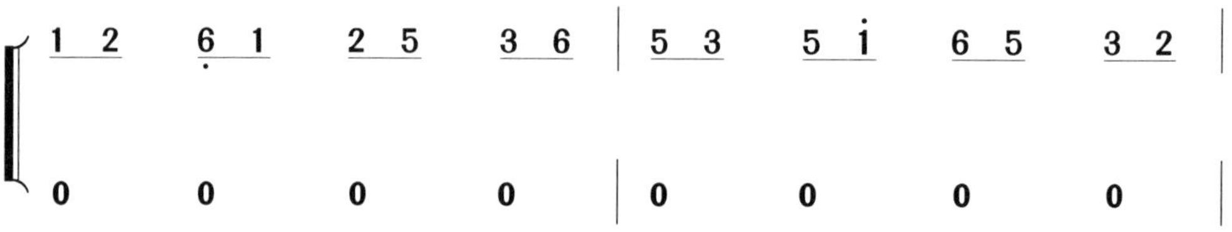

（缓缓抬起头来，右手扶鬓，凝神思考）

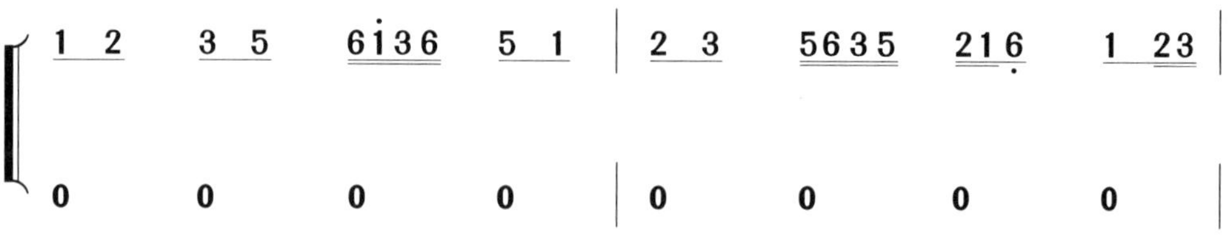

（双手自里向外翻腕成摊掌，心想如何说起呢！）

赵锦棠

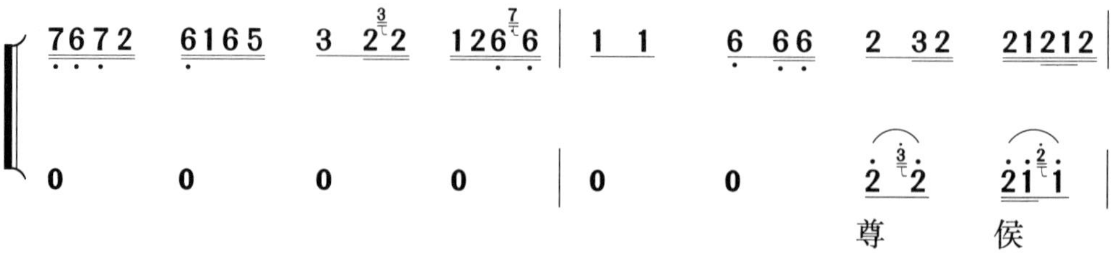

（眼珠一转，考虑一下自信地点头） （双手拱请式）

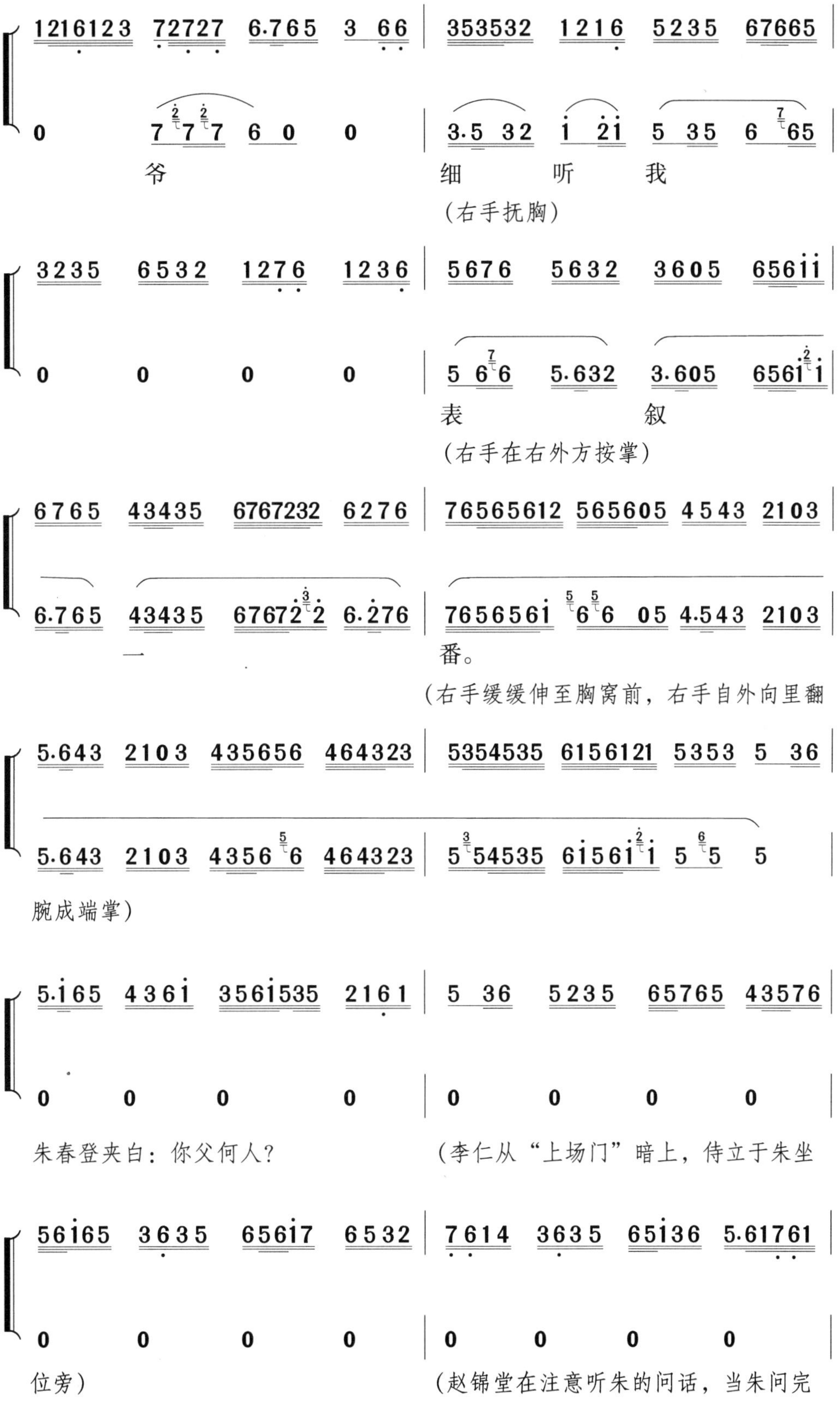
爷
细 听 我
（右手抚胸）
表 叙
（右手在右外方按掌）
一 番。
（右手缓缓伸至胸窝前，右手自外向里翻
腕成端掌）
朱春登夹白：你父何人？
（李仁从“上场门”暗上，侍立于朱坐
位旁）
（赵锦堂在注意听朱的问话，当朱问完

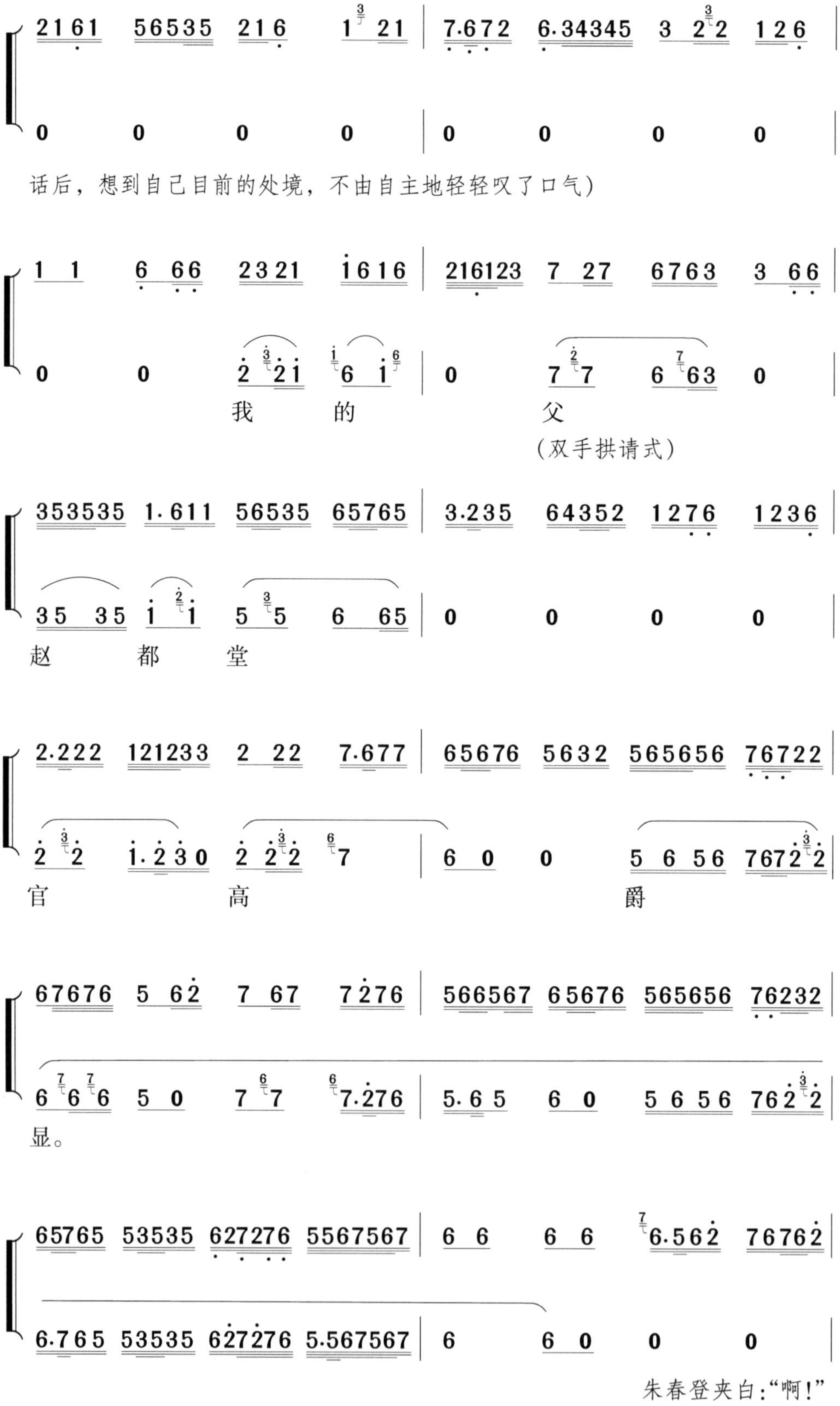
话后，想到自己目前的处境，不由自主地轻轻叹了口气）
我 的 父
（双手拱请式）
赵 都 堂
官 高 爵
显。
朱春登夹白：“啊！”

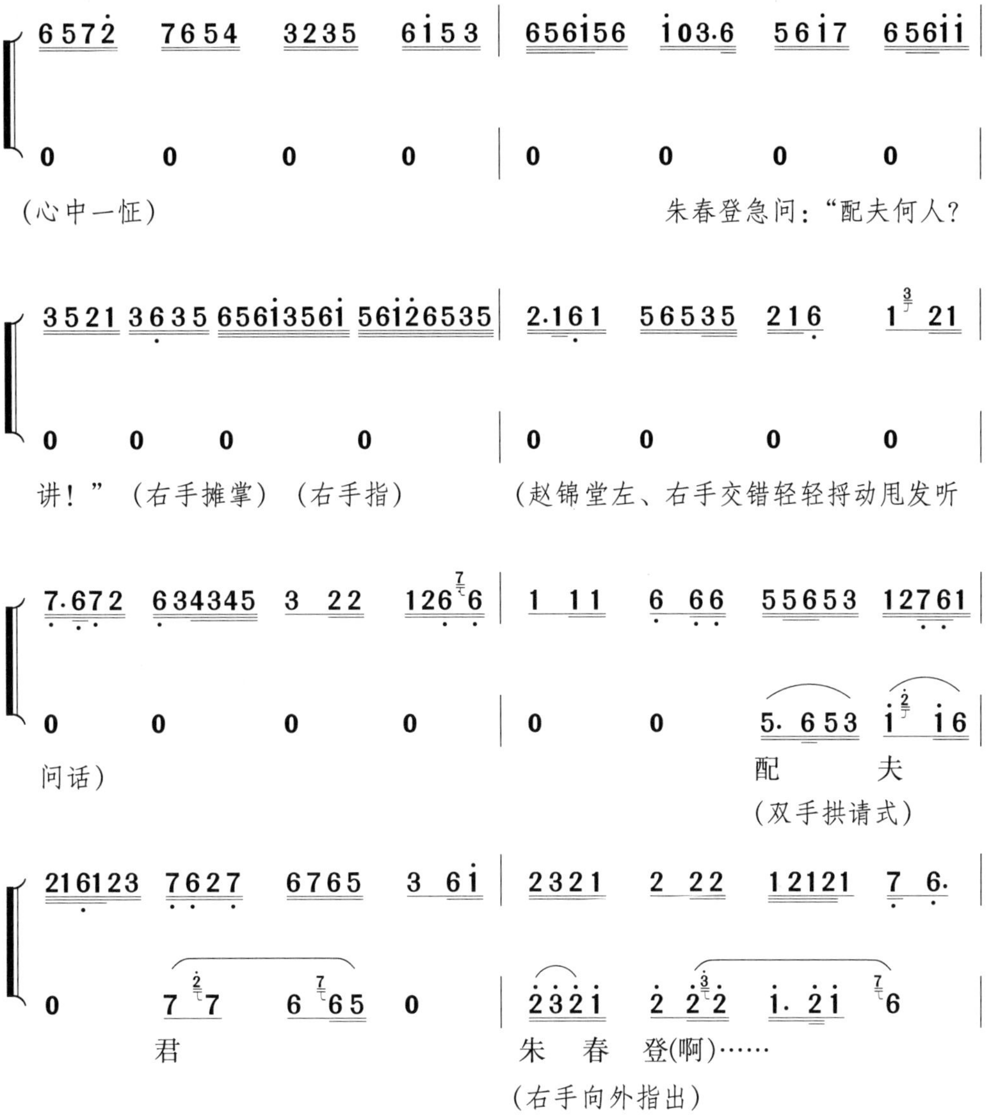

〔【大锣搓锤】当李仁听到贫妇道出“朱春登”时，怒拔腰刀出鞘，自里向外漫赵头，赵低头让刀。朱大惊，当李仁退一步举刀欲砍时，朱急站起用左手抓李仁右腕。赵见状双手向上撑袖。赵急躲避向“小边”横走跪步；朱左手架李仁右手的手腕、右手示意赵不要害怕，眼看赵。朱、李二人同向“小边”走蹉步。随即朱用左手向后推李右手，由李仁领朱向“大边”横走蹉步。赵原姿态不动向“大边”横走跪步。三人归原位。

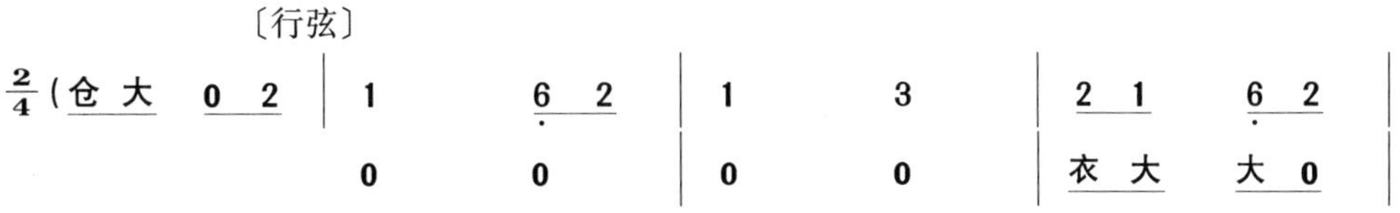

朱春登怒斥李仁：“大胆！”

（朱左手撩开李仁右腕，欺一步以左手怒指李，李仁低头后退一步）

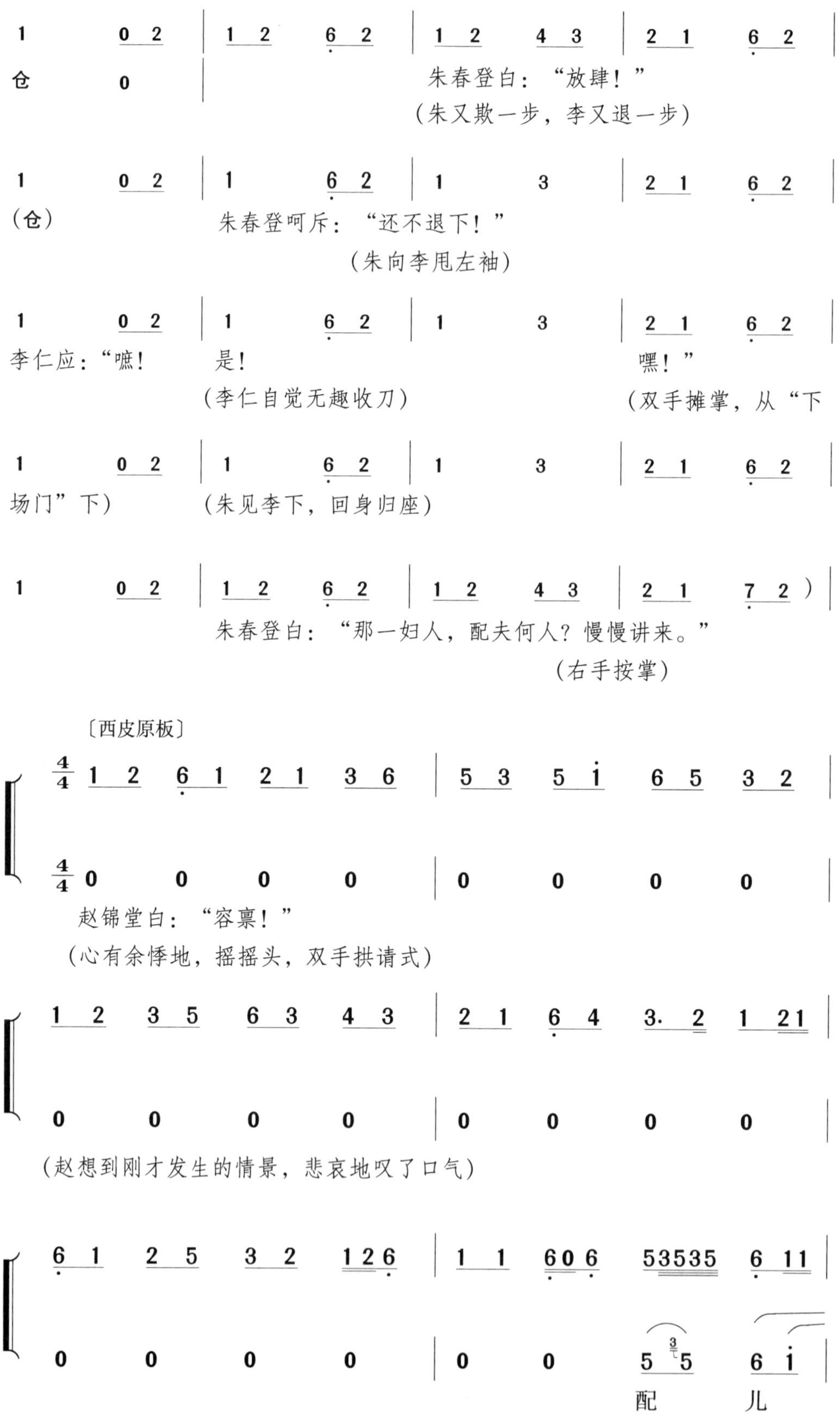
仓
0
朱春登白："放肆！"
（朱又欺一步，李又退一步）
（仓）
朱春登呵斥："还不退下！"
（朱向李甩左袖）
李仁应："嗻！
是！
嘿！"
（李仁自觉无趣收刀）
（双手摊掌，从"下
场门"下）
（朱见李下，回身归座）
朱春登白："那一妇人，配夫何人？慢慢讲来。"
（右手按掌）
〔西皮原板〕
赵锦堂白："容禀！"
（心有余悸地，摇摇头，双手拱请式）
（赵想到刚才发生的情景，悲哀地叹了口气）
配
儿

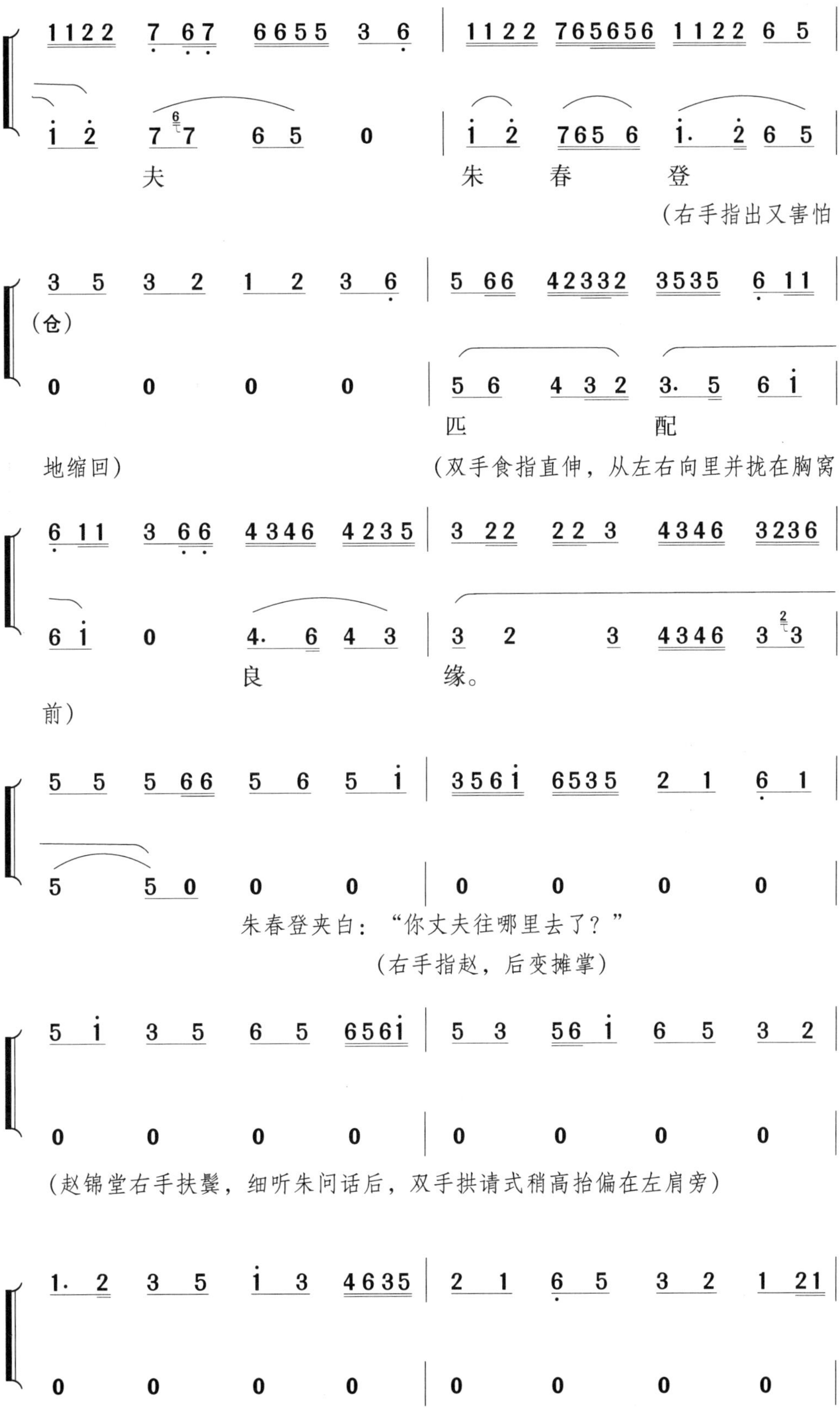
夫
朱 春 登
（右手指出又害怕
（仓）
匹 配
地缩回）
（双手食指直伸，从左右向里并拢在胸窝
良
缘。
前）
朱春登夹白：“你丈夫往哪里去了？”
（右手指赵，后变摊掌）
（赵锦堂右手扶鬓，细听朱问话后，双手拱请式稍高抬偏在左肩旁）

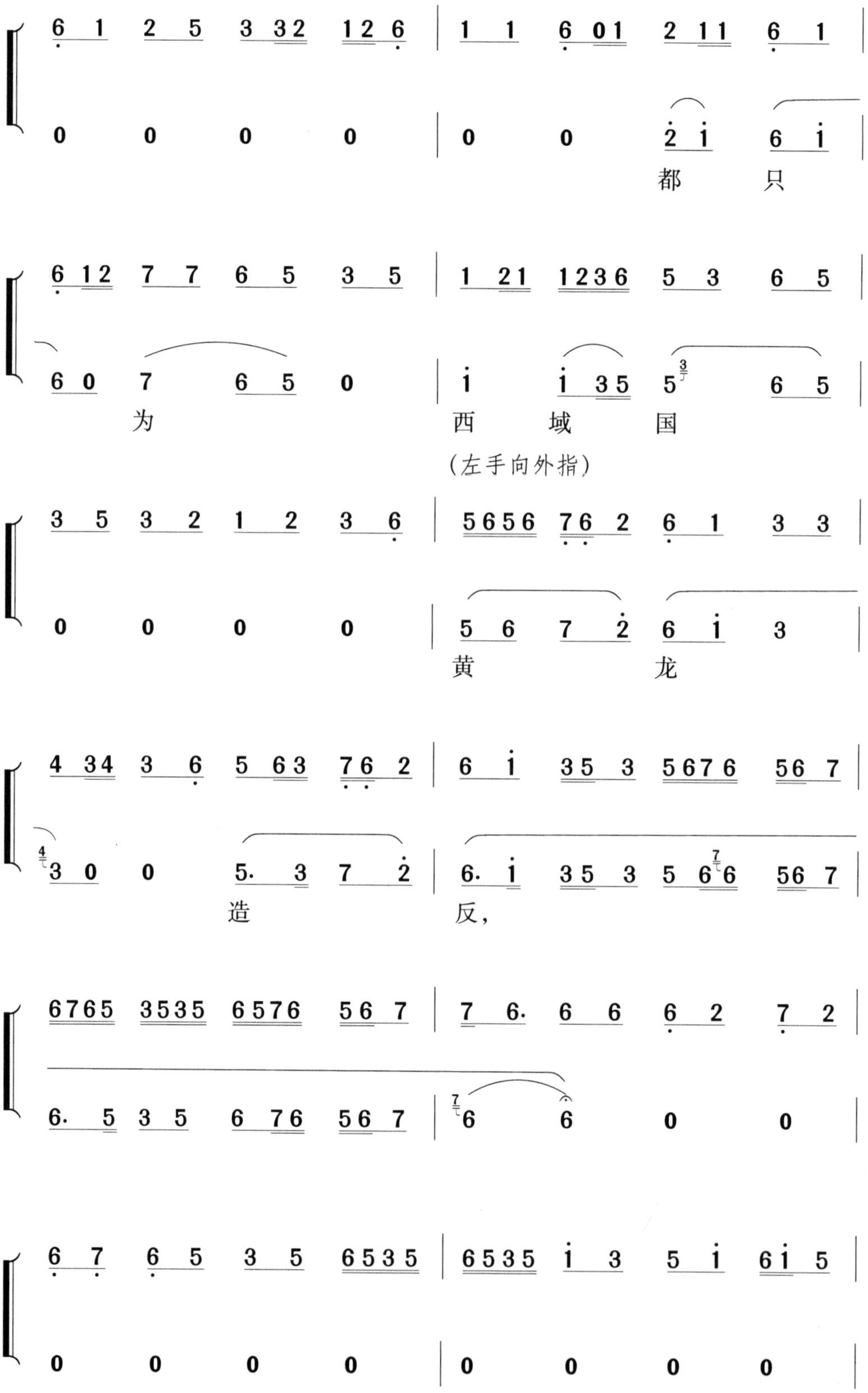

朱春登夹白:“黄龙造反与他有什么相干?”

(左手向外指出后摊掌)

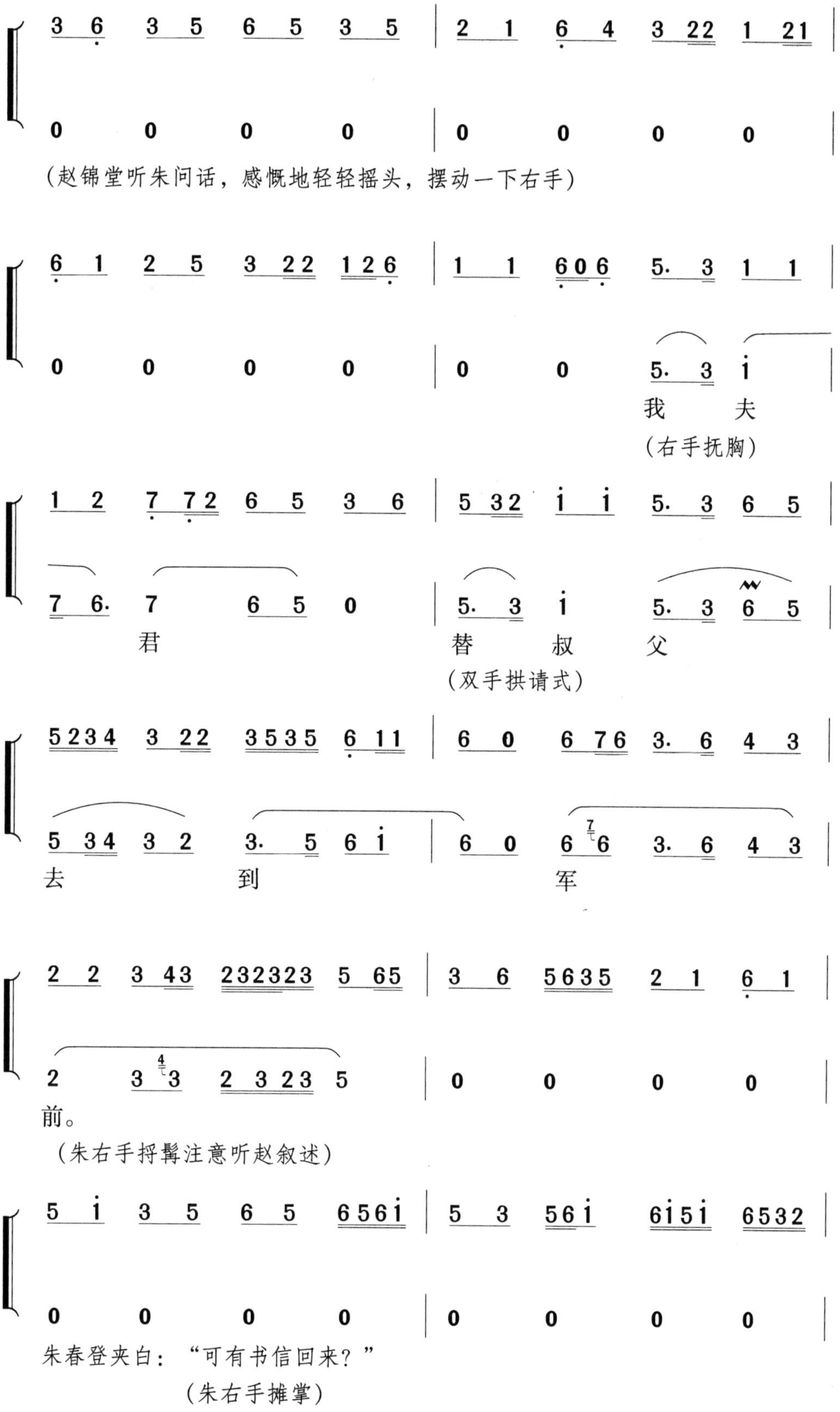
（赵锦堂听朱问话，感慨地轻轻摇头，摆动一下右手）
我 夫
（右手抚胸）
君
替 叔 父
（双手拱请式）
去 到 军
前。
（朱右手捋髯注意听赵叙述）
朱春登夹白：“可有书信回来？”
（朱右手摊掌）

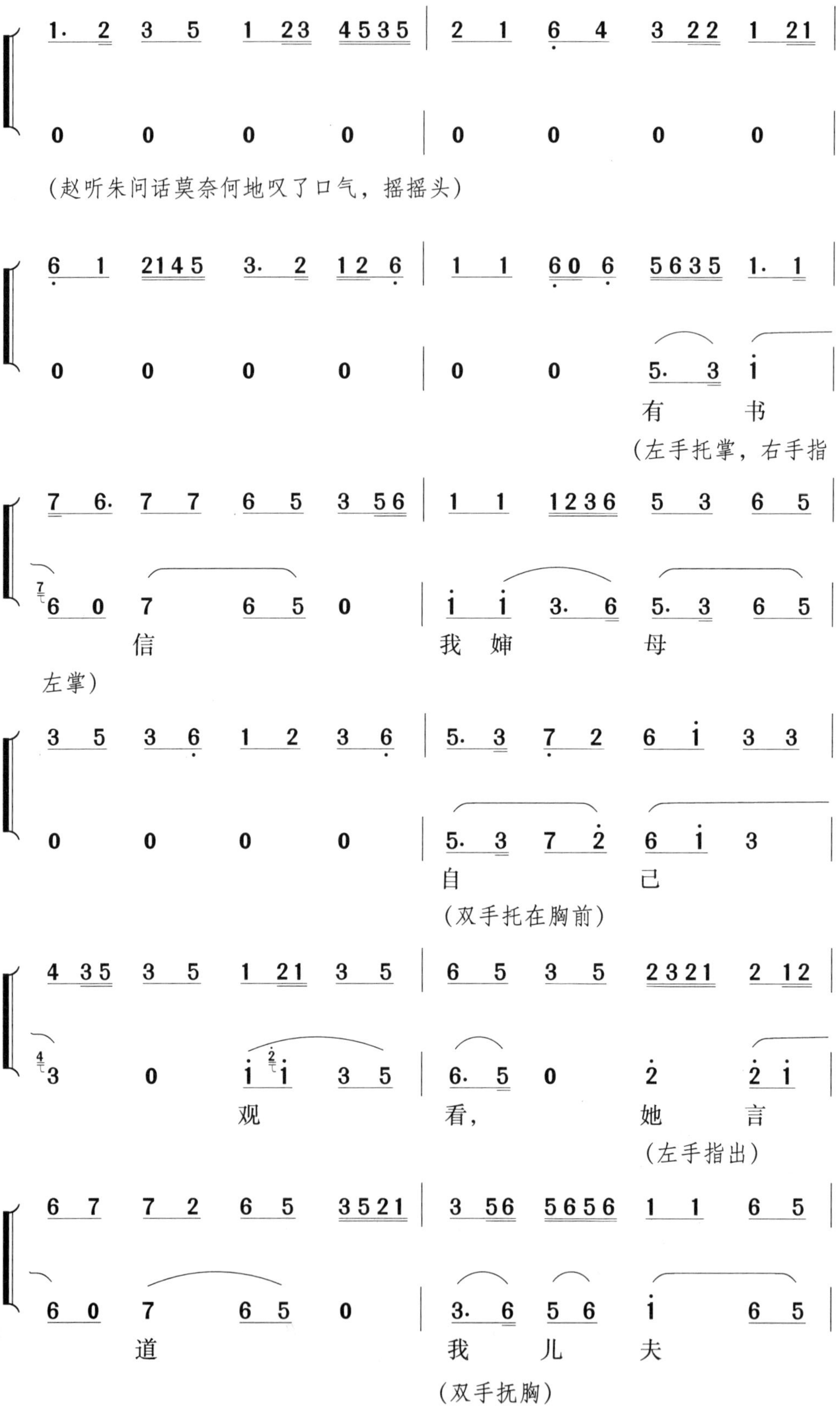
(赵听朱问话莫奈何地叹了口气，摇摇头)
有 书
(左手托掌，右手指
信
我 婶 母
左掌)
自 己
(双手托在胸前)
观
看，
她 言
(左手指出)
道
我 儿 夫
(双手抚胸)

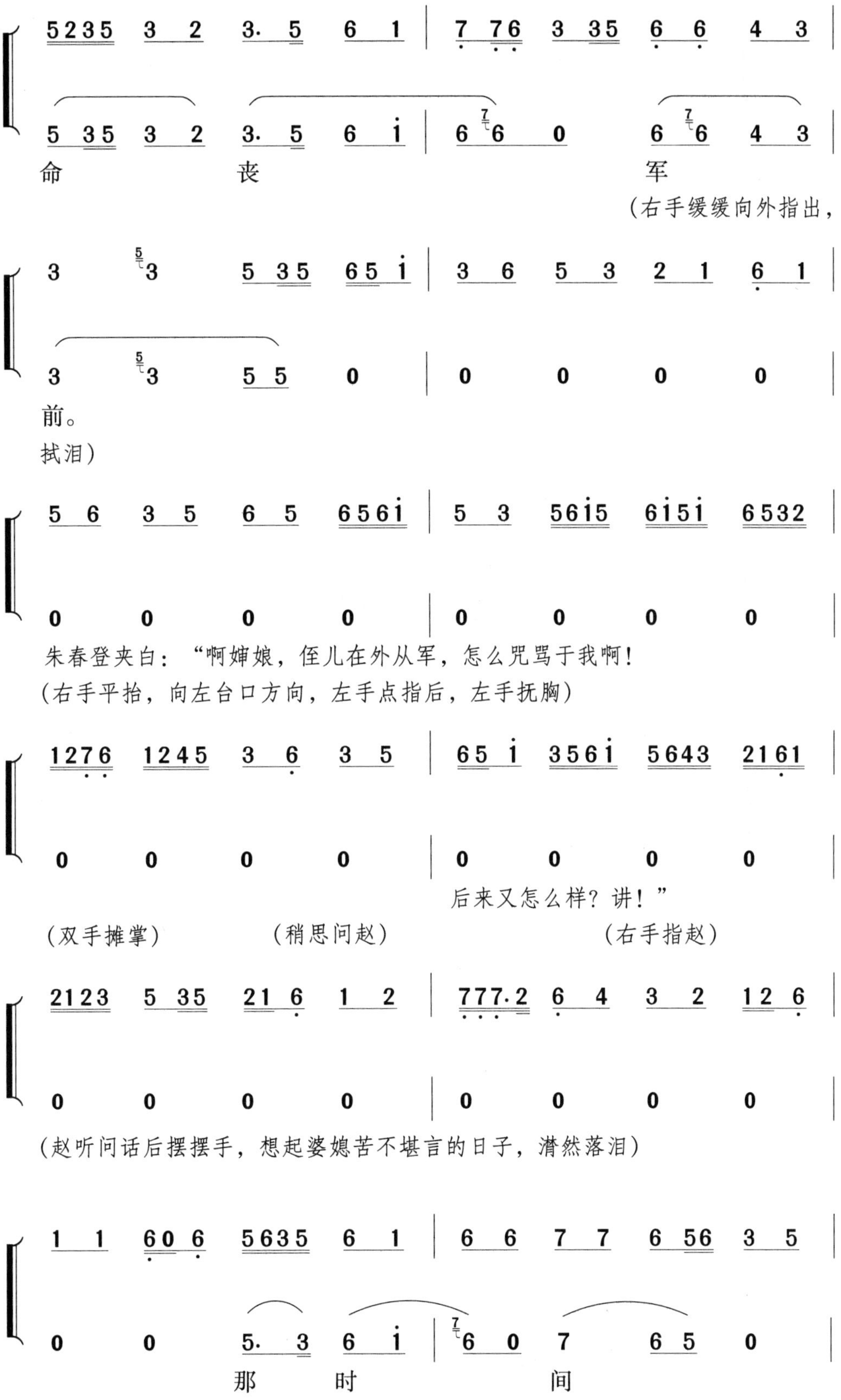
命 丧 军
（右手缓缓向外指出，
前。
拭泪）
朱春登夹白：“啊婶娘，侄儿在外从军，怎么咒骂于我啊！
（右手平抬，向左台口方向，左手点指后，左手抚胸）
后来又怎么样？讲！”
（双手摊掌） （稍思问赵） （右手指赵）
（赵听问话后摆摆手，想起婆媳苦不堪言的日子，潸然落泪）
那 时 间

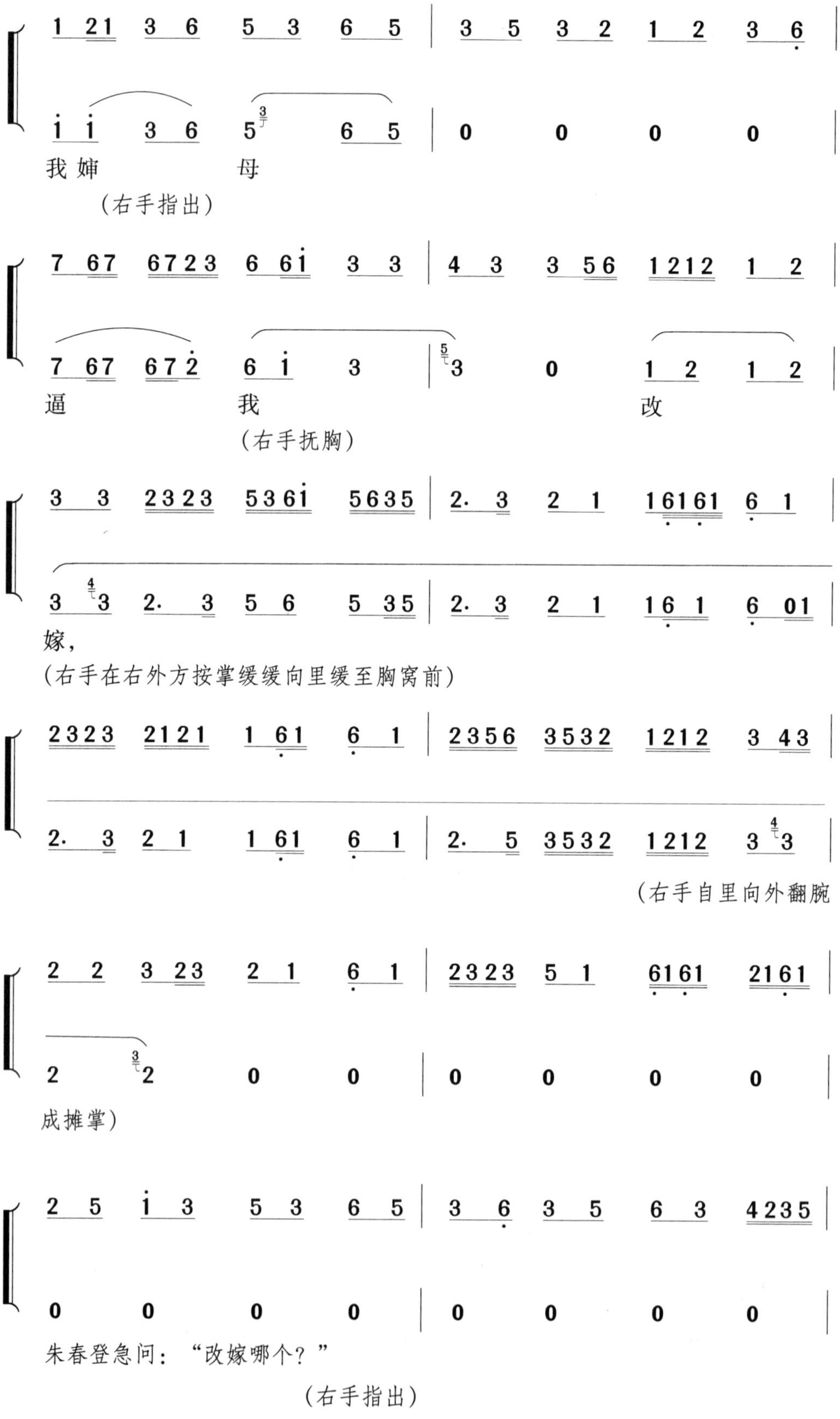
我婶 母
(右手指出)
逼 我 改
(右手抚胸)
嫁，
(右手在右外方按掌缓缓向里缓至胸窝前)
(右手自里向外翻腕
成摊掌)
朱春登急问：“改嫁哪个？”
(右手指出)

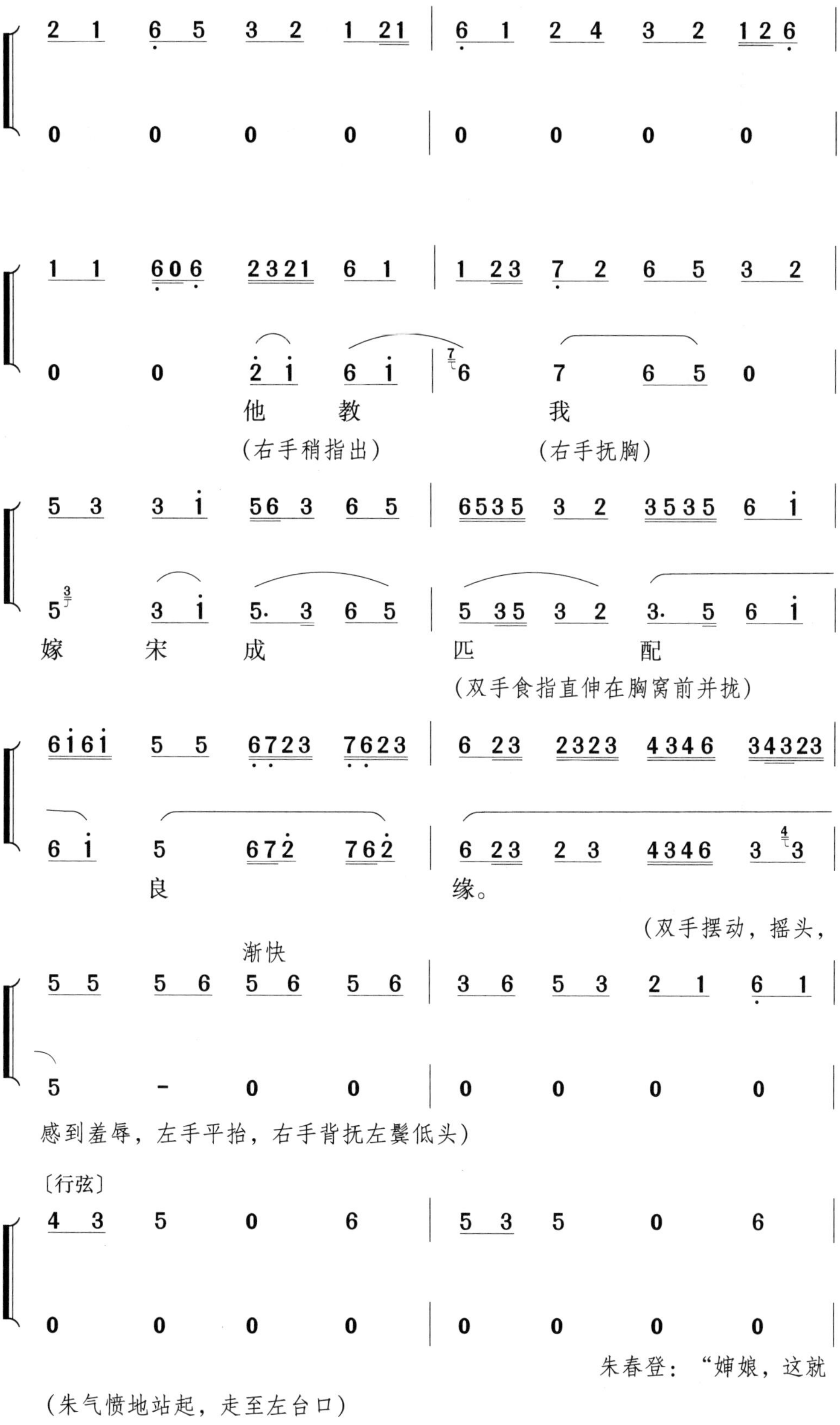

他　教　我
(右手稍指出)
(右手抚胸)
嫁　宋　成　匹　配
(双手食指直伸在胸窝前并拢)
良　缘。
(双手摆动，摇头，
渐快
感到羞辱，左手平抬，右手背抚左鬓低头)
〔行弦〕
朱春登：“婶娘，这就
(朱气愤地站起，走至左台口)

5 4 3 6 | 5· 6 i 7 |

0 0 0 0 | 0 0 0 0 |

是你的不是了！想那宋成乃是甚等样人，怎么将侄儿的妻子许配于他，真真

（左手指出） （左手点指） （左手抚胸）（左手指出，摇头气

6 7 6 5 3 5 6 i | 5 3 5 0 6 |

0 0 0 0 | 0 0 0 0 |

岂有此理！”

愤抖下左袖。回身归座，对赵说话）

5 4 3 6 | 5· 6 i 7 |

0 0 0 0 | 0 0 0 0 |

6 7 6 5 3 5 6 i | 5 3 5 0 6 |

0 0 0 0 | 0 0 0 0 |

朱春登：“那一贫妇，你是从也不从？”

（朱右手摊掌）

〔西皮原板〕

5 6 3 5 2 1 6 1 | 5 6 3 5 6 5 6 i |

0 0 0 0 | 0 0 0 0 |

（赵听朱问话，深深地叹了一口气，不禁泪水涌出，拭泪）

5 3 5 i 6 5 3 2 | 1212 3 5 i 3 4235 |

0 0 0 0 | 0 0 0 0 |

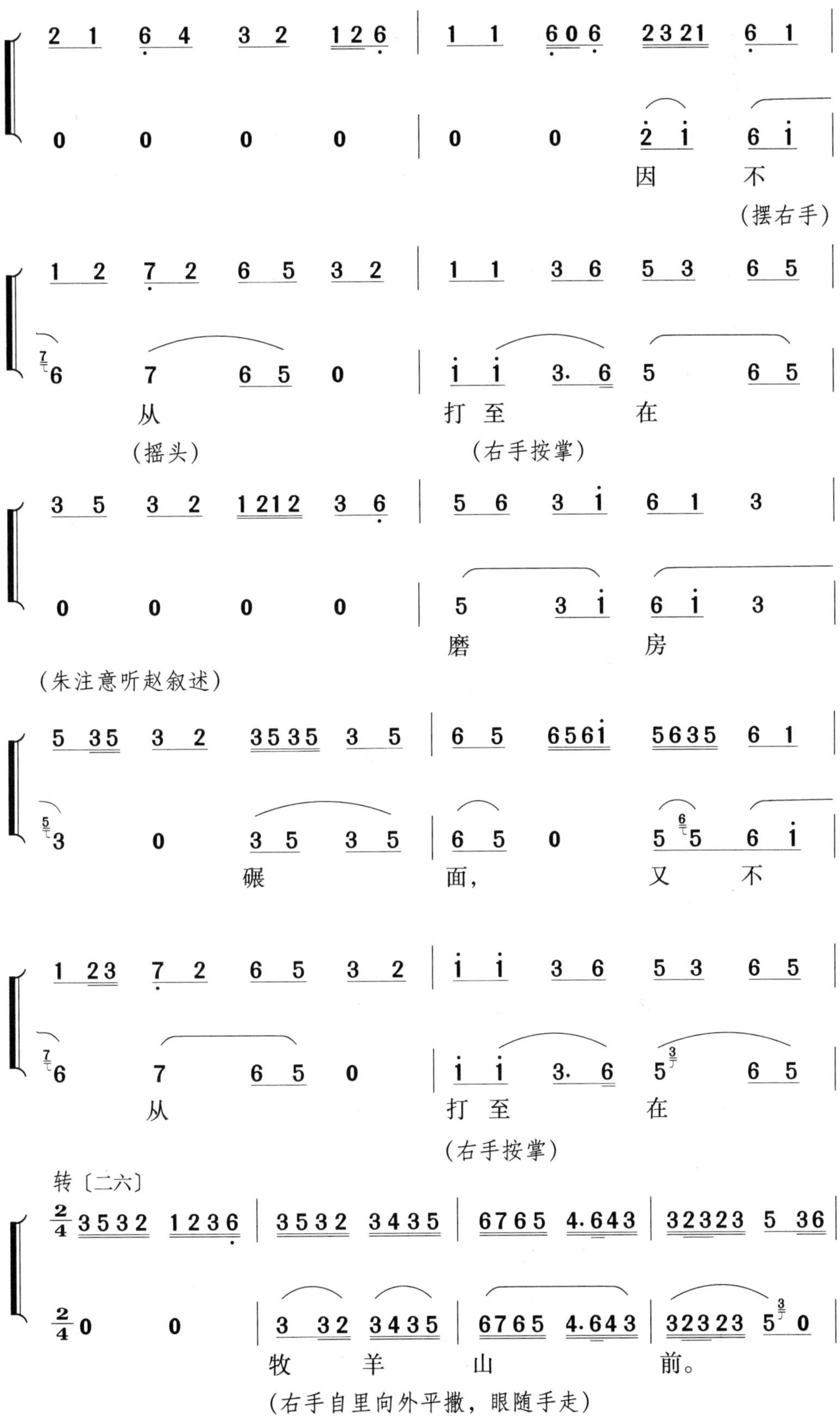
因 不
（摆右手）
从 打 至 在
（摇头）
（右手按掌）
磨 房
（朱注意听赵叙述）
碾 面，又 不
从 打 至 在
（右手按掌）
转〔二六〕
牧 羊 山 前。
（右手自里向外平撒，眼随手走）

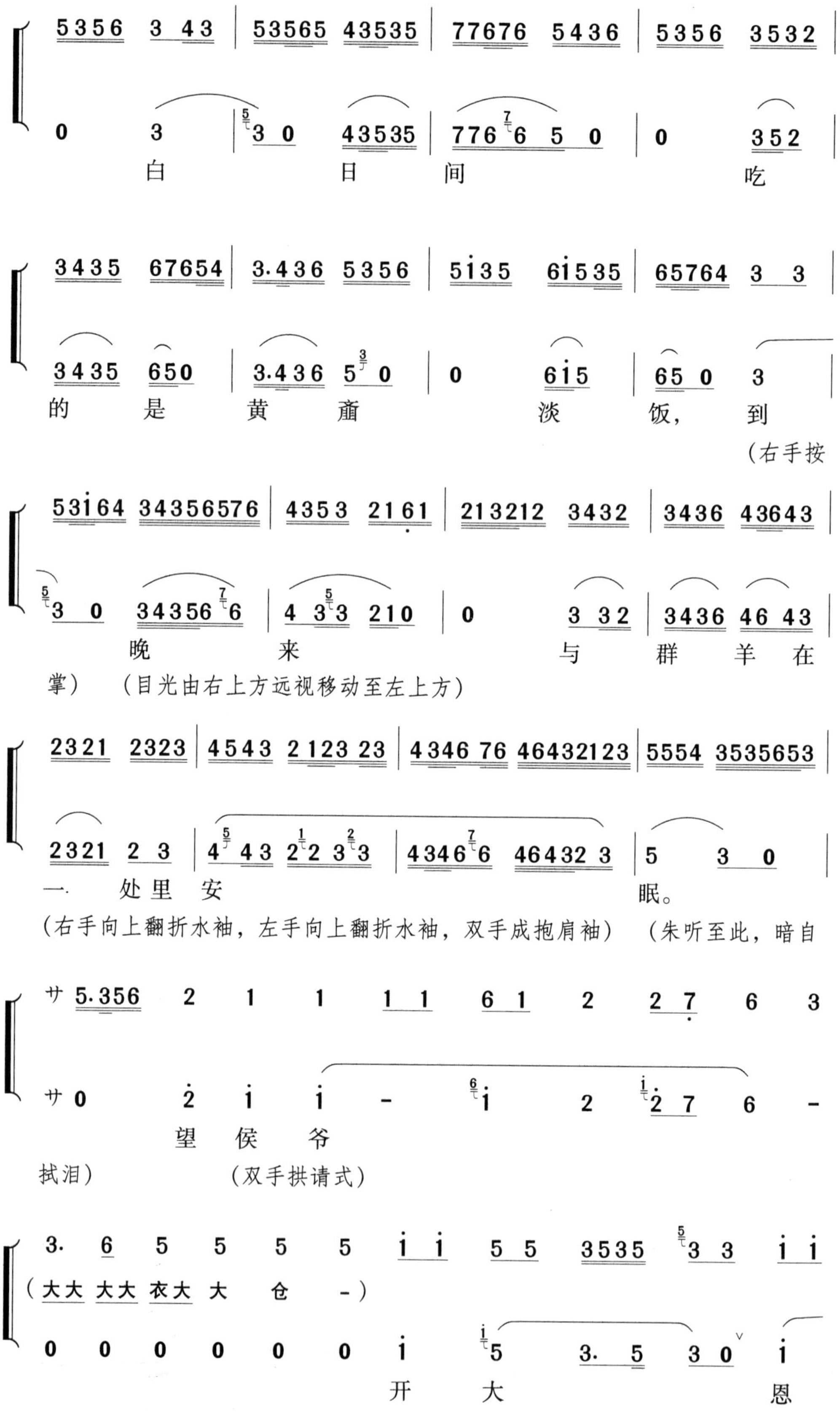
白 日 间 吃
的 是 黄 齑 淡 饭，到
（右手按
晚 来 与 群 羊 在
掌）（目光由右上方远视移动至左上方）
一 处 里 安 眠。
（右手向上翻折水袖，左手向上翻折水袖，双手成抱肩袖）（朱听至此，暗自
望 侯 爷
拭泪）（双手拱请式）
（大大 大大 衣大 大 仓 －）
开 大 恩

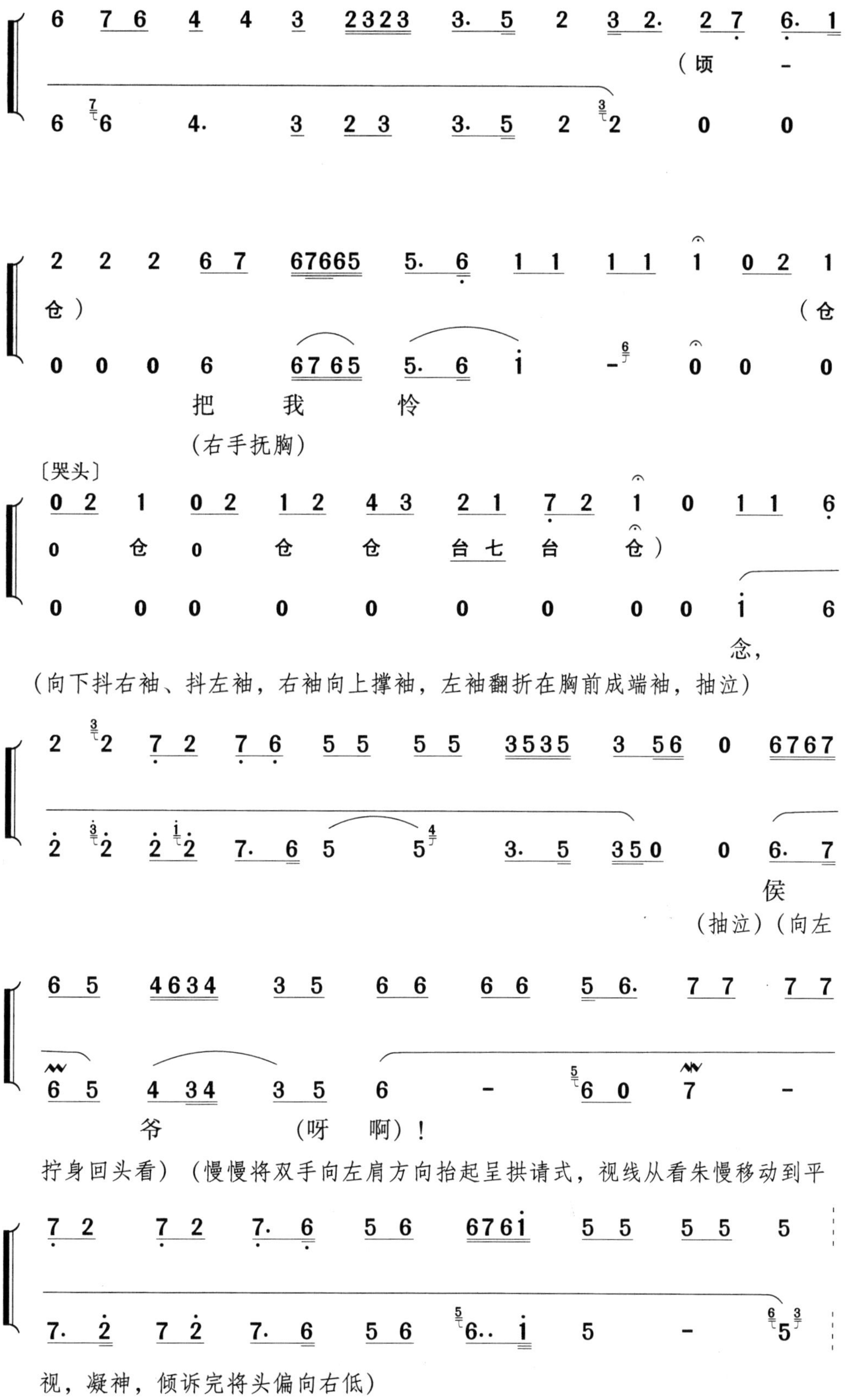
（顷 - 仓）
（仓
把 我 怜
（右手抚胸）
〔哭头〕
0 仓 0 仓 仓 台七 台 仓）
念，
（向下抖右袖、抖左袖，右袖向上撑袖，左袖翻折在胸前成端袖，抽泣）
侯
（抽泣）（向左
爷 （呀 啊）！
拧身回头看）（慢慢将双手向左肩方向抬起呈拱请式，视线从看朱慢移动到平
视，凝神，倾诉完将头偏向右低）

〖【闪锤】赵锦堂左手抖袖、提袖，拭泪。

〔西皮摇板〕

(过门同前) 3 3 3· 6 5 - 5 3 5 6 5 (6 5

到来 生 变犬 马

(右手按掌)

3 5 6 i 5 5) 3 3· 6 5 5 (5 5) 4 4· 6

结 草 衔

(双手慢慢抬

4 3 3 - 3 3 - 5 - - 5 - - ‖

环。

起拱请式)

〖【大锣一击】朱春登激愤地站起，右手捋髯望着低头拭泪的赵锦堂，从内心深处发出了惊呼。

朱春登 哦——！【长锤】(双手抖袖、提袖)

〔西皮三眼〕

4/4 大 扑 台 仓 6 5 5 | 1 2 5 5 21 6 1 1 |

4/4 0 0 0 0 | 0 0 0 0 |

(看自己的妻子跪在了自己面前，听那

6 0 5 i 3 5 3 6 5 | 3 6 3 5 i 3 5 5 |

0 0 0 0 | 0 0 0 0 |

凄凉的哭诉，朱春登百感交集，沉重的心情，像胸口压了块石头。他长出了一

2 3 5 i 6 5 3 2 | 1 2 3 5 6i36 5 1 |

0 0 0 0 | 0 0 0 0 |

口气，轻轻地摇摇头)

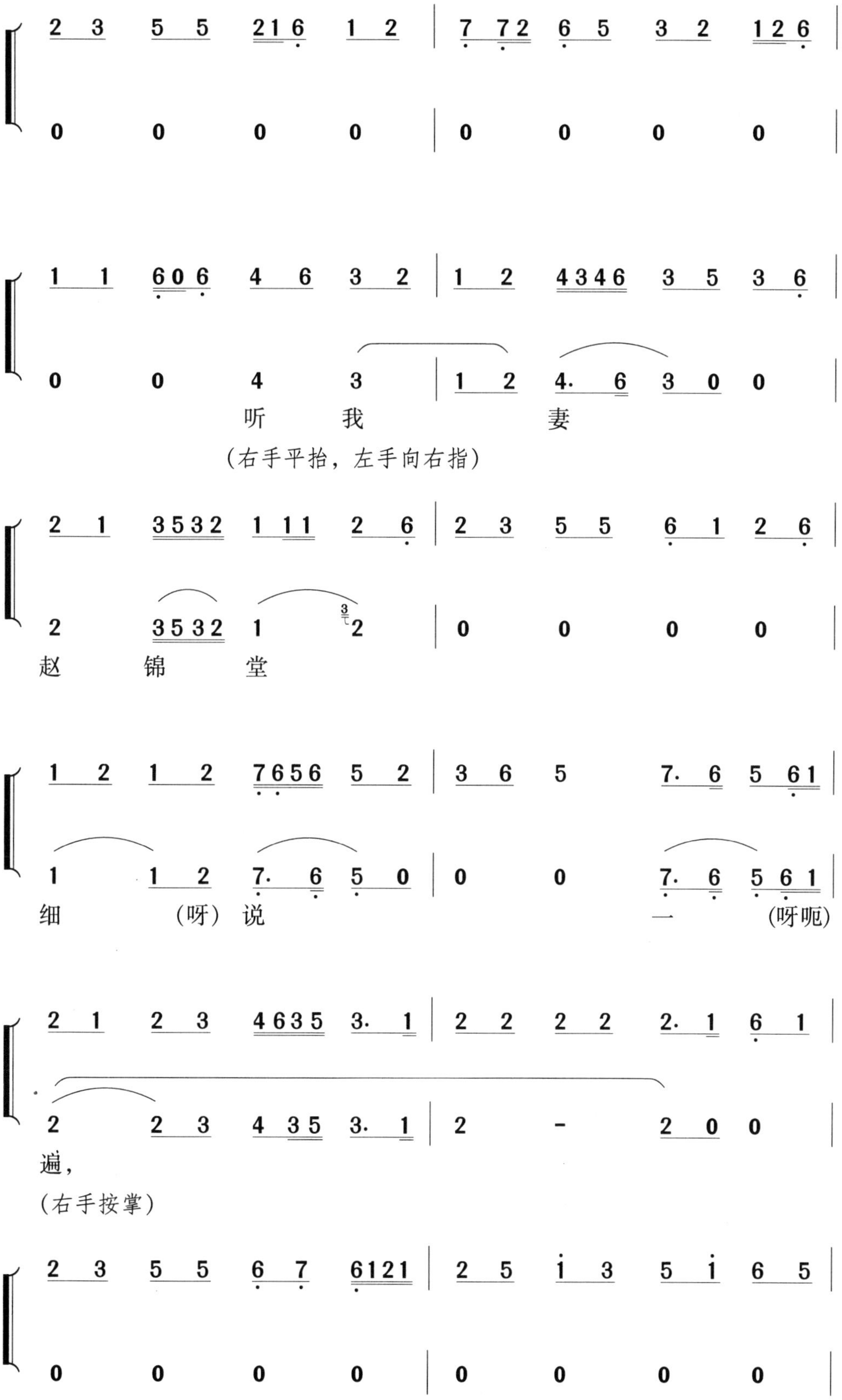
听 我 妻
（右手平抬，左手向右指）
赵 锦 堂
细 （呀） 说 一 （呀呃）
遍，
（右手按掌）

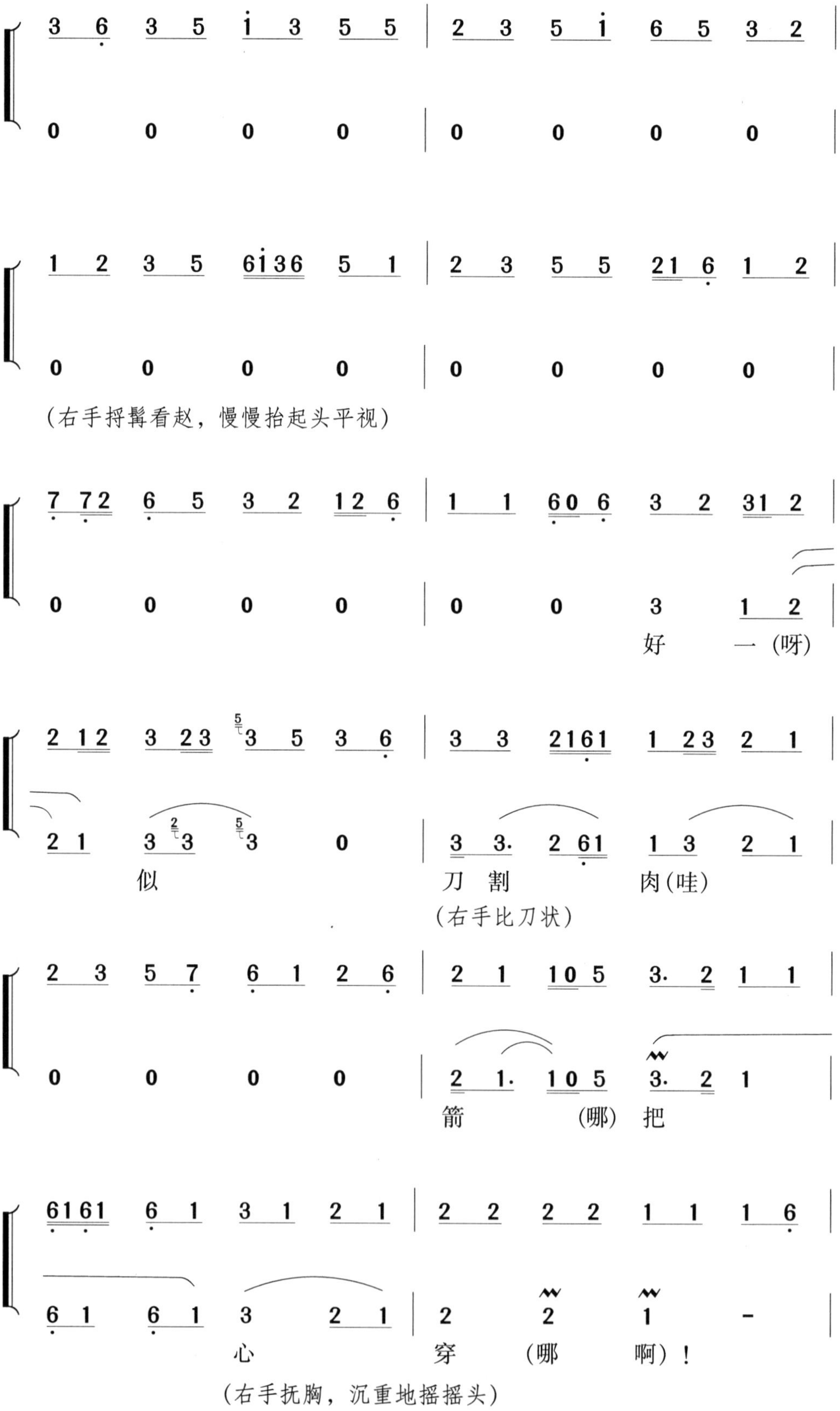
(右手捋髯看赵，慢慢抬起头平视)
好 一(呀)
似
刀 割 肉(哇)
(右手比刀状)
箭 (哪) 把
心 穿 (哪 啊)！
(右手抚胸，沉重地摇摇头)

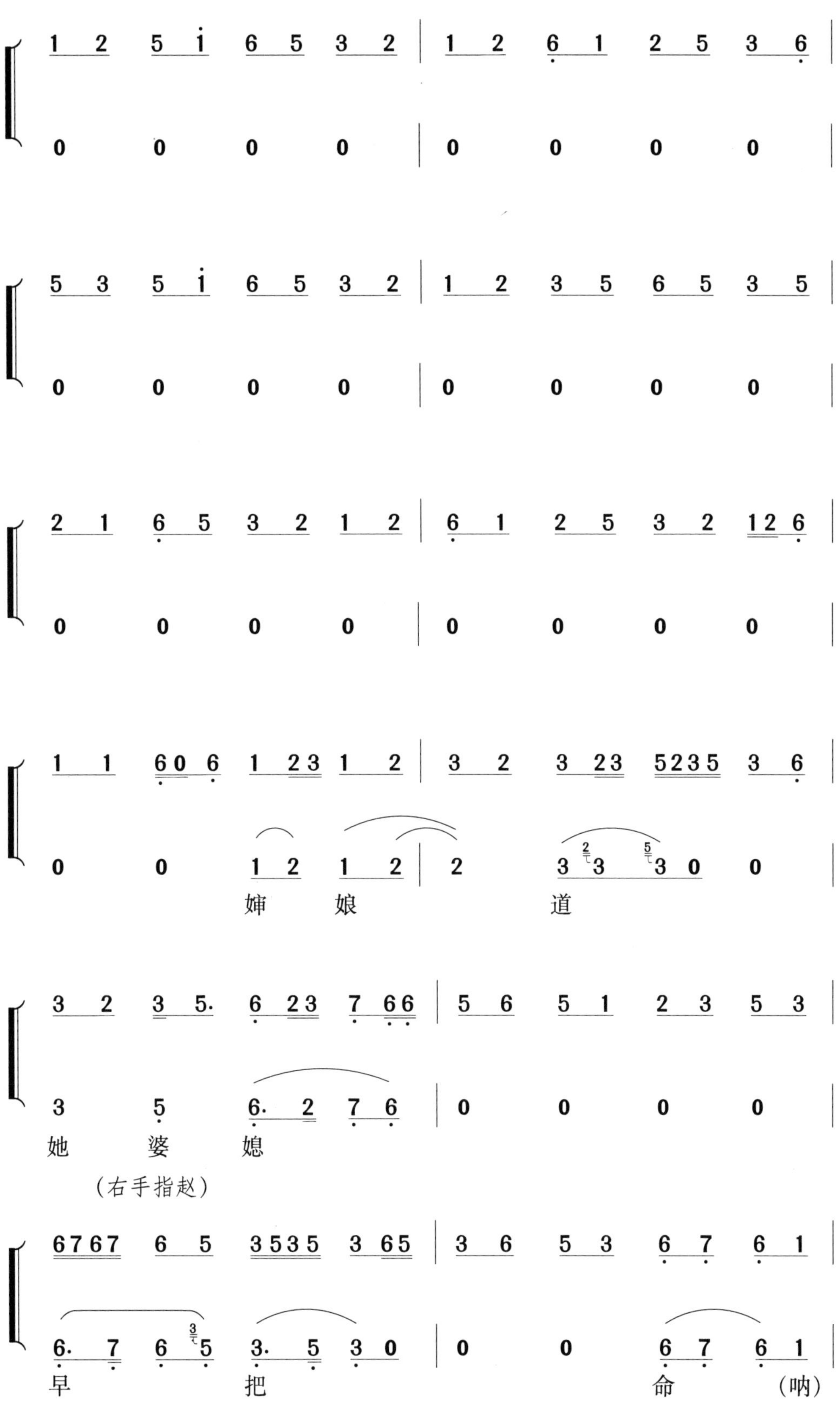
婶 娘 道
她 婆 媳
（右手指赵）
早 把 命 （呐）

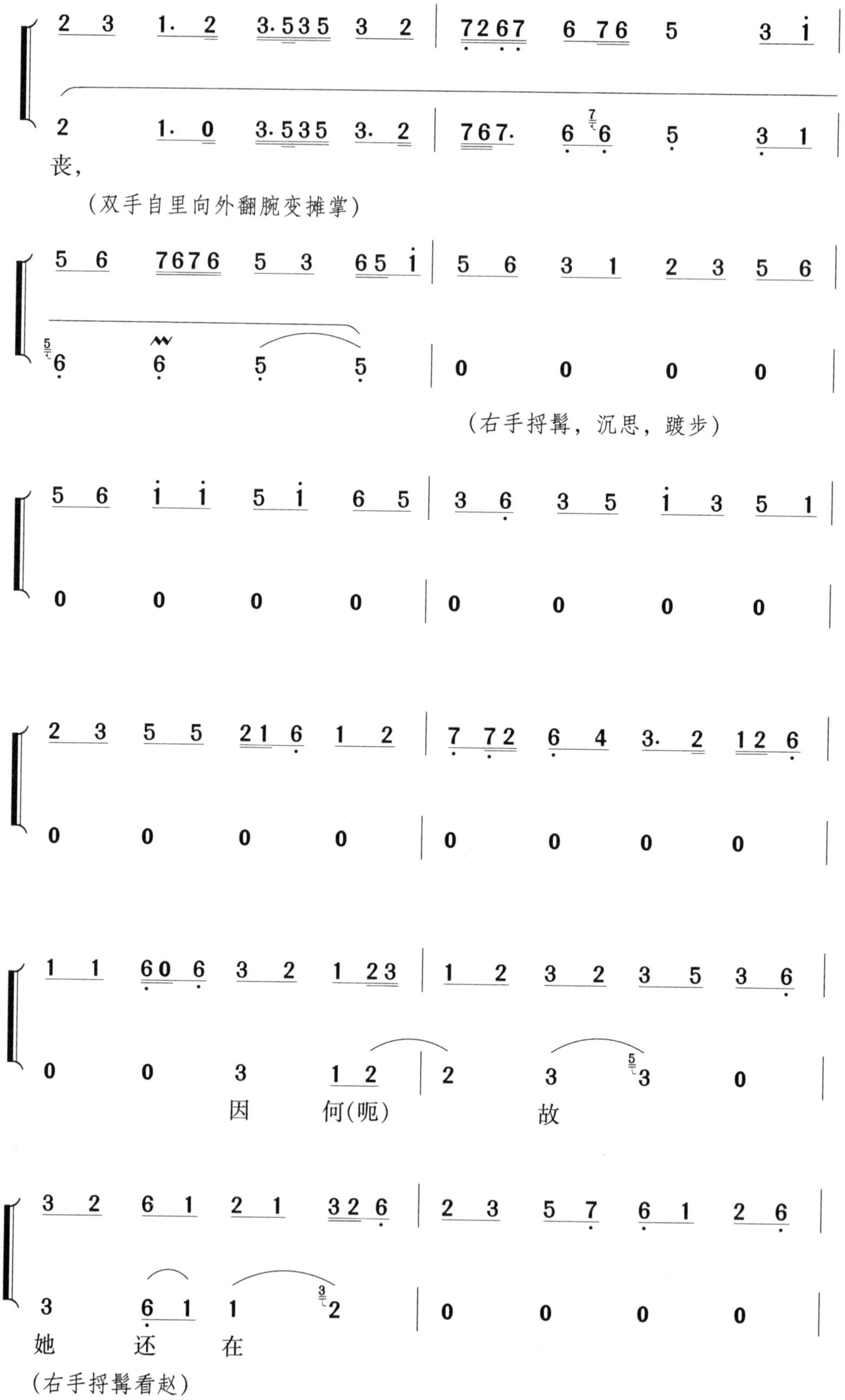
丧，
（双手自里向外翻腕变摊掌）
（右手捋髯，沉思，踱步）
因
何(呃)
故
她
还
在
（右手捋髯看赵）

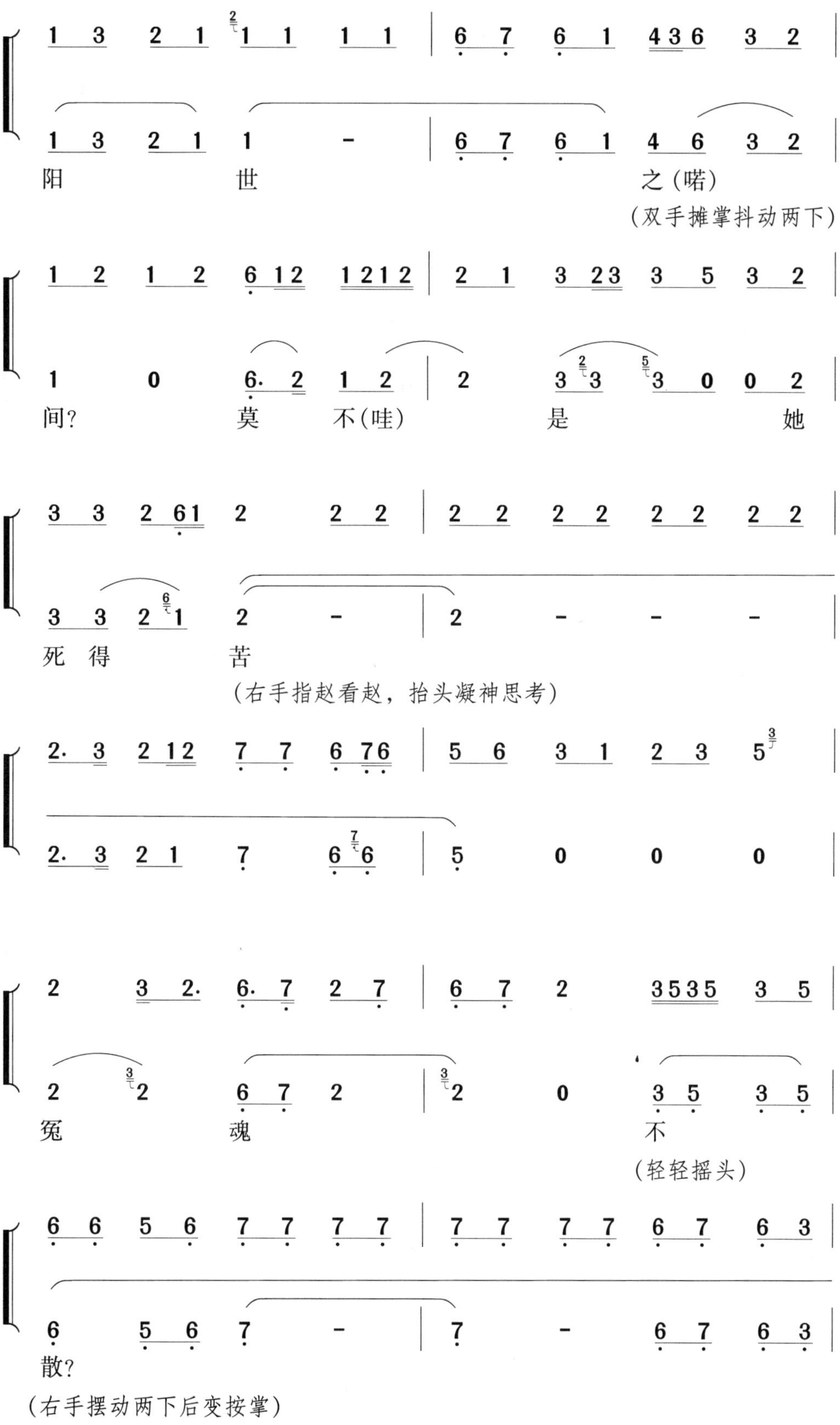
阳 世 之(喏)
(双手摊掌抖动两下)
间? 莫 不(哇) 是 她
死 得 苦
(右手指赵看赵，抬头凝神思考)
冤 魂 不
(轻轻摇头)
散?
(右手摆动两下后变按掌)

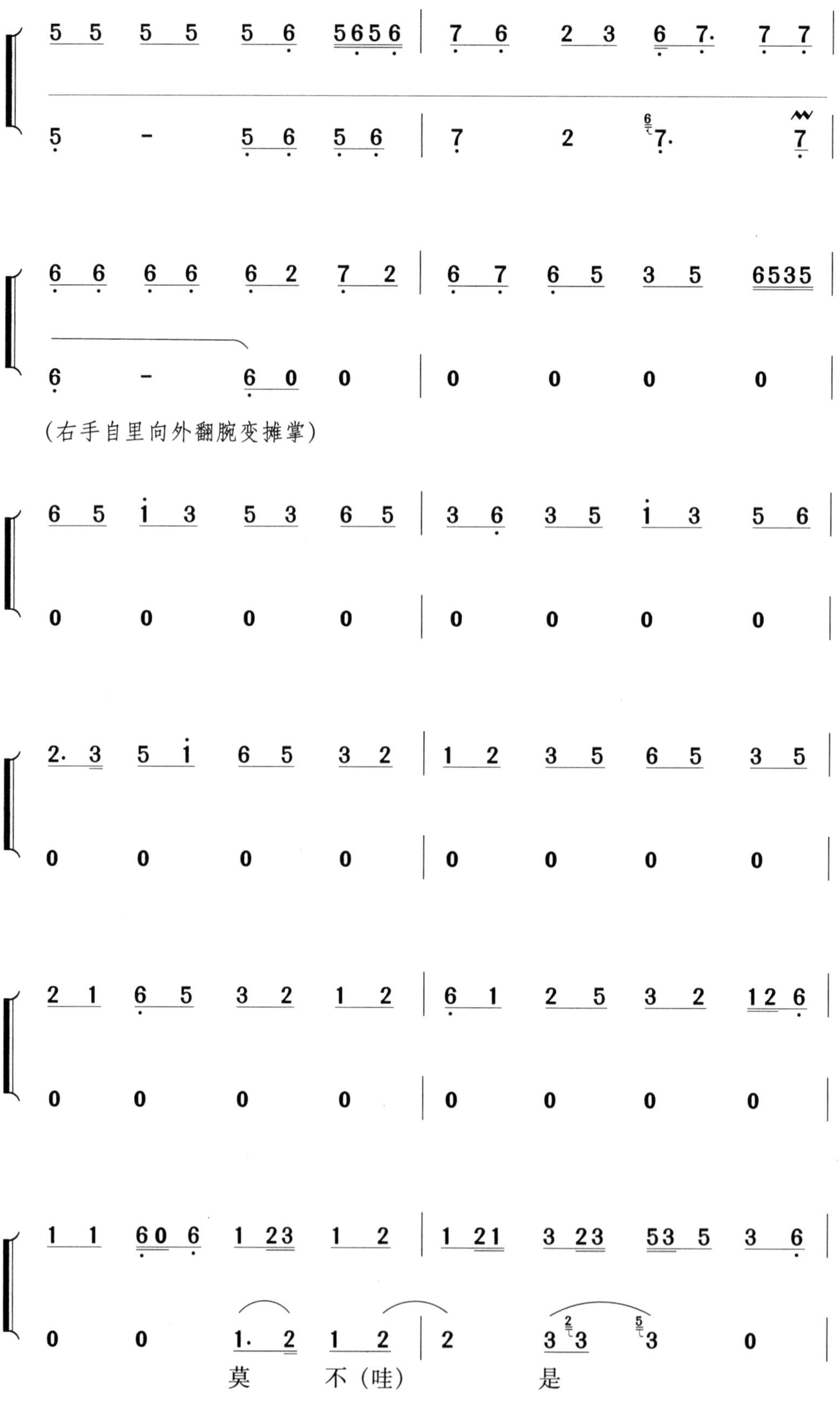
(右手自里向外翻腕变摊掌)
莫 不（哇） 是

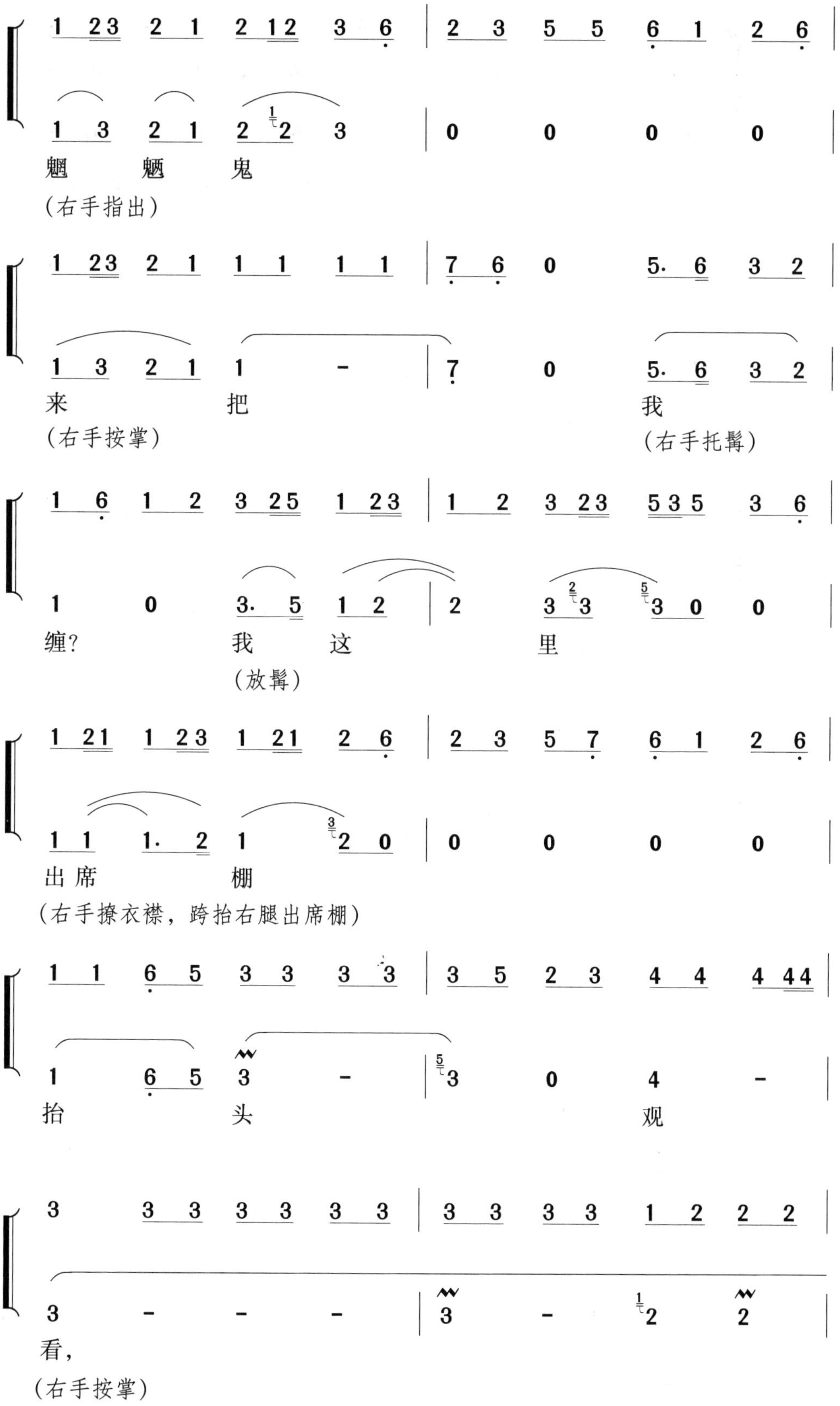
魍 魉 鬼
(右手指出)
来 把 我
(右手按掌)
(右手托髯)
缠? 我 这 里
(放髯)
出 席 棚
(右手撩衣襟，跨抬右腿出席棚)
抬 头 观
看，
(右手按掌)

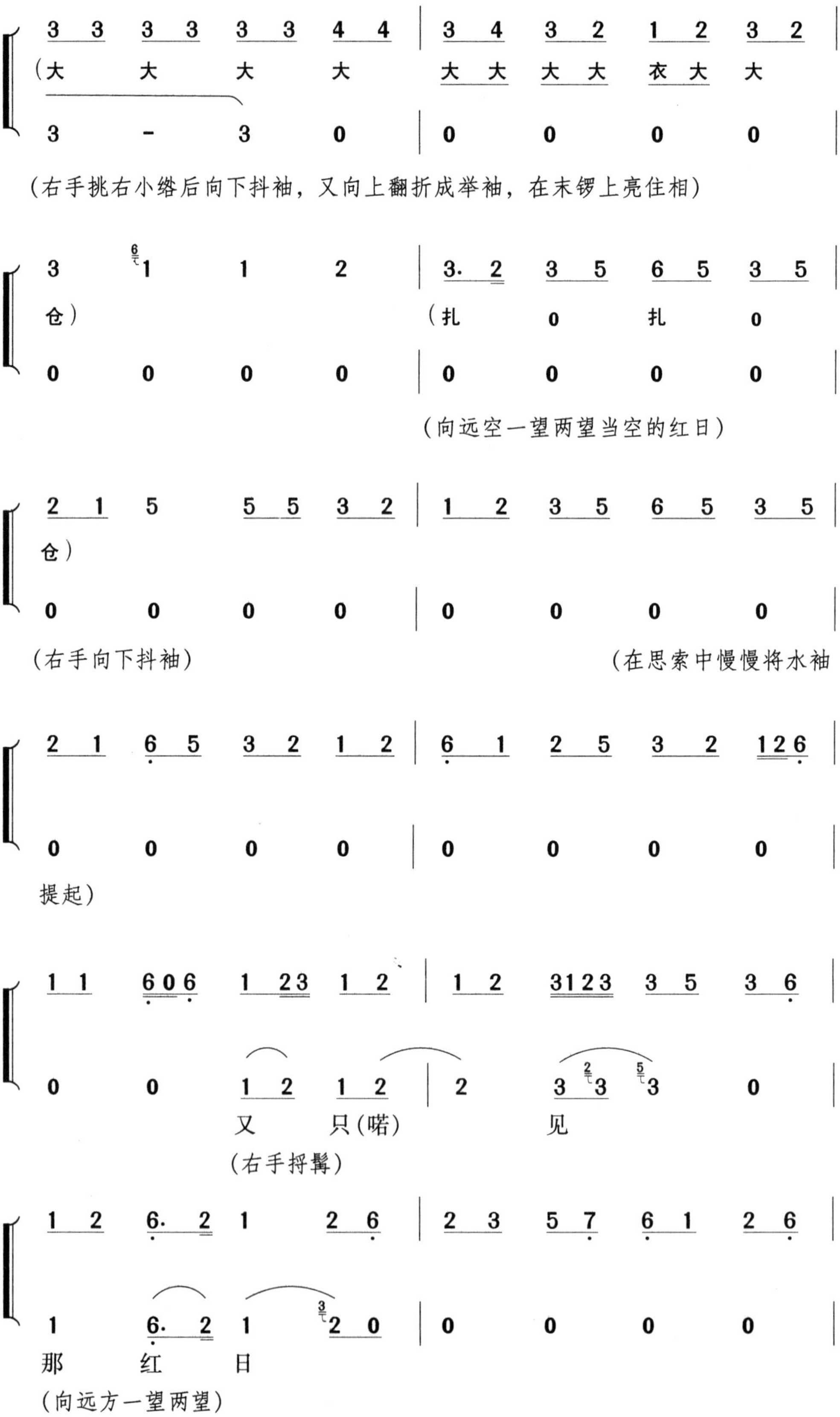
(大 大 大 大 大大 大大 衣大 大
(右手挑右小绺后向下抖袖，又向上翻折成举袖，在末锣上亮住相)
仓）(扎 0 扎 0
(向远空一望两望当空的红日)
仓）
(右手向下抖袖)
(在思索中慢慢将水袖
提起)
又 只(喏) 见
(右手捋髯)
那 红 日
(向远方一望两望)

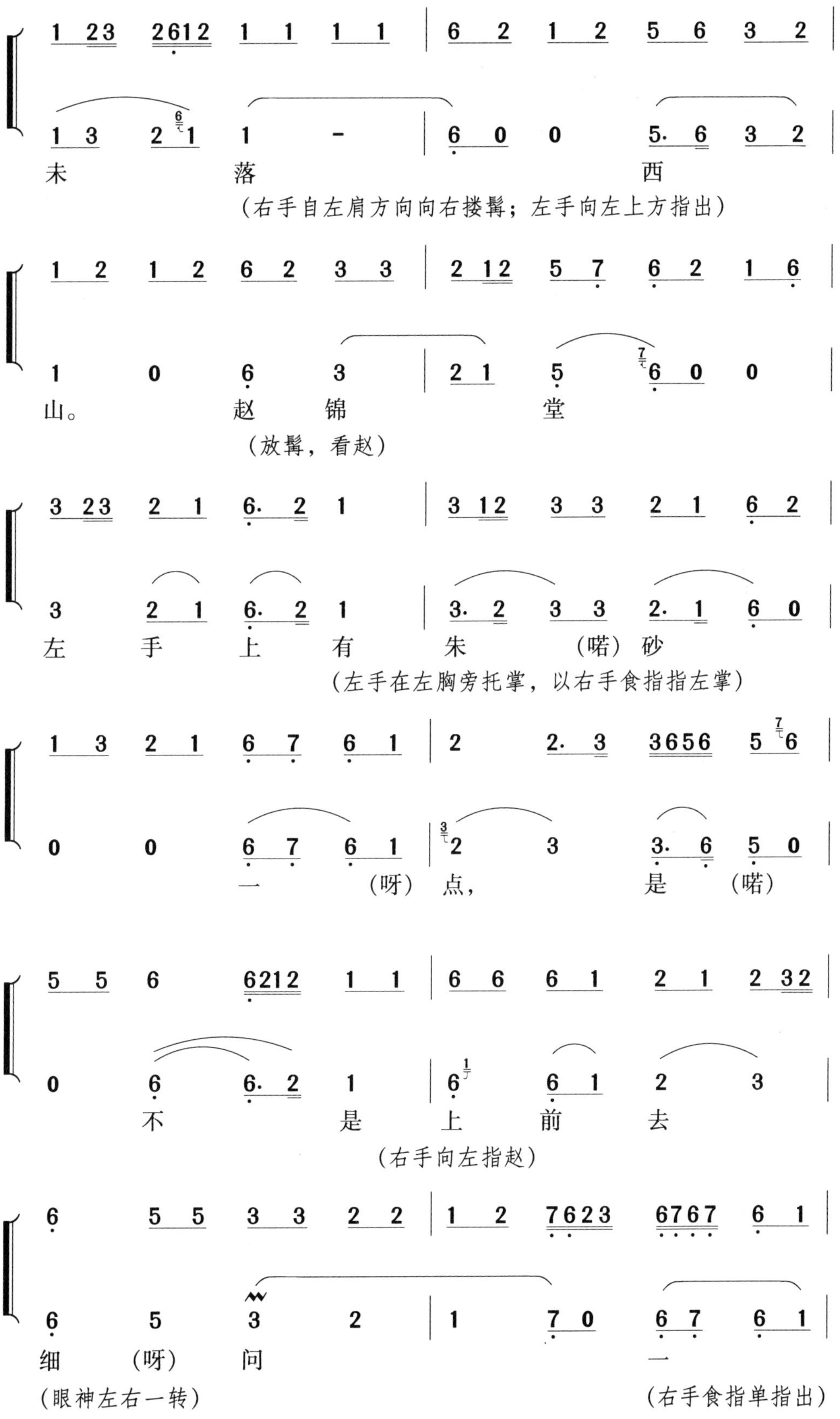

未 落 西
（右手自左肩方向向右搂髯；左手向左上方指出）
山。 赵 锦 堂
（放髯，看赵）
左 手 上 有 朱 （啱） 砂
（左手在左胸旁托掌，以右手食指指左掌）
一 （呀） 点， 是 （啱）
不 是 上 前 去
（右手向左指赵）
细 （呀） 问 一
（眼神左右一转）
（右手食指单指出）

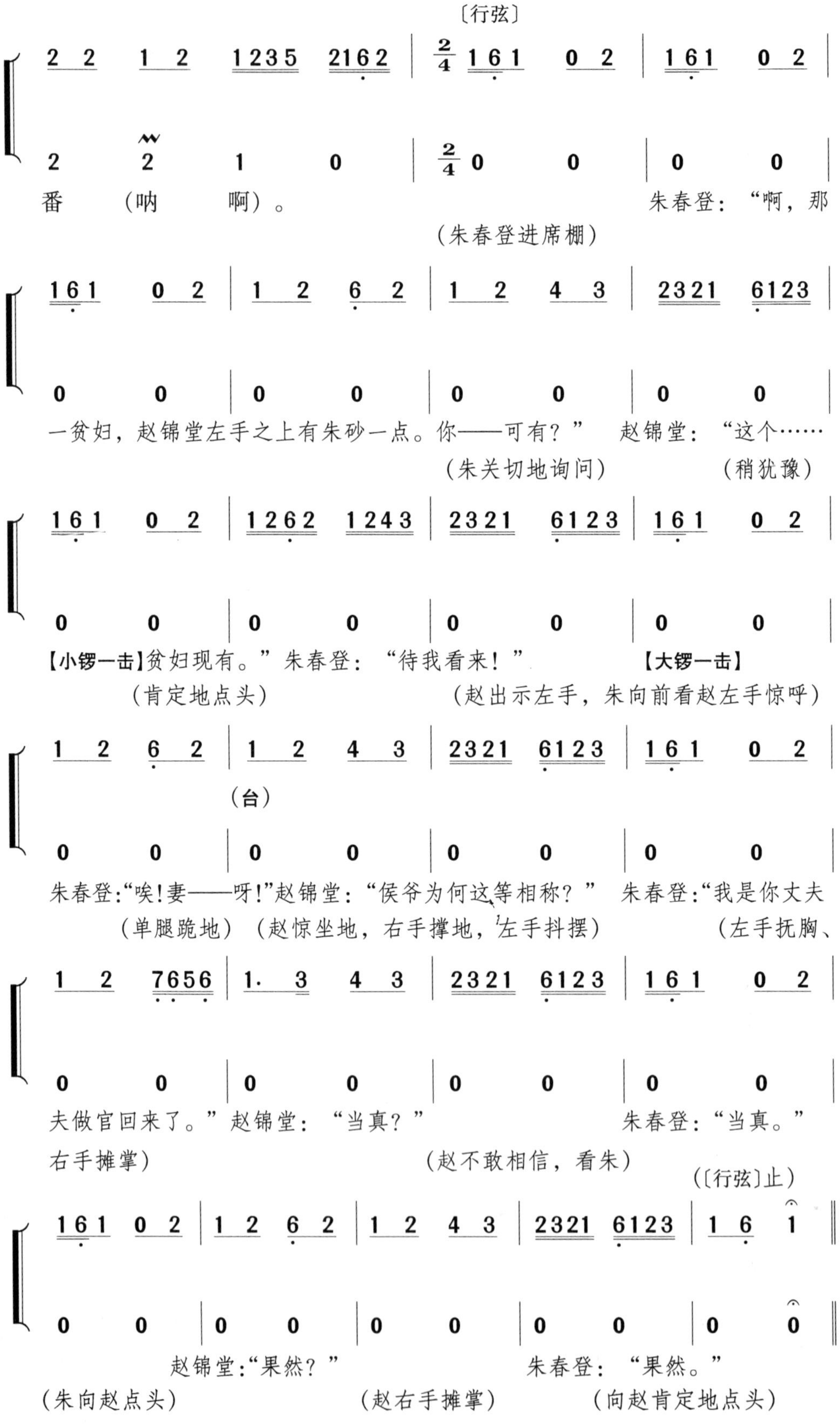
〔行弦〕
番 （呐 啊）。
朱春登：“啊，那
（朱春登进席棚）
一贫妇，赵锦堂左手之上有朱砂一点。你——可有？”
赵锦堂：“这个……
（朱关切地询问）
（稍犹豫）
【小锣一击】贫妇现有。”朱春登：“待我看来！”
【大锣一击】
（肯定地点头）
（赵出示左手，朱向前看赵左手惊呼）
（台）
朱春登:“唉!妻——呀!”赵锦堂：“侯爷为何这等相称？”
朱春登:“我是你丈夫
（单腿跪地）
（赵惊坐地，右手撑地，左手抖摆）
（左手抚胸、
夫做官回来了。”赵锦堂：“当真？”
朱春登：“当真。”
右手摊掌）
（赵不敢相信，看朱）
（〔行弦〕止）
赵锦堂:“果然？”
朱春登：“果然。”
（朱向赵点头）
（赵右手摊掌）
（向赵肯定地点头）

朱痕记

〔（嘟 …… 八大 台 顷 仓）二人同时向下抖袖，再同时向上翻折双袖，二人相扶。

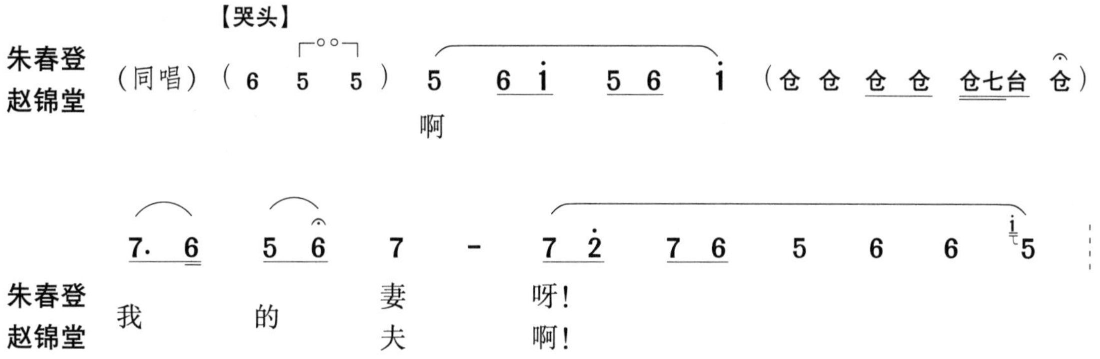

〔【纽丝】朱春登双手扶赵锦堂站起。赵拭泪。

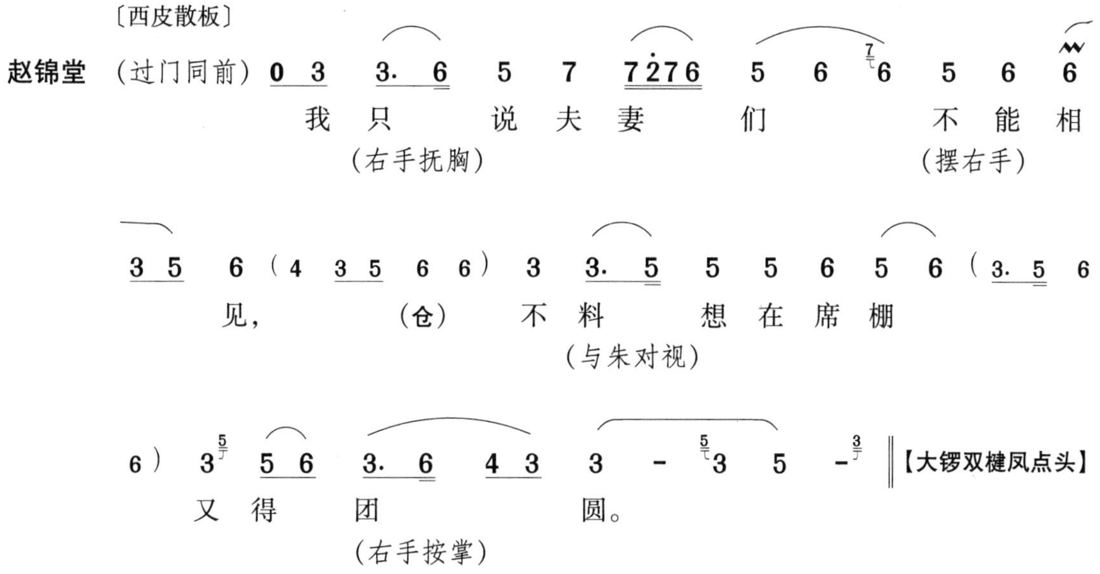

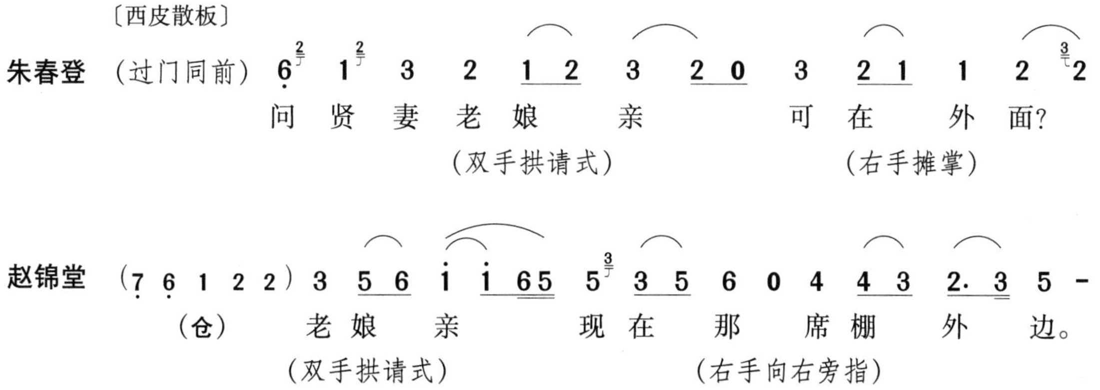

朱春登

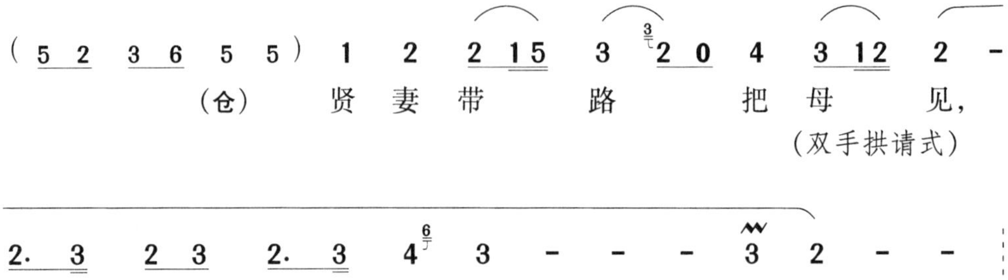

(左手指出)

〔【纽丝】赵锦堂引朱春登出席棚，向“大边”领走半个圆场，归到台中。与此同时，朱母从“上场门”暗上站至右台口；李仁从“下场门”暗上。朱母双手拄棍焦急地等待，朱春登此时回身看见朱母，忙用右手摘掉纱帽上挂的孝条向后甩掉。

【纽丝】切住。

〔**【撕边】**朱春登双手撩衣襟蹉步至朱母前。

〔**(八大仓)**朱春登单腿跪在朱母面前；赵锦堂、李仁随朱春登跟跪在后面。

〔**【大锣双键凤点头】**

〔西皮散板〕

朱春登 (过门同前)

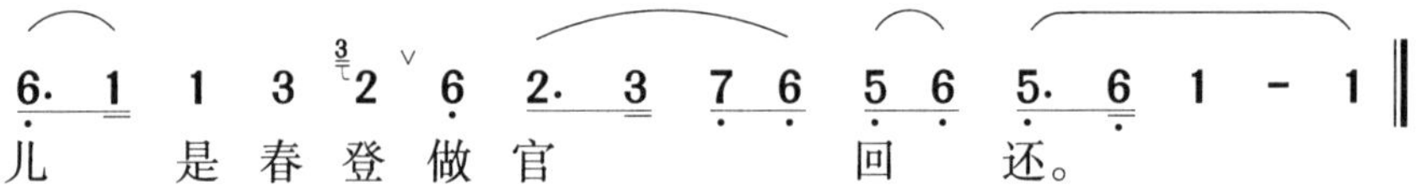

〔**【大锣住头】**朱母见状，吓得浑身颤抖地跪下。

朱　母　这一官长，你、你……怎么跪在老身面前?

朱春登　啊母亲！孩儿春登做官回来了。

赵锦堂　啊婆婆，(站起)不要害怕，(扶朱母起)你儿春登做官回来了。

朱　母　(惊喜地)哦，怎么，你是我儿春登(左手扶春登，春登站起)做官回来了?

朱春登　正是。(点头)

朱　母　(百感交集)哎呀儿呀！你做了官了，为娘我要了饭了哇……　(哭)

〔**【扫头】**朱春登、赵锦堂扶朱母进门，朱母归“外场座”，朱春登侍立“大边”，赵锦堂侍立“小边”。李仁侍立左台口。

朱春登　中军!

李　仁　有。

朱春登　有请二爷。

李　仁　是。(出门)有请二爷!

〔**【大锣五击】**朱春科从“上场门”上，走至右台口；李仁从“下场门”下。

朱春科　(念)忽听兄长唤，(双手拱请式)

上前问根源。(右手向左指进门，侍立“小边”)

兄长何事?

朱春登　贤弟，你伯母、嫂嫂当真亡故了么?

朱春科　兄长何出此言?(双手摊掌)

朱痕记

朱春登 你往上看！

「**【撕边一击】**朱春科见朱母、嫂嫂。

朱春科 （哭）哎呀我那伯母、嫂嫂……哇！

「朱春科拭泪跪朱母面前，朱母搀朱春科，赵将朱春科纱帽上的孝条取下。**【撕边一击】**

朱春登 啊贤弟，你我在朝为官，不能治家，焉能治国。（双手摊掌）婶娘做出此事，你要与我问个明白。（右手按掌）**【大锣一击】**

朱春科 小弟一概不知，待我请母亲出来，问个明白。（出门）有请母亲。（欠身拱手）

「**【小锣五击】**宋氏从“上场门”上，走至右台口。

（吟唱）

宋 氏 3 5 3 5 6 i 5 65 3 6 1 2 1 231 2· 3 1 6 – ‖

我 儿 做 高 官 凤 冠 霞 帔 我 来 穿。

（右手赞美指） （双臂平展左看右看，一笑摇头晃脑）

孩子什么事呀？（双手一摊）

朱春科 伯母、嫂嫂当真亡故了么？

宋 氏 可不是当真死了吗！（一扬左手）

朱春科 朝上看来！（右手甩袖）

「**【撕边一击】**宋氏伸脖在门外朝里看，吃惊非小。

宋 氏 哎哟我的妈呀，她们怎么都回来啦？我把他一家子都害苦啦！（双手拍腿）这要追究起来，我可拿什么话说呀？（双手一摊）得啦！（觉得无地自容）我呀，我跳井去吧。（一扬右手）

「**【冲头】**宋氏快步从“下场门”下。朱春科见宋氏慌忙下，又放心不下。

朱春科 哎呀且住！看我母亲变脸变色，（右手在右颊前托掌）（略思）待我赶上前去！

「**【冲头】**朱春科从“下场门”急下。

「**【水声】**表示宋氏跳井。

「**【冲头】**李仁从“下场门”上。

李 仁 太夫人投井一死！（**仓**）

朱春登 （向李仁）好好安葬。请母亲后堂更衣。

正是：**【大锣住头】**（双手抖袖，提袖）

转战沙场有数年，（右手按掌）

朱 母 婆媳受苦牧羊山。（右手向外指）

赵锦堂 且喜今日重相见，

李 仁 老太太，骨肉相逢庆团圆。

朱 母 好个骨肉相逢庆团圆。春登！（看朱春登）

朱春登 母亲！（双手拱请式）

朱 母 媳妇！（看赵锦堂）

赵锦堂 婆婆！（双手拱请式）

朱 母 来呀！哈哈……

「奏唢呐曲牌<尾声·合头>朱母向左转身向“下场门”方向走，朱春登、赵锦堂左右相搀从“下场门”下，李仁随下。【大锣打下】

——剧终

哈鸿儒 整理

贺后骂殿

程砚秋、贯大元演出本

《贺后骂殿》是全本《烛影计》（又名《烛影摇红》、《困龙床》）中的一折。故事梗概如下：宋太祖弟赵光义听从潘洪提出的“烛影计”，弑杀太祖赵匡胤，篡位登基。太祖皇后贺氏因夫死不明命太子德昭上殿索还帝位。赵光义恼羞成怒，欲斩德昭，德昭气急之下在金殿撞柱而亡。贺氏得知，携幼子赵德芳上殿痛斥赵光义。赵光义理屈，愿尊奉皇嫂贺氏为太后，并赐尚方宝剑命其执掌后宫；封赵德芳为八贤王，赐金锏上打昏君下打谗臣。这才平息了贺氏之怒。

程砚秋演出的剧目可分为三类：创编剧、老戏增益首尾的改编剧和传统戏。人们常以为程派主要是前两种类型的剧目，其实不然，传统戏的演出程砚秋也下了很大功夫，常常给人耳目一新的感觉。《玉堂春》、《四郎探母》、《红鬃烈马》、《三娘教子》、《宝莲灯》、《审头刺汤》等剧目在早期的演出中就在王瑶卿的帮助下做了缜密的艺术加工，使程派艺术在早期就具有非常突出的特征。《贺后骂殿》更是如此。原来，陈德霖唱此剧时是〔慢板〕到底，给人感觉比较沉闷。王瑶卿根据程砚秋的条件，在〔导板〕、〔回龙〕之后只唱二句〔慢板〕就转为〔快三眼〕。四个“贼好比”、三个“只骂得”唱得轻灵精巧、跌宕起伏，收放自如。第二个“只骂得”用了二十二个字的垛句，唱腔新颖，句末使一个长腔，一收一放，一转一折，稍稍一顿，就转入了下一个“只骂得”，真是令人拍案称绝，因此，可以说〔二黄快三眼〕是程腔的特有板式。虽然其他旦角流派也有此板式，却不像程派唱腔有这样的突出特色。《三娘教子》、《宝莲灯》、《六月雪》、《锁麟囊》、《青霜剑》、《春闺梦》等都包含有脍炙人口的这种形式的唱腔。与程派其他的二黄唱腔相比，《贺后骂殿》的唱腔刚的成份多一些，但又是寓刚于柔之中。程砚秋曾说过，它是“以愤恨激昂的感情为主，而不是用幽怨的音调去唱它”。

此整理本是程砚秋的中期演出本，是根据 1946 年在上海演出的录音整理的。解放后，中国唱片社曾重新录制过《贺后骂殿》的密纹唱片，〔慢板〕第一句的“足踢拳打”改为“何曾卸甲”，唱法上也做了一些改动。现在大多数演出都按这个戏路来演唱。

《贺后骂殿》是一出生旦并重的对儿戏。就唱工来讲，生旦唱腔的分量可谓铢两悉称。赵光义为王帽老生应工。与程砚秋合作的演员中，赵光义的扮演者以言菊朋和贯大元最为出色。“言派”此剧的资料比较完整，传承比较广泛。时下演出此剧，赵光义的扮演者多奉“言派”为圭臬。其实，贯大元也是谭派老生的重要传人，他是与余叔岩同时的著名老生演员，经常与余叔岩在艺术上进行交流切磋。比较《贺后骂殿》中“老皇嫂骂孤王情理难容”的唱腔和《沙桥饯别》“到西天取了经即便还朝”的唱腔，何其相似。虽然《贺后骂殿》的唱片在《沙桥饯别》唱片之前，但这个腔是谁学谁难以弄清，从中却可以看出两位艺术家的关系和交往。为了多保留一种不同流派艺术的资料，现在这个本子老生按贯大元的戏路进行整理。整理时以 1928 年贯大元在胜利公司录制的唱片和中国戏曲学院编《京剧选编》第三集收入的《贺后骂殿》作为依据。不论是言菊朋还是贯大元，乃至一些二路老生扮演赵光义，其唱腔最突出的特色还是〔二黄原板〕中垛句叠韵的唱腔，这些唱腔是京剧中绝无仅有的精品，唱得非常别致精巧。对赵德芳唱的最后一句，不管是谁唱，尽管唱词不完全一样，但都在七十个字以上，这就要求演唱者能熟练地运用演唱技巧，对唱腔有高超的驾驭能力，方能唱得洋洋洒洒，一气呵成，韵味醇厚，悦耳动听。

《贺后骂殿》虽然是一出唱工戏，但程砚秋很注意用水袖的功夫来为其增色。比较突出的水袖表演是贺后唱到“秦赵高”和“司马师”两句时，随着从“大边”移向“小边”，右手慢慢地拉出左手搂着的水袖抬手往外一绕，放手往里一绕，趁势转身背手，左手指向赵光义。这段表演配合演唱有力地渲染了贺后悲愤激动的情绪，也给唱腔增添了光彩。

哈鸿儒

人物行当

贺　后	青衣	赵德芳	娃娃生（或小生）
赵光义	老生	潘　彊	生
潘　洪	净	潘　豹	净
杨继业	老生	二大太监	杂
赵　普	老生	四太监	杂
曹　彬	老生	四御林军	杂
苗宗善	丑	四宫女	旦
赵德昭	小生		

服装扮相

贺　后　俊扮。梳大头、线尾子、点翠头面、绢花、茨菰叶，黑（或明黄）团凤帔、褶子、绦子、素花边裙子，彩裤，彩鞋。

赵光义　俊扮。平顶冠、流苏、黑三，黄蟒、玉带，红彩裤，厚底靴。

潘　洪　勾水白脸。尖纱、黑满，黑蟒、玉带，红彩裤，厚底靴。

杨继业　俊扮。银踏镫、白发髻、白三、杏黄绸条，白蟒、玉带，香色彩裤，厚底靴。

赵　普　俊扮。忠纱、黑三，红蟒、玉带，彩裤，厚底靴。

曹　彬　俊扮。忠纱、白三，香色蟒、玉带，彩裤，厚底靴。

苗宗善　丑扮。圆纱、黑吊搭，绿蟒、玉带，彩裤，厚底靴。

赵德昭　俊扮。紫金冠、流苏，白绣花开氅，豆青彩裤，厚底靴。

赵德芳　俊扮。都子头，浅色绣花褶子，彩裤，厚底靴。

潘　彊　俊扮。虎头壳、额子，蓝绣边团花箭衣、黑团花马褂、苫肩、大带，红彩裤，厚底靴。

潘　豹　勾元宝脸。虎头壳、额子、牵巾，蓝绣边团花箭衣、黑团花马褂、苫肩、大带，红彩裤，厚底靴。

大太监甲　俊扮。大太监帽、流苏，明黄太监服，红彩裤，厚底靴。

大太监乙　丑扮。大太监帽、流苏，明黄太监服，红彩裤，厚底靴。

四太监　俊扮。太监帽，黄太监服，红彩裤，薄底靴。

四御林军　俊扮。罐子盔，大铠服，彩裤，薄底靴。

四宫女　俊扮。梳大头、线尾子、水钻头面、过桥，云肩、浅蓝绣花褶子、裙子，彩裤，彩鞋。

道具

高　台	一座	小　帐	一份
香　炉	一个	椅	两把
高台用明黄绣团龙桌围	一套	明黄绣团龙椅披	两套
宝　剑	一口	金　锏	一个
腰　刀	两口	牙　笏	五个
金　棍	一对	金　瓜	一对
云　帚	两根	荷包枪	四根

〔【冲头】幕启。场上设高台，内座。小帐。明黄绣团龙桌围椅披。桌上摆香炉。
〔【撤锣】四朝臣——潘洪、赵普、曹彬、苗宗善“上场门”幕内白：“嗯哼！”【小锣打上】四朝臣抱牙笏“上场门”“搭桥式”上。至“九龙口”成“斜横一排”，抖右袖，提袖，整冠，捋髯。进至“正场”，成“一字”面向前。左手抱牙笏遮面。【小锣归位】

<点绛唇>唢呐伴奏

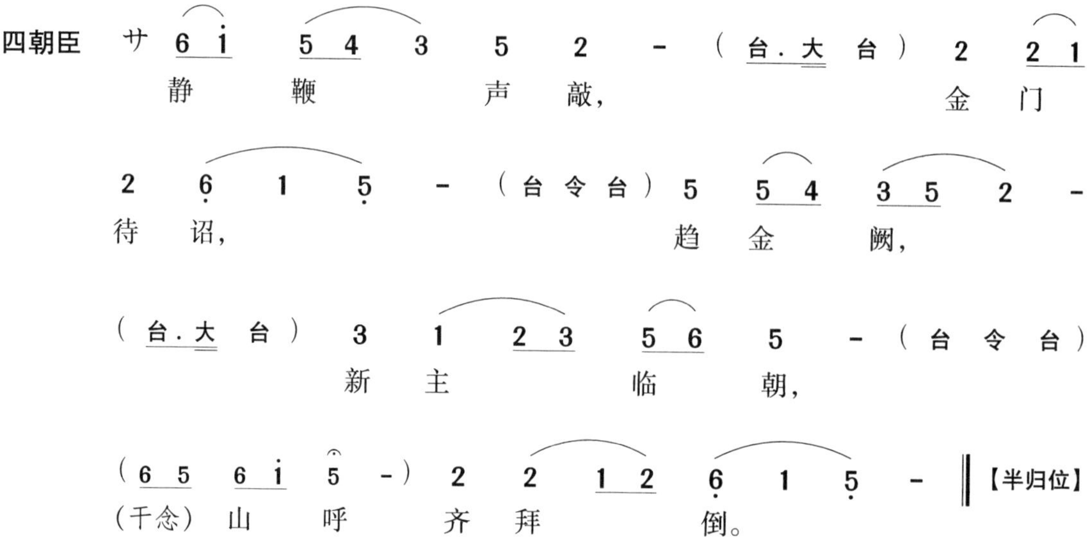

四朝臣 （同声）下官——（台）
潘　洪 潘洪。
赵　普 赵普。
曹　彬 曹彬。
苗宗善 苗宗善。
〔（台·大台）四朝臣站成“正场八字”。
潘　洪 （拱手）列位大人请了！
三朝臣 （拱手）请了！
潘　洪 新主登基，一同上殿朝贺。（拱手）
三朝臣 （拱手）请！
四朝臣 （右转身成“斜一字”面向“上场门”瞭望）看！
〔胡琴奏曲牌<二黄小开门>
四朝臣 （乐曲入板后念白）香烟缭绕，圣驾临朝！（左转身成“正场八字”，互让，拱手）分班伺候！
〔潘洪、曹彬“大边”侧幕下，赵普，苗宗善“小边”侧幕下。
〔四大铠持荷包枪，四太监分别持一对金棍、金瓜，二大太监持云帚，潘彊、潘豹跨腰刀，“上场门”上，“站门”。
〔赵光义端带“上场门”上，至“九龙口”一亮，抖右袖，提袖，右手捋髯，进至“正场”台口。

贺后骂殿

赵光义　（引）兄亡侄幼，众文武，

1· 2 3 - 2 - - - 2 2 5 6 7 - 7 7 7 6 - ‖

辅　孤　登　　　　　　　　　（呐）　基。

「赵光义抖双袖，提袖，右手捋髯，左手端带，右转身，上高台，入内座。

「四太监、四大铠、二太太监、潘彊、潘豹归“里八字”。

「潘洪、曹彬、赵普、苗宗善两边侧幕同上，“合龙口”。曲牌止。

四朝臣　（半跪参驾）臣等见驾，吾皇万岁！

赵光义　众卿平身。

四朝臣　万万岁！（站起躬身施礼，分站两边。曲牌止）

赵光义　（诗）兄王晏驾龙归西，

全凭争先一着棋。（**台**．**大**　**台**）

满朝文武遂孤意，

才得面南立帝基。**【小锣归位】**

孤，（**台**）赵光义。（**台**）兄王晏驾，太子年幼，众文武辅孤登基。啊，众卿！

四朝臣　臣。

赵光义　孤今日新登大宝，不知当降何国号?

赵　普　臣启万岁：弟承兄业，国号还是大宋。

赵光义　依卿所奏。就命卿家颁行天下。

赵　普　遵旨。

赵光义　卿家听封。

赵　普　臣。

赵光义　封卿家左班丞相。

赵　普　谢主隆恩。

赵光义　潘卿听封。

潘　洪　臣。

赵光义　封卿为右班丞相，卿女执掌昭阳正院。

潘　洪　谢主隆恩。

赵光义　曹彬听封。

曹　彬　臣。

赵光义　封卿孝义侯之职，代掌禁军。

曹　彬　谢主隆恩。

赵光义　苗宗善听封。

苗宗善　臣。

赵光义　封卿为护国军师，子袭父职。

苗宗善　谢主隆恩。

赵光义　潘彊、潘豹。

潘　彊
潘　豹　（同）臣。

赵光义 封为镇殿将军。

潘 彊
潘 豹 （同）谢主隆恩。

赵光义 其余大小文武官员加升三级，大赦天下。有本早奏，无本退班！

潘 洪 （离位两步，背供）哎呀且住！**【小锣一击】**新主登基，满朝文武俱来朝贺，唯有杨继业未到，趁此机会参他一本。（面向赵光义）臣启万岁：我主登基，满朝文武俱来朝贺，唯有杨继业未到，请主定夺。

赵光义 卿家代孤传旨，宣杨继业上殿！

潘 洪 领旨！**【小锣一击】**（至“正场”台口）圣上有旨：杨继业上殿！（回原位）

「杨继业“上场门”幕内白：“领旨！”

「**【小锣打上】**杨继业左手抱牙笏，右手端带“上场门”上，至“小边”台口，捋髯。**【小锣归位】**

杨继业 （念）忽听万岁宣，

潘 洪 （上步）珠帘卷起！

「杨继业至“正场”往殿内一望，再回至“小边”台口。

杨继业 呜呼呀！我道是老王升殿，原来是新主登基，唉！

（接念）迈步上金銮。**【小锣一击】**

「杨继业“挖门”，至“大边”。面向赵光义拱手躬身。

杨继业 臣，杨继业见驾，吾皇万岁！（左手撩袍，单腿跪拜）

赵光义 嗯——**【撕边大锣一击】**大胆杨继业，孤王新登大宝，为何不来朝贺？

杨继业 臣朝贺来迟，望主恕罪。

潘 洪 臣启万岁：杨继业哪里是朝贺来迟，分明是我主登基，心中有些不服，万岁降旨。（拱手躬身）

赵光义 嘟！**【大锣五击】**你哪里是朝贺来迟，分明是见孤登基心中不服。殿前武士！

潘 彊
潘 豹 （同）有。

赵光义 推出斩了！

潘 彊
潘 豹 （同）啊！

「**【大锣原场】**杨继业站起，推双掌，叹息，无奈。潘彊、潘豹押杨继业“下场门”下。潘洪跟随出门。

潘 洪 （朝“下场门”一望）刀下留人！**【撕边大锣一击】**

「潘彊、潘豹“下场门”幕内白：“啊！”

潘 洪 （背供）哎呀且住！**【撕边大锣一击】**我主将杨继业斩首，倘若他七个虎狼孩儿，反上金殿，**【撕边】**老夫岂不是大大地不便。嗯，**【大锣一击】**有了！不免上殿，保他一本。**【住头】**（进门回至原位，拱手躬身）臣启万岁，杨继业斩不得！

赵光主 （摊右掌）怎么斩不得？

潘 洪 若是将杨继业斩首，北国兴兵前来，无人抵挡。

赵光义 依卿之见？

潘 洪 不如将他削职为民。

赵光义 啊？怎么参本是你，（指潘洪）保本也是你？

潘　洪 臣乃为主江山。

赵光义 好个为主江山！将杨继业赦回！

潘　洪 （拱手躬身）是。（至“正场”）杨继业赦回！

〔**【一锤锣】**潘彊、潘豹押杨继业“下场门”上。潘彊、潘豹回原位，杨继业站“大边”台口，潘洪出门站“正场”台口。**【大锣归位】**

杨继业 （念）法场得活命，
死而又复生。（**台.大 台**）

潘　洪 （念）不是我保本，
焉有你幸存？（**台令台**）

杨继业 （念）要斩任君斩，
何劳你讲情。（**台.大 台**）

潘　洪 （念）好心来救你，
反倒不知情。（**台令台**）

杨继业 （念）忠臣不怕死，
怕死不忠臣。（**台.大 台**）

潘　洪 （念）你既不怕死，
随我去面君。（**台令台**）

杨继业 （念）面君就面君，
哪个怕你不成？
（接念）求死不欲生。

潘　洪 如此一同上殿。

杨继业 走！

潘　洪 走！

杨继业 哼！

〔**【冲头】**潘洪进门，站“大边”；杨继业随进门，正场面里，撩袍，单腿跪下。

杨继业 谢万岁不斩之恩！

赵光义 非是孤王不斩于你，念你在朝有十大汗马功劳。今将你削职为民，赐你百亩田园，无事不准入朝。下殿去吧！

杨继业 谢万岁！

〔杨继业站起转身面向前，抖右袖。

〔二黄散板〕

杨继业 **【撞金钟】** サ（ ^{6}5 3 3 2 2 2 1 6 6 6 5 5 ） 6 2
万

1 2 1 2 1 2 3 3 - （6 1 2 3 3） 2
岁　传 旨 如 刀 切，（仓） 金

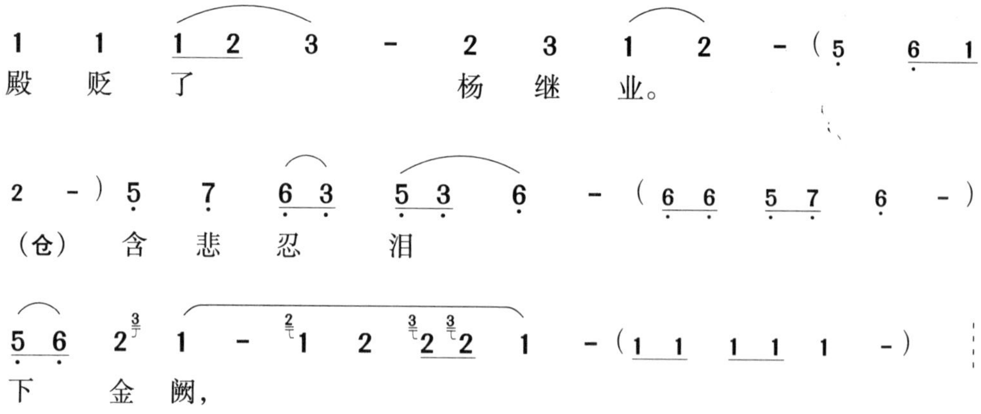

〔【撞金钟】杨继业出门向“下场门”走，至“大边”抖右袖，右转身面向前。

〔二黄散板〕

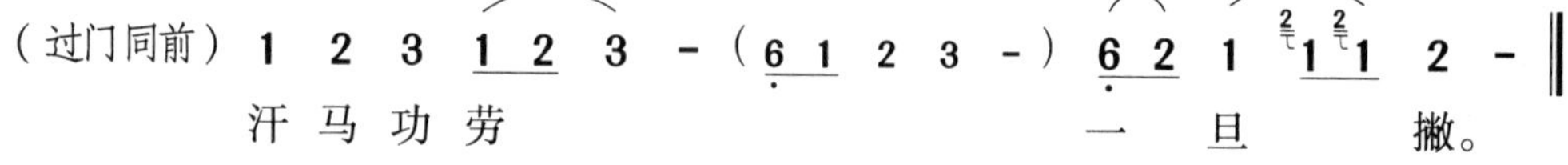

〔【撞金钟】杨继业转身“下场门”下。同时赵德昭“上场门”上，至“小边”，抖袖，提袖。

〔二黄散板〕

赵德昭

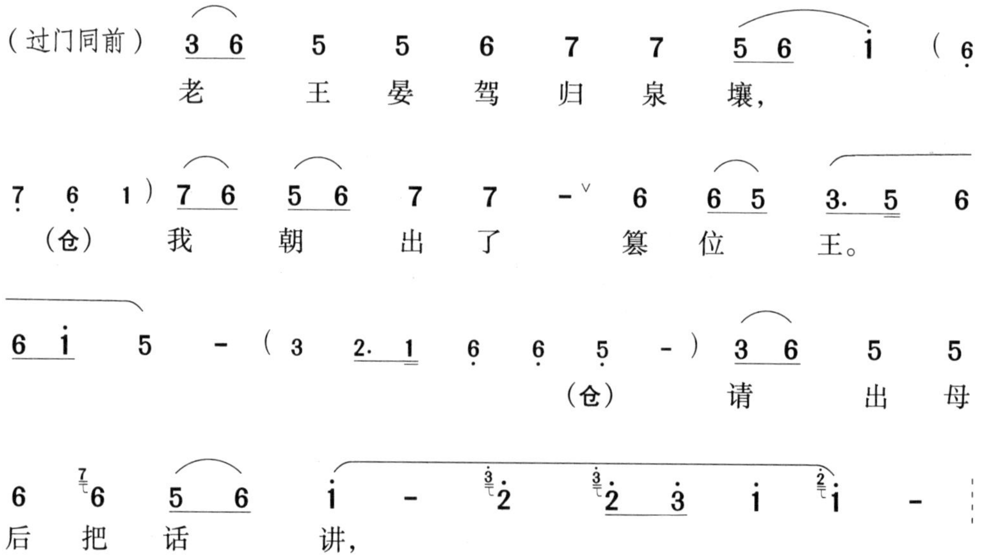

〔赵德昭右转身面向“上场门”拱手躬身。

赵德昭 有请母后。

〔【纽丝】四宫女“上场门”上，站“小边一条鞭”，贺后左手领赵德芳“上场门”跟上，至“九龙口”。

贺后骂殿

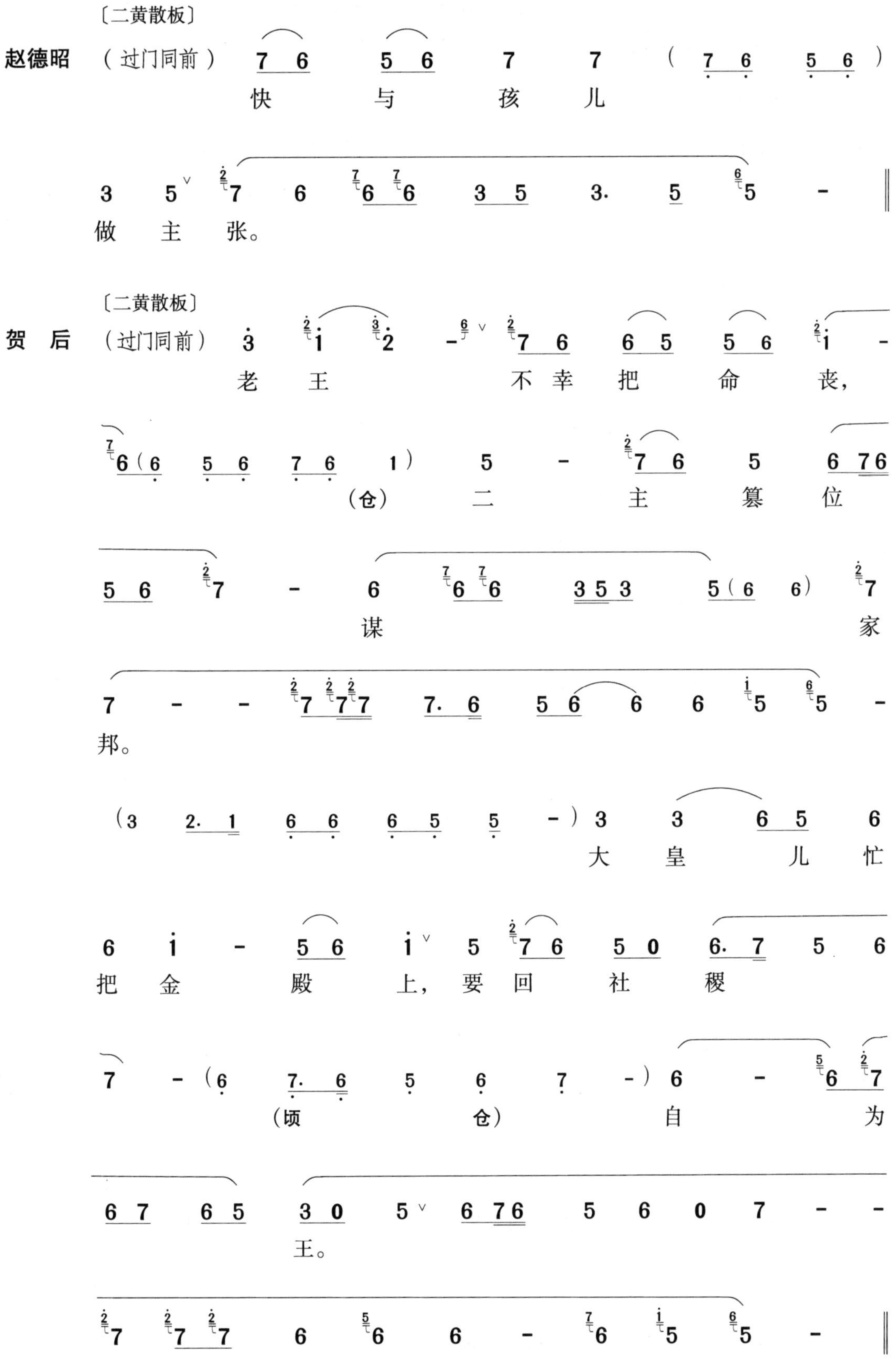
〔二黄散板〕
赵德昭
（过门同前）
快与孩儿
做主张。
〔二黄散板〕
贺后
（过门同前）
老王不幸把命丧，
（仓）二主篡位
谋家
邦。
大皇儿忙
把金殿上，要回社稷
（顷仓）自为
王。

〔【纽丝】贺后右转身领赵德芳"上场门"下，四宫女同下。
〔赵德昭拱手躬身，左转身面向前，提袖，上步。

〔二黄散板〕

赵德昭 （过门同前） 3 6　5　6　6ˇ　7 6　5 6　i　－

迈　步　且　把　金　殿　上，

哇！

〔【大锣凤点头】赵德昭"挖门"至"大边"抖袖，提袖，面向里。

〔二黄散板〕

赵德昭 （过门同前） 3 5 6　7　7　－　5　6 5　6. i　5　－ ‖

快　快　还　我　锦　家　邦。（拭泪）

〔二黄散板〕

赵光义 【大锣凤点头】 （过门同前） 6 3 2 1　1　1　2　－　4　－

大　皇　儿　哭

（抖右袖，提袖）

3ˇ 0　6 2　1 2　4　－　4 3　3　－（2　3 2　1 2

得　甚　惨　伤，

（掂左掌）

3　－）2　1 2　3　3　－（6　1 2　3　－）2　－

（仓）　口　口　声　声　要

（右手指出）

2 6　1　3　3　2　－（5　6. 1　2　－）1　－　3. 2

家　邦。　（仓）　本　当

6　1　6　2　－　2 2　5　－　6 6　1　－　－

下　位　把　国　让，

（左手前指）

1　2　－　2 2　1 7　6. 1　2　2　1　－ （仓）

（站起，左手撩袍欲出座）

潘　洪　万岁！江山只有争斗，哪有禅让之理！

贺后骂殿

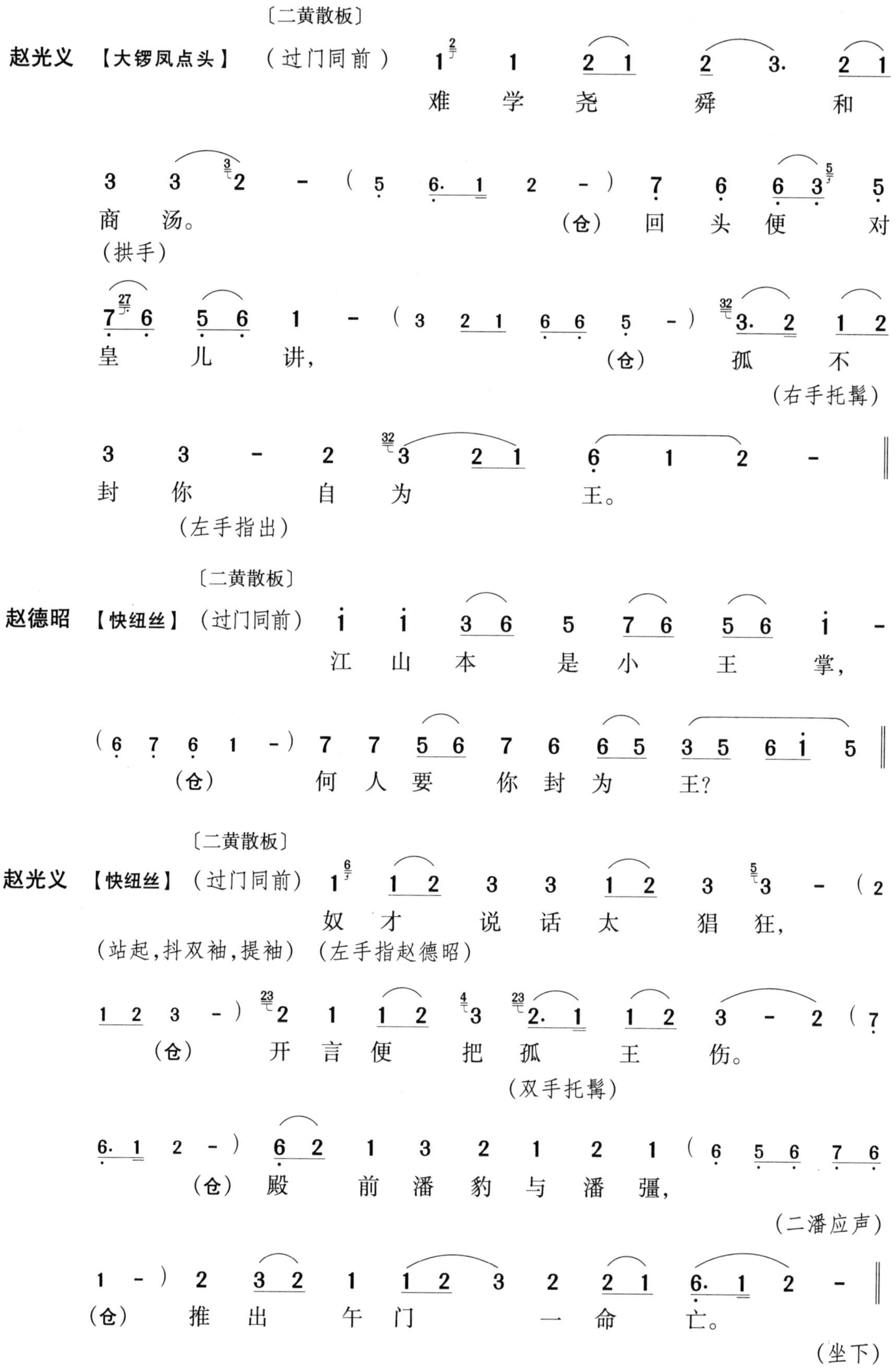
〔二黄散板〕
赵光义 【大锣凤点头】（过门同前）
难学尧舜和商汤。（仓）回头便对皇儿讲，（仓）孤不封你自为王。
（拱手）
（右手托髯）
（左手指出）
〔二黄散板〕
赵德昭 【快纽丝】（过门同前）
江山本是小王掌，（仓）何人要你封为王？
〔二黄散板〕
赵光义 【快纽丝】（过门同前）
奴才说话太猖狂，（仓）开言便把孤王伤。（仓）殿前潘豹与潘疆，（仓）推出午门一命亡。
（站起，抖双袖，提袖）（左手指赵德昭）
（双手托髯）
（二潘应声）
（坐下）

〔潘彊、潘豹进至“正场”，拔剑。

赵德昭 哎呀！

〔二黄散板〕

【快纽丝】（过门同前） 3 6 5 6 6 6 5 5 6 i（0 6 5 6

人 活 百 岁 也 是 死，

7 6 1 -） 6 7 6 5 6 7 - 6 6 5 3 5 6 i 5

（仓） 不 如 一 死 丧 无 常。①

〔赵德昭站“大边”台口翻双袖（**八仓**）头撞柱子，（**八仓**）再撞，（**八大仓**）撞死，闭目仰面。二太监至“大边”托住赵德昭尸体，潘彊、潘豹回原位。

〔**【急急风】**贺后拉赵德芳“上场门”急上。至“九龙口”二人相对一望，急忙进门，赵德芳站赵德昭身后。贺后在“正场”左转身一周，右手捏住右水袖头，折右袖，**【撕边】**至“大边”一望赵德昭，**【快纽丝】**翻回右袖，抖双袖，后退至“正场”右方，提袖。

〔二黄散板〕

贺 后（过门同前） 3 2 7 6 6 5 6 i（1 1 -） 2 0 2 -

一 见 皇 儿 把 命（呐）丧，（仓） 怎 不

（左手托袖遮挡，右手左指赵德昭）

2 2 7 6 5 06 7 2 6 0 6 5 3 5 6 i 5 -

叫 娘 我 痛 断 了 肠。

（左手托右腕，右手抚胸顺时针揉动，悲痛地低下头）

〔二黄散板〕

【快纽丝】（过门同前） 6 0 3 2 6 i 6 0 i -

把 尸 首 （哇）

（抬头缓缓地转向赵德昭，双手擅动指出）

i 02 3 - 3 2 2 -（5 6 1 2 -） 2

（仓） 搭

5 6. 2 7 6 6 6 5 -（6 6 6 5 -） 5

至 在 （顷 仓） 白

（抖双袖）

6 3 5 5 6 i - i 6 3 - 2 - 2 2

虎 堂 停 放，

（折右袖，左手搂住右水袖，右手缓缓指向“大边”台口，二太监抬赵德昭尸“下

① 此处也可唱为“昏王不把江山让，不如一死见先王”。

i 7 6 6 6 0 i 2 - 2 2 i i -

场门”下）

〔【快纽丝】贺后抖右袖，左转身拭泪，右转身提袖左手拉德芳至“正场”。

〔二黄散板〕

贺 后 （过门同前）7 6 5 6 2 7 6 2 7 6 5 3 0 5 6 i 5 -

随为娘到金殿骂昏王。

（右手前指）

〔【冲头】贺后拉赵德芳一翻，两翻，进殿，赵德芳站“大边”，贺后站“小边”。

贺 后 【叫头】（折右袖）昏王啊！（抖右袖，将水袖搭在左臂上）篡位王！（抖右袖）昏王啊！（左手拭泪，转身面向里）【大锣原场】

〔二黄导板〕

【导板头】 サ （5 - - 2 - - - 6 1 1 2 3 5 6 3 3

2 2. 1 6 6 3 2 1 6 6 - 5 - ） 6 - - 6

有

6 0 i - i 0 2 3 - - 3 2 2 - （6 1

贺后

2 - ） 3 - - 2 3 i 6 - - （6 6 5 7 6 6）

5 - 3 5 3 5 0 2 - 2 2 i. 2 7 - - 6. 7

在金殿

（右转身面向前，左手托右臂，右手托袖）

6 0 5 3 0 5 - 6 - - 6 - 5 5 - -

6 i 6 （1. 2） 3 - 2 i i 6（6 6 5 7 6） 3 -

一声（顷仓）高

（折左袖左手撑起，右手微颤向前指出）

2 i 6 （6 - ） i - - i - 2 - - - -

骂，

〔【冲头】贺后抖左袖，左转身面向里。

贺　后　【叫头】（折右袖）昏王！（抖右袖，提双袖，双手指赵光义）篡位王！（左手抖动指赵光义，右手拭泪）昏王啊！

〔【大锣原场】贺后右转身，面向前，上步。

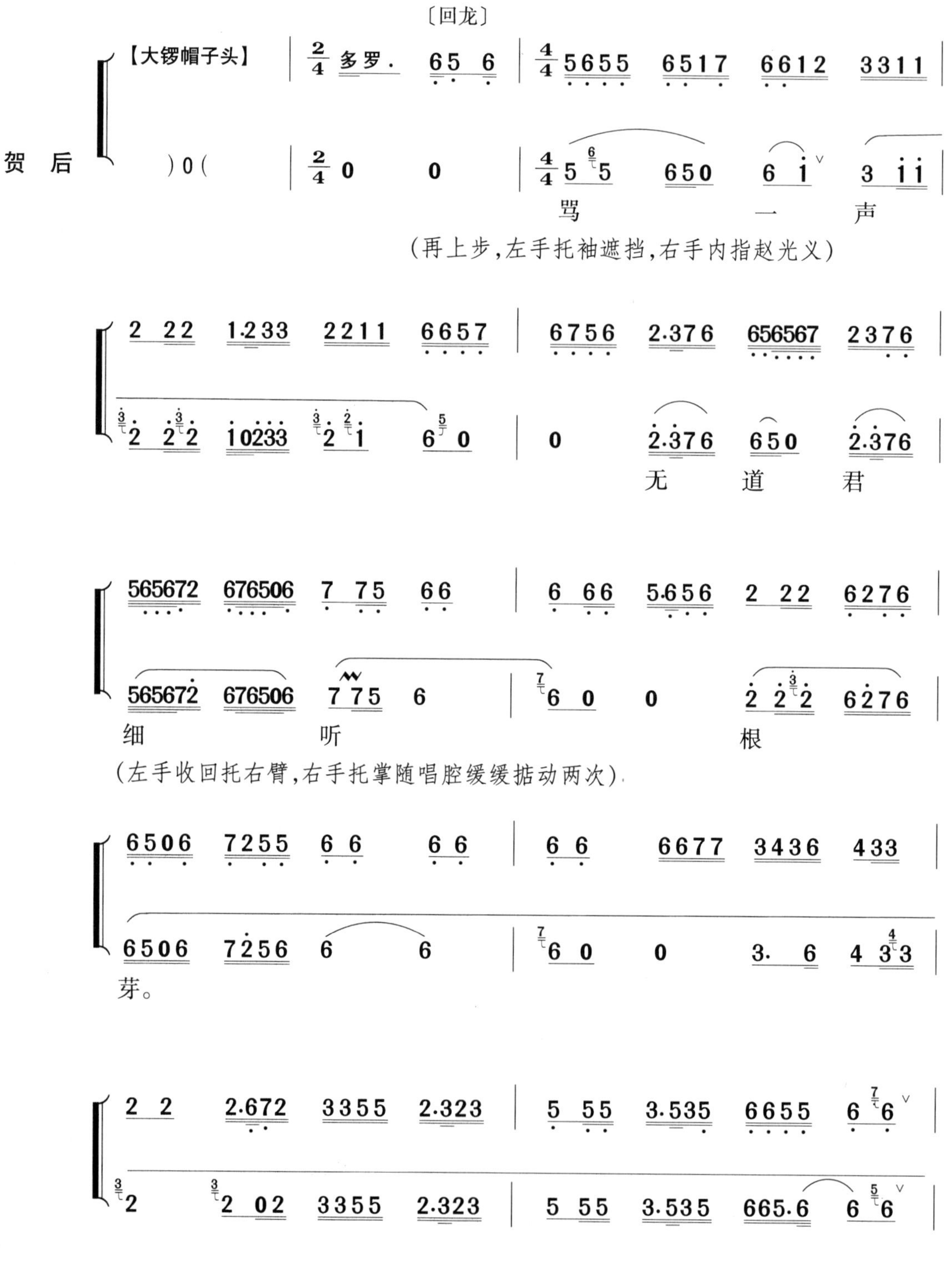

贺后骂殿

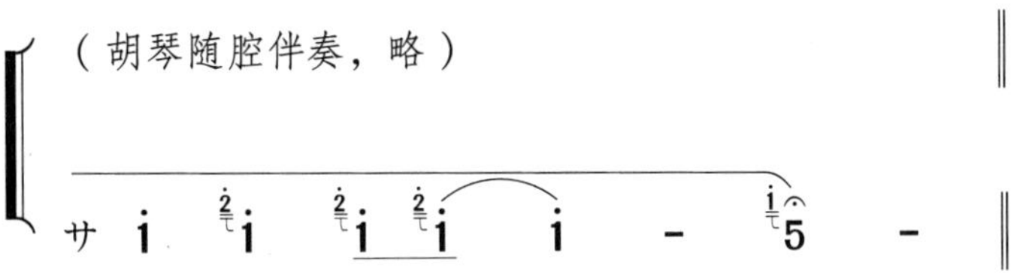

〔【慢长锤】贺后抖右袖，左手拭泪，左转身往里走几步，提右袖。

（缓缓地左转身，面向前，右手拭泪，

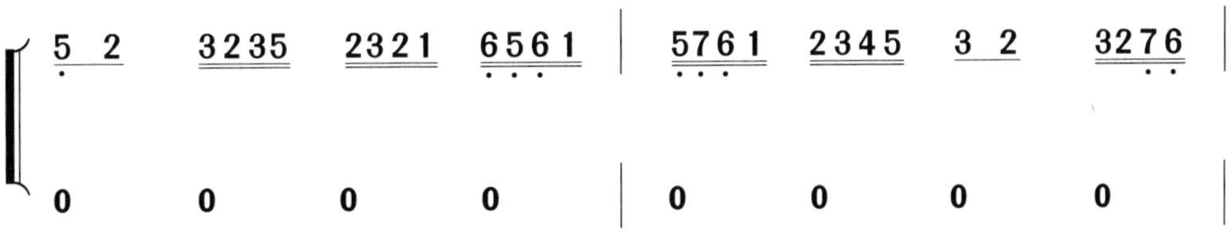

右脚上步，轻抖右袖，提袖，左脚上步）

（拱手）

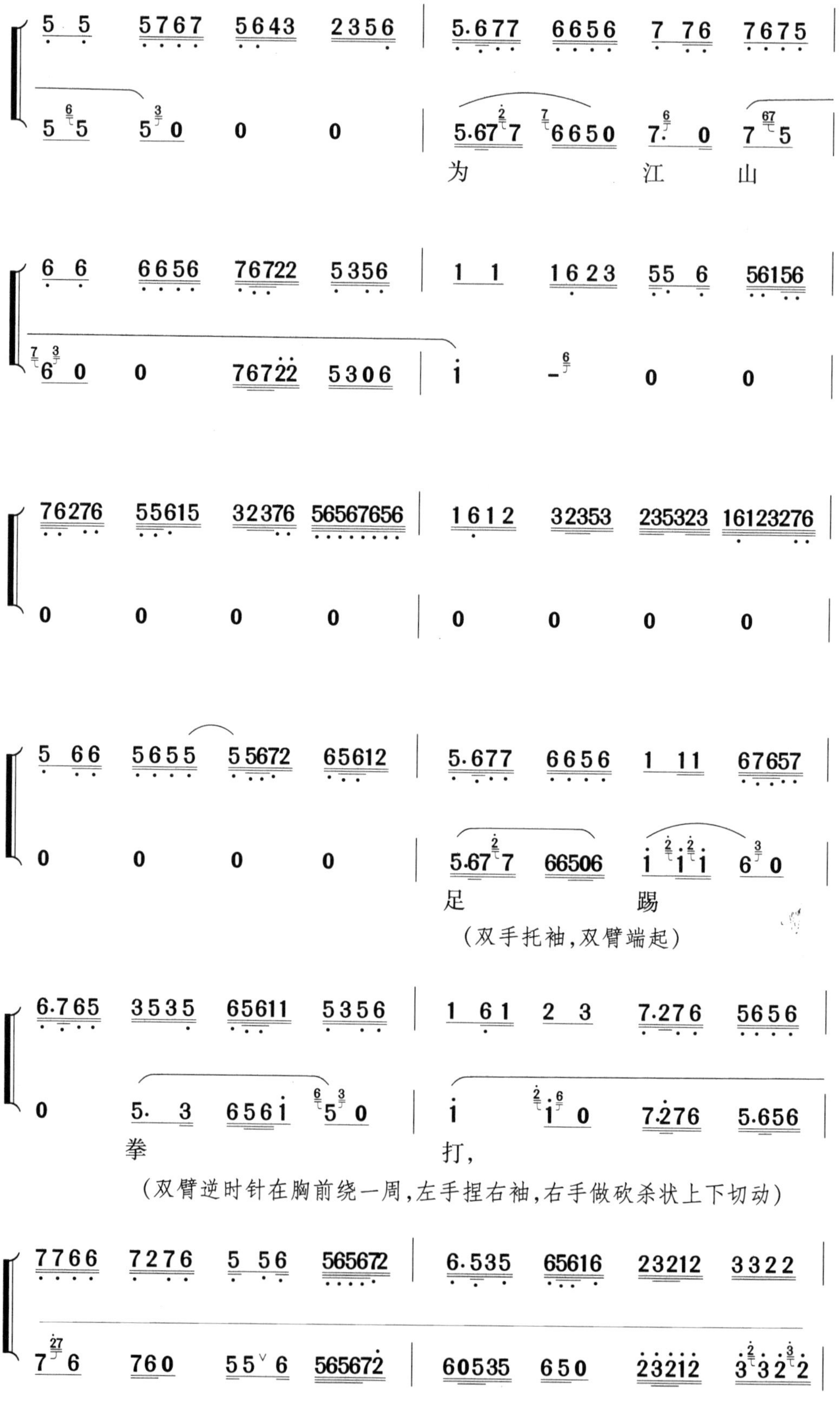
为 江 山
足 踢
(双手托袖,双臂端起)
拳 打,
(双臂逆时针在胸前绕一周,左手捏右袖,右手做砍杀状上下切动)

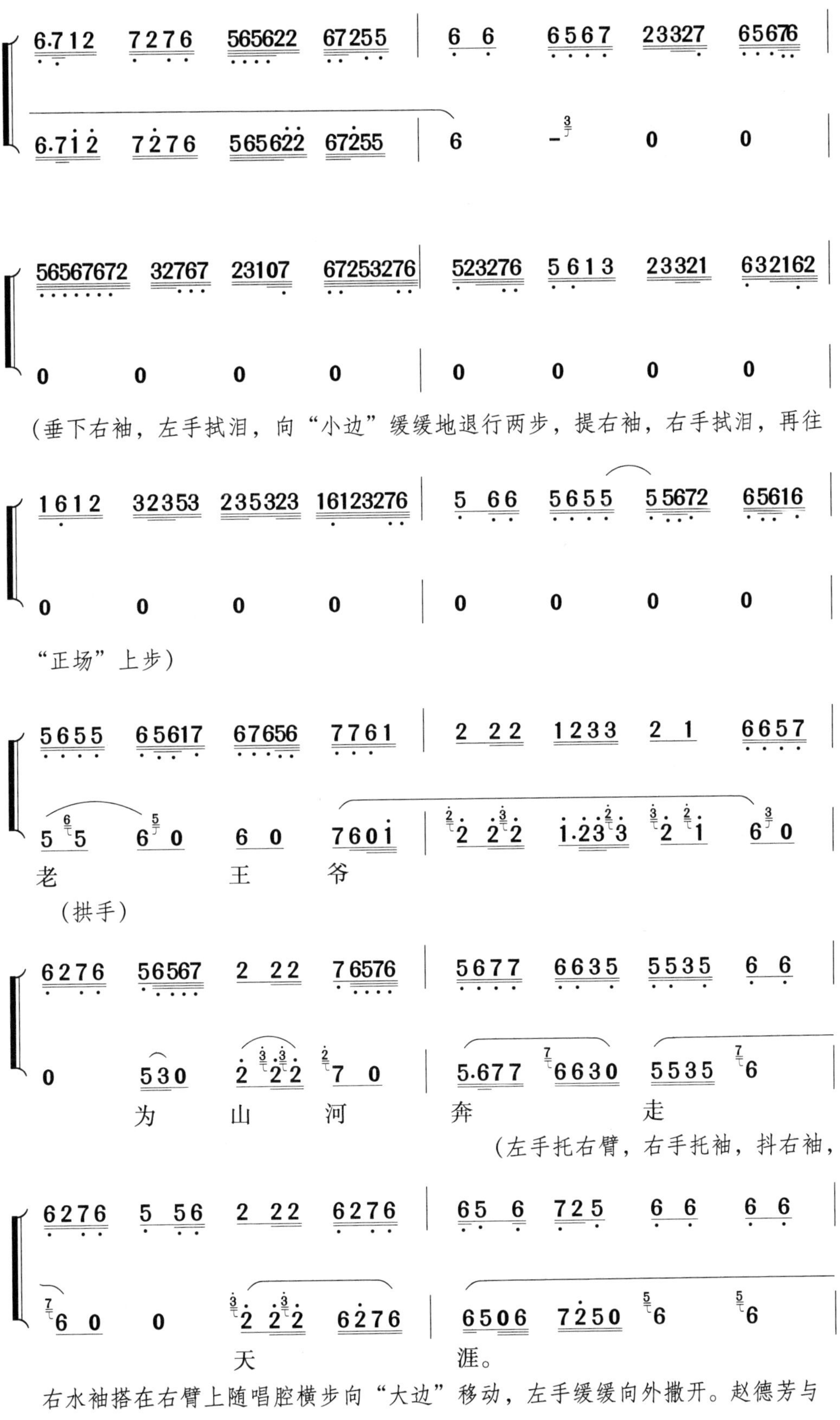
（垂下右袖，左手拭泪，向“小边”缓缓地退行两步，提右袖，右手拭泪，再往
“正场”上步）
老 王 爷
（拱手）
为 山 河 奔 走
（左手托右臂，右手托袖，抖右袖，
天 涯。
右水袖搭在右臂上随唱腔横步向“大边”移动，左手缓缓向外撒开。赵德芳与

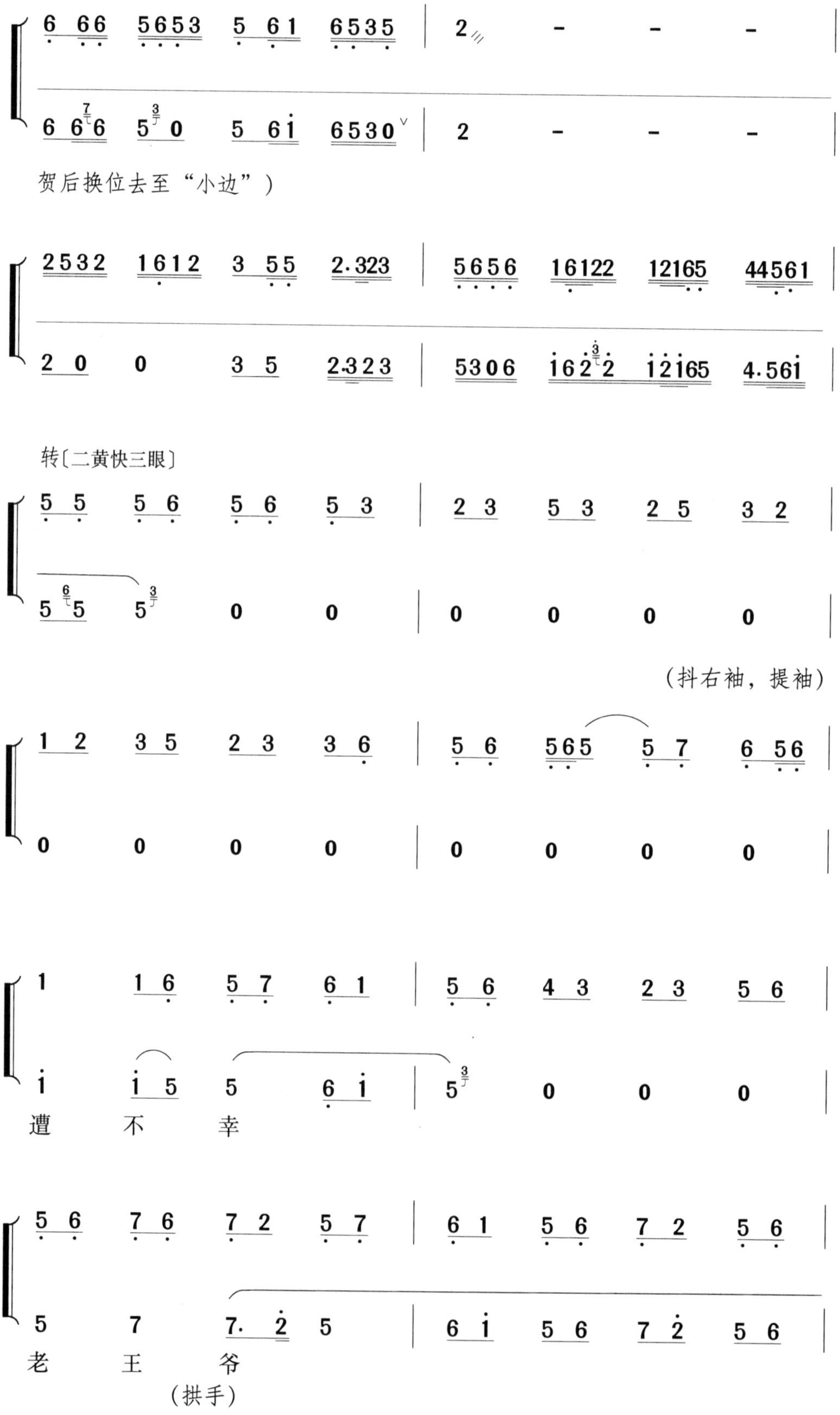
贺后换位去至“小边”）
转〔二黄快三眼〕
（抖右袖，提袖）
遭 不 幸
老 王 爷
（拱手）

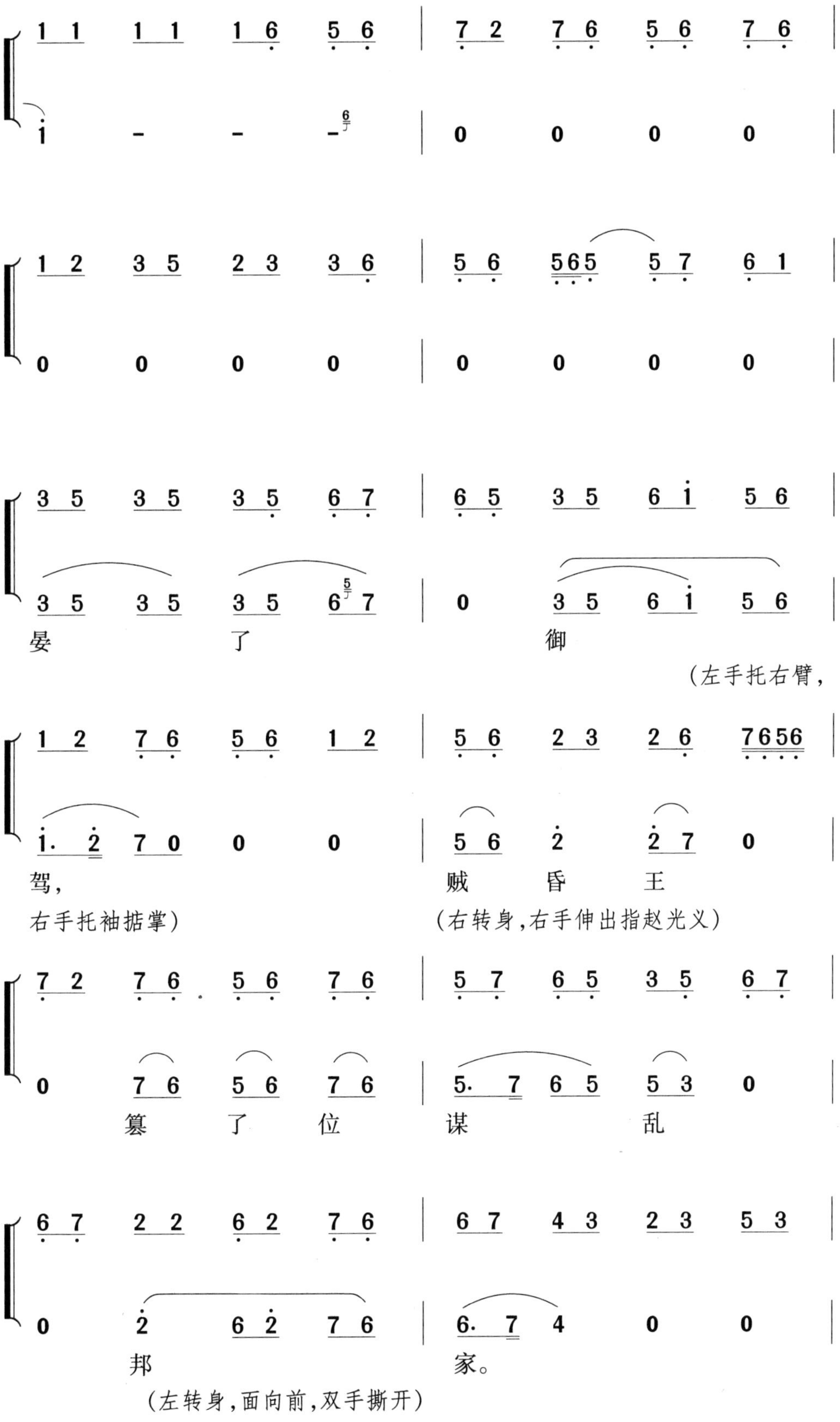
晏 了 御
(左手托右臂,
驾,
右手托袖掂掌)
贼 昏 王
(右转身,右手伸出指赵光义)
篡 了 位 谋 乱
邦 家。
(左转身,面向前,双手撕开)

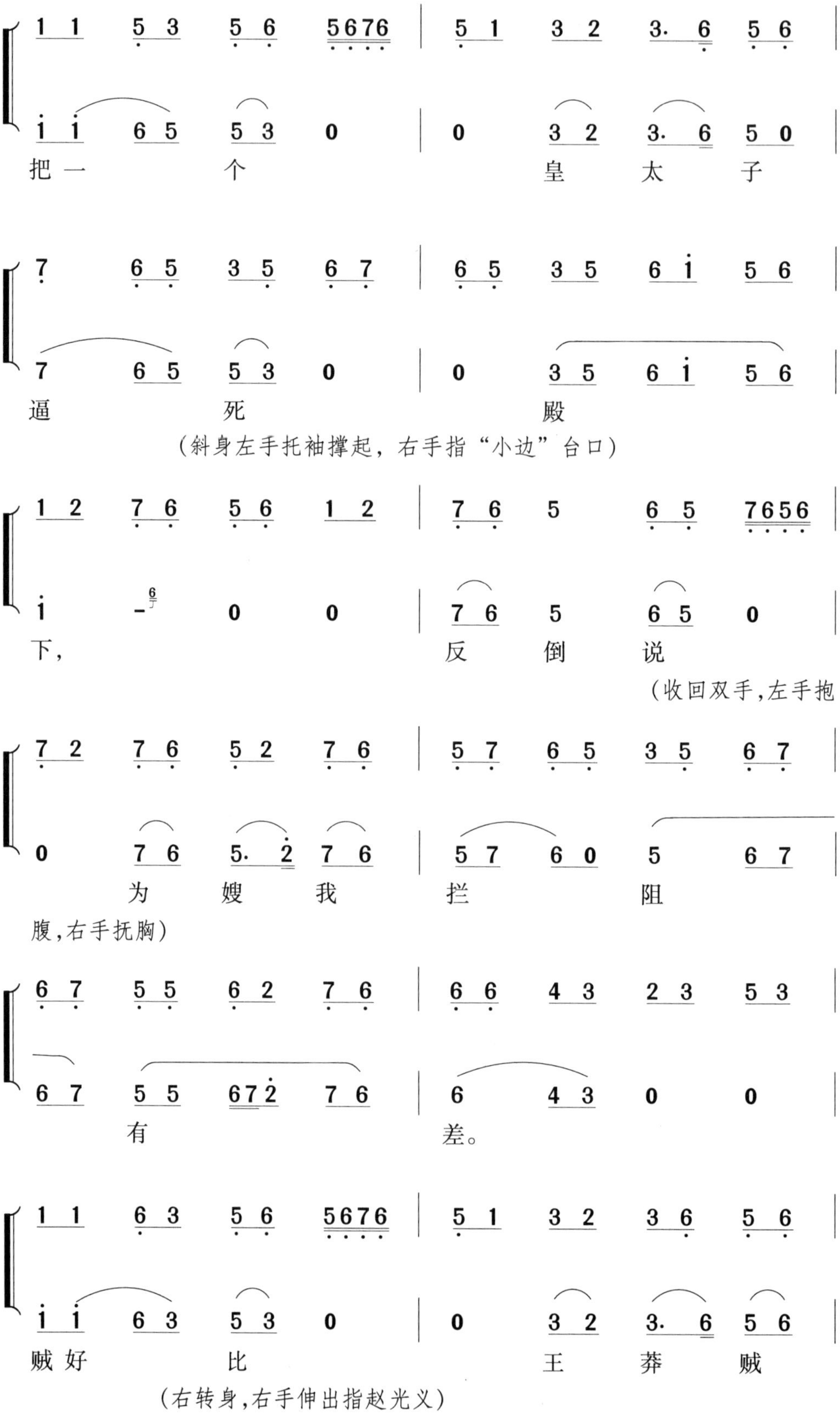
把 一 个 皇 太 子
逼 死 殿
（斜身左手托袖撑起，右手指“小边”台口）
下，反 倒 说
（收回双手，左手抱腹，右手抚胸）
为 嫂 我 拦 阻
有 差。
贼 好 比 王 莽 贼
（右转身，右手伸出指赵光义）

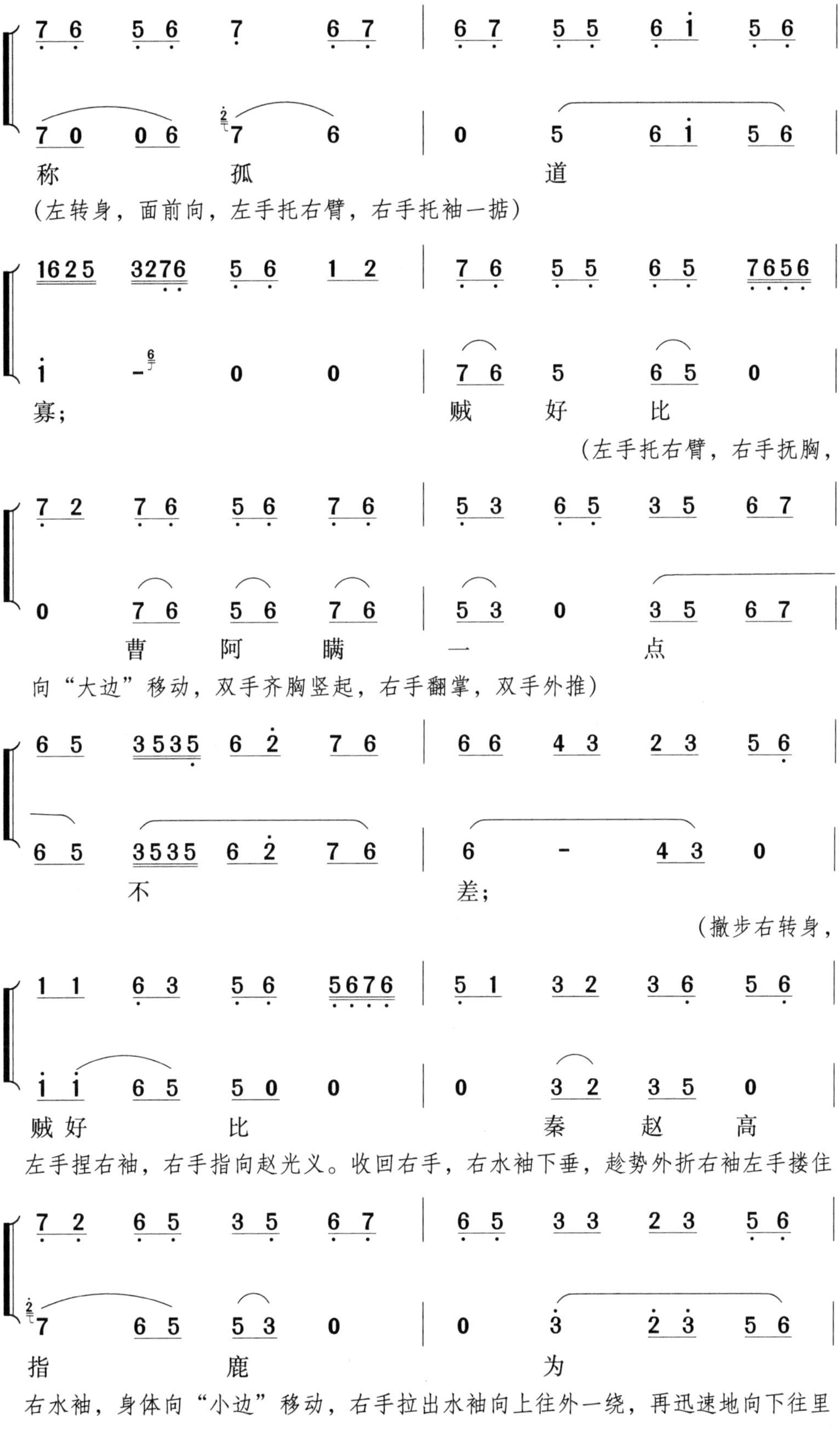
称 孤 道
(左转身，面前向，左手托右臂，右手托袖一掂)
寡；
贼 好 比
(左手托右臂，右手抚胸，
曹 阿 瞒 一 点
向“大边”移动，双手齐胸竖起，右手翻掌，双手外推)
不 差；
(撤步右转身，
贼 好 比 秦 赵 高
左手捏右袖，右手指向赵光义。收回右手，右水袖下垂，趁势外折右袖左手搂住
指 鹿 为
右水袖，身体向“小边”移动，右手拉出水袖向上往外一绕，再迅速地向下往里

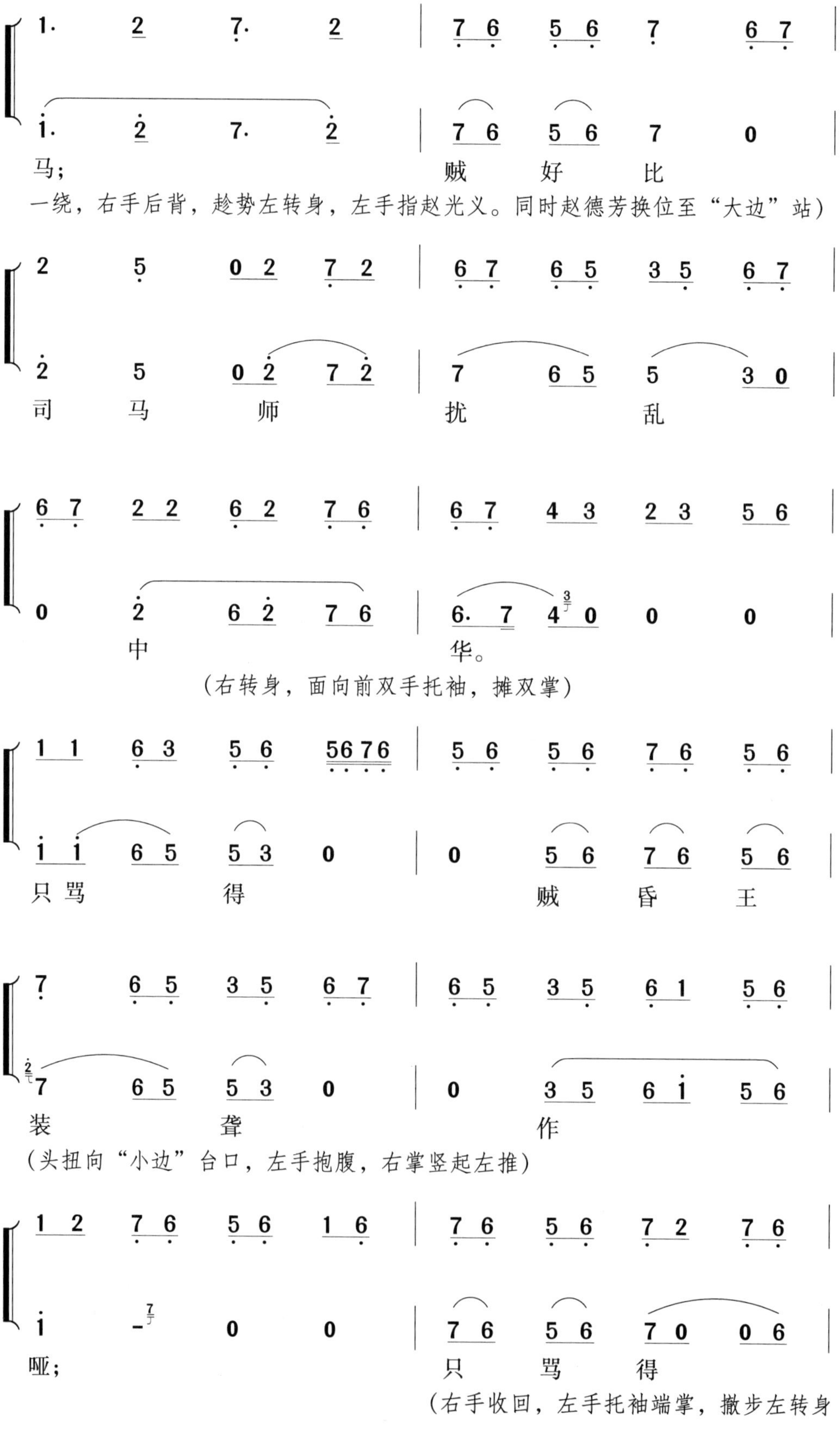
马；
贼 好 比
一绕，右手后背，趁势左转身，左手指赵光义。同时赵德芳换位至“大边”站）
司 马 师 扰 乱
中 华。
（右转身，面向前双手托袖，摊双掌）
只 骂 得 贼 昏 王
装 聋 作
（头扭向“小边”台口，左手抱腹，右掌竖起左推）
哑；
只 骂 得
（右手收回，左手托袖端掌，撤步左转身

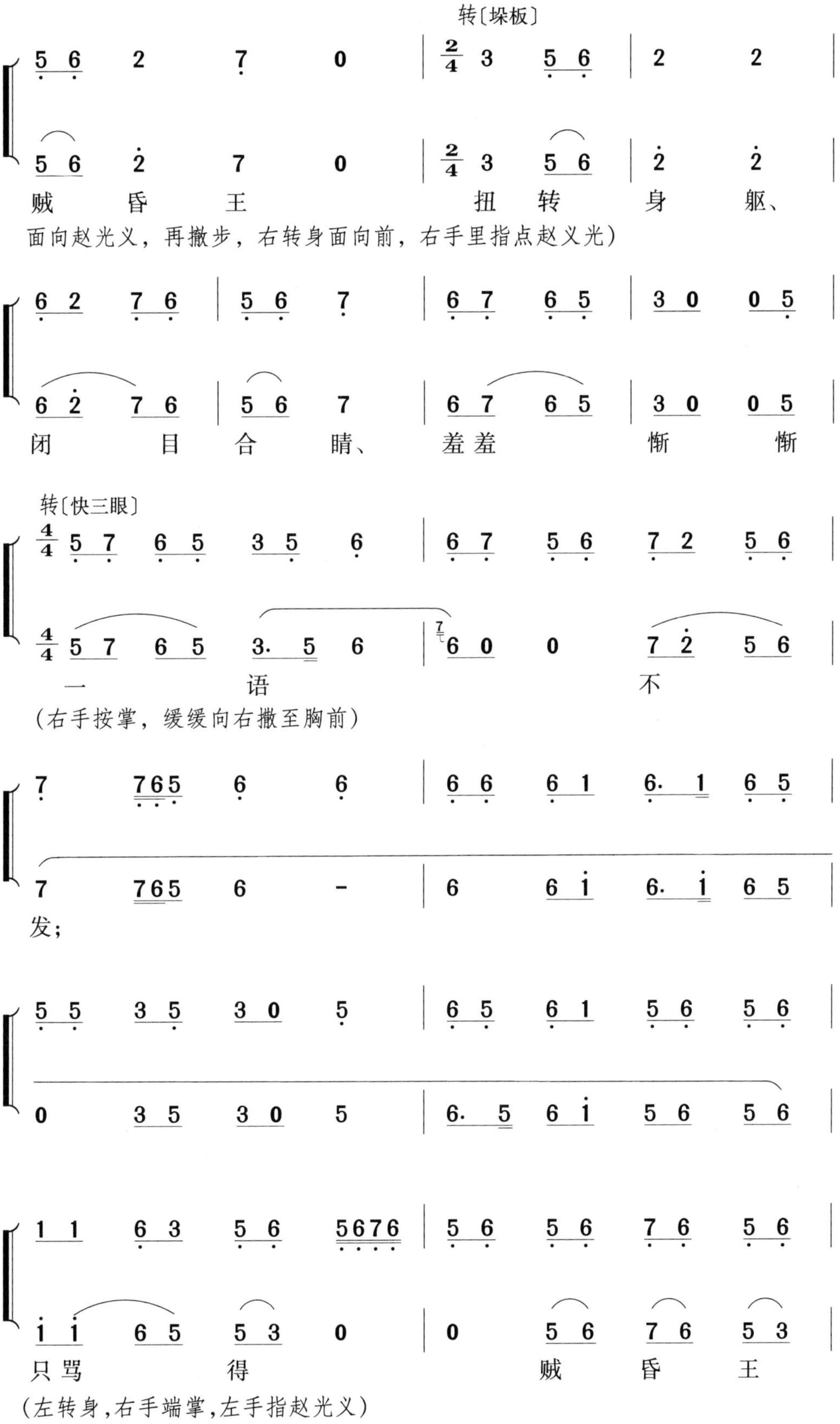
转〔垛板〕
贼 昏 王 扭 转 身 躯、
面向赵光义，再撤步，右转身面向前，右手里指点赵义光）
闭 目 合 睛、 羞羞 惭 惭
转〔快三眼〕
一 语 不
（右手按掌，缓缓向右撤至胸前）
发；
只骂 得 贼 昏 王
（左转身，右手端掌，左手指赵光义）

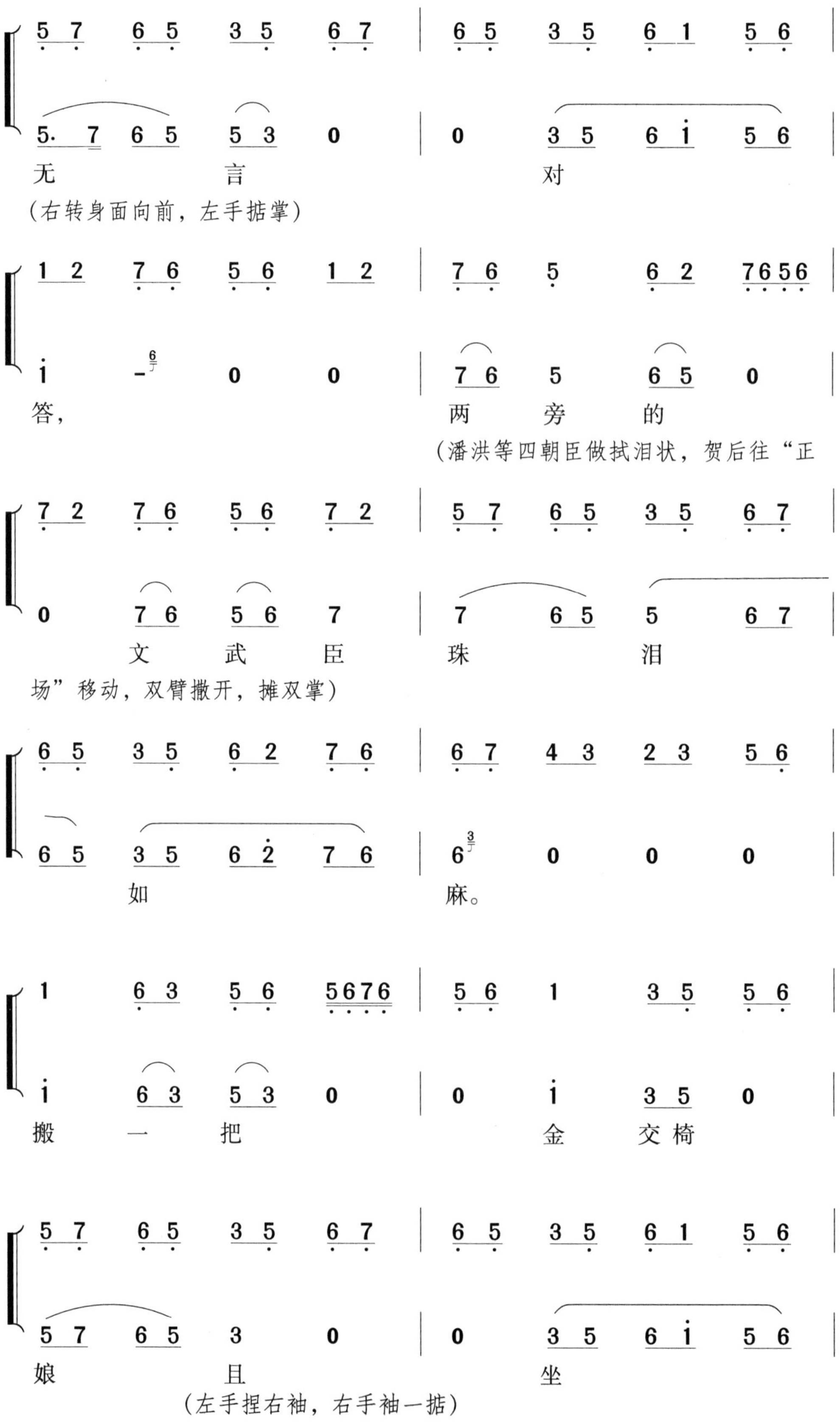
无 言 对
（右转身面向前，左手掂掌）
答，
两 旁 的
（潘洪等四朝臣做拭泪状，贺后往“正
文 武 臣 珠 泪
场”移动，双臂撇开，摊双掌）
如 麻。
搬 一 把 金 交椅
娘 且 坐
（左手捏右袖，右手袖一掂）

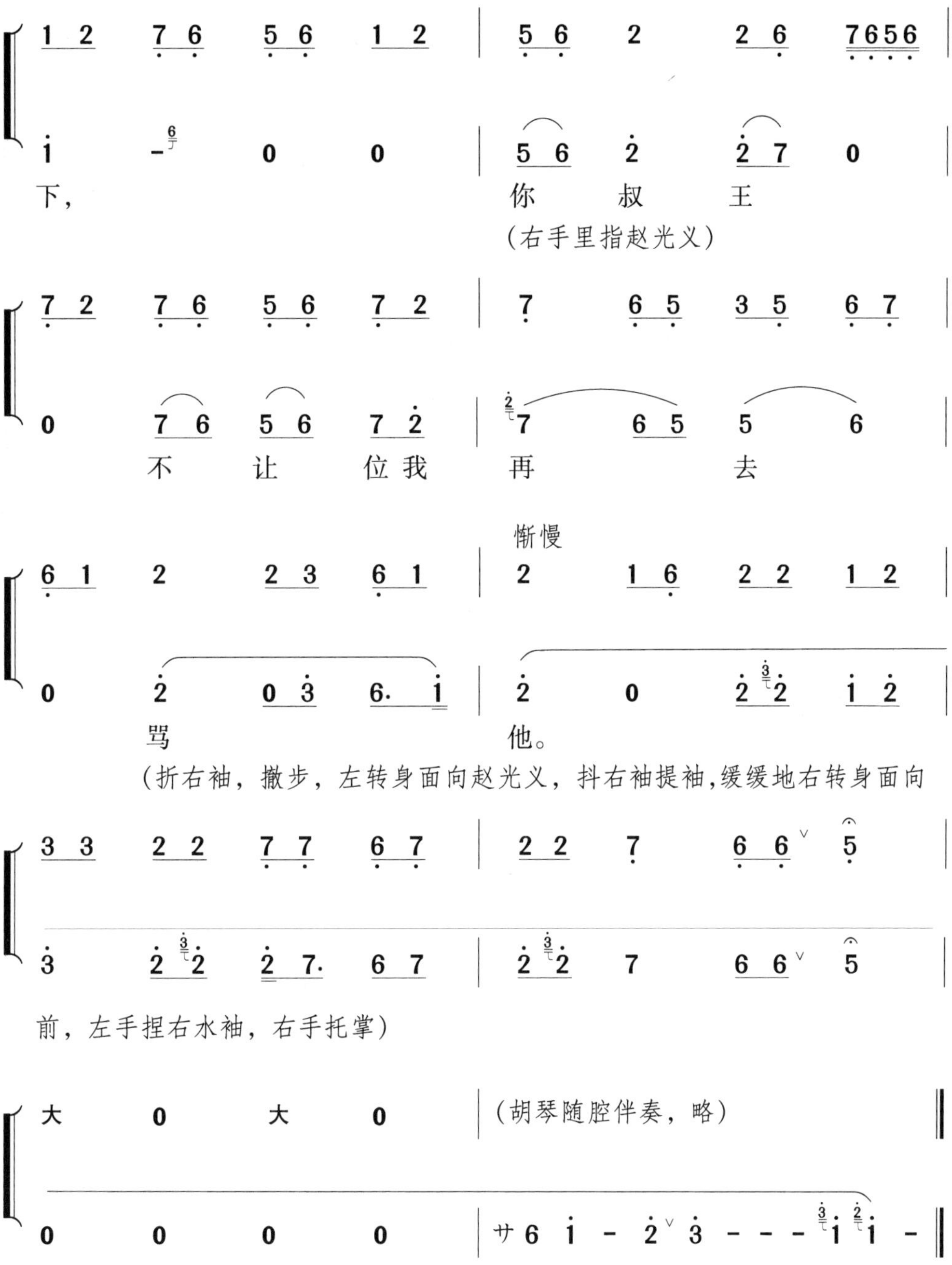

〔【慢长锤】一太监搬椅摆成“小边跨椅”，贺后抖右袖，提袖，坐“小边跨椅”，赵光义站起，右手捋髯。转〔夺头〕

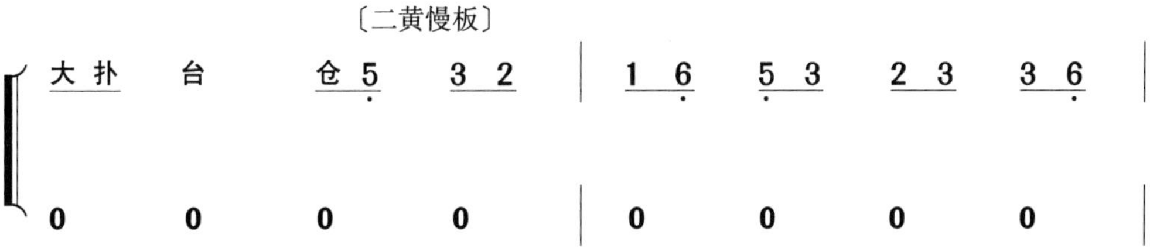

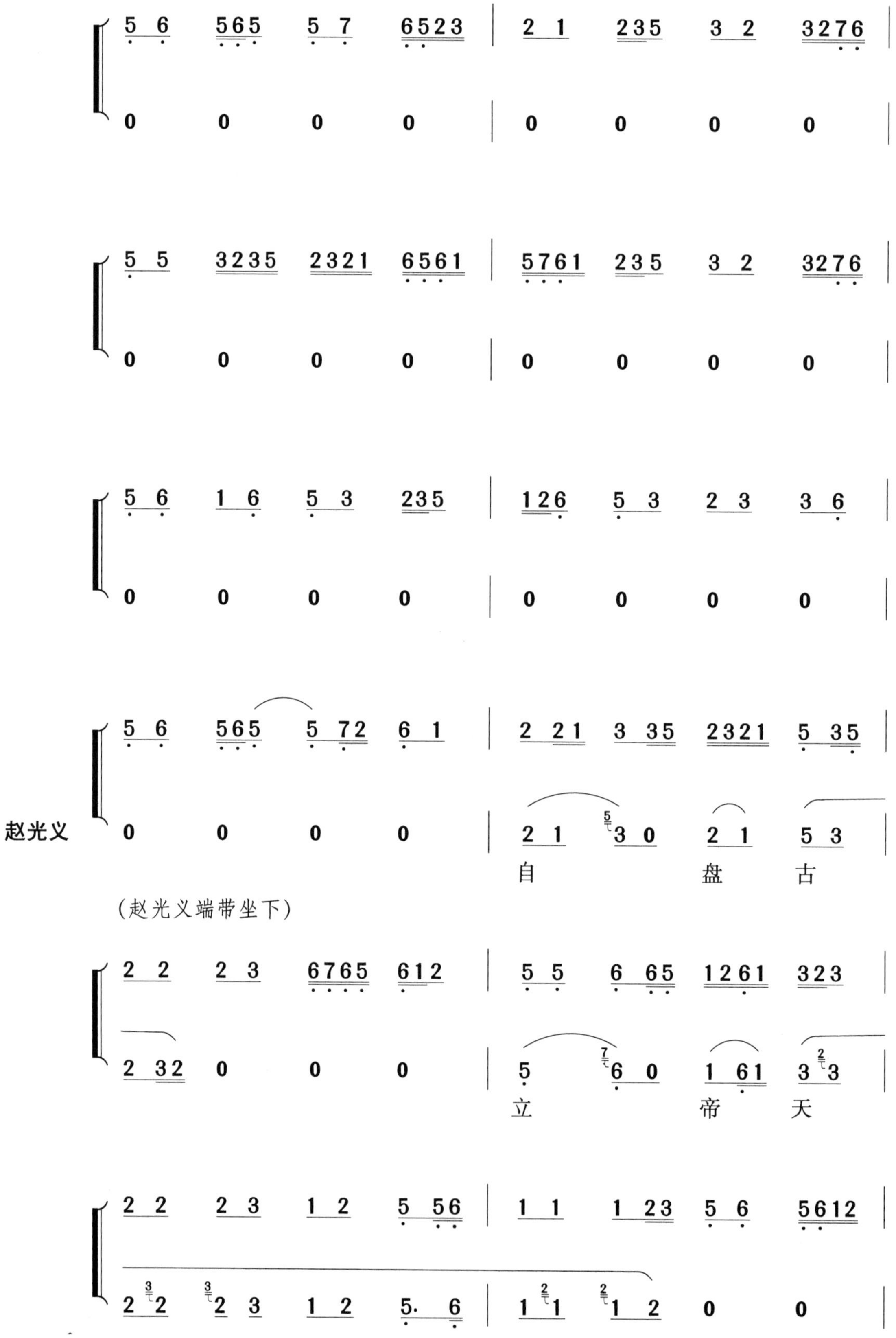
赵光义
自 盘 古
(赵光义端带坐下)
立 帝 天

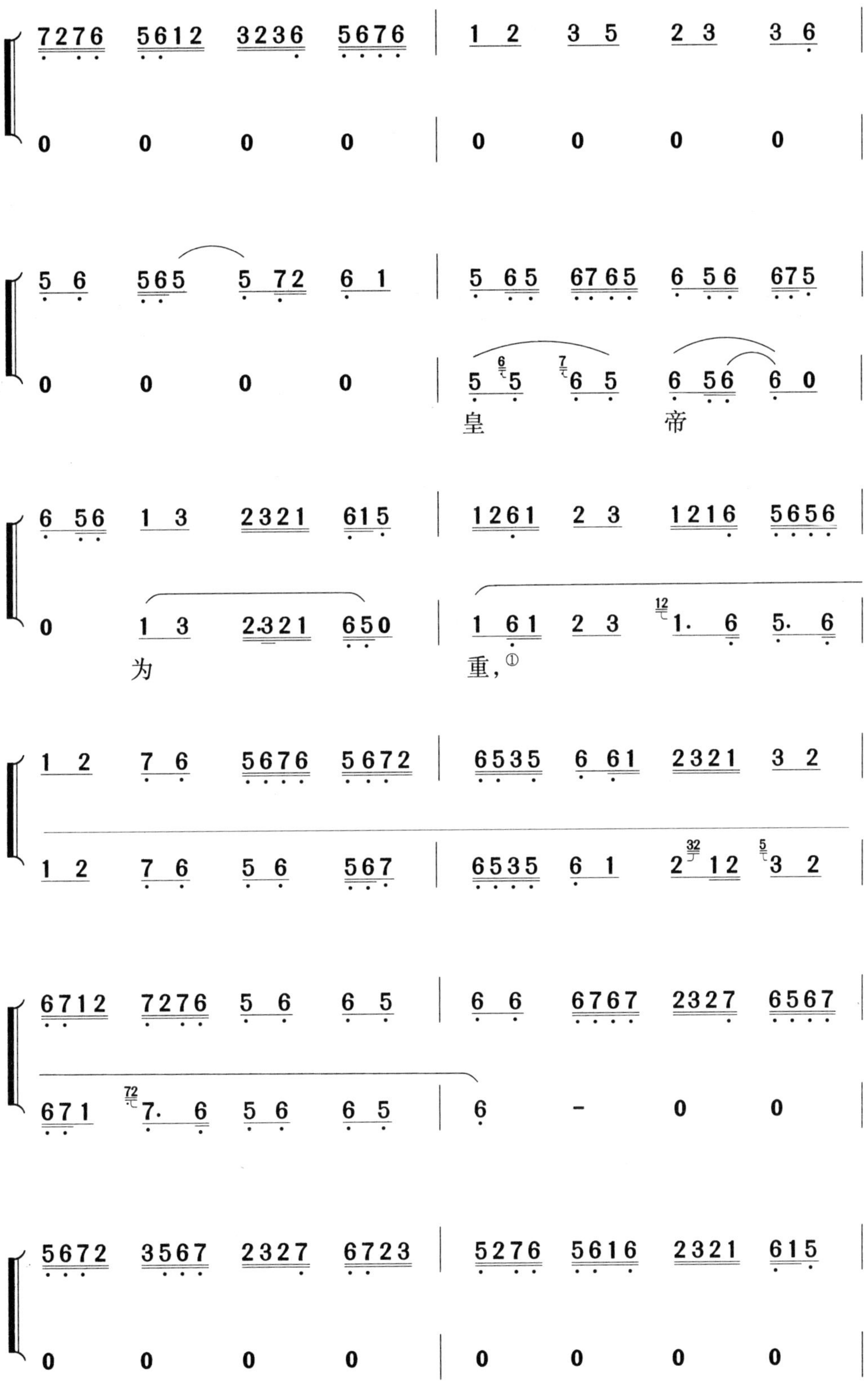

① 此句唱词也可以为“自盘古立帝基天子为重”。

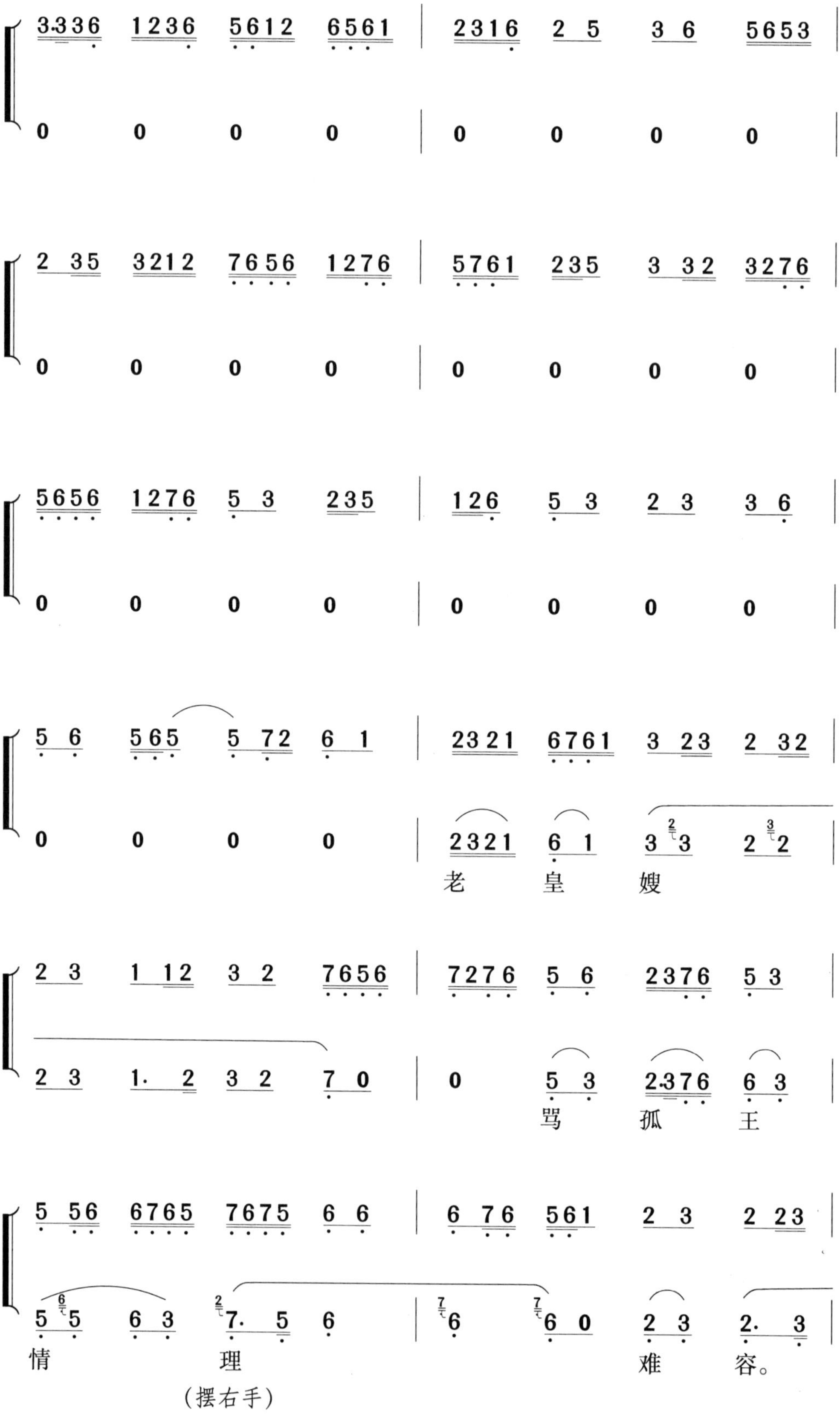
老 皇 嫂
骂 孤 王
情 理 难 容。
（摆右手）

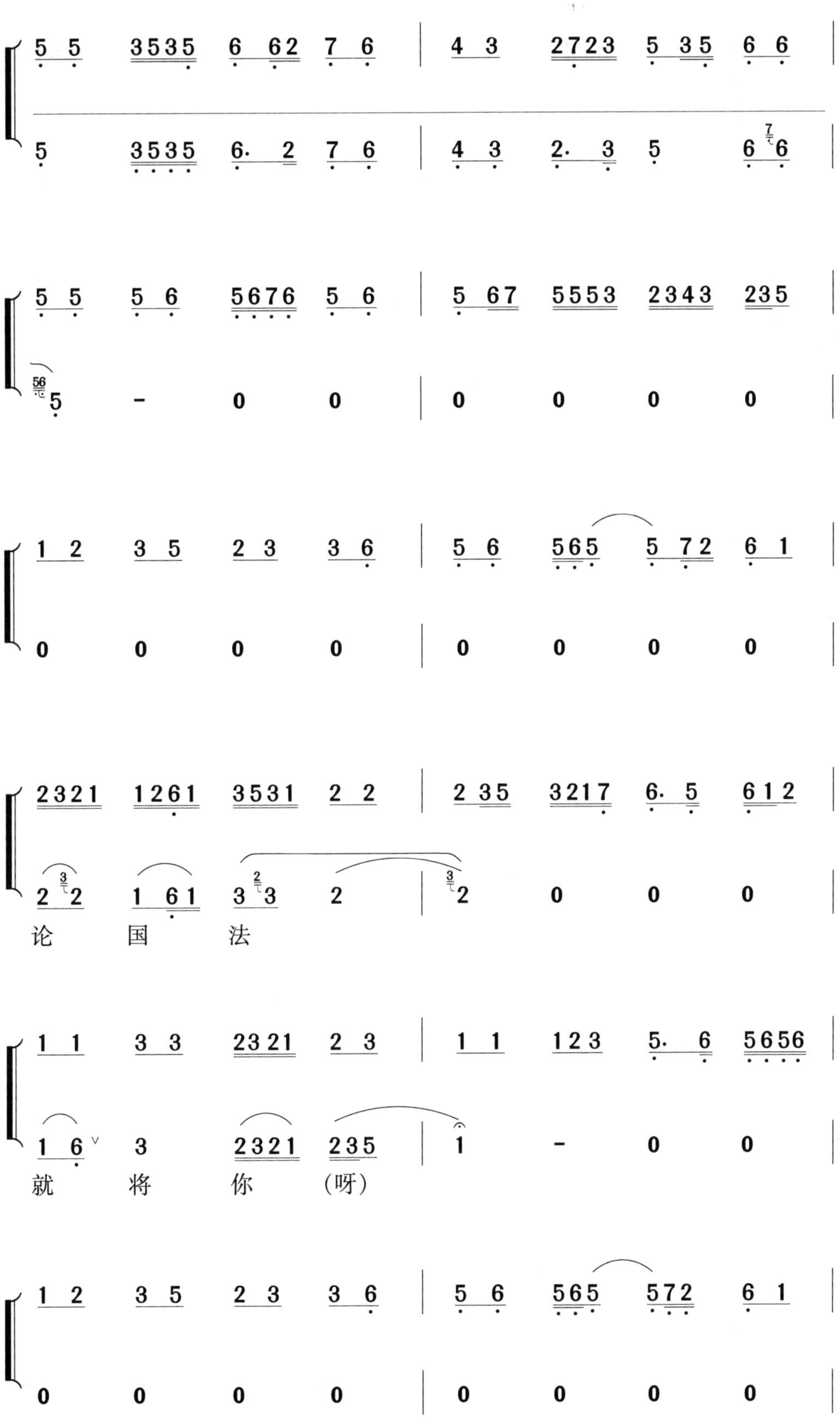
论 国 法
就 将 你 (呀)

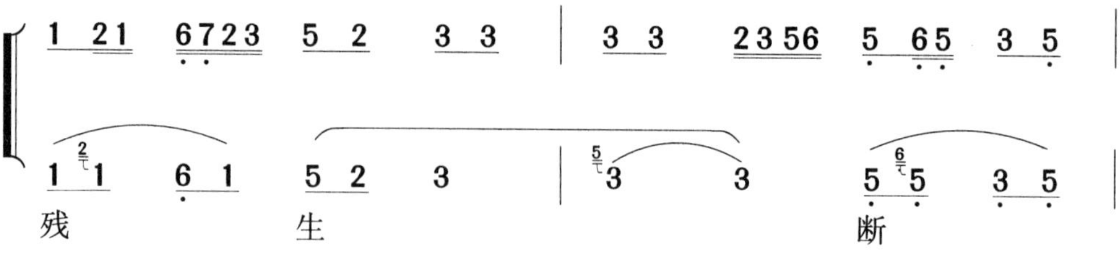

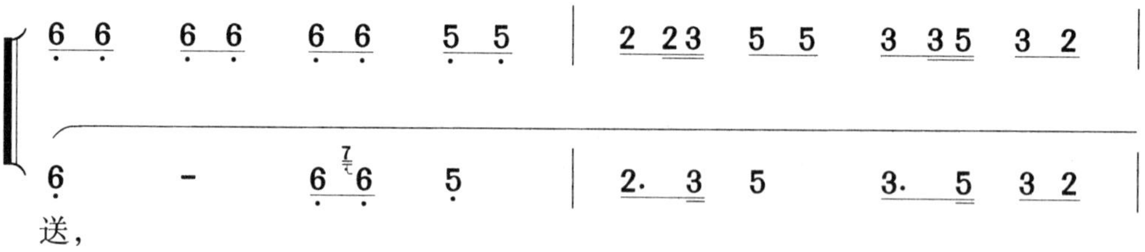

（右手比做杀状）

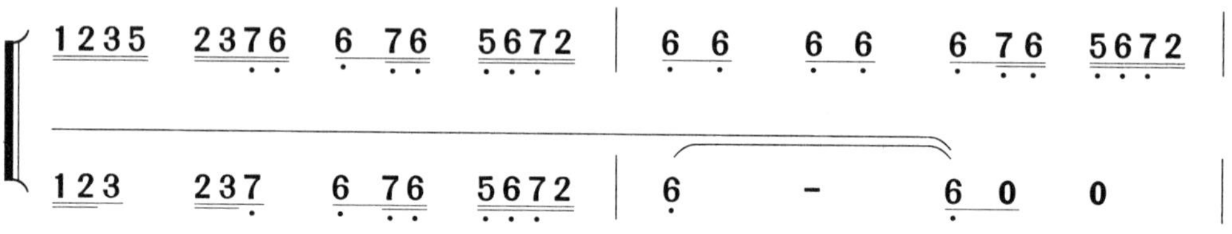

（站起）

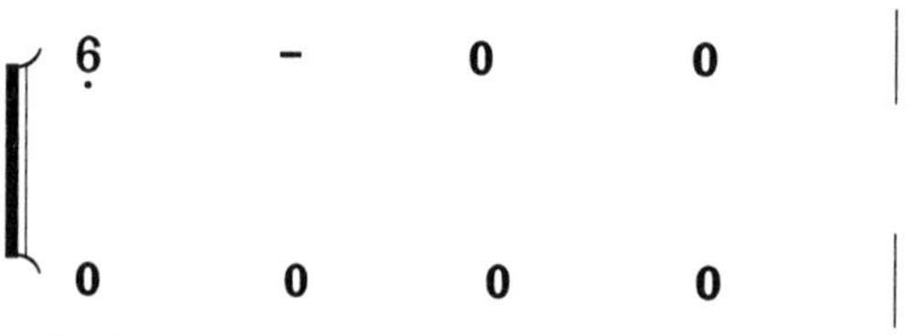

（仓）

〔潘彊、潘豹站至高台前两侧拔剑。

贺　后　（站起，将右水袖搭在左臂上，左手指出）谁敢！

〔潘彊、潘豹将宝剑入鞘，退回原位。

赵光义　（站起，双手托掌向两边撒开）退班！

〔**【慢长锤】**贺后坐下。四大铠、四太监、二大太监、潘彊、潘豹、四朝臣两边分下。赵光义下高台，走至高台前，捋髯。锣鼓切住。

赵光义　（拱手躬身）皇嫂！

〔二黄碰板三眼〕

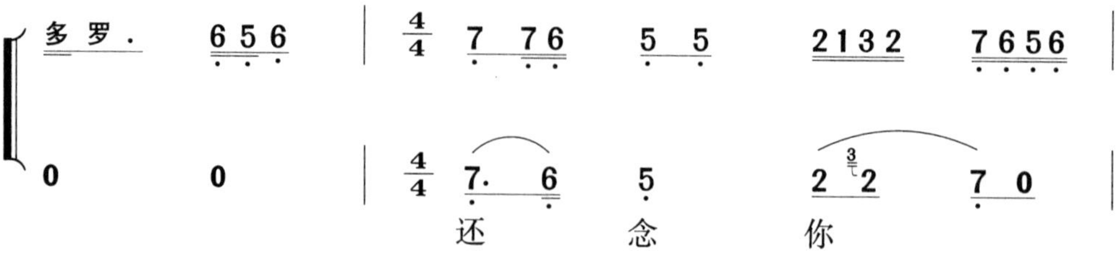

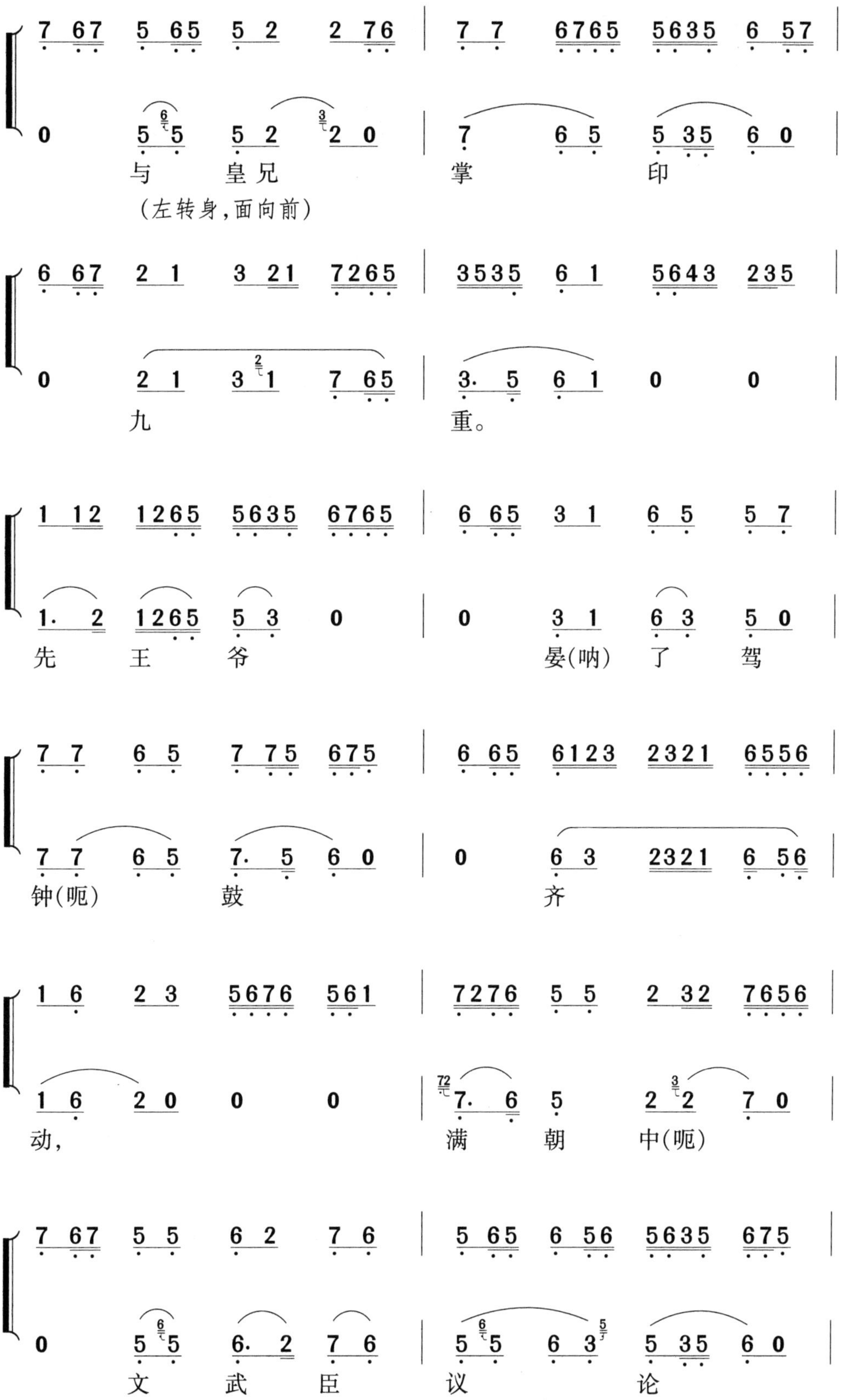
与 皇兄 掌 印
(左转身,面向前)
九 重。
先 王 爷 晏(呐) 了 驾
钟(呃) 鼓 齐
动, 满 朝 中(呃)
文 武 臣 议 论

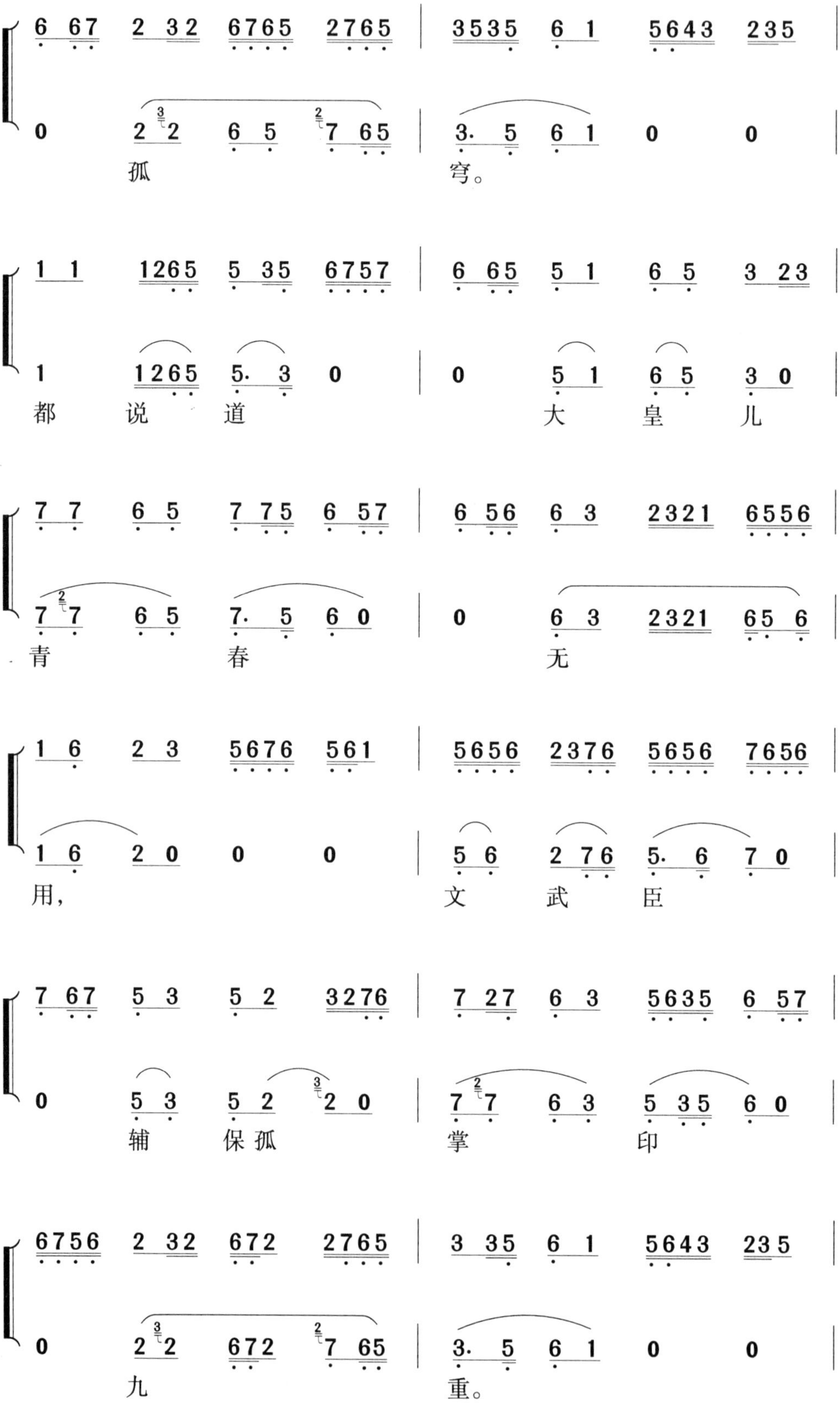
孤 穹。
都 说 道 大 皇 儿
青 春 无
用， 文 武 臣
辅 保孤 掌 印
九 重。

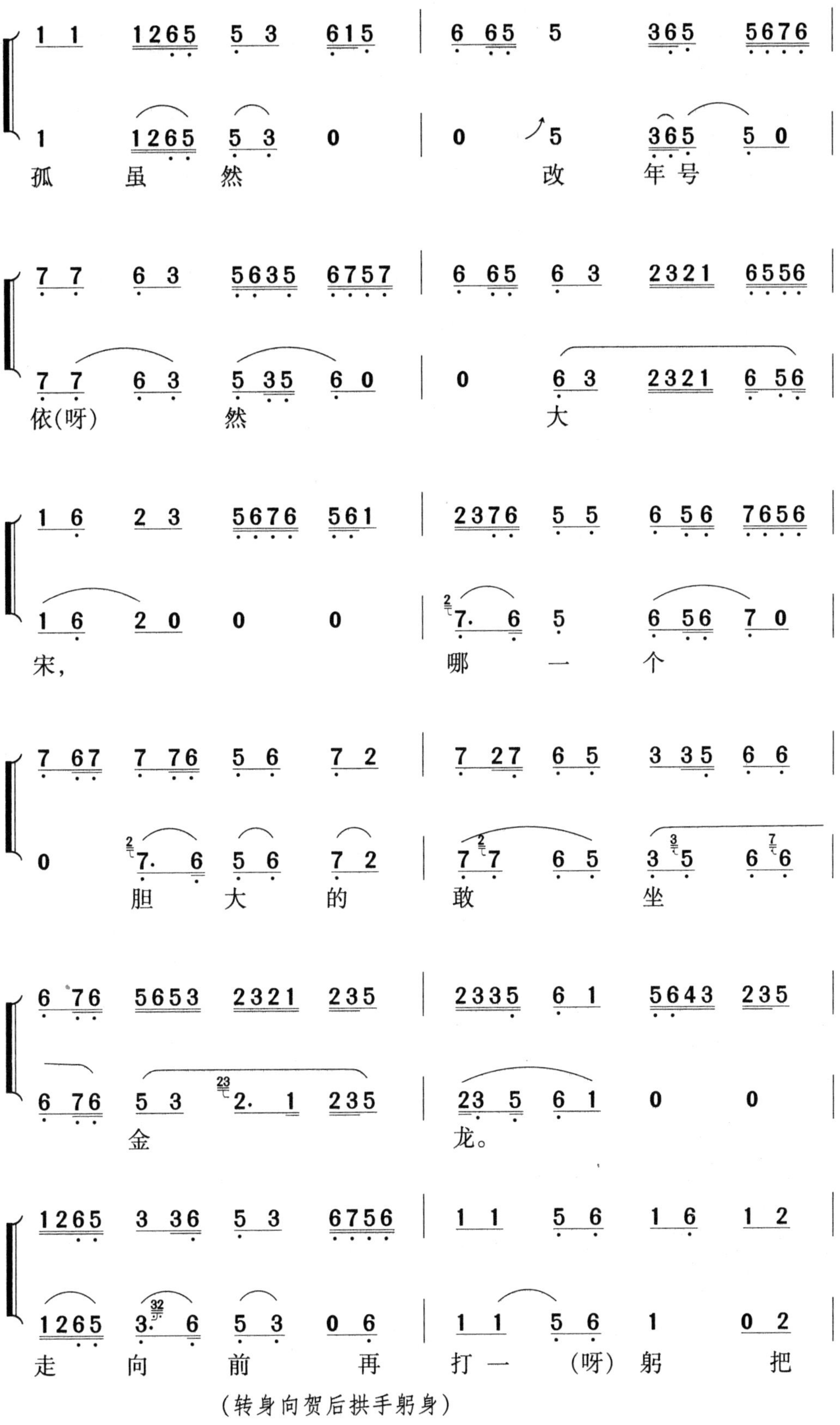
孤 虽 然 改 年号
依(呀) 然 大
宋,
哪 一 个
胆 大 的 敢 坐
金 龙。
走 向 前 再 打 一 (呀) 躬 把
(转身向贺后拱手躬身)

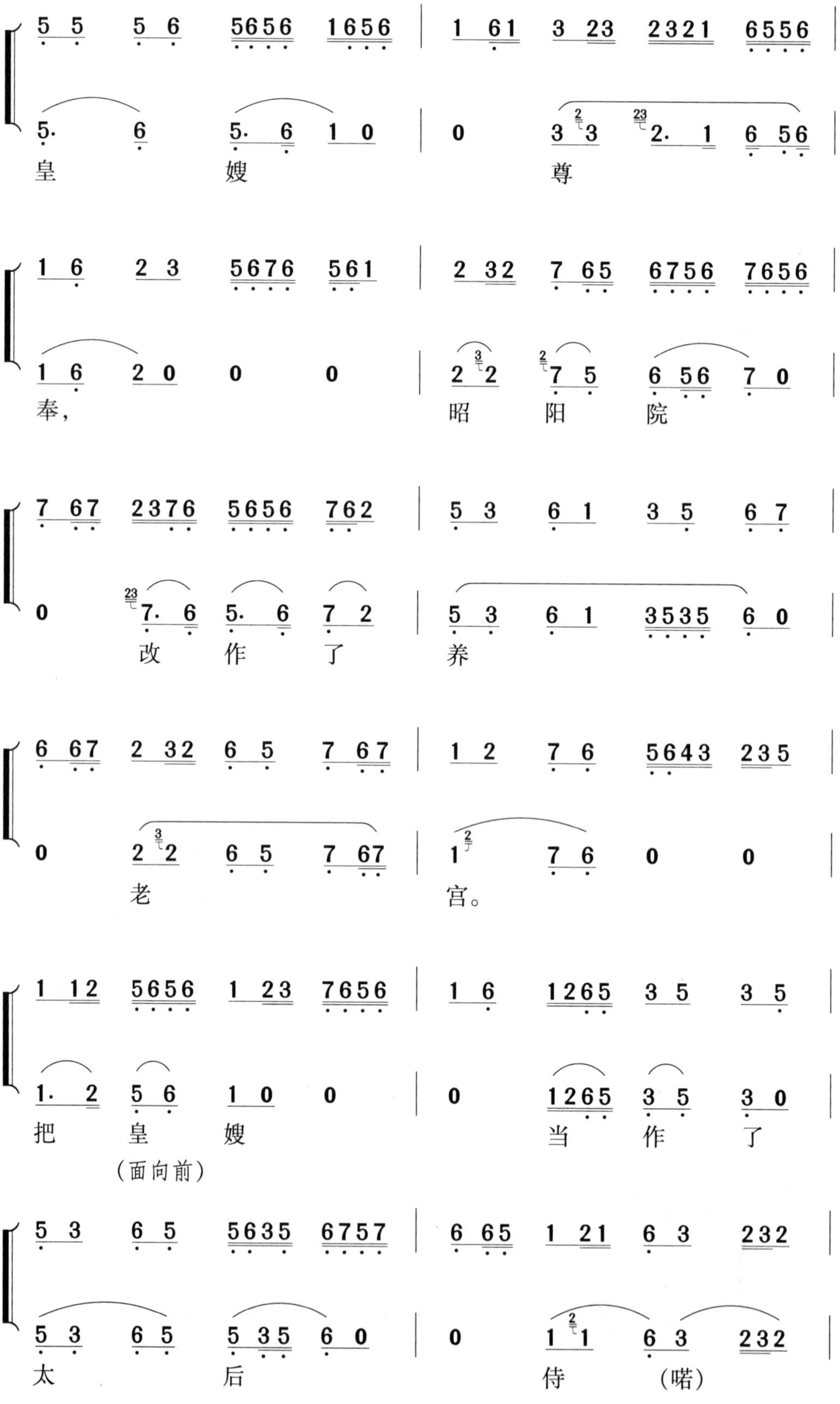
皇 嫂 尊
奉， 昭 阳 院
改 作 了 养
老 宫。
把 皇 嫂 当 作 了
（面向前）
太 后 侍 （喏）

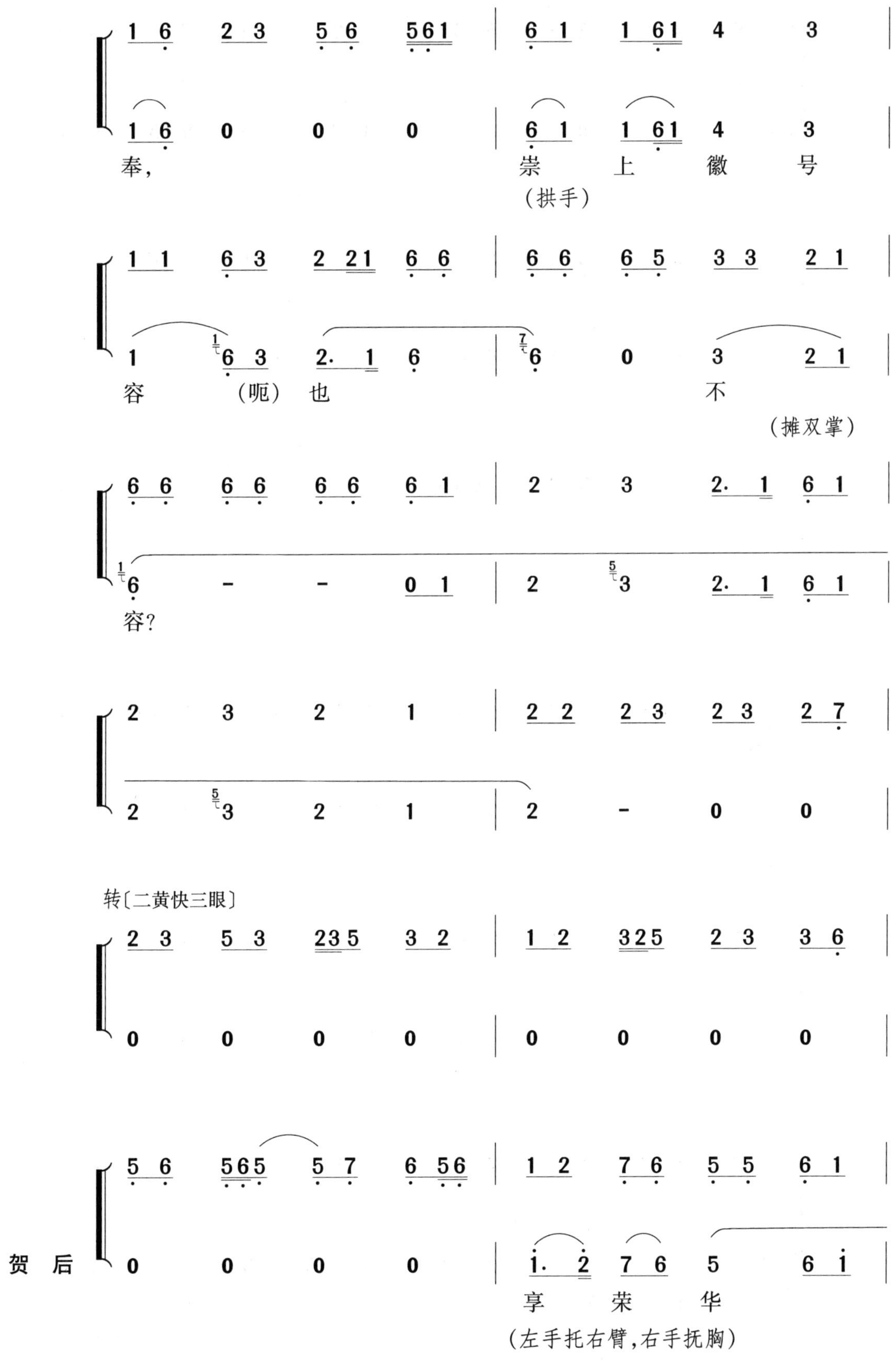
奉，
崇 上 徽 号
（拱手）
容 （呃） 也 不
（摊双掌）
容？
转〔二黄快三眼〕
贺 后
享 荣 华
（左手托右臂，右手抚胸）

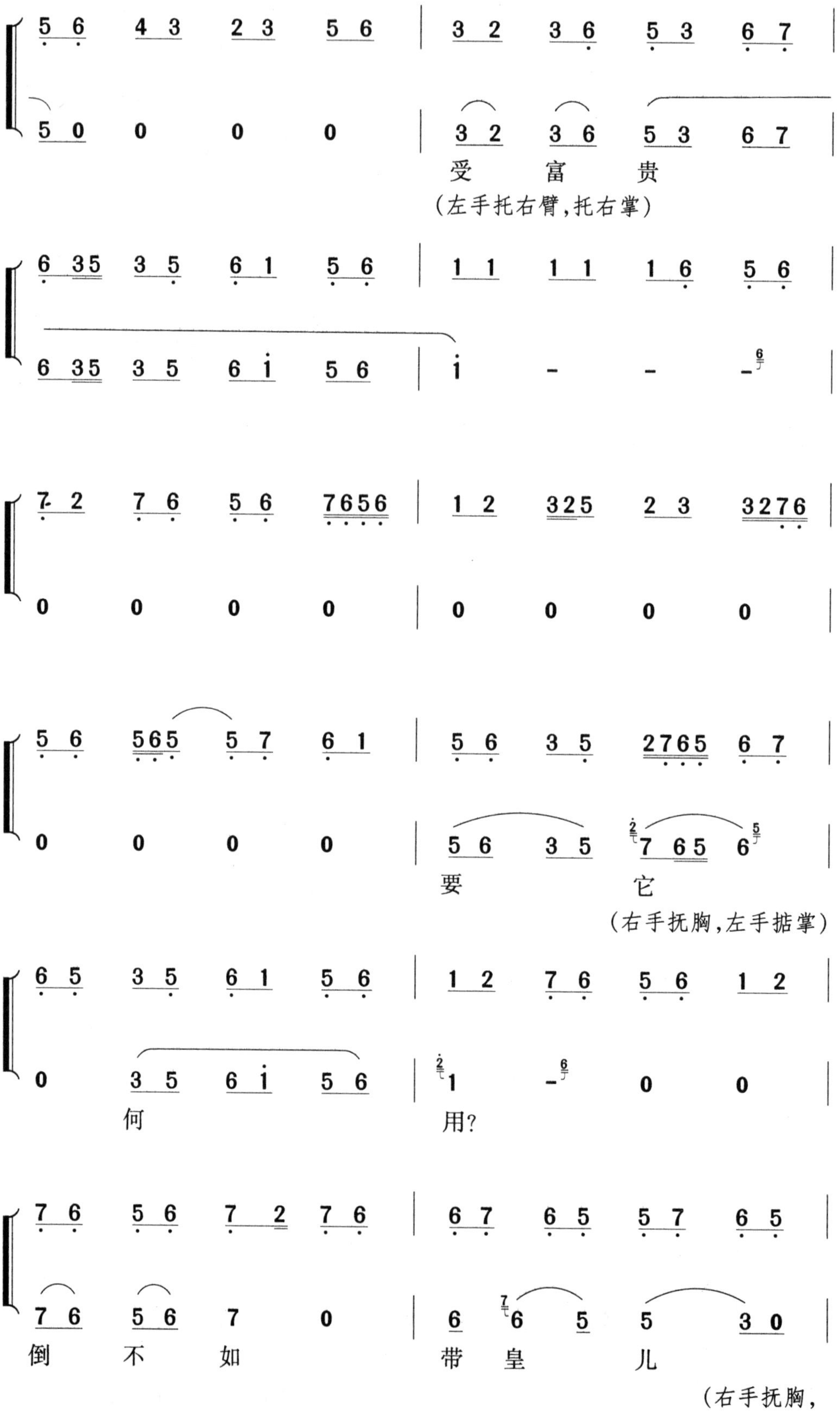
受 富 贵
(左手托右臂,托右掌)
要 它
(右手抚胸,左手掂掌)
何 用?
倒 不 如 带 皇 儿
(右手抚胸,

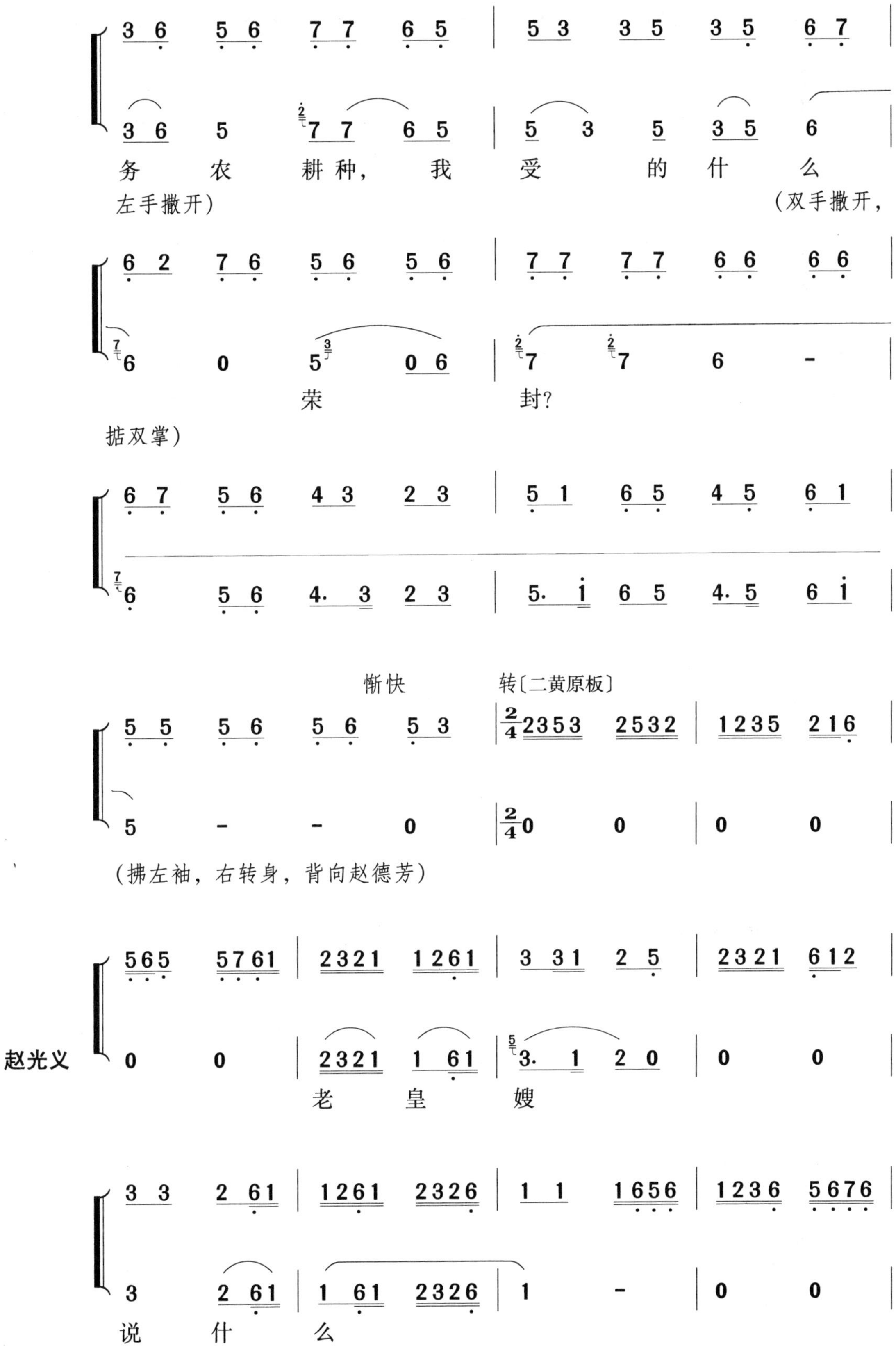
务 农 耕种，我 受 的 什 么
左手撒开）
（双手撒开，
荣 封？
掂双掌）
渐快
转〔二黄原板〕
（拂左袖，右转身，背向赵德芳）
赵光义
老 皇 嫂
说 什 么

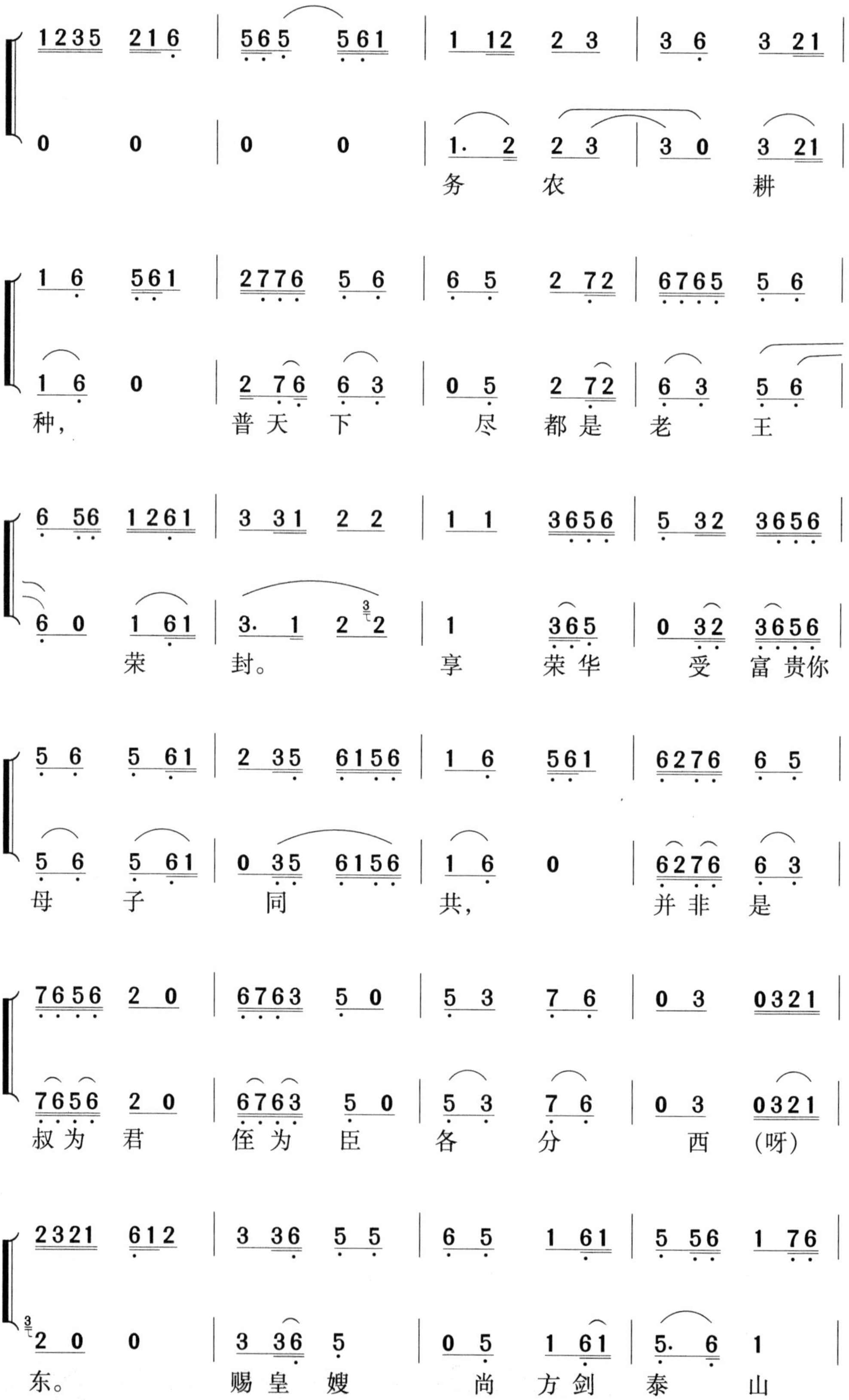

(一太监“上场门”双手捧剑暗上，将剑交赵光义后暗下)

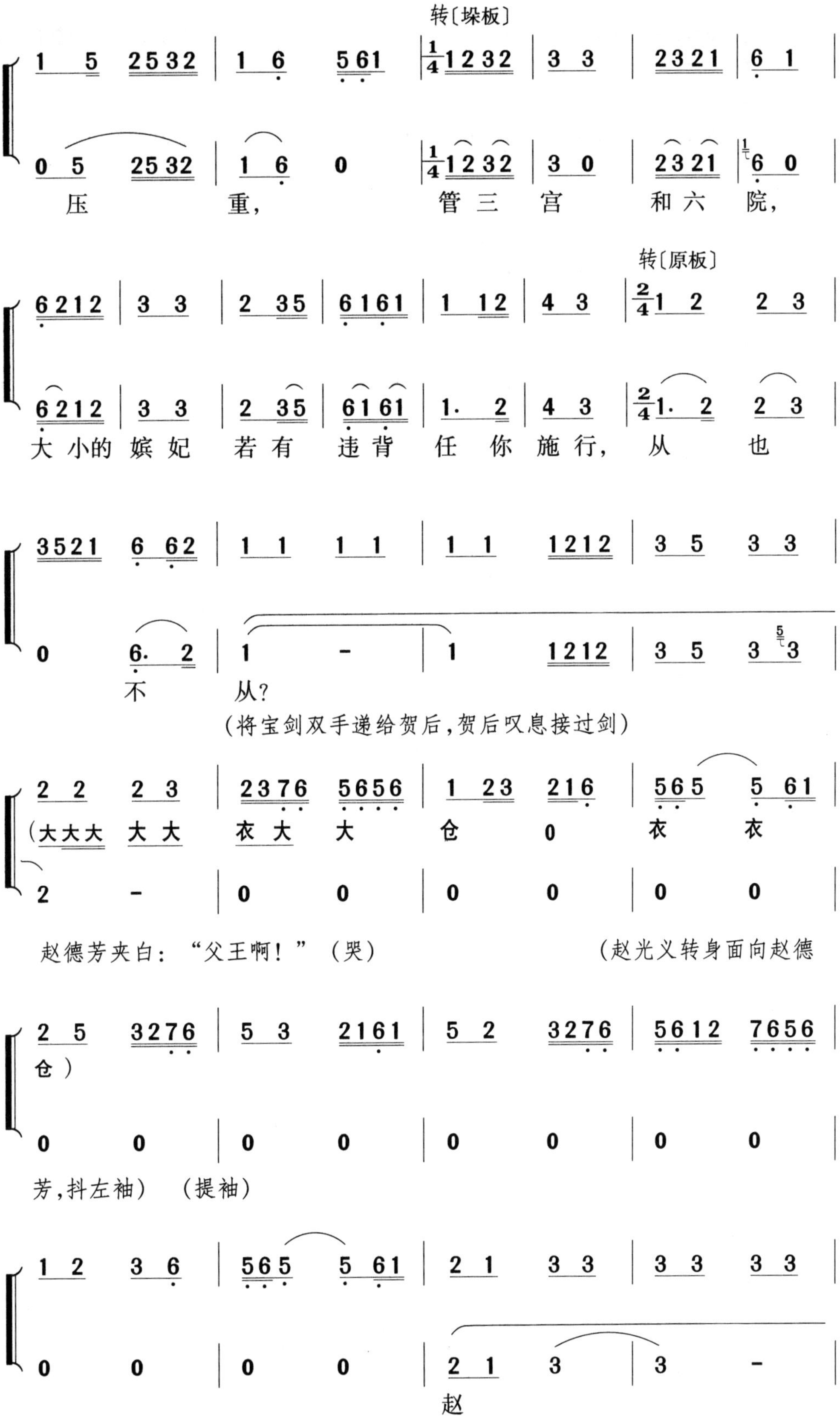
转〔垛板〕
压 重，
管 三 宫 和 六 院，
转〔原板〕
大 小的 嫔 妃 若 有 违 背 任 你 施 行，从 也
不 从？
（将宝剑双手递给贺后，贺后叹息接过剑）
（大大大 大大 衣 大 大 仓 0 衣 衣
赵德芳夹白：“父王啊！”（哭）
（赵光义转身面向赵德
仓）
芳，抖左袖） （提袖）
赵

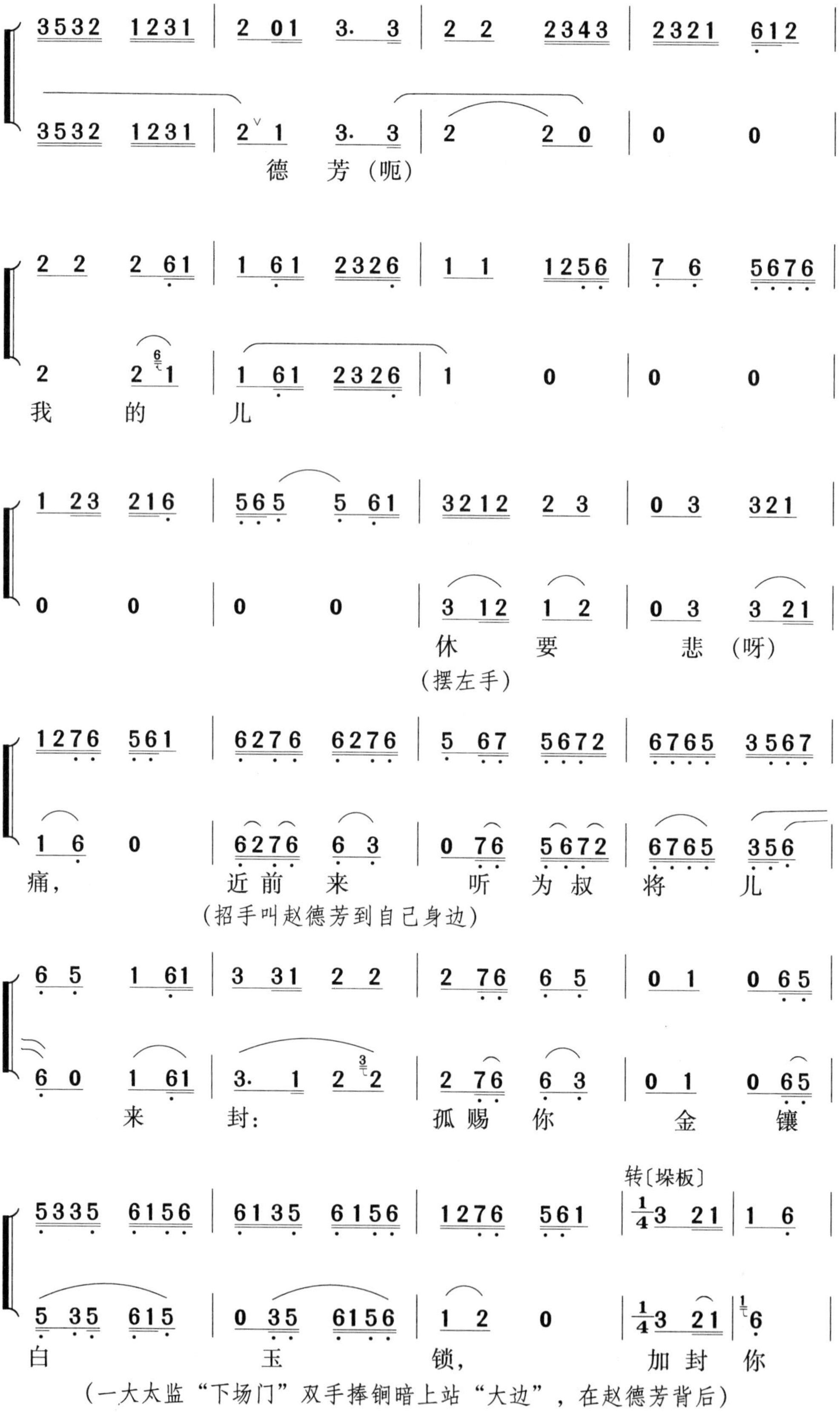
德 芳（呃）
我 的 儿
休 要 悲（呀）
（摆左手）
痛，近前来 听为叔将儿
（招手叫赵德芳到自己身边）
来 封：孤赐你 金 镶
转〔垛板〕
白 玉 锁，加封你
（一大太监“下场门”双手捧锏暗上站“大边”，在赵德芳背后）

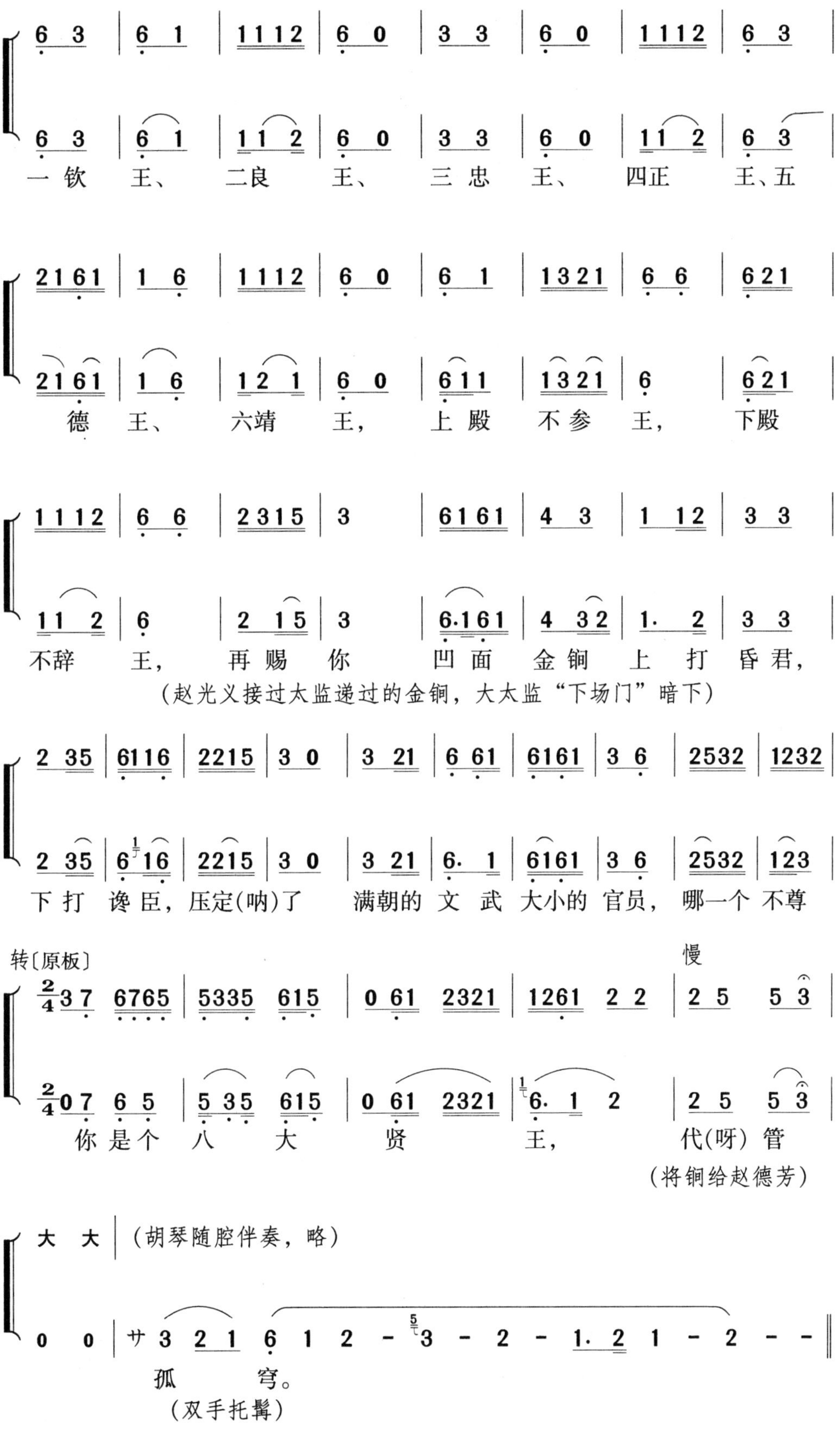
一钦王、二良王、三忠王、四正王、五
德王、六靖王，上殿不参王，下殿
不辞王，再赐你凹面金锏上打昏君，
（赵光义接过太监递过的金锏，大太监“下场门”暗下）
下打谗臣，压定(呐)了满朝的文武大小的官员，哪一个不尊
转〔原板〕
慢
你是个八大贤王，代(呀)管
（将锏给赵德芳）
大 大
（胡琴随腔伴奏，略）
孤穷。
（双手托髯）

〔【纽丝】赵德芳举锏欲打赵光义被其制止。贺后抱剑站起，站“小边”。一大太监“上场门”暗上撤去“小边跨椅”，复下。

〔二黄散板〕

赵光义 （过门同前） 3 2 2 1 1 1 2 1 －（6 5 6 7 6 1 －）
皇儿休 要再悲痛， （仓）

2 1 2 3 2 2 3 － － 3 2 1 1 － 1 － 2 －‖
老皇嫂请 回 养 老 宫。

〔二大太监分别从两边暗上，在高台前摆“小座”，分侍两旁；赵光义左转身坐“小座”。

〔二黄散板〕

贺 后 【大锣凤点头】（过门同前） 3 365 6 6（6 5 7 6）7 6 5 － 6 6 i －
辞别了二王 下 殿 口，
（左手抱剑，抖右袖，提袖） （躬身告辞）

〔【纽丝】赵德芳、贺后出门，向“下场门”走去。潘洪“上场门”暗上，至“小边”。锣鼓切住。

潘 洪 （半跪拱手）送国太！

〔贺后、赵德芳右转身面向前，贺后右手捏住右水袖头折右袖。

〔二黄散板〕

贺 后 【大锣凤点头】（过门同前） 7. 7 6 5 6 7 － 6 7 2 7 6 5 3. 5
回头 只 见 贼奸 谋。

6. i 5 5 －（6 6 5 －）i 2 i i 5 6 7 7 5 6 6 i －（仓）
（仓） 有 朝犯在我 的 手，
（拂右袖）

贼子啊！（上步，拔宝剑出鞘）

〔二黄散板〕

【大锣凤点头】（过门同前） 2 756 7 7 －（6 5 6 7 －）6 － 6 7
三 尺 龙泉 不 容

6 5 3. 0 5 6 5 5. 6 7 － 7 7 656 6 6 5 5 －‖
留。

〔**【大锣原场】**贺后将宝剑入鞘，心情沉痛悻悻然左转身与赵德芳“下场门”同下。潘洪起身进门站“大边”。

赵光义 潘卿！

潘　洪 臣。

赵光义 孤今登基，心中不爽，是何缘故？

潘　洪 我主龙体欠安，不如修造一座万寿宫，以资休养。

赵光义 依卿所奏。（端双掌向两边撒开）退班！

潘　洪 请驾回宫！

〔奏唢呐曲牌<尾声·合头>二大太监两边分下，潘洪出门，“下场门”下，赵光义起身左转“下场门”下。

—— 剧　终